清水纪事

——温小牛文学作品集

温小牛 著

中国言实出版社

图书在版编目（CIP）数据

清水纪事：温小牛文学作品集 / 温小牛著.
北京：中国言实出版社，2024. 12. -- ISBN 978-7
-5171-5046-6

Ⅰ. I217.2

中国国家版本馆CIP数据核字第20243RS208号

清水纪事——温小牛文学作品集

责任编辑：佟贵兆
责任校对：李　岩

出版发行：中国言实出版社

地　　址：北京市朝阳区北苑路180号加利大厦5号楼105室
邮　　编：100101
编辑部：北京市海淀区花园北路35号院9号楼302室
邮　　编：100083
电　　话：010-64924853（总编室）　　010-64924716（发行部）
网　　址：www.zgyscbs.cn　　电子邮箱：zgyscbs@263.net

经　　销：新华书店
印　　刷：廊坊市印艺阁数字科技有限公司
版　　次：2025年3月第1版　　2025年5月第2次印刷
规　　格：710毫米×1000毫米　　1/16　　26.5印张
字　　数：390千字

定　　价：50.00元
书　　号：ISBN 978-7-5171-5046-6

目录

─────── 散 文

山海关见到的女人　2

北戴河，真好!　9

深切哀悼雷达老师　11

大暑读雷达　14

三见毕淑敏　16

与书相伴　18

读孙见喜《西部的咏叹》　20

读《三人行》　22

淡妆浓抹总相宜

——赵云清先生画作赏读　23

书坛伟丈夫　挥笔自天成

——观《左秀玲书杜甫陇南纪行诗》（代序）　25

生活的音符

——刘瑞明先生及他的《针线》　27

成葆珍与她的父辈 30

石 记 33

陇山记 36

梅江峪 40

温家沟 43

寻找阳光 45

额头山 46

麦客随想 48

我的冬至 49

枣红骡子 51

镜 殇 54

温泉，温泉 56

谢谢你

——感党恩，听党话，跟党走 63

郭川烟火 68

天水弘观艺术博览馆前言 71

作品可延续生命

——纪念叶君健先生诞辰一百一十周年北京座谈会侧记 72

诗 歌

梦大漠 76

青海，青海 76

青海湖 76

黑马村 77

问 我 78

潇 雨 79

窗 外 79

风 80

山海关 80

一瓣花 81

楼　兰　81

逝者如风　82

新　生　83

致老人　84

致同泰　85

黄土高天

——写在母亲祭日　86

叫一声妈　87

拨亮生命之灯　89

想念冬天　93

草原上骑马的姑娘　94

燕京的风

——观金中都有感　95

六盘山　96

我的故乡我的家　98

横渠湾

——写在张载诞辰千年　101

云梦泽

——东方爱情岛纪事　102

作家路遥25周年祭　105

梦回秦乐山

——秦亭之歌　106

邽冀秦风颂　107

对话平南　109

恋着这方土　110

赠毛双选　113

游石洞山　113

游三皇沟　114

三皇沟　114

过黄河铁桥观白塔山　114

游五泉山　114

车过三阳川遥望卦台山　114

三阳川耕田图　114

长宁驿　115

果园即景　115

视察东部中药材种植有感　115

视察金集小城镇建设　115

写在澳门回归的日子　115

罗布泊　116

十二月六日贺南疆铁路通车　116

三大战役胜利五十周年　116

赠王定成同志光荣退休　116

世纪行　117

千年回首　117

瞻仰会师楼　117

视察村村通三题　118

腊月二十七有感　118

乙卯三九大寒有雪　118

无　语　119

疏　竹　119

修　水　119

三磨冬面　119

关山放羊人　120

张家川　120

在北京　121

思故园　121

春　来　121

返秦州　121

谒白云观　122

琴棋诗画吟　124

清水之歌　125

牛头河，邽山梁　126

清水蓝　126

天山绝唱　127

一碗天水麻辣烫　128

致敬，人民政协

——贺人民政协七十五周年华诞　129

轩辕颂　131

新城新歌　133

观提督府　133

新城对联　134

郭提督府对联　134

甲辰岁末有感　135

永清堡赋　136

白沙镇赋　138

清水各界公祭汉将军赵充国文　139

秦州国馥茗赋　141

金集镇赋　142

新城乡赋　143

白沙镇赋　144

游　记

秋访仇池山　148

人生似过客，随缘走一程

——藏川纪行之一　151

京晋冀鲁之行　153

湖湘行　155

访碑秦乐寺　161

固关道记　164

千年的石头会说话

——汉郱县摩崖石刻之考察　167

海原大地震　169

南山残雪

——访尹子文化散记　171

初访张吉山　176

王河考察记　178

小泉峡纪行　180

徐州行　189

初访恭门镇　191

扫帚沟小记　193

温泉记　194

石门秋月　198

甘南三题　200

剧　本

北山的那些花儿　206

（微电影剧本）　206

碑　刻

重修清水城隍庙记　214

龙山镇歇马店《重建钟灵寺记碑》　216

教化圣地碑　217

秦亭记　218

清水县城十泉　219

关学宗师张载隐居纪念碑　223

周蕙故居记　224

王世祥农耕记忆博物馆前言　225

温氏雪坪墓志铭　227

尹喜故里记　229

札 记

《成吉思汗与甘肃清水》一书与国内蒙元史学界的交往　232

吴佩孚、邵力子与汪济康的书信交往　234

关陇驿道碑碣钩沉　237

轩辕黄帝略考　247

屯田名将赵充国　254

成吉思汗病逝清水县再考　258

清水三古镇之秦亭　264

清水三古镇之白沙　267

清水三古镇之红堡　270

甘肃清水秦文化三题　273

白沙乡贤郭杨家族事略　277

清水城隍略考　298

张载隐居清水吉山　301

关学精神在清水　304

尹子故里在清水县　310

秦亭访古　313

清水武林漫记　316

清水县城营造记　324

重修轩辕黄帝像记　326

蒙元大本营六盘山　327

天水补天石　331

重兴邽山书院倡议　334

关中考察简记　335

创修温氏家谱序　336

《红楼梦》的春夏秋冬
——谈谈《红楼梦》的结构　337

一枝三花看可卿　340

春节拜教授　343

文 论

清水悠悠，人文昭昭

——写在第二十五届中国天水伏羲文化旅游节之际　348

在渭河文化视野中创造轩辕文化新价值　351

简论黄帝、老子及尹子养生文化　353

弘扬乞巧文化　筑牢家庭根基

——2016年在甘肃省乞巧文化研究会年会上的大会发言　359

乞巧文化如何传承

——写在第十二届陇南乞巧女儿节召开之际　362

宣传人文胜地　建设康养福地

——在2022年甘肃省轩辕文化研究会年会上的发言　364

擦亮县域历史品牌　赓续优秀传统文化

——在天水地域文化研究与利用专家座谈会上的发言　366

关于清水县"十四五"期间文化旅游战略布局的几点建议　369

轩辕谷散记

——兼谈我所了解的轩辕文化发展　372

温氏文化的传承与发展

——我的一点认识　376

序 评

邽山脚下　秦风遗韵

——《邽山秦风》序　382

清水文脉　薪火相传

——温小牛编著《邽山秦风》序（节选）　385

读温小牛《回望老庄》　388

深刻的思考　彻骨的眷恋

——读温小牛《回望老庄》有感　391

漫漫回家路　悠悠思乡情

——读温小牛《回望老庄》有感　394

透过《梅江峪》看温小牛先生的传统村落保护思想　　397

凛冽的风和温暖的琴棋诗画

———评《燕京的风》《琴棋诗画吟》　　403

古风今用意非凡

———简评《谒白云观》　　405

温小牛文史文学作品座谈会在清水举行　　406

温小牛文史文学作品捐赠仪式在天水师院举行　　407

温小牛学术报告在京举行　　408

我县作家、文化学者温小牛出席第十七届

东亚实学国际高峰论坛　　409

后　记　　410

散文

山海关见到的女人

危楼千尺压洪荒，骋目云霞入渺茫。

吞吐百川归领袖，往来万国奉梯航。

波涛滚滚乾坤大，星宿煌煌日月光。

阆苑蓬壶何处是，岂贪汉武觅神方。

——这是拓疆开土的一代明君康熙皇帝眼前的山海关。

山，是燕山；海，是渤海。有座城，南入海，北依山，把连绵燕山与苍茫渤海连接起来，形成山海之关，这就是山海关。

山海关以城为关，可谓集山、海、关、城"四位一体"。山海关，有城门四座，东曰镇东门，西曰迎恩门，南曰望洋门，北曰威远门。

山海关为明长城东重要关口，相传为明朝开国元勋刘伯温选址，大将徐达修建，是一座城连城、城套城、楼对楼、楼望楼的铁壁金城，是十足的"一夫当关，万夫莫开"的咽喉要塞。

山海关，据说是明朝开国皇帝朱元璋命名。关上有"天下第一关"楷书，功力苍劲浑厚的神来之笔，与城楼雄伟高大的风格浑然一体，据主流说法是由明代大书法家萧显所书。

山海关矗立于长城之上，雄视四野，襟带万里，是连接东北与华北的重要关隘。

山海关的刀光剑影在诗词的字里行间闪烁着，在历史的记忆中浮现着。

镇守山海关长达十六年之久的大将戚继光在《出榆关》中写道：

长城万里跨龙头，纵目凭高更上楼。

大风吹日云奔合，巨浪排空雪怒浮。

两京锁钥无双地，万里长城第一关。

明朝大学士黄洪宪写道：

> 长城古堞俯沧瀛，百二河山拥上京。
> 银海仙槎来汉使，玉关秋草戍秦兵。
> 星临尾部双龙合，月照平沙万马明。
> 闻道辽阳飞羽急，书生急欲请长缨。

清代词人纳兰性德也写道：

> 雄关阻塞戴灵鳌，控制卢龙胜百牢。
> 山界万重横翠黛，海当三面涌银涛。
> 哀笳带月传声切，早雁迎秋度影高。
> 旧是六师开险处，待陪巡幸扈星旄。

山海关，见到了秦良玉

大明国万历四十四年，努尔哈赤在关外建立大金，开始连连发动对明朝的进攻。抚顺萨尔浒一战，明军惨败，诸营皆溃。东北告急，四十二岁的寡妇秦良玉，尽管丈夫马千乘被朝廷入狱，病死狱中时隔仅三年，但她以大义为重，代替丈夫任石柱土司，忠于职守。时逢国家有难，秦良玉听命调遣，从西南贵州派其兄弟秦邦屏、其弟秦民屏率精兵先行，她亲筹马粮，保障后勤供应，朝廷授秦良玉三品官服。沈阳之战，秦氏兄弟率其白杆兵血战满洲，杀死辫子兵数千人，也使向来战无不胜的八旗军久而为之胆寒。但兄长并两千多名白杆兵也战死沙场。得知兄长秦邦屏牺牲，秦良玉赶制冬衣一千件，自统精兵三千，直抵山海关，扼守满洲兵入关咽喉。朝廷又加秦良玉二品官服，予以褒奖。

崇祯三年，皇太极攻山海关不入，率十万大军绕道入侵，攻陷遵河，进抵北京城外，连克永平四城，明廷大震。五十六岁的秦良玉得到十万火急的勤王诏书，自蜀中提兵赴难，星夜兼程，屯兵宣武门外。白杆兵加上各路勤王官军二十万，迫使皇太极放弃四城，出关而去。

北京解围，崇祯皇帝在平台召见秦良玉，大加褒赏，并赋诗四首，以彰其功，其中二首曰：

学就西川八阵图，鸳鸯袖里握兵符。

由来巾帼甘心受，何必将军是丈夫。

（二）

蜀锦征袍自剪成，桃花马上请长缨。

世间多少奇男子，谁肯沙场万里行。

　　崇祯皇帝有生之年，遭逢多难，少有闲情逸致作诗，仅有赠杨嗣昌五绝传世。专为西南边陲一位女性土司赐诗，足见秦良玉在崇祯心目中的地位。

　　时隔三年，李自成攻入北京，崇祯皇帝上吊自杀。远在四川的秦良玉服孝痛哭。不久，秦良玉的独子马祥麟被明朝廷调湖广御敌，战死襄阳。噩耗传来，秦良玉泪如雨下，在儿子所写血书上，提笔写道："好！好！真吾儿。"

　　清人入关，南明先后历弘光、隆武、永历数帝，秦良玉始终与之保持联系。1648 年，永历皇帝加秦良玉为太子太傅，授四川招讨使。久卧病床的一代女杰，瞿然而起，拜伏受诏，泣泪接旨："老妇人朽骨余生，实先皇（崇祯）恩赐，定当负弩前驱，以报皇恩！"可惜，几日之后，秦良玉因病抱恨而终。她的孙子马万年在其墓碑上题下了这位女中豪杰的民族气节和赫赫功勋：

明上柱国光禄大夫镇守四川等处地方提督汉土官兵总兵持镇东将军印中军都督府左都太子太保忠贞侯贞素秦太君墓

　　秦良玉是中国历史上唯一封侯的女将军，也是二十四史唯一单独作传的女子。史学家郭沫若说："像她这样不怕死、不爱钱的一位女将军，在历史上毕竟是很少的。"胡适说："中国历史有个定鼎开基的黄帝，有驱除胡虏的明太祖，有个孔子，有个岳飞，……女界有秦良玉、木兰，这都是我们国民天天所应该纪念的。"作家谢冰莹说："秦良玉死了，她的哥哥邦屏、弟弟民屏、儿子祥麟、媳妇凤仪，都为国家壮烈地牺牲了。她虽是一位儒门闺秀，但忠君爱国，志在社稷。她生在多事之秋的明朝，国内有土匪流寇的骚扰，国外有满骑倭奴的侵略，多少文武百官、士大夫将帅，没有不为自己的名利在明争暗斗的，有谁像秦良玉一样一生的精神，都拿来放在安内攘外，剿贼御侮上面呢？她一生为国家奋斗，为民族牺牲：她没有过一天舒服快乐的日子，日夜在为战事筹划，一直到死，还念念不忘保存她的石柱，这种爱国保家乡的精神，非但使后世的人永远赞美，永远敬佩，更值得人们永远怀念，永远学习！"

山海关，见到了林默娘

见到林默娘时，她已经在妈祖庙坐了一千多年，她已成为沿海历代船工、海员、旅客、商人和渔民共同信奉的神衹。

北宋太宗雍熙四年（公元987年）九月初九，福建莆田湄洲岛一个仕宦人家出生了一位姑娘。也许是良好的家庭教育，她自幼即通晓天文气象；也许是生于大海之滨，她又熟习水性。关于她见义勇为，扶贫济困，解危救难的故事太多太多；她一生中在大海中奔驰，扶危救急，在惊涛骇浪中拯救渔舟商船，善举太多太多。传说林默娘二十八岁羽化升天，人们在船舶前祭祀她，祈求保佑平安。

见到林默娘时，她已经自宋朝至清朝被皇帝们册封三十六次，由天妃、天后、天后圣母、娘妈，加封晋爵字号达六十四字。

见到林默娘时，她在神龛上已是一尊"帆船头，大海衫、红黑裙裤"的天神。那发髻分明是一帆风顺的寓意，衣着黑色在下、红色在上，水在下、火在上，火克水的五行理念，以及救人于水火的美好愿望更是蕴含其中。

狂风大作，恶浪逐天，一叶扁舟被卷入大潮，一个渔夫在海水中挣扎，我看到了林默娘乘风破浪，眨眼工夫将渔夫拯救上岸的情景；我又看到了一个海怪追逐着一个海童，是林默娘驾一朵祥云，从天而降，直入沧海，在海怪的口中，夺回了海童的情形。

山海关，见到了孟姜女

我从《左传·襄公二十三年》看到：

"齐侯归，遇杞梁之妻于郊，使吊之。辞曰：'殖之有罪，何辱命焉？若免于罪，犹有仙人之敝庐在，下妾不得与郊吊。'齐侯吊诸其室。"这不是孟姜女。

我从刘向的《说苑·善说篇》见到：

"昔华周杞梁战而死，其妻悲之，向城而哭，隅为之崩，城为之厄。"她向城而哭，这是孟姜女吗？

又看到了曹植《黄初六年令》："杞妻哭梁，山为之崩。"

杞梁之妻从春秋时代哭城哭山，哭到了唐朝，哭倒了长城，哭成了孟姜女。

孟姜女来到了长城，且和秦始皇筑长城重叠，我是在唐朝诗人贯休的《杞梁妻》里看到的。

　　　　秦之无道兮四海枯，筑长城兮遮北胡。
　　　　筑人筑土一万里，杞梁贞妇啼呜呜。
　　　　上无父兮中无夫，下无子兮孤复孤。
　　　　一号城崩塞色苦，再号杞梁骨出土。
　　　　疲魂饥魄相逐归，陌上少年莫相非。

诚如南宋郑樵所说："杞梁之妻，与经传所言数十言耳，彼则演成万千言。"

孟姜女在民间流传太快太广，大约是哭的效应。但这一哭了不得，哭城，城为之崩；哭山，山为之崩；哭长城，长城为之崩。

"始皇之心，自以为关中之固，金城千里，子孙帝王万世之业也。"岂料仅一个孟姜女的倾盆之泪，竟然把一个本来打算传诸万世的王朝瞬息之间哭得土崩瓦解。正所谓秦以暴政，"一夫作难而七庙隳，身死人手，为天下笑，何也？仁义不施而攻守之势异也。""独夫之心，日益骄固。""嗟乎！一人之心，千万人之心也，秦爱纷奢，人亦念其家""族秦者，秦也，非天下也。"

山海关孟姜女庙依然演绎着姜女寻夫这一动人的传说。陈运和说：长城靠多少无名氏筑成，专家学者已无从考证。唯独姓名俱有的一代英雄，竟是"半边天"的一种光荣。

山海关，见到了陈圆圆

初见陈圆圆，是在常州。1623年，常州一妇人生了一个女婴，那时节，她姓邢，名沅，字畹芬。邢母早早死去，她被姨妈收养，姨父姓陈，故改姓了陈，住在姑苏城桃花坞。陈圆圆很聪明，能歌善舞。姨父缺钱，把她卖给梨园。她扮《西厢记》红娘，人面桃花，似云出岫，莺声呖呖，六马仰秣，看客凝神屏气，入迷着魔，陈圆圆以色艺双绝，名动江左，成为苏州名妓，也名列秦淮八艳之一。

又见陈圆圆，是在大明朝风雨飘摇的日子。崇祯皇帝每日愁眉苦脸，大臣田畹为了给他分忧解愁，广征天下美人，把陈圆圆献给了崇祯。崇祯无心逸乐，把陈圆圆遣回了田府。不久，陈圆圆被吴三桂纳为妾。吴三桂奉命镇守山海关，把她留在京城府中。崇祯十七年，明廷军情十万火急，调宁远总兵吴三桂回撤保卫京师，军行至河北丰润，得知北京沦陷，崇祯缢于煤山的消息后，驰马山海关，准备投降李自成。谁知陈圆圆又被李自成大将刘宗敏掳走。这下惹恼了吴三桂，骂了句"大丈夫不能自保其室，何生为！"吴三桂大开城门，将山海关拱手让给了清兵。李自成兵败，杀了吴三桂父亲并阖家三十八口人。部将于乱军之中寻得陈圆圆，飞马送到军中。吴三桂为报杀父夺妻之仇，昼夜追杀李自成。

> 鼎湖当日弃人间，破敌收京下玉关。
> 恸哭六军俱缟素，冲冠一怒为红颜。
> 红颜流落非吾恋，逆贼天亡自荒宴。
> 电扫黄巾定黑山，哭罢君亲再相见。
> ……

　　听着吴伟业的《圆圆曲》，看着甲申事变的急剧变化。"全家白骨成灰土，一代红妆照汗青"，一个秦淮歌妓以其个人魅力，影响着别人，竟然改写了中国历史，引来了一个少数民族政权的建立。

　　再见陈圆圆，吴三桂在一片痛骂声中，自山西渡黄河，入潼关，克西安，平闯王，定云南，驱永历，东征西战，为清廷统一中国立下了汗马功劳。而一路风尘仆仆的陈圆圆，在西南一隅并不顺心。平西王府吴三桂正妾悍妒，陈圆圆也渐渐失宠，于五华山华国寺削发为尼，终日长斋绣佛。

　　康熙皇帝决意削藩，出兵云南，昆明城破，吴三桂死，有关陈圆圆的去向成了一团谜：有人说她自沉华国寺外莲花池，有人说她入为官婢，有人说她城陷自缢，有人说她为尼病亡，也有人说她被吴三桂的孙子护送去了贵州马家寨……

　　这一年，色老珠黄的陈圆圆已是72岁的老妪，所有的军国大事，与她又有何相干？

圆圆一曲绝代吟，弦管吴门彻夜音。
剑影刀光成正史，狮山马寨降萧森。
风霜末世难堪事，雨雾新朝志忐心。
古冢荒丘临野寺，铭碑双耳蕴疏林。

　　古战场山海关，本不应与女人相关。但山海关毕竟成了女人们的关，有着更多女人们的牵挂！

　　　　　　（2013年写于北戴河，刊于2014年10月27日《天水日报》）

北戴河，真好！

看到的北戴河，是照片上的一条河。那是一条看似不大的河。但因为河边矗立着一尊伟大的人物，一位伟岸的领袖。因而，北戴河必是一条神圣的河！

传说的北戴河，是故事里的一条河。那是一条通往仙境的河，是因为秦始皇曾在河边乞求过神仙，那神仙可长生。因而，北戴河必是一条神奇的河！

词中的北戴河，是遥远的一条河。那是一条"白浪滔天"的河。"魏武挥鞭，东临碣石"，大有吞吐宇宙之气象。因而，北戴河必是一条威武的河！

但，北戴河不是河，是一湾海滩，是一片大海。这大海，叫渤海，这海滩，叫北戴河。

来到了北戴河。

北戴河，真好！

北戴河，起得很早。仲夏三季，早晨四点钟，太阳从茫茫大海中冉冉升起，大海是红的，云彩是红的，就连海上停泊的船只，海滩散步的游人，都被红色包裹着。但这景象不会持续很久。渐渐地，海水、天空由橙红变为金黄，由金黄变为湛蓝，白色的云，白色的船，以及灰色的海鸟等，色彩清新，如画如歌，令人痴迷。

北戴河，是多彩的。驱车行在其中，漫步林荫小路，到处是树木花草，杨柳松槐、月季、绣球、黄花、草坪丛带，生得精神，做得精致，修得精美，是花园？是丛林？无不显示生命的灵气和生活的多彩！

北戴河，是走动的。健骑健走是独有的。人们两三人共同蹬一辆健身自行车，在林海浪花中穿行；三五行人仰头挺胸，在人行道上健走。北戴河健走大道全长 3350 米。每隔三五米，你会看到刻在石头、走廊，或是写在简明形象的标牌上有关健走的内容："有氧运动对心、肺能起到很好的锻炼效果，对增强肺活量和心脏功能效果显著。"

"赤脚石上健走，脱下鞋袜，解除束缚，让双脚与阳光、空气直接接触，可以缓解下肢，特别是双脚的紧张。""赤脚走在凹凸不平的卵石上，可以让脚上的穴位得到有效刺激，从而疏通经络，让人体气血畅通。""倒走式健走：向后迈腿时脚尖先着地，锻炼你的腰和整个身体的协调能力，提高身体的平衡性和灵敏性。"如此提示，温馨而富有人情味。

北戴河，是赤子的怀抱。面对苍茫大海，你会油然而生一种迫切亲近的情怀。

深切哀悼雷达老师

　　昨天傍晚，看到天水市作协主席、作家王若冰先生发出的一条微信：雷达老师下午三时去世。消息太突然，老师走得太突然！

　　见到老师，屈指算来，不足两月，怎么会说走就了呢？

　　知道老师比较早，那是在书刊上，是在音像上，是他于当代文学评论界的崇高威望与重大影响上。"世纪文学60家"评委，老师与张中良先生是印象最深的两位。

　　见到老师却是很迟。我在见到老师的次日，写下了这样的话：昨天，2018年2月3日无疑是个好日子。因为今天立春了。在这个迎春的前夕，见到了雷达先生，一位心仪已久的老师。

　　早些时候，欲见老师。老师不是讲学，就是开会，广州、兰州，总不得见。前些日子，去见老师，只闻其声，未见其面。师母说感冒得厉害。老师发信息，说感冒严重，怕传于他人，不便见客，并一再致歉。昨见老师，未入其门，先闻其声，其声如洪钟，乡音至浓。

　　见时一杯清茶，促膝而谈，平易之中听灼见，迷途之上拨云雾。老师教诲谦而真诚，一语中的，精到管用。

　　老师是散文大家，著名文学评论家，曾任中国作家协会创作研究部主任、研究员。时任中国小说学会会长、中国作家协会名誉委员、中国作家协会理论批评委员会副主任。多届茅盾文学奖、鲁迅文学奖评委。曾兼任兰州大学文学院中国现当代文学专业博士生导师。获第四届鲁迅文学奖优秀理论评论奖、中国作家出版集团优秀作家贡献奖、中国文联文艺评论奖、中国当代文学优秀科研奖、上海文学奖、中华文学选刊奖等奖项。出版《民族灵魂的重铸》《重建文学的审美精神》（上下卷）《蜕变与新潮》《思潮与文体——20世纪末小说观察》《当前文学症候分析》《重新发现文学》等论文集15部，《雷达散文》《缩略时代》《皋兰夜语》等散文集多部。主编《中国现当代文学通史》《中国新文学大系·长篇小说卷》《现代中国文学精品文库》《中国新时期文学研究资料汇编》《近三十年中国文学思潮》《新中国文学精品文库》等。《重读云南》入选上海市高中语文教材，《现当代小说鉴赏》入选人民教育出版社高中必修教科书。在当今文学界，老师是屈指而数的顶级人物。

拜见雷达老师，一是拜师，二是求教。具体而言，近三五年望门文学，写了几本亦文亦史，非文非史的小册子，自知丑陋，陋在哪里，能不能上台面，求老师从高处看，揭揭丑。当代文学如今走了多远，井底之蛙有无希望看到更宽阔的天地，等等。

老师坦言，看了我的几本书，很不错，看人看事，功底是扎实的。但写自己的地方，自己的家乡，固然好看，更要注意寻找全国读者所关注，所耐看的东西。老师勉励道，从几本书的写作时间看，一边忙于工作，一边能有如此成绩，很不错了，很勤奋刻苦，坚持下去，很有希望。这是在谈到当下我的一些想法后，老师说的。我说我的前半生做文秘，写了那么多文字，是工作需要。目前，还在写字，只是转向了，转向文学，迈入一个自己喜欢的地方。对此，老师高兴地说，做自己喜欢的事挺好的。

与老师交流，谈文学，叙乡情，忆故人，说往事，感到一位大评论家竟是如此平易近人，一点也没有架子。老师说到他的同学，说到兰大，说到天水，也说到乡俗炖罐罐茶，不知不觉已有两个多小时。鉴于老师前不久刚病愈，不便久留，便起身告辞。临行合影，是师母照的。由于窗外光线的缘故，换了两个方位，照了许多，老师与我还笑着看手机，说这张不行，那张可以。老师说送我一本他新出的书。这期间，参观了老师的书房，看到了书橱上老师的大作一本本立在一起。先前所呈我的四册小书，也赫然置于老师案头，足见老师的重视。

老师见赠近作《黄河之上》，并亲切而谦逊地签名钤印。老师还赏安化黑茶一大包，并说春节炖罐罐茶正合适。

临出门，老师格外嘱咐，随时来，有事打电话。并送至楼梯口，老师与师母款款挥手作别。谁知这一次竟成了与老师永远的诀别！说再见，竟真再见了！说有事打电话，永远接不上了！

就在见老师前几日，他说有两个会，要准备一下讲稿。我想肯定是十分精彩的。我为失去一位迟见的老师而悲恸。中国文坛为失去一位著名评论家，一位散文大家而哀伤！相信老师为我们留下的最可贵的精神财富将永远光照文学界。

愿老师一路走好！安息吧！我所十分崇敬的文学之师，道德之师！

创作于 2018 年 4 月 1 日夜

（收入李敬泽、徐兆寿主编，敦煌文艺出版社出版的《山高水长，风行草偃——雷达先生纪念文集》）

大暑读雷达

从先生手中接过这本名家散文自选集《黄河远上》签名本，一晃已三年多。三年来，只写过一篇哀悼先生的短文，收入李敬泽、徐兆寿主编的《山高水长，风行草偃——雷达先生纪念文集》（敦煌文艺出版社）。三年来，在北京、秦州、清水三地照看孙女、孙子，很少静下心来读散文。昨夜至今，大暑读先生如入清凉世界，一部《黄河远上》，仅读了第一辑，感慨良多。先生去矣，留下美文，足以传世。

与先生一辈相比较，我没有经历过太多的苦难，没有经受三岁失怙的孤独童年，更没有随寡母在乱世栖居的孤单少年。也没有在童年就于黄河之边、皋兰山下现场观看兰州战役的惨烈与血腥。所以，我们是极幸运的。但在《黄河远上》，我们从字里行间体味到了岁月的悠长，时代的印痕。"以乐写悲，以悲写乐，人间至情，自然而出"，可以感受浸入生命的忧思与美感。

在谛视和发掘人的生存状态与心灵图景的过程中，雷达先生始终敞开着内心，袒露着灵魂，他把自己的精神思考、感情起伏和意识流动，包括其中的迷惘、纠结与焦虑等，统统当成了审视和表现的对象，不加掩饰地端给读者，让读者从心灵的圣火中生出美妙的景观，洞悉人世间的感受。他写家乡《新阳镇》，既写新阳镇的山川形胜、风物文化，又写历史沿革、人事变迁。写他视如母亲的嫂娘，丰满真切，感人至深，无疑是粗粝的西部生存镌刻印记。《皋兰夜语》旨在为兰州立传，他把多种记忆、史实与学养整合为摇曳而浑厚的叙事，勾勒出历史上兰州曾有的集强悍与保守，坚韧与封闭，叛逆性与非理性于一体的矛盾活态。《还乡》写家乡和家乡人在历史进程中的变化。但这些变化在先生眼中却是喜忧参半。作者说不清这次还乡"究竟是失望，还是充实"，只好发出"可真的回去了，我该住在哪里？"的怅惘。《多年以前》则更多地写记忆中的父亲和鲜为己知的母亲。对母亲的有些经历，比如曾是甘肃省第一位女法官的经历他知道得少，母亲也从不说。他在推想，母亲认为，她的儿女们知道得越少越安全。母亲的心啊！从《费家营》到《梦回祁连》，写了作家从

1957 年到 1965 年间的青春梦与现实。在某种情景下，梦反而比现实更真实。岷县女子《韩金菊》更是作家生命中珍藏的遥远而凄美的初恋悲剧，讲述得如泣如诉，荡气回肠，情真意切，撕心裂肺。

过去，只注意到先生的文学评论，对先生的散文读得不多。大约从 2014 年开始，先生即在《作家》杂志开设"西北往事"专栏，讲述生命中的大西北。由于是自传体，所以记人如同与亲友对话，有助于我们更深刻地理解先生的生活阅历和内心世界。这也许是当年与先生攀谈许久，赠我《黄河远上》的初衷吧!

2021 年 7 月 22 日

三见毕淑敏

四十年前，对中国现当代文学，对女性作家应该是知道一些的。如写小说的冰心、庐隐、林徽因、张爱玲、冯沅君、凌叔华、丁玲、冯铿、萧红、陈学昭、白朗、草明、韦君宜、杨沫、茹志鹃、柯岩、宗璞、谌容、张洁、张抗抗、叶文玲等。30年来，疏于文学，如王安忆、铁凝、周晓枫、赵剑云等略知一二，但对毕淑敏仅知其名而已。

初见毕淑敏，是在10年前从维熙总序、作家出版社出版的《回眸——从文学新星丛书看一个文学时代》上下两册上。这部书以季红真序阿城《棋王》等开始。书中有关毕淑敏是由李国文作序的。选了她的《昆仑殇》《君子于役》，节选了《送你一条红地毯》。但对毕淑敏，正如李国文所说"在此之前，人们对这位女兵出身的毕淑敏，几乎是一无所知的""但是，突然间，她来了，匆匆忙忙地朝文坛走来了。这个面目一新的人，充满信心地出现了。""就像泰戈尔在《吉檀迦利》中写的那样：四月芬芳的晴天里，他从林径中走来，走来，一直不停地走来……七月阴暗的雨夜中，他坐着隆隆的云辇，前来，前来，一直不停地前来。"她是二十世纪八十年代中国文坛上的"不速之客"。而且是势不可挡、锐气十足地走来了。那时的毕淑敏以处女作《昆仑殇》及相继而出的《送你一条红地毯》《紫花布幔》《补天石》《君子于役》《西红柿王》在文学赛场冲刺，但我浑然不知。

再见毕淑敏，于我仍是"不速之客"。在陇南市第十届乞巧女儿节报到后，在《服务指南》出席贵宾专家学者名录上，毕淑敏三字赫然与我同列，真是欣喜之中又汗颜。果然，开幕式上毕淑敏被隆重请出，作了《中华女性传统美德及乞巧文化时代精神》简短而精彩的主旨讲述。这时的毕淑敏百度一下，已是高山仰止。

三见毕淑敏，是在节会开幕式的当天晚餐。近6时，友人电话告知，他受当地市县主要领导委托，招待知名文化学者、作家毕淑敏。友人自然是至交之友，给了一次与著名作家一晤的机会，感谢！不到十几分钟，友人与毕淑敏，并县常委同车至住所。上车便见到大作家毕淑敏。友人分别介绍，彼此相识。

席间，毕淑敏老师讲述了她出生新疆伊宁，当兵西藏阿里的经历，也谈到所谓酒文化。她说，她不喝酒，她的家族人都不喝酒。由此，我敬佩她与她亲人的"镇定自若，绝不左顾右盼"的定力，敬仰她的执着，敬重她不同非凡的个性，一如李国文点评：她是位从零开始的业余作者。她在10年前还是一位恪尽厥职的医生。但她没有因趋同心理而抹杀个性特征，没有失掉自己。

君子之交淡若水。举水碰杯间，向她坦白。于老师，大名早已如雷贯耳。只是才入文学界，由于地缘关系，关注陕西路遥贾平凹，新疆刘亮程多些，研读农村题材多些。并表示将潜心拜读老师作品，向老师学习。

李国文当年援引泰戈尔《飞鸟集》一句意味深长的话"小草呀，你的足岁虽小，但是你拥有你足下的土地。"对毕淑敏作品结集出版时给予忠告。毕淑敏在她的土地上已经丰收了。由是想到雷达老师在世时给我的教导，立足你脚下的土地，寻找通往外界的路。

学老师的精神，走自己的路，不停地走吧！

与书相伴

书，伴我几十年，一路走过，形影不离。从认字，到学字，再到写字；从读书，到教书，再到写书，与文字相随，与书籍相恋，可谓一日不可无字，一日不可无书。

小时候，家里穷，三代以上都勤于耕田种地，家中无书可读，只有生产队给每家每户统一配发的一册红皮袖珍《语录》，便每天翻阅，爱不释手。十二三岁上初中，从学校图书馆借《水浒传》《说岳全传》《李自成》等，没日没夜地看。有时候，大人们说费煤油，便熄了油灯，借着窗户的月光看。月光，是明亮的。而书中的故事，常常令我遐思无限。书中的人物，或爱或憎，时常浮现于眼前。

在大学，走进了博大的书山，扑入了知识的海洋。仰望书山文海，我心生敬意。面对知识的瀚海，我废寝忘食、如饥似渴地读。那时候，在鲁迅先生曾经讲过学的图书馆如鱼得水，文学、历史类书籍期刊几乎尽览无余。以如此境界毕业，我要感谢课堂，感恩书籍，感激知识的无穷魅力。

上班后，每当发工资时第一件事便是买书。县城唯一一家新华书店便成了光顾之地，常常一进去就是几个小时。一次发了工资，买了《二十四史》，和儿子用自行车驮了回来，之后这些书便成了常读之书。当教师的每一天，孩子们给我以欢乐，因为我给他们教的是书，但教书又是清苦的。夜晚，青灯黄卷，书籍伴我十多年。我快乐，因为有书为伴，有字同伍。

对于文学，古今中外文学史、文学名著、文学评论几全涉猎。读得最多的是《鲁迅文集》《红楼梦》《红与黑》《战争与和平》《百年孤独》等，读得最用心思的是《平凡的世界》，原著读了好几遍，能见到的评论全读了，也写了厚厚两大本读书笔记。

书读多了，萌发出写书的念头。为了写《成吉思汗与甘肃清水》，查阅了大量蒙元史资料典籍，也买了三十多本涉及该领域的学术专著。最紧张的日子是在兰州安宁书立方，每天在这个书店阅读十几个小时，一连四五天时间。为写传统村落文化《梅江峪》，数次走村入户，悉心采访。后来，为写传统民歌研究集《邽山秦风》，多次走访民间老艺人，查阅相关资料。几年间，先后著写了八九本书。

读书苦，要坐冷板凳。但读书自有乐趣，可以娱悦身心，可以增长学识，可以在知识的海洋遨游。

多年养成了与书为伴，枕书睡觉的习惯。上床睡觉时，床头没书便难以入睡；不翻几页书便觉得少了什么，甚至有时做梦也在读书。

书读多了，变成了书呆子。于是开始游学，一个人用了个把月时间翻越六盘山区，边走边体验，边走边读书，边走边研究，边走边思考。这样一路走，一路看，领悟博大精深的六盘山文化。因为我更懂得行万里路，读无字书的道理。

（刊于 2021 年 4 月 30 日《天水晚报》）

读孙见喜《西部的咏叹》

知道孙见喜，是因为一次不落地听完他的《贾平凹传》。在凌江朗诵的《贾平凹传》里，知道了孙见喜是位始终零距离注视，现场记录贾平凹文事活动、逸闻趣事，跟踪研究贾平凹忠实而长久的密友。

了解孙见喜，是因为与他加了微信好友的时光。从他的微信中了解到他是一位多才多艺的作家和学者。他不仅有突出的文学创作与文学研究，而且于书法、音律颇有造诣。他善古琴，长洞箫，吹得一口好埙。

认识孙见喜，是因为他受我之邀来清水举行文学讲座短暂的日子。他已七十五岁高龄，除耳朵有点背外，看不出古稀年纪的特征，精神矍铄，思想沉稳，行动敏捷，骨子里显现出文人高士的灵性与睿智。

理解孙见喜，可从他赠我散文集《西部的咏叹》一本书读来。散文集分西行散记、丝路掠影、人文漫笔、丝路新咏四辑五十一篇。贾平凹曾主办《美文》杂志，想必孙见喜定是参与者。孙见喜的散文完全可称美文。美在哪里？美在立意新，意境广，语言美。

在辑一西行散记中，他笔下《雄性的黄河》"那压下去的本不是什么水，而是硬质的团块，而是炽热的岩浆；瞬间反射上来，化作了霰弹，化作了雷电，化作了气功，化作了五四学潮或金田村起义！"在《胡杨礼赞》中，他说胡杨"长大了三千年不死，死掉了三千年不倒，倒下了三千年不烂，烂掉了三千年不腐，腐化了又肥沃沙漠三千年！""胡杨以其生命和身躯填补大地母亲的贫瘠，其永恒执一的精神取向难道不是进化史上的大智大慧吗？"《天山夜行》中，他独自猜想："前进的奥妙在于能曲能折，万千世事的败坏不是皆因直奔主题而导致的吗？"他写《库尔勒的黄昏》，写《塔里木有一伙人》，写《曲江唐韵》等等，无一不是灵性而富于哲理，高远而神来之笔。

语言美，则是孙见喜散文的另一绝。《白杨沟油画》中写白杨沟"似一瓢碎银子在抖动，叮叮然天韵飘扬，烁烁然明光扶摇；连碎石细沙也琼洁玉雅，连小草也芳菲祥瑞——这就是白杨沟。""屋旁的干草垛上落了一群雀，细碎的议论声里反复说到达坂城的姑娘——这里的雀儿全都认识王洛宾。"写到在毡房的欢乐，"哈萨克族大娘捧着一盆手抓羊肉，笑脸绽成一朵菊花。阿米娜在花蕊里旋转，朋友们围着她。她的神韵将毡房烤热了，她的清亮淘洗了一群灵魂。摄像师的镜头里开放出一片鲜花……"优美的语言，足以使读者身临其境，陶醉于意境之中，顿悟于真谛之间。

在人文漫笔中，孙见喜写到了王曲镇上杀羊的黄胡子，把青春嫁给眼泪的老妇人，写贯通老人费秉勋，书法家雷珍民、铁笔胡，画家王延年，作家鹤坪，西门口的卖艺人等，或写其事，或摹其境，俱是入木三分，意随笔到。而丝路新咏则更多表达了孙见喜的文化立场、文学视角。

读《三人行》

近看自印本《三人行》，品之，兴致所至，夜不得寐，午不能休。

三人者，夫子、薛公、苏君也。三人学识甚高，文采飞扬，皆为当世秦州文俊，乃吾自视为师也。

忽想起晚清王素小梅所绘三酸图，类此三人也。图中金山寺住持佛印、黄鲁直、苏东坡三人围缸共品桃花醋，往昔文人雅士龇牙咧嘴，率真痴绝，跃然纸上，画中三人，表情各不相同，甚是诙谐有趣。面对一缸醋，儒家以为酸，释家以为苦，道家以为甜，感受迥异，其对人生之看法，各有殊途。儒以人生为酸，须得教化而正其形；释以人生为苦，须得苦行而度众生；道以人生为甜，勿得自寻烦恼尔！观我师三人，其作人作事，为诗为文，志趣相投，风格各异。夫子近儒，薛公近释，苏君近道，未知是否？

夫言为心声，文如其人。观我师三人，夫子若古松，其文如虬龙，雅毅苍雄。薛公若劲竹，其文如笋节，爆裂惊俗。苏君若蜡梅，其文如香瓣，心花怒放。三人于文不值金之当世，抱团结伙，足迹山水，赴安远，访吴砦，登麦积山，攀罗汉崖，夜游南郭寺，晨吊北皇城，等等，同题作文，相互吟诗，自得其乐，诚可谓岁寒三友，当世三酸，亦为今日天水文坛之一桩佳事、一段佳话矣！

（刊于 2016 年 5 月 10 日《天水日报》）

淡妆浓抹总相宜

——赵云清先生画作赏读

  甘肃省美术家协会会员赵云清先生聪颖善悟，于公务间隙拿起画笔，勤学苦练，仅用五六年时间研习书法，创作国画。他的画作心到之处，笔意纵横，用笔墨抒写着人生情怀。

  云清先生是位有心人。早年，他在领导岗位，忙于事务，无暇顾及心爱的传统艺术书法绘画。但他于公务之间，总会留心观察梅兰竹菊的形态变化。也喜欢描写梅兰竹菊的古典经典诗词。后来，在公务之余研习书法绘画。他写书法条幅，起初用一个碗先在纸上依次按好印痕，然后再细心地写，仔细揣摩每个字的结体用笔。再后来，一张纸铺在书案上，如何布局，章法怎样，腹稿已在心中，下笔挥洒自如，因而书法学习进步很快。

  其后，赵云清先生开始学习国画。国画是写意的，讲究神韵，它是一个人文化素养和内在气质的表现。云清先生自幼喜欢秦腔，大写意的秦人之剧，给他骨子里注入了豪迈大气的性格。他的画作往往几笔勾勒泼墨，如秦腔演员上台出场，出招亮相，表现出一幅画的内在气韵。他潜心绘画，节假日不休息，一画就是一整天。书架上、橱柜里，一摞一摞地堆放着他的画稿。一幅幅画作不断更新，最终一幅精品脱化而出。

  他的书法和绘画都不大注重临摹前人，拘泥古法，而是信手拈来，心领神会，法于自然，相由心生，无师自通，但却给人以清水出芙蓉，天然去雕饰的灵动。他的画作，无论修竹梅花、芍药牡丹，还是兰草枯石、菊花吊葫，都凸显出气韵生动，布局洒脱的特色。一幅竹，竹叶飒爽，正气凛然；一束梅，几笔勾顿，花朵片片，十分精神；一丛兰草，长于石隙，摇曳生色；几朵牡丹，浓淡适中，天香国色，顿然而现。他的画作，若以南齐谢赫《古画品录》气韵、骨法、应物、赋彩、经营、传移"六法"而论，构图疏密有致，着色浓淡相宜，笔意恰到好处，传导着大气、生动的意境，传达着他对生活的体验，洋溢着他的人生感悟。

愿云清先生在他的绘画领地，百尺竿头，更胜一筹吧！

（刊于 2022 年 6 月 17 日《甘肃经济日报》）

书坛伟丈夫　挥笔自天成

——观《左秀玲书杜甫陇南纪行诗》（代序）

之所以冠之以伟丈夫，是因为左先生身上的阳刚之气。

之所以称先生，是因为品其人格，观其书风，巾帼丝毫不让须眉。

左氏秀玲，对其之名，早已有闻。早年，也偶尔看过其书法作品。而真实面对，则是在先生古稀之年，在近两年间的事。前年重阳节，我带县上演艺界人员去敬老院慰问演出，因为先生是书法家，所以也请了她。事后不久，她托侄女给我送来了"厚德载物"四字。今年，听说她家办起了印痕书屋，便约几位同仁前往拜访。她家在隍庙之西，被儿子苏童精心改造过的老宅，在继承与创新上匠心独具，让人眼中一亮。参观书屋，展出曾经的照片资料，家风言传身教，让人耳目一新。同时，先生讲了她早年的艰辛生活。自幼家境贫寒，她常如烧火丫头杨排风一般，用烧火棍在地上推演着点横竖撇的文字架构。后来，扁担挑煤不慎将耳朵毁坏，无怪乎相互间对话须得声如洪钟。听力的闭塞，使她心无旁骛，开启了她的深邃目光，打开了她的书艺之门，心灵之窗。她的丈夫是位建筑设计师，20世纪八九十年代，县城绝大多数建筑都是出自他手。这些在书屋留下了深沉的印痕。她讲了她对书法艺术的追求，一种终生的不懈追求。

她为书法而生。这是一种人生境界。观其草书，笔意纵横捭阖，运笔收放自如，章法布局大气生动，若行云流水，天马行空，文字激扬，感情奔放。人过六七十，从心所欲不矩逾，持正创新，挥洒自如，自成一体。因此我说："与神为邻，仅一墙之隔。坐楼品茗，高瞻远瞩，清风徐来，庙铃声声，兴致所至，书法一通，快哉，先生真仙人也！"

我因此而邀请先生为明代大儒周蕙故居书写陇上宗师段坚小泉峡访周蕙留诗二首之一，并与本土书家以成"清水书法三绝"之美。先生大度，慨然应允，草体一挥而就，刻之于石，大气磅礴。与先生之深交，方知先生学识过人，刚直不阿。书品即如人品，字内功夫在纸外，诚不欺我！

不久前，先生发来其书法集《左秀玲书杜甫陇南纪行诗》样稿，嘱我写点文字。我于书法是外行，仅是在十多年前研究地方金石时较为系统地揣摩过中国书法史，也读了诸如《艺概》之类的东西。从先生书法作品所蕴含着的韵味来看，尤其是挥毫天成的草书作品来看，先生真是在卫夫人、二王、怀素之法帖上下了真功夫。也正如她所说，即使在最艰难的时候，也没放弃对书法艺术的痴情与喜欢。又知她在京城的岁月，在北大研习书法，并得当代书法界泰斗启功、欧阳中石、林岫等名家的耳提亲传，使她的书法得以积健为雄，书风得以超凡脱俗。

　　杜甫在秦州有杂诗。清初宋琬集二王《淳化阁帖》之书法，刻于玉泉观中。诗为诗圣之诗，字为书圣之字，诗妙书妙，故为"二妙"，为书家珍品。先生的《左秀玲书杜甫陇南纪行诗》共书杜工部从《发秦州》，到《两当县十侍御江上宅》凡二十四首，是诗人越陇山到秦州住了三个月后，因"无食问乐土，无衣思南州"，迫不得已，从秦州奔同谷沿途所作。其时，诗人年仅四十八岁，却已是"白头乱发垂过耳"了，一路上"悲风为我从天来"，"林猿为我啼清昼"，此情此景，感人至深。纪行诗洋洋数千言，先生用心来书，虽为小字，却字字不失大字之结构。全书书法作品渗透着秦简、汉隶、魏碑、唐楷之遗韵，容貌修整，仪态大方，运笔峻利，点画顿挫，骨转筋摇，波磔分明，诚可谓精到之作，书体楷模！

　　班门弄斧，不知天高地厚，就此搁笔吧。

2022 年 10 月霜降之日

（注：本文为书法集《左秀玲书杜甫陇南纪行诗》一书所作的序）

生活的音符

—— 刘瑞明先生及他的《针线》

愚钝无知，五音不全，于律于乐，宫商盲然不识。

某天下午，拜见刘瑞明先生。先生乃甘肃省音乐家协会会员、中国金融音乐家协会理事、天水市音乐家协会理事、秦州区音乐家协会主席，更是全国著名的诗人、词曲作家。在刘瑞明先生的挚言艺术工作室，适逢甘肃省青年笛箫演奏家、天水师院靳振彪先生及其夫人。刘先生清唱了他作词作曲的《四合院》《针线》，歌词平实而含义隽永，那音符旋律感觉是流淌出的山泉，回环灵动，自然天成。靳先生洞箫两曲，不禁想起多年前听方明《阅读与欣赏》之《赤壁赋》。

子语鲁太师乐，曰："乐其可知也。始作，翕如也。从之，纯如也，皦如也，绎如也。以成。"孔夫子说乐是可知的，乐是君子必须具备的修养。"乐者，天地之和也；礼者，天地之序也。和故百物皆化，序故群物皆别。"乐体现的是天地和谐，是人类对自然律动的觉察，对生命节奏的感知，其意义在于和谐之美。音乐的最高境界是通过对宇宙和谐之音的感悟来达到提升修养、陶冶情操的目的。诚如是，与刘瑞明先生两度接触，低调做人，高调做事，精进乐艺，其艺其德当是炉火纯青般的老到。

针线

词曲 / 刘瑞明

你是一根线，

我是一根针，

穿针引线一辈子，

缝起春夏秋冬，

缝上你对我的爱，

缝上我对你的情，

缝上那酸甜苦辣咸，

缝起两个枕头一个梦。

我们是针和线啊，

针和线，

我们两个是这辈子不离不弃的人。

你是一根线，

我是一根针，

穿针引线一辈子，

缝起两行脚印，

缝上归途的平安，

缝上远行的叮咛，

缝上一条长长的路，

相伴一生。

我们是针和线，

我们两个是这辈子不离不弃的人。

这是刘瑞明先生的新作。

君住籍河南，我居籍河北，一水之隔，临窗而望，却有眼不识泰山。说来也有缘分。但见他却是今年后半年的事，且仅两面而已。一次是在秦州南郭寺，与央视李野默短暂会晤，更多谈朗诵。一次是在他的工作室，听音赏乐。

短匆会面，感觉他超乎常态，谦逊低调，人格高雅，是个有真文化，有大情怀的人，是个极睿智而聪明的人。这般人过去鲜见，今天难得。天水之间，真是藏龙卧虎之地。

且看他的这首歌。据他这次与我见面讲说，七月的一天，一个夜晚，他三点睡醒，不能成寐，看到橱上针线包这被人视而不见，早已作为针头线脑的小玩意，突然一种旋律鸣于耳际，一列音符跳跃而出，一段文字脱口涌出，于是，他便清晰地记了下来。

《针线》，也就是针和线，一对不离不弃的人间夫妻。缝上你对我的爱，缝上我对你的情，把夫妻间的情爱关系比作针线关系，妙之又妙，浅显易懂，而又富于哲理。歌曲语言穿针引线一辈子，与是这辈子不离不弃的人巧妙比喻，把夫妻间的关系表达得生动贴切。缝起春夏秋冬，缝上酸甜苦辣咸，乃至两行脚印，归途的平安，远行的叮咛，道出了夫妻之间你对我的爱，我对你的情，这是何等的温馨与和谐啊！而两个枕头一个梦，一条长长的路，则道尽了人间夫妻相伴一生的厮守。歌词明了平实，口语化，角色互动，如车行作词的风格，于朴素间见真情。我想，所有天下和睦的夫妻都是有感受体验的。只是刘瑞明老师形象地用歌曲表达了出来。我不通音律，但从当日刘老师饱含深情的吟唱中，从歌词的回还流淌中，是能感受到这首歌的旋律之美的。

愿这首歌人民大众喜欢！
愿天下的夫妻如这首歌！
愿刘老师艺术之路长青！

（本文写于 2017 年 8 月）

成葆珍与她的父辈

清水县秦剧团退休演员、著名秦腔表演艺术家成葆珍女士是 20 世纪 50 年代至 90 年代誉满天水、平凉的一代名角。她出身于书香之家，是名门之秀。她的父亲成际罄是秦安一中创办者、首任校长，舅太爷是著名的"陇上铁汉"安维峻。

成葆珍，生于 1940 年，祖籍秦安县兴国镇南下关。成葆珍的父亲成际罄于 1928 年北平国民大学学成回乡，毅然倡办中学。虽然没经费，无校舍，困难重重，但成先生不畏辛劳，四处奔走，力陈办学之利害得失，终于使之感动有关方面同意协助办学。于是，秦安县政府下拨专款作为建校资金，划拨万寿宫旧址及与之比邻的观音殿诸庙为建校地址。众人推举成际罄先生主持建校事务。修建校舍时，成先生忙里忙外，常常顾不上回家吃饭，便在工地上啃干馍、喝白开水。其敬业精神可见一斑。庙中神像无人敢动，成先生不惧毁谤，搬起神像投之于池塘，其勇敢和无畏令人折服。同年 12 月，校舍建成。省教育厅命名为"秦安县立初级中学"，指令成际罄为校长。1929 年春季，学校开始招生。当年，秦安遭遇特大年荒，天灾人祸接踵而至，办学之艰难困苦不言而喻。成际罄校长直面困难，不遗余力。经过几年努力，学校的一切基本齐备。成际罄以兴教办学为己任，开秦安中等教育之先河，给秦安学子撑起了一片追求真理、实现梦想的蓝天。

遥思先贤，秦安人没有忘却前人的呕心沥血和岁月峥嵘。2019 年 9 月 29 日，适逢秦安一中九十华诞，秦安人民在县一中雕成先生塑像，市、县领导参加，让先生的风韵得到永久景仰，让先生的功业得以万世传扬。作为女儿的成葆珍曾几次拜谒父亲的雕像。

成葆珍的舅太爷安维峻是秦安县西川镇人。安维峻从小家境贫寒，入学读书较晚。光绪元年（1875 年），谒见了陕甘总督左宗棠，受到了左宗棠的器重。这年八月，举行陕甘分闱后的甘肃第一次乡试，安维峻不负众望，考取举人第一名解元。光绪六年（1880 年）考中进士，任翰林院庶吉士，授编修。

光绪十九年（1893 年），安维峻任都察院福建道监察御史。此时，正值中日甲午战争前夕。李鸿章虽为国家重臣，但却消极退让求和。面对民族危亡，安维峻置个人安危于不顾，直言上谏，坚定地支持光绪皇帝，与投降派展开了针锋相对的斗争。在他任谏官的 14 个月内，就连续上书 65 道，其中三分之二是关于甲午战争的谏论。在《请诛李鸿章疏》中，提出将李鸿章"明正典刑，以尊主权而平众怒"，揭露李鸿章"平日挟外洋以自重"，"倒行逆施，接济倭贼""中外臣民无不切齿痛恨，欲食李鸿章之肉！"在奏疏中还义正词严地痛斥慈禧太后专权误国的罪行。慈禧勃然大怒，令将安维峻交刑部严加惩处。光绪皇帝曲意回护，使他幸免一死，革职发往张家口效力赎罪。安维峻因爱国获罪，轰动京城。乌里雅苏台参赞大臣志锐亲自为他治印，刻"陇上铁汉"四字相赠。京师大侠"大刀王五"亲为护送，并馈赠车马行之。甘肃赴京应考的一些文人将他送到张家口。

成葆珍自幼受家庭良好的文化氛围熏陶，秉承了舅太爷刚直不阿和父亲吃苦耐劳的精神，从艺一生，精益求精，为天水秦腔艺术事业的发展奉献了青春年华。

作为一名旦角演员，成葆珍不辞辛劳，上山进村，有时一天演出三场戏。早年，演员下乡没有车，全凭人行。一次，她和母亲随了接戏班的人去演出，骡子背上一边驮着戏箱，一边驮着她的女儿。骡子跌下崖，女儿与戏箱也一同跌下。娘仁抱头痛哭。哭完之后，又继续赶路。

成葆珍不断学习和继承秦腔传统艺术的精华，刻苦练功，十分勤奋。她是著名秦腔旦角演员李爱云的入室弟子。李爱云会唱善做，有熟练的演唱技巧和丰富的演唱经验，嗓音富于感情色彩，唱腔委婉细腻，尤其是苦音唱腔如泣如诉的表演特色，在成葆珍的演艺生涯中得以充分体现。她扮相清俊，唱腔圆润，嗓音宽厚，唱念做打，出神入化。由于她勤学苦练，加上天资聪颖，表演出色，20 世纪五六十年代，就已红遍城乡舞台。她是天水地区秦腔界较早的女演员，唱腔颇似孟遏云的风格。她一方面继承了前辈艺人男演女唱腔的传统；另一方面又进行了女演女唱腔的实践。她的唱腔是天水一带近世秦腔旦角唱腔从男演女到女演女的过渡，颇有一种独特的风味。她在《回荆州》中饰演的孙尚香，在《貂蝉》中饰演的貂蝉，在《下河东》中饰演的武旦呼延妹等众多舞台艺术形象，都给观众留下了深刻的记忆。改革开放初期，她在清水县秦剧团二度复出，与赵桂中，石建明等著名老艺人同台演出，成为城乡戏迷的明星。

由她编导的荒诞剧《新拾玉镯》是倡导婚姻自由的戏剧。她主演的刘媒婆，一时轰动剧场。那些年，每场演出，台上精彩纷呈，台下人山人海。老百姓赶百十里路，以看一场成葆珍的戏为荣。乡村田间地头，到处都在议论她，以及她所演绎的故事，她所塑造的艺术形象，甚至一段唱腔，一个眼神，一个动作。的确，在那个文化相对贫乏的年代，成葆珍给成千成万个父老乡亲带来了欢乐和喜悦。

（刊于 2022 年 12 月 17 日《甘肃经济日报》）

石 记

平阳如始，美人也，玩起了石头，竟是出人意料的事。于是，以石头为话题，成为闲聊的一个片段。

家乡有一种石头，多呈墨绿色，间有白黄印痕，好事者称之为翠。20世纪80年代后期陡然身价倍增，以玉冠名，称庞公玉。人们竞相采掘，琢磨出售，且作为跑项目、送亲友的热门货。幼时家中画桌曾放一石，形似箭山，很小。大人们叫太皇石，也叫长石。其实几十年一点也没长。某于是作《太皇石铭》一篇，极尽哄人之术，以石作喻，画像于石，委实忽悠了一回。

老家市上有位先生得一石，据他说上有《八卦太极图》。他说得天花乱坠，好像又叫"万象石"，并以此拓展，无端生出灵性人，曾怂人，二兴子人，百面人，且专为此石著了一本大书。

天地之玩石，玩得大气，玩得霸气，玩得诡谲莫测，玩得石破天惊。何以见得，偶尔一阵流星雨，几块埙石是小玩。玩大了便如华岳江山有墨千古画，遍如崂山各种姿态摆给你看。至于大地玩起来，一镐下去，金银铜铁，钻石玛瑙，甚至一块煤都灿灿发光。

大人物玩石，玩得神秘，玩得连自己也丈二和尚摸不着头脑。武皇玩来玩去，实在没辙了，只好竖起一通无字石。诸葛亮据说只把石头按八卦依次垒将起来，行兵布阵天知道。某次去海原，远见一山掌，形若仰卧状。

佛家玩石头，说石头可以开花，可以生莲。有几次去龙门洞，有一石球，直径二尺，据说能双手抱起者，则为心诚之人。反之，白来一场。此乃道家之玩石也。至若情人玩石，要把石头玩碎。不然，何以有海枯石烂，爱心永不变？

玩石的行家自然要数神仙。神仙玩石，鬼斧神工，玄之之玄者，莫过于女娲娘娘炼五彩石，以补苍天。真是玄之又玄。原来，我们每个人头上都始终悬着或大或小的石，行走人世，千万当心呀！

也还真有被女娲娘娘丢弃的。老家山谷中孤零零一块巨石立着。有好事者径直给写上了孩儿体的补天石，也着实费了好多红漆。

说到给石头写字，想到了写书。还真有把石头写绝，因石头牵带出一场悲金悼玉的《红楼梦》，索性直呼《石头记》。开篇即作《石头偈》："无材可去补苍天，枉入红尘若许年。此系身前身后事，倩谁记去作传奇。"《西游记》开篇也写石头。那是东胜神洲傲来国花果山上一块仙石，上有九窍八孔，按九宫八卦列序。受着天真地秀，日月精华之滋养。好端端地却感之应之，遂有通灵之意。果然蹦出一个猴子来，闹天宫，闹地府，闹龙宫，惊动三界，最终闹出一本《西游记》。《水浒传》也是。洪信不听人劝阻，强行掘开殿门，但见"遇洪而开"四字。再掘时，一股黑气腾空，霎时化作百十道金光四散而去。不仅如此，还有董平，张青，还是谁谁上阵不带兵器，以石子击人，每每命准要门。四大名著唯独《三国演义》与石头无关。但细看也玄。十七路诸侯伐董卓等，一连串的烂事如麻，无不为一块石头而厮杀。何以见得？据说那个传国玉玺，就是一块石头上刻了几个梅花篆字而已。无怪乎，连写书的人写得也疲软了，只好在最后抄了半首刘禹锡的诗了事：

千寻铁锁沉江底，一片降幡出石头。

人世几回伤往事，山形依旧枕寒流。

今逢四海为家日，故垒萧萧芦荻秋。

石头竟有如此玄机。难怪当世有位大作家，爱石如痴，连人家猪圈的一块泥尿石也不放过，做了自家的看门狗，而且很灵性（参见孙见喜《贾平凹传》）。

石头，也许是有些灵性。不然，何以有石敢当镇宅避邪：乡间娶媳妇何以见石头都要贴大红纸？

某生性鲁钝，于世俗之鼠目寸光瞧来，石头就是石头。也许，某是铁石心肠。曾经看过投石问路，知石头是狡猾的。曾经看过投井下石，知石头是卑鄙的。曾经看到过鸡蛋碰石头，听说过玉石俱焚，常常在强势与弱势，美与不美中纠结，激动，烦恼，甚而左右为难，只好摸着石头过河。有几回，明明掉进了浑水里，却被誉为茅坑的石头。其实过誉了，现如今绝少吃石头拉瓦渣的人。没那么多硬人，想臭起来，也不易。因为被洪浪一路冲刷，让岁月分秒蹉跎，许多人早已没了棱角，世故圆滑得如丑石无异，难看极了。

行文到此，能书擅画的如始道，作山水画也从石头开始。《伯远帖》等跋尾也不忘添几笔石头，等等如是，且连道三声，有意思！

如始说文章总会有人看，好石头总会有人玩。我理解如始当属灵性之人，尽会敞开胸怀，温暖石头，让精美的石头会唱歌！让千年的石头会说话！

陇山记

我是陇山之子。在这块贫瘠而闭塞的土地上，有我父母辈、祖辈们的汗水，有他们的身影。因此，我不能不亲吻我脚下的这块热土。每当穿行在黄土小道，置身于纵横沟壑，我能听到大地的喘息，老树的啜泣，以及先人们为生存而劳作，为生活而奔波，为命运而抗争的沉吟与呐喊。也许，这就是一种文化，一种关于陇山的文化。

陇山，又称大陇山、六盘山，是我国最年轻的山脉之一，也是祖国版图上为数不多、南北走向的山脉之一。它位于陕甘宁交界地带，是西安、兰州、银川三个省会城市的三角中心。陇山南北逶迤两百多公里，总面积4780平方公里，最高海拔近3000米。

陇山一出世，便以磅礴的雄姿，盘亘于渭河和黄河之间，呈现为一个昂首阔步，向东迈进的"人"字形。它头顶贺兰山，仰望太行山，背靠祁连山，足履渭水，脚踏秦岭，这是何等的气势啊！

陇山，《山海经》称之为高山，既是关中平原的天然屏障，又是北方重要的分水岭，黄河水系泾河、祖厉河、清水河的发源地，渭河重要蓄养区。它北接屈吴山，南连大关山，东坡陡峭，西坡平缓，素有"山高太华三千丈，险居秦关百二重"的美誉。

陇山地区有着得天独厚的地理优势，即所谓"春去秋来无盛夏"。这里气候属中温带半湿润向半干旱过渡带，具有大陆性和海洋季风边缘气候特征，春低温多雨，夏短暂多雹，秋阴涝霜早，冬寒冷绵长，年降雨量677毫米，是黄土高原湿岛。繁茂的天然次生阔叶林，加上草地，使其又成为清凉胜地，绿色岛屿。但是，陇山多山，交通闭塞，无论是周边干旱缺水的定西东部，还是被称为不宜于人类生存的西海固地区，生存环境和生活条件，与平原沃野发达地区有着很大差别。近代以来，这里曾经受过天崩地裂的海原大地震。这里也是盛产麦客的地方，一直以来，人们以衣食为忧。

所谓陇山文化，顾名思义，就是以陇山为中心的区域文化。陇山文化历史悠久，极为丰富，纵不断线，多元多姿。

近几年，我曾先后几次较为集中地深入陇山地区，到过张川、秦安、甘谷、庄浪、静宁、会宁、西吉、隆德、泾源、固原、海原、陈仓、宝鸡、岐山、凤翔、麟游、灵台、泾川、崇信、华亭、陇县、千阳、平凉等县区乡镇，并向四周辐射，北边经中卫、中宁、灵武、银川，到达伊金霍洛，南边延伸至礼县、西和、徽县、两当、成县，西边到兴隆山，东边到黄陵等地，对陇山文化进行了较为系统的考察。

我的考察是行千里路，读三百本书。我独自一人，或坐长途汽车，或乘三码车、摩托车，住便宜小店，吃简单便饭。主要途径是与当地政协文史委、博物馆、县志办接触，与地方文化人士接触，与事件知情者接触，先后收集地方文史资料三百多册。多少个日日夜夜，我背了行囊，晓行夜宿，边走边体验，边走边研究。旅行的路，是寂寞的。夜宿陇头，万籁俱寂，有时不免生出一缕悲凉。南下的铁木真，北上的毛泽东，似均有"何时缚住苍龙"的叩问与难怅。此时，不禁想起陈子昂的《登幽州台歌》："前不见古人，后不见来者，念天地之悠悠，独怆然而涕下！"从麟游到灵台，一路淅淅沥沥的雨，黑黑沉沉的云，坑坑洼洼的路，班车打滑，跌跌撞撞，到一个叫天堂镇的小村。车到站了，我被扔在一个前不着村，后不着店的地方。在风雨飘摇的大树下，我与掰玉米挣钱过日子的老汉同样，等了三个多小时，一直等到了天黑，简直沮丧至极。但博大精深、异彩纷呈的陇山文化却深深地吸引着我、震撼着我，使我坚持了下来，持续前行。我崇拜，我敬重，我仰望这座底蕴丰实的文化之山。我在探析这座山的人文精神。

在辉煌灿烂的中华文明史上，陇山以其独出的自然地貌、区位特质，曾经书写了光辉的篇章。

陇山自古即是华夏文明的摇篮，丝绸之路必经之地，兵家屯兵用武要塞，佛道文化繁盛区域，也是游牧文化与农耕文化的结合地带，中国少数民族聚居区。正因如此，黄帝选择了崆峒山，周秦祖选择了古雍州，唐太宗选择了九成宫，元太祖看准了凉殿峡，元世祖看准了开城镇。这是何等的情怀和毅力。最令我敬佩的是在西海固被外国专家认为不适宜人类居住区，这里的人却世世代代坚强地生存着。最能感动人的应当是为粮食问题而移山造地的庄浪梯田精神。因而，我认为寻访陇山灵魂，研究历史文化，观照生存状态，探析人文精神，推动区域发展，当是破解陇山文化的题中之义，也是为一座山立传树碑的要旨所在。

我看陇山，大致有这么几个视角。

一是始祖文化，即以伏羲女娲为代表的原始文明。伏羲女娲的神话传说除河南淮阳、西华之外，更广泛流传于陇东南之天水、平凉及陇南地区。天水是羲皇故里，陇南西和、平凉庄浪也有关于伏羲出生地的说法。秦安被称为女娲之乡。大地湾迄今八千七百多年的原始部落遗址证实，人类的祖先很早以前就生活在陇山这块土地上。应该说，陇山是人类文明之源。

二是炎黄文化，即以炎黄二帝为代表的远古文明。汉代焦赣在《焦氏易林》中说："黄帝所生，伏羲之宇。兵刃不至，利以居止。"黄帝出生在伏羲故里，清水是轩辕黄帝故里，宝鸡是炎帝发祥之地。平凉崆峒山有著名的黄帝问道处。炎黄时代是华夏文明的曙光。在距今五千年前，就已形成了历史上文明国家的雏形。应当说，这是陇山地区的荣光。

三是周秦文化，即以周与先秦为代表的周秦文明。周人在陇东高原迅速崛起，把农耕文明大大向前推进了一步。周先祖在岐山几百年所留遗迹极为丰富。先秦的主要活动在礼县、甘谷、清水以及关中平原西部。可以说陇山，就是周秦先祖开疆拓土的根据地。

四是驿路文化，即以关陇屏障为主的驿路文明。自汉唐伊始，陇山承载着军旅与商道的重要功能。陇山作为西进东出，北上南下的主要通道，以关隘驿站多而著名。关陇驿路，太多的记载和传说，以及诗词歌赋，更是不绝于耳。元明清以东凤翔，西巩昌为重镇的军政格局，更加明晰了关陇驿路的历史承载。

五是宗教文化，即以麦积山、崆峒山为代表的佛道宗教文化。陇山地区，无论是州县衢镇，或是清幽山林，几乎都弥漫着浓厚的佛道气氛，石窟、寺庙、道观、僧仙踪迹随处可见可闻。陇县龙门洞更是道教龙门派的重要丛林。

六是蒙元文化，即以屯兵牧苑为中心的游牧文明。陇山地区从成吉思汗灭西夏，到蒙哥伐宋，再到忽必烈远征云南，一直是蒙元经略中原，屯兵用武的军事基地。这座山，在漠北、关中、川蜀、云南乃至中亚庞大战局中，具有不可替代的重要战略地位。可以毫无质疑地说，陇山地区改变了中国历史的版图和走向，促成了中华民族的大融合。

七是红色文化，即以红军长征为主题的革命文化。中央红军进入甘肃南部，接下来向何处去？一张国民党的报纸透露出红二十五军与陕北红军会合的消息。中央果断决定奔赴陕北，从而改变了中国革命的命运。毛泽东率领中央红军长征途中翻越的最后一座山，便是陇山。《清平乐·六盘山》："天高云淡，望断南飞雁""六盘山上高峰，红旗漫卷西风。今日长缨在手，何时缚住苍龙？"这些名句透过勃发的诗兴，领导人此时的心情是复杂的。但是，一句"不到长城非好汉"，使它形成了现代陇山的文化窗口。"屈指行程二万"，长征精神使六盘山，也就是陇山放射出最为耀眼的光芒。可以说，长征精神为陇山文化赋予了全新的时代命题。

陇山地区是中华民族重要发源地之一。陇山文化是我国历史悠久、人文资源极为丰富、可研史料较为丰厚的区域文化之一。深入研究，合理利用陇山文化，对于弘扬陇山精神，加强区域合作，发展旅游产业，推动经济社会、文化旅游业的可持续发展，具有十分重要的现实意义。

（本文刊于《天水日报》）

梅江峪

岁月，是一座永不停顿的时钟，分秒推移。

人类，是一丛根深蒂固的草木，繁衍不息。

当我们在尘世路上一路走来，不管是安逸自适、一路顺风，还是历经坎坷、饱受沧桑，不知是否意识到：我从哪里来，要往哪里去？

梅江峪，一个极为平常的小山村，一座极不寻常的小村落。一座座古民居，一段段老墙壁，一扇扇门，一眼眼窗，一块块砖，一片片瓦，无不历经风雨。但那精、气、神尚存，顽强的生命依然处于奔放的状态。

梅江峪，是黄土高原陇东南成千上万个山村之一；梅江峪，是一棵根深叶茂的生命之树；梅江峪，是大西北中华民族传统村落的活化石。千百年农村民间生存的精神，乡村生活文化的基因符号，陈列在这里。岁月的年轮清晰地雕刻在这古朴端庄的庭院，让我们这些正在行进的人，从尚未消亡的遗存中，访寻农耕文明的风骨神韵，解密千年文化的心跳密码。

多少年已经过去，许多事物都已消亡。而梅江峪这山间村落，这庭院古居仍然张开檐翼，使走近它的人，有了寻根访源的亲近感，有了审视传统文明的想象力。

梅江峪，位于天水市清水县贾川乡。全村目前约有 530 位老老少少的乡亲，有朱、王、李、缑四大姓约 107 户人家。大约早在元末明初，这里就住着一位姓朱的大户。在毗邻的支家河住着一位姓支的小户。据村人讲，朱、支同源，本是一家。据寿幛所记，梅江峪朱姓人家祖籍陕西紫阳，迁至秦州，再迁梅江峪。在梅江峪，有块"云路独骋"的大匾，是乾隆三十九年（1774 年）悬挂的。光绪三年（1877 年），梅江峪村人、国子监太学生朱成明又将匾额修葺一新，重新悬挂。同时，挂起了"鉴元"大匾。村中残碑可见宣统三年（1911 年），男朱正某、孙荣等，曾孙守仁、守义、守礼为其父清朝待赠处士朱焕及母李氏所立墓碑。从彼时起至今，梅江峪"三多堂""五福堂""百忍堂""佛堂（书房）""上院""当中院"六大院世代相传，人气相承，构成了梅江峪传统村落的主体。

"三多"，即多子、多福、多寿。"五福"，即古人幸福观的五条标准。命不夭折且长寿；钱财富足且尊贵；身体健康且心宁；心性仁善且顺应自然；安详离世且寿终以礼。可见，"五福临门"是人们所期盼的幸福。"百忍"，相传唐代张公艺九代同堂，和睦相处，相安无事。唐高祖李渊甚是好奇，便问其故，张公艺写下了一百个忍字。李渊于是赐号"百忍堂"。其后，民间便有了"百忍歌""百忍图"。所谓"百忍"，就是要通过忍让求得相互谅解，求得和谐相处。农耕社会的道德观念，不仅表现在堂号匾额上，而且在梅江峪的院落得到了充分体现。

梅江峪的院落错落有致，大部分庭院以屋背作墙，屋与屋之间或以土墙连贯，或以青砖砌成，基础是年代颇远的石头。院墙砌得很高，显得十分紧凑而安全，封闭而内敛。大门是最能够彰显民间文化的门面，乡村有"人才出在坟，财帛出在门"的说法。受儒家文化的倡导与感染，当地农民普遍都谨记"读可荣身，耕可致富"的古训，因而大都在门额刻上"耕读第"三字。门上有门簪，刻成荷花、棱形、花锤之类，格外提神。门口有照壁，类若屏风，敛财聚气。

"三多堂"主房房基明显高出庭院，以乾字向定位，云落三檐五间式修建。四根明柱挺立庭前，屋面上部檩铆相套、雕梁画栋、云头斗拱、雀替月梁、重檐筒瓦、四栏门窗，显示出肃穆庄重的气派。

堂屋正中八仙桌两边太师椅，后边是长长的画桌，画桌正中央供着神主龛，龛前摆着"天地君亲师之神位"的牌位。少了这一形式，我们便不知祖宗是何人，礼仪是何物。而"天地君亲师之神位"八个字，则涵盖了儒家文化的精髓，体现出民间敬天法地、孝亲顺长、忠君爱国、尊师重教的价值取向。

正堂墙面挂着《朱柏庐治家格言》，"一粥一饭，当思来之不易；半丝半缕，恒念物力维艰""读书志在圣贤，为官心存君国"，通俗地教给人们行为规范和理想抱负。

正屋左手，坤字定向，修有二层阁楼。有木梯可登，那是女眷的栖身之所。阁楼，又称绣楼，有栏杆可看庭院，有小窗可观风景，也有卧息的床榻，但绣楼毕竟是那个时代少女的鸟笼。

从朱四德老人保存的一幅幅锦幛，穿越时空，在庭院与彼时的乡贤耆老、农夫士子敞开对话，窥视老屋的文化秘密，可见当时之盛况。《恭贺大京元名堂朱老先生大人晋秩六旬荣寿序》载明，拜寿者上至秦州儒学生员、举人知县，下至增生、廪生多达三百余人。其他如入庠、生子、脱服等锦幛，无不反映出不同时代农耕文化的表现形式和厚重内涵。

在梅江峪，另有三棵七百多年的古槐依然根深叶茂。梅江峪本身就是一棵生命之树，这棵大树，寄宿了一辈又一辈鸟儿般的生灵。几百年以来，他们日出而作，日落而息，面朝黄土背朝天，世世代代耕读传家，艰辛劳作，繁衍生息。这，便是传统中国的北方农村，便是传承千年的农耕文明。

当代社会，人们更多地选择城市生活方式。在我们这个农业大国，传统意义上的农耕村落，正在逐渐消失。梅江峪得以幸存，并于二〇一三年八月被住建部、财政部、文化和旅游部、文物局列入第二批中国传统村落保护名录。这是国家先后两批列入保护名录的一千五百六十一个传统村落之一，也是获此殊遇的全省十三个村、天水三个村之一。

当年，我在贾川乡工作间隙，曾数次走访梅江峪朱氏后人、七十多岁的朱四德夫妇，以及朱映辉老人等，撰写出版了全国第一本专为保护传统村落的书籍《梅江峪》。在这本书里，我从传统村落、梅江风情、庭院景致、房中物语四个方面，就梅江峪的物质影像、精神世界进行了解构，受到中国传统村落保护中心主任、中南大学胡彬彬教授的高度评价。

其实，我写这本书，为的是能够留住深深扎根于西北沃土的古村落梅江峪的历史记忆，记录百姓生活，触摸时代变迁。

如今，当我们寻访这一座座庭院、一间间房屋的历史，叩问一条走廊，一块石踏，甚至脚下一丛草根，瓦楞一粒微尘时，曾经的一家数十代男男女女是怎样的谋求生存？在谋生的旅途，又是一种什么样的文化基因推动着人们一代又一代生生不息？也许，梅江峪会为你给出答案。

（本文刊于 2023 年 3 月 1 日《天水日报》）

温家沟

出县城东十里，是我的温家沟。

温家沟位于川道，南靠山，北临河，山不高，水不深。过河即是香胜华清的汤浴温泉。温家沟长，南边一直延伸到大山礅落。龙脉从渭河北岸弯曲而来，有莲花台落于庄心，有九曲水注入庄心，山水相接，钟灵毓秀，哺育滋养了一代代温家沟人。

一方水土养一方人。温家沟人吃石硙水，人长得方正，像麻条子一样的直。脸型轮廓，走路姿势，说话语气也大致相差无几。

庄左是崖头洼，洼上有清代古堡。庄右是大洼梁，梁间也有堡，比东堡子年代要早些。两座洼上是肥沃的高原平地，洼下是两条溪水，宛如二龙戏珠。而南庄里一块舌形之地，正是风水宝穴，真正的莲花台。台前建有古刹永宁寺，恭奉南无定光燃灯古佛。燃灯佛是过去佛，是佛教初传时期中国式的佛。古寺曾经有师傅，设过学。老一辈念书人曾在这楸树成荫的寺院就学启蒙。寺院也曾住过高道。想当年，龙门洞第十七代监院、本庄人温嗣昌曾携道童一个，良马一匹，住在这方宝地。

早年间，庄人依沟凿洞而居，近水便利，避风向阳，冬暖夏凉。在这样的环境中，温家沟人世代繁衍生息，日子过得倒也自在。后来，渐次北移，住于坪上。而当年的住处，也成了房头的招牌，如水坑子、下园子、酒坊里、楼底下、窑庄里、南头下等等。近一二十年，从温家沟搬出，去往上海、广州、西安、苏州、包头、兰州、天水等地的人不在少数。县城就有三四十户人。

在这块沃土上，曾出土有春秋青铜器，战国陶俑乐队，秦汉文物，说明很早以前就有人生活，且文化发源也早。

温家沟人勤奋努力，事事争先，领一县之头。20 世纪 50 年代初，全县第一个农业生产合作社就诞生在这里。庄中仍然保留着邓宝珊省长亲笔签名的奖状一面。改革开放初期，农业社有副业队，养殖场，果园等多种经营收入，全庄人均日工值接近两元，也居全县之首。那个时代，小岗村十八户农民在偷偷分地单干。而温家沟人干得正欢，都不肯分开。80年代，扶贫攻坚阶段，庄里开始繁育小麦粮种，庄里人打粮多，收入好。90年代，办集体砖厂，率先减免农民两金一费，日子过得红红火火。进入新世纪，率先建设新农村，完善农村基础设施，建成全县档次最高的农家乐。所有这些，无不凝聚着温家沟人的辛勤努力。

温家沟人硬气，做事喜欢单打独斗，全凭自己的本事闯荡江湖吃饭，兢兢业业干事。都说人出在乡下，这话一点不假。说到干公事，早年有上黄埔军校当军官的，有靠念书当工业厅长、地矿局长、高级工程师、国企党委书记的，有当县人大主任、政协副主席的。曾经千把人口的庄，科县级干部多达三四十人。吃公粮，拿工资的体制内约在一百多人。

温家沟人勤奋，无论是生活所迫，还是殷实之后，开春总会看到田间地头，家道巷尾拾粪的，捡柴的，拔草的，拉着碾子碾麦的，背着粮食磨面的。秋天更忙，即使冬天也一样，路上驮板的，挖刺的，割柴的，拈毛线的，驮粪的，络绎不绝。大家都为生活，为过上好日子忙碌着。

温家沟人灵性，干什么的人都有，木匠、瓦匠、铁匠，编竹货的，打围的，看病的，当骗匠的，合绳的，扦擀毡的，做裁缝的，做纸火的，搞建筑的，跑车的，厨师，等等，样样活不出庄。家中摆设，家用电器，总领时代之先。就是衣着打扮也很时髦。

温沟人喜欢耍子。早些年，庄里有社火，有戏班。逢年过节便是一台戏接一台戏地唱，直唱得四邻八乡的人都赶往温家沟看戏。庄里出了大戏子、张九、妖婆等艺术形象，也出了在西北五省有名的牛头河畔笑星。

我的温家沟，庄稼长了一茬又一茬，人出了一代又一代，但根总是在那黄土之中，清水之间。黄土，清水，滋养了一庄生灵，生灵也在这尘世之上闪闪发光。不管时代是如何的变革，光阴如何流逝，人总要生息，生活的脚步一刻无终止。

愿我的温家沟，永远鲜活在这个世界！

愿我温家沟，生活之树长青！

寻找阳光

城里车流喧嚣，高楼蔽日。想多晒会儿太阳，多些阳光滋润，便径直向北山而去。

过了北山脚下的河，沿坡而上，几乎找不到上山的路。一条狭窄的小道曲曲折折，被两边鳞次栉比、东倒西歪、危如累卵的水泥楼挤对着。看那如补丁般的破小楼，大都是乡下进城念书的娃娃们租的。因为他们的脚下是市一中。他们的陪读家长正在拾掇柴禾，楼间挂满了晾晒的衣服。这里是城市的边缘，与目光之下的高楼相比，属典型的城乡结合部。好在寒门出贵子，这些人家虽不比上层生活着的人富有，但却是农村的明白人，过不了三年，在这样艰苦的环境中，他们一个个会成为大学生。在农村，考上一个大学生，将改变一个家庭的命运。至少，目前就是这种现状。他们在朝着改变自身命运的方向而努力。

穿过一坡松树林，看见如舌头般的三亩地在悬崖之上。园中一男一女，七十来岁。老汉在翻地，老婆在烧水。地里栽了樱桃和花椒。这是这个城市纯粹的农民，也许是最后的农民。

松林间，有两块小平地。一块地面泥光如镜，看得出是人为踩出的一个活动场。一块松树稀拉，四周用栅栏围了，有柴门可进，有石桌凳可坐。也许是什么人开出的一个聊天场。不过，能在这里活动的人绝对是闲人。

猛然间，一座寺院跃入眼帘。下山而入，气势恢宏。细观乃是朝天观，奉道教祖师。山门洞开，寂无人声，唯一道姑在拨蜡焚香。有碑数通，是任道长法融及众企业捐款功德碑。

同在天底下，遭遇大不同。这世上，天上飞着飞机，地上跑着火车；有人坐轿车，有人骑毛驴；人人都在赶路，人人都朝阳光去，只是风景殊异。

额头岇

额头岇，长在高原边，是黄土结成的疙瘩。

额头岇，有通向高原的路。路很陡，一边紧贴岇，一边是悬崖。这条山路，人闲走上吃力，担了粪，背了东西更费劲。牛羊驴骡要攀上去，更是吃力，往往要站一站，喘口气，歇缓几下。

额头岇上，披了一坡野生紫丁香，远看像凤冠，楚楚动人。一阵轻风吹过，一庄香气扑鼻，沁人心肺。那花一簇一簇开得精神，开得素清，更开得雅致。小花瓣长满枝条，一枝一枝，疏密有致，俗称棒棒花。

额头岇下，曾经是一泓清纯的山泉。泉水很旺，四眼泉依次排开，用圆滑光亮的石头砌成水眼，远远看去像额头岇老人的眼睛，深邃而睿智；又像美人的明眸，充盈着秀丽和灵气。

这泉水，最初是太爷爷的太爷爷在开宅院时发现的，算来也有些年头了。说来这泉水也怪，四眼泉满而不溢，用之不竭。多少年来，一庄人畜数量翻了一倍，而泉水总是用之无尽。难怪人常说，福人应得福地。自从太爷爷的太爷爷辟开这个福地以来，一庄人都朝着这个福气奔来，真可谓水是生命之源泉。

也不知是哪年哪月，庄里人在险峻陡峭的额头岇顶修了一座寨堡。堡墙依岇而起，南高北低，从县城望去，宛如给额头岇戴了一顶巍峨的王冠。古堡，给额头岇平添了几分威严而神秘的色彩。这古堡在庄里人的记忆中，自从同治年间跑白狼，再到后来跑孔贼，已经有好些年头了。此后，堡子开始沉寂。有人听见夜晚间鬼嚎，煞是凄惨，声音从堡壕一直叫到堡垛，渐渐远去，飘荡在老庄的夜空。

额头岇前，是一座古庙院，上庙里供着很遥远的佛——燃灯佛。下庙里供着山神爷。二叔年幼，不谙世事，常常把庙里的爷娃子抱回家玩。民国年间，庙里曾住了龙门洞的一位老道。老道是本庄人，也是龙门洞的老监院。老道还领着一位童儿。再后来，柳湾里张师傅在庙里开过学，不几年，庙里除供着古佛外，还办着保民学校。破"四旧"，庙拆了，爷像也毁了。这些年，爷庙翻新了两次，一次比一次堂皇鲜亮。可见，只要有人在，香火便会不灭。

额头洼，像一位饱经沧桑的老者，又像一位经历世事的哲人，默默注视着人世间的是是非非，沉思着千年百世的动荡变迁。

额头洼，是一庄人的生命之源。野丁香，是一庄人的生命之光。只要额头洼在，只要丁香花开，一庄生灵之树将会常开不败！

麦客随想

夏至以来，正是七月流火、赤日炎炎的收割时节。农民面朝黄土背朝天，一年庄稼两年劳作，虎口夺粮，收割小麦，十分关键。可老天硬是阴沉脸，想下雨就下雨。麦子收割不了，高温闷热，长着的麦穗发了霉，麦秆上又长出白黄嫩绿的芽。已经收了的麦秆晾晒在地上，不时有雨点洋洋洒洒，硬是不见太阳的光。麦地里生出了许多蛐蛐，爬在长着的玉米上，把叶子蚕食得千疮百孔。

世事变得太快，只二三十年光景，当日邵振国笔下的陇山麦客，每年五月成群结队翻关山，跑陕西，在关中平原，像蝗虫一般从潼关向西退回，割麦挣钱的情景，已成为传说，回想起来似乎十分遥远。而眼下，当年麦掌柜的后代们开着铁家伙从河南、陕西长途远行，来到甘肃，给当年的麦客当了麦客。他们吃在车上，睡在车上，而车就停在路旁。雇主一叫，他们立马开车上地，参与了麦黄抢收。

随着收割机的到来，人们无须再碾场。往日紧张热闹的场院萧条了，荒芜了。与场院相关的碌碡、连枷、搏枷，以及权耙扫帚进入了农史馆。世事就这么变，几乎在一夜之间把几千年的模式，完全颠覆无遗，却也是时代的进步，社会的进步，必然带给人们的甜蜜的伤感。

我的冬至

我的冬至，最早与这所大学所在的古城有关，从那时起，我对冬至有了深刻的认识。

那年，李华硬拉我去吃饺子，说冬至不吃饺子，会冻掉耳朵，而且，一定要吃解放路的老字号。我半信半疑。他坚信不疑，说，走着瞧！

那时，天降大雪，我俩搭乘几路断腰公交车，到了解放路站。我的天爷！排了那么长的队，还绕了几个弯，活脱一个二龙戏珠阵。李华说，看到没，骗你不是人！那年，改革正欢，市场开放，早已不兴排队，但在这冬至，这关中，就有些怪。

天冷得太，雪停了，日头晒着，风割耳根，我的天爷，倒成真事呀！李华不耐烦，说道，你先排队，让我给咱前去弄弄。李华晃着头上一左一右扇风毛暖耳火车头黄军帽，猫着腰，猴般在阵中狼突豕拱，冲锋前进，获得羊肉水饺。那日一顿饺子，等了大半天，吃了大半天，冻了大半天，痛快！

不几天，班上一同学散文《小侄》在校刊《青鸟》刊出，也写到了冬至饺子。文中说，他大姨边吃饺子边说女人怀娃的事，冷不丁三岁小侄说他也怀上了，五个！女人们一愣，侄用筷子夹了一个饺子往嘴里塞，指着肚皮说，在这里边。

据说，端午吃粽子，源于祭屈原，冬至吃饺子，来自纪念医圣张仲景。当初张医圣用羊肉，佐药草，以面捏成耳状，煮成祛寒汤，冬天服用，以医冻破耳病，因成习俗。

那时，我在四季分明，情真意切的冬至吃饺子。我的冬至，原本寒冷，但却温暖如春。

今天，我的冬至，原本应是寒冷的。但是，我茫若迷羊，怅然若失。

立春冬至，谷雨芒种，这四季物候有反常。立冬不冬，大雪无雪，让人蓝瘦。

一大早，我的冬至出现在手机上，冬至祝福，冬至问候，让我温暖！有鲜花，有美女，有动画，有音乐，好话说尽，让我香菇！

　　第一条说，人生就像饺子，无论是被拖下水，扔下水，还是自己跳下水，一生中不蹚一次浑水，就不算成熟。岁月是皮，经历是馅，酸甜苦辣皆为滋味，毅力和信心正是饺子皮上的褶皱，人生中难免被狠狠捏一下，被温水烫一下，被开水煮一下，被人咬一下，倘若没有经历，硬装成熟，总会有露馅的时候，所有的经历都是财富……我的天，这个被捏的，或捏过人的人，简直是饺子，或巧妇！天神耶，世道这么捏下去，还会有饺子吃？

　　我的冬至，将在这个连日灰蒙，宛如黄昏的超大中心城市，在人如洞鼠，川流涌动于地下之铁车的大都市，在我的老太爷认为金銮宝殿盖在中南海底的帝都，吃一顿饺子。早间娃她娘让去买饺子皮。叮嘱要戴上口罩，这几天，天天有霾。我是不愿被笼头挽着的犟人，拿着口罩出了门，但没戴，戴上憋气，闷得慌，再说也没那么娇气。还说要买些猪血，煮了喝，清肺止咳。去超市，牛、羊、猪专柜每个物种从头到尾，从里到外都拆开了，肥瘦精啥，明码标价，啥都有，唯独没猪血。见有动物形儿童饼干，价廉物美，买了一袋。这些年，早起一口茶，几块饼干，再抽几支烟，从没间断。娃她娘闲时捎带饲养，买什么奥利奥，达利园，麻钱大得几片，五六元，我嫌太贵。我买回来让她一顿埋怨，说太便宜，那是人家喂狗的狗食，还说肯定是。我无语。

　　这才记起，路上一女人拉着的狗，穿的棉马甲，戴的黑口罩。防霾！关于狗，那天，公交上一男一女对话，女说我家宝宝剪毛洗澡，每月一百五，办的是什么卡。男说我家贝贝还二百五呢！又想起，我那一颗高贵的头，一月剃不了一回，那日去，人家说有卡十四元，无卡十八元，我才知狗一旦为宠物，也成能会员。

　　唉，这冬至过的得，天，不下雨，不降雪，老年人说的雾，成了霾，冬至来了，有冬天吗？人，也弄不清该怎么做，才是？

　　哦，我的冬至！

枣红骡子

很怀念一头骡，一头枣红骡子。多些时候，是内疚，与负罪。

那年，骡子来家是头驹，不到两岁。父亲从集上不是牵来，而是领回的。确切地说，是父亲用手中的食物，一路唤回的。因为骡驹太小，还没有缰绳。

骡驹从大门跳着进来，如狗一般大。父亲也笑着迈进了门槛。

那年头，一头骡驹两千元，是家产的一半。一家人自是心中欢喜。

父亲每每坐在门槛吃馍喝罐罐茶，总要给骡驹掰碎的馍渣。骡驹像娃娃一样在手心舔着吃，一边吃一边蹦蹦跳跳地玩，时不时像小孩一样把头往父亲怀里蹭。

不到几个月，父亲给骡驹背上搭了小口袋。隔几日，便往口袋里多添些粮食。村人把这种锻炼适应能力的方式叫"搭鞍"。再后来，便是"试犁"，让它一个拉犁，轻松地拉，浅浅地耕。

父亲调教骡子极是用心。他常说："穷汉家惯娃娃，富汉家惯骡马。"对这头骡驹，父亲真可谓娇生惯养，不让它喝脏水，夜间给它添料草，草铡得很细，麸皮拌得均匀。春夏秋哪怕再忙再累，父亲也要给它割青草吃，把骡子当囊家一样地看待。

久而久之，骡驹和父亲亲密无间。它能听出父亲的脚步声。父亲在院外和人说话，或者咳嗽，拴在槽头的骡驹便会叫，便会踹动蹄子，一副急不可盼的样子。

家有近三十亩地，一年的耕拉驮运，全是这头枣红骡子的。父亲十分吝惜骡子，不让它多耕地。夏天收完麦要耕伏地，父亲总是早早地下地，耕到十点钟，耕一亩多地，太阳一热就收工。耕完地，父亲收拾农具，骡子在地埂上吃草，父亲也不管骡子，骡子一边吃草，一边观望父亲，待父亲走远，便蹦跶着追上父亲。

几次我给父亲送干粮，替父亲耕地。可枣红骡子就是不愿耕，非要站在父亲跟前看着父亲吃干粮。骡子也曾几次被人借用，但不多时借骡人垂头丧气地牵回我家说："使不动，使不动，干脆不耕，吆不上道。"骡子跟着父亲干活，拉车迈力气。驮麦子时，父亲一人把捆着重重麦子的架脚抬起，骡子四蹄斜撑，俯低身子，往父亲身边一靠，将一捆麦子稳稳当当地驮在背上。父亲使唤骡子从不用鞭，十分的得心应手。

那年，父亲患病，卧床不起。骡子只能与我搭档，继续营务几十亩土地。拉车子驮粪配合还算勉强默契，虽然时不时撂挑子。唯独耕地死活不肯配合。

我工作忙，等不下一个星期天。农活不误时，夏天的光景，一个礼拜别人的麦子已割完，我家的还长着。别人家的地耕过了，我家的地还等着我耕。

我和枣红骡子的彻底较量是在一个星期天。早晨四点添了草料，不到五点我牵着骡子揹着犁到地头。可骡子斜踢顺绊，硬是架不上耕绳。折腾了半晌总算架上了犁。骡子不好好走，跳上蹿下。我只有以鞭相待。还是不行，就一手扶犁，一手执了镢头把，狠狠地抽，死死地打，直打得浑身汗流如水的骡子一见镢头把就浑身打颤。

三亩五分七的一大块地成了拉着犁的骡子和扶着犁的我较量的战场。

火辣辣的太阳照着偌大的高原。塬上大片的土地像被拱过一般，千疮百孔。整整折腾了三个多小时，我俩像阿Q和王胡打架般精疲力尽。

这时，若是父亲耕地早已卸了缰绳改了犁。可我眼下还没有耕一来回。骡子乏了，终于服了。任凭我吆上耕，直耕到下午两三点，骡子在犁沟倒脚，我早已咬紧牙关，脱光上衣，赤膊上阵，强忍着疲惫与饥渴，终于把地全部耕完。

旁人家午饭吃过睡午觉，午觉起来吃馍馍上地时，我上午的活才干完回家。我知道，卧病在床的父亲操了一整天的心。

我也是疯了，随便吃了两碗饭，便准备吆骡子上塬，因为还有两亩地在等着我去耕。

可当我走近槽头时，枣红骡子蹽开蹄子拼命地踢我，不让我靠近它，直踢得房墙震颤。我用鞭子狠狠地抽打。父亲说："算了娃娃，不是你吃亏，就是骡子吃亏。"

我不管父亲的劝说，继续打。约莫相持了一个钟头，才把骡子从圈里牵出来。到了高原边我家的地，骡子仍然跟上午一样的折腾。我又打又骂，直至披星戴月，才把两亩地耕完。

我就一天时间，况且，伏耕对地是大有好处的，可以把草籽晒干。关键是别人的地都快耕二遍了。我家的麦茬儿还长着，心里着急啊！

下个星期天回家，父亲仍躺在炕上，枣红骡子不见了。一家人心爱的枣红骡子被父亲忍痛割爱，卖给了山里人。听父亲说，是他捎话让早已看中这头枣红骡子的山里人牵走了。

父亲说："这骡子和咱的缘分尽了！留着它，不是骡子吃亏，就是你吃亏，让它走吧！"

我的心猛然一惊。我亏待它了，亏欠它了！我和它前世有缘，今世结仇，来世会怎样呢？

枣红骡子是父亲娇生惯养的。它自幼和爱它的父亲结下了感情，长大后与父亲共同耕着我家的地，共同驾驭着一家人的生活。当父亲不再经营土地时，它的使命似乎是终止了。

后来，父亲又买了一头骡子。那头骡子是我庄里的，跟它的主人一样的蔫，是个吆上笃笃，牵上笃笃的蔫骡子。但不久，听父亲说枣红骡子山里人使不动，又卖了出去。

枣红骡子后来命运如何，不得而知。但在我的脑海里时不时浮现出来。每当想起它，就想起我的父亲，他和它形影不离，他和它命运相当。当上苍夺去他生命的那一刻，似乎枣红骡子的生命一并终结了。

父亲的离世，彻底断绝了我家养骡子的用场。我只好把蔫骡子寄养在邻村姑姑家，用时再牵过来。

父亲离世后，在守孝的三年里，我依然鼎力营务着二十几亩地。但是到后来因工作身不由己，实在务不下去了。只好与土地天各一方，两相守望。只好与骡子一刀两断，再无缘分。

多年以后，枣红骡子幼时活蹦乱跳的样子，长时滚瓜溜圆的身影，奋力拉车上坡，四蹄生风驮麦，一幕一幕地浮现……

枣红骡子啊，倘有来世，愿你为主，我愿为骡，你我重生，消除罪孽，如何？

（本文收入百家文艺出版社出版的《西府散文百家》）

◎
散
文

镜　殇

　　我是土生土长的农民，父亲是，祖父是，高祖父也是，但高祖父早年能延请乡耆、秀才、方圭、风水，破天荒兴修家谱，并听说平生以脚户为业，翻关山，下四川，跑陕西，谋得一家二十几口的花销，且见多识广，喜好结交，已绝非一个纯粹的农民。

　　古人有析字说，同田为富，分贝则贫。后来，老弟兄四个另立门户，各谋家计，光景似大不如前。再后来，家中接连饿死五位，包括祖父、高祖父。从此，家道中落，全凭年仅二十来岁的父亲出力流汗，鼎力操持，才勉强维持一家性命。生活服从生存，食仅充饥，衣尚裹体，实是家徒四壁，没有一件值得收藏的家什得以传存。

　　父亲去世时，多半月不能进食。临逝时，卸下一口镶牙，他怕上边有铁，带入穴中，于家不利。我也宽慰，苦了一辈子，吃了一辈子苦，到那边去，总得给一口好牙吧。于是，收了包好，和随身烟锅等一并保存。其中有副眼镜，不时翻出看看戴戴，也算家传了。

　　这副眼镜，茶色，非圆非方，亦不是椭圆形。框子是黑紫色塑料全包围，镜腿也是。关于眼镜，就材料而言，有石头、水晶、料片、仿石、玻璃，等等，且价格甚殊。我不懂眼镜，相信父亲也不懂。这副眼镜，是父亲生前在集市买的，距今也不过三十年。但当时，依父亲的做事习惯，肯定是思谋已久，请人相过的。于父亲来说，出的价钱也应是他最大的承受力。因为困苦的环境使父亲从来不办置可有可无之物。究竟价钱如何，父亲没说过。也许值钱些，而父亲怕给我招来麻烦，有意避而不说。买这副眼镜，现在想来，正是家中有余粮，我也成了能挣来公家钱的人，我家在全庄买了第一台彩色电视机的时候。其时，父亲仍跟以往一样，但自豪感正是这副眼镜表露出来的。

　　关于这副眼镜的真假，还是在女儿小时候，我们父子好生争辩过一番的。那时，家中似乎有高祖父遗下的一副蚂蚱腿茶镜，父亲说是假的，我说是真的。而这一副眼镜，父亲说是真的，我说是假的。女儿才咿呀学语，对全家人说，爷爷和爸爸，把眼镜一换，都成真的了。

今天，把父亲买的眼镜拿到眼镜店，让店主换个镜框。塑料框在父亲买镜时是稀罕物。但现在确有些过时，且戴着笨重。换成钢丝上边，镜片着脸，眼也凉快。更重要的是我要用父亲昔日的眼光看世界。

父亲一生为木匠，眼光如准绳正直。正如他的做人做事，眼中揉不得沙子，对势利小人更不屑一顾，也十分怜惜困苦之人。他总是欺硬怕软，因而，很不讨社干喜欢。但本事过人，别人又奈何不得。他特别讲信用，常以应人事小，误人事大，宁可倒了自家油缸，也要按住人家水缸教导我。因为父亲的做事为人，在他去世前的一段日子，庄里和邻乡的人都来看望他。

在眼镜店，我说明想法，店主说他们不能保证卸原框时不损伤镜片。我说这就是在医院做手术前，医生让签字，推脱责任的意思。店主说理解透彻。我说宁可毁了镜框，保住镜片就行。然而不幸，一块镜片一见火，立刻裂了一角。万般无奈，幸好还可由大变小，好在还是一副眼镜，父亲的目光依然存在，我也依然能顺着父亲的目光看人看事看世界。

至于眼镜的真假，有朋友说烧而裂之，足见是硬石；也有朋友说，烧而裂之，足见是料子。就像世上的一些事，很难辨其真假。家乡有种石头，有人说是太湖石，有人说是庞公玉。这副眼镜，也许正是这样。但我已珍藏，就是一段值得珍视的历史。

桌上有一信封，想把今天的事，告诉给父亲。可是，找不到邮编。我不知他现在哪里，更写不出具体地址啊！

（本文刊于 2016 年 5 月 19 日《天水晚报》）

温泉，温泉

我的家乡温家沟与温泉隔着一条河。南北相对，隔河相望，近在咫尺。

我从十一岁到十六岁半，在温泉度过了五年半的少年时光。那里有我抹而不掉的儿时记忆，有我挥之不去的生活片段。

一、温泉

温泉，地处关陇古道县东十里，距我的老庄温家沟二里。这里，没有华清池的显赫，也少有才子佳人的风流，但它绝对是山中凤凰，林泉高士。

水性原皆冷，此泉何独温？
天留千载泽，池贮四时春。
善洗身心病，蒸销眼耳尘。
好乘天际马，洒鬣暖吾民。

这是明朝崇祯十五年春，陕甘巡按御史李悦心路过温泉时写的一首诗，并以其笔迹刊之于石，立之于兹。那时，大明朝风雨飘摇，李御史公务路过，有感于温泉独特之性，天地造化之奇，提笔留诗一首。御史一语双关，洗身心病，销眼耳尘之意十分明了。看来这位御史确是一位爱民的好官。其诗行楷七行，运笔取法李西台《土母帖》，结构雍容，章法自如，刚健遒劲，有唐人遗韵。

乾隆十六年，知县熊焞修葺温泉，建造汤池，覆以三楹。秦州知州郎图彰表其事，以仿宋体书丹刊石。书法横细竖粗，宛若一页古书。其时，天下太平，河清海晏，与前通碑的诞生，是迥然不同的景致。这一行一楷书法碑刻，一亭三楹传统建筑，一热一冷千古之泉，成了温泉永恒的印记。

本地人称温泉为汤池下，大约也是由此而出。

温泉所在，川为汤浴川，河为汤浴河。川不阔，宛若游龙。河不大，溪流潺潺。春夏河川尽被林海花丛掩映。秋冬一股热流，尽似蒸气回旋数里。人行河边，八九十度的热气滚出蔓延，人面如乳洗过一样光滑滋润。

温泉东山，一座如太师椅状的山坳，面南北背。葬的是唐太宗的曾祖父李虎。西山梁下川口旧有歇马店，曾是商旅歇息的驿站。山上有钟灵寺。东、西两山，犹如门户，守护温泉也有些年头了。如此地理似乎与温泉一样，也是天地造化之缘了。

我在温泉上学时，常去温泉，或玩耍，或割柴，或扫树叶。那时的温泉已不见三楹，也看不见二泉，好在石碑还在。有一八角古亭，亭下热水滚滚，这是温泉之源。八角亭的水很热，人们用铁皮罐头盒装上鸡蛋吊下去，不多时鸡蛋即熟可吃。

那时，温泉有绿化站，有澡堂子，常去的人不多，洗澡的人也少，远不如今天喧闹。

今天，温泉已由当日国营独家转化为玉泉、大地、训练基地、度假村多家民营体。水温也成倍下降。

二、温泉中学

一九七一年，我在温坪小学读五年级。那时，五年级只有五个学生。偌大一所小学，有三个村的孩子上学。我所在的班，大都是一九六一、一九六二年出生的孩子。五年级挤在一间教室里，学生坐一个八仙桌，老师站着上课。一九七二年元月，去温泉中学考试。三月入学上初中。

温泉中学坐落在王家山的东南麓，东北麓是温泉。

上初一，班上的同学个个人高马大，而我又瘦又小。体育课抢不到篮球，常常是好心的同学偶尔递一个，才能摸一下球。

体育不行，但学习抓得紧。每天该背的课文，一字不落，过目不忘，当日背会。期中考试，数学得了满分。代课老师闫晓芳拿着我的试卷，满院子喊着我的名字，说我考了一百分。老师欣喜若狂的样子，至今记忆犹新。听说这位老师的父亲是驻某国大使。

这一年，发生了许多事。我在山上割柴，偷烧队里的箭舌豌豆，回家时让石头绊倒，镰刀割了胳膊。一家人用刺格水止血，送到天坛医院做了缝合手术。做手术的大夫是温泉中学校长的夫人。那大夫一边做手术，一边说着"下定决心，不怕牺牲"的语录，鼓励我忍着疼痛，做完手术。这次流血太多，使我元气大伤。

那年，我十一岁。母亲给我做了短裤，腰里扎了松紧带。裤子常常被大龄同学拉下来，甚至在临上课之前，把我搁在讲桌上。同学们闹，我自知羞耻，很是苦闷。

从此，我更加发愤学习。

上初二时，父亲说我一人来回过河不安全，给老师说让我留级，等待同村其他孩子。这样，我又在初一多念了一年。留级一年，使我失去了上县一中的机会。

温泉中学的老师中，有天水师专毕业生，有当地民办教师，更有天坛医院家属老师，而且有大学教授。

校长翟乐水，天坛医院随属。那时，大约三四十岁。人长得清俊挺直，裤子上有笔直的衣纹，戴一副白边近视眼镜。同学们考试不敢抄，说翟老师的镜片有反光，能看到身后的人。

翟校长很拘谨。上课很严肃，课堂上静静的，同学们全神贯注地听他讲课，看他一笔清秀流利的粉笔字。

翟老师讲《忆秦娥·娄山关》，那动听的朗诵声音，那如临其境的讲述，至今仍在耳边回响，令人终生难忘。

西风烈，长空雁叫霜晨月。霜晨月，马蹄声碎，喇叭声咽。雄关漫道真如铁，而今迈步从头越。从头越，苍山如海，残阳如血。

李白的《秋浦歌》：炉火照天地，红星乱紫烟。赧郎明月夜，歌曲动寒川。《宿五松山下荀媪家》：我宿五松下，寂寥无所欢。田家秋作苦，邻女夜春寒。跪进雕胡饭，月光明素盘。令人惭漂母，三谢不能餐。一节课下来，让人生出无限遐思，终身受益。

由漂母，而及韩信，使我开始产生了对中国古代史的憧憬，对前贤先哲的崇拜。

翟老师渊博的知识，令我折服。而翟老师把鼻涕或痰卷到手帕或纸间的举动，令我惊诧。因为，我们都是随地吐痰，随便一拧鼻子便顺手往墙上，或门旁，或树上一抹，世代如此。文明，总被无知和愚昧难以理解。

翟老师家有位老人，人称姥姥，经常坐在藤椅上。后来才明白姥姥就是舅婆。我见到的舅婆都要劳动，可这位姥姥，什么也不干。兴许是年龄大了，或身体不好。

多年以后，听说翟老师去了北京。我才知道他是被下放到大西北的。难怪他总是兢兢业业，谨小慎微。

教物理的老师，听说是大学教授，教初中简直是大材小用。怪不得他上课从来不拿教本。

教历史的吕炘是一位年轻女老师，戴一副近视镜。我对鸦片战争、林则徐的认知，便从这里开始。而她批评好动的我，总是一句"温小牛，你怎么啦？"纯正的京味，煞是动听。

因为吕老师的历史课，打开了我的史学之门。我曾讨好一位老师从图书室借了好多书，有世界历史，有传统小说。每次借来后，便如痴如醉地挤时间读，在知识的海洋里遨游。

三、樊家山

用了三年时间读完了两年制初中。一九七五年初二毕业，正赶上温泉中学办高中，我这一届也就在温泉中学读了两年半的高中。那时，好像每个公社都办高中。一九七八年一月，两年制高中毕业，又赶上学制改革，冬季毕业改夏季毕业，又多上了半年。

高中两年基本不上课，有一学期甚至连课本都没有。干什么？劳动，无休止的劳动。最长一次掰了九天的玉米。从一队掰到六队，最后一天在六队，队长竟然给社员放假让学生掰。除此之外，就是办农场，学果树修剪，学土炮打白雨，搞勤工俭学，捆胡麻秆、捡破烂、打墙、做木工。把大好时光都磨尽。

这期间，生产队种烤烟。我也开始学抽烟，或用报纸卷，或用自制的烟锅抽，以致在某学期鉴定表上明确写着：有抽烟现象，有烟锅。也因此而不敢让家长看鉴定表。

学校农场在樊家山。这是一座没名气的小山。小山脚下是温泉，小山之上是我再也熟悉不过的地方。我在这里挖刺、割柴、拔胡麻、收小麦，和庄里人一样，不知把多少汗珠儿洒在这座山上。

那些年，学校不知出于什么考虑竟在这山上办了农场。并在农场养了一群羊。学校打钟的王老汉常驻农场。每天一组四人轮流看羊。每组高中生负责割柴，初中生负责搂烧炕的树叶，小学生负责看放羊，还有一名老师晚上上山。

那次轮上我上山。我背了馍和面来到山上。山梁上向阳背风处开了两个窑洞，北边三间瓦房是羊圈，东南打了围墙。那是冬天，天气尚好。我早早上山，王老汉让我割柴去。我在山上转了一圈，发现有片酸刺，我便割了一捆，费了好大的劲才背来。王老汉一见很生气，他不要，让我背着扔了去。我便背着走，王老汉骂骂咧咧，瞪起眼睛说："你真个要扔了？去！把那墙壑落堵上去！看我不告诉你们的老师！"

中午，吃自己带的干馍。晚上是王大爷做的搅团，玉米面是自己带的。王大爷做饭一锅两制，给学生的仅是浆水下搅团，而给自己的却是带萝卜丝的醋搅团，油汤油水的，看着真馋人。

夜晚，韩老师值班来了。韩老师的先人是翰林院庶吉士，小县为数不多的进士之一。窑里是昏暗的煤油灯，夹杂着炕缝冒出的烟。风一吹，烟大了，油灯扑闪扑闪地小了。我们围坐在炕上，听韩老师讲《水浒》，讲"武松打虎"、"醉打蒋门神"、"血溅飞云浦"。讲到"林教头风雪山神庙"，我不免心生悲凉。

韩老师人小帽子大，一脸堆了皱纹的笑，眼睛细小而神秘。他讲故事，听得人入了迷。不知不觉已是月朗星稀，时至三更了。

有一次，在河边拔玉米地的草。快到中午了，饿得实在受不了。我便问一位老师几点了。老师说十一点。我说，你的手表大，走得慢，怕不准。结果搞得老师不开心，说不准你不要问呀！那时，我的确不懂，看到过小学女老师的手表很小，针走得很快，才说出口，无意间伤了老师的自尊心。这次又在班会上挨批斗了。

四、疗养院

疗养院在樊家山前东麓，隔汤浴河与温泉中学相望。疗养院的家属区在河东王家山下，南边接着学校。家属区有二十几栋红瓦房。

疗养院全称甘肃省工人疗养院，是省总工会一个下属单位。大约一九六四年，北京天坛医院一部分职工随带家属迁至疗养院。

疗养院最多时职工上百人，接受疗养者上百人，也对当地群众开放，接受患者。

我在温泉上学时，每天下午散步的疗养人员从疗养院到温泉，从疗养院到暖和湾沿途摇摇晃晃的休养人员，络绎不绝。

学校曾请休养人员、阿干镇煤矿工人汪沙巴忆苦思甜，讲说革命传统。

疗养院人的生活比当地农村优越。我的同桌同学李明经常吃白面馒头。他喜欢吃我带的玉米馍，常常和我交换。那时，在学校几乎看不到李明做作业。每当收作业的时候，他就会从书包里拿出作业交上。原来，他在家做。他在家有时间，又养成好习惯。我们做不到，每天必须在学校做好作业，回家要给猪挡菜、担土垫圈、放猪、干家务。

疗养院常常晚上放电影，在礼堂卖票放映，在前门上公演不收票。附近四邻八村的人三五成群都去看。多些时候，信息人传人，说是在前门公演，去了之后人家在礼堂放映。许多人挤在礼堂门口，有趁混乱挤进去的，有从下水道爬进去的。更多的人是等待，等人家演到快结束去看胜利了的。

一次，学生给疗养院收割麦子。割完后，同学们在礼堂围着大圆餐桌，吃香喷喷的米饭、白扑扑的馒头。我平素第一次吃美了，而且坐在圆餐桌上吃。我相信，同学们都会有这种感受。

有一次，我从家跑到学校，上课时肚子疼痛难忍。到疗养院一看是急性阑尾炎，大夫说要做手术。父亲说娃还小，动刀子要伤元气，心中忧虑。有位老军医说他刚从上海带来一种新药，可以注射，保守治疗。果然，这药十分灵验，一天打了两支病全好了。这次因祸得福，也彻底治了我每年秋季连发数十日的扁桃体炎。

天坛医院的职工一夜之间被贬到千里之外的穷山沟，吃尽了苦，受尽了罪。但却给山村带来了文明，让山里娃受益匪浅。良好的素质，良多的知识，让闭塞愚昧的山风多了一分清新。

说到前门，想起后门。疗养院的后门在北边，这里是一段猛下坡。门旁有个窑洞，那是放尸首的太平间。每每路过，总是很害怕。

我有一位很要好的同学，名叫谢立明。那时全校放学站队，他个子最大，他妹谢立娟个子最小。谢立明毕业后做插队知青，因为一顶黄军帽被人抢了，互相打架被打死了。他的遗体埋在后门不远处，灵魂也没有随父母回京。

现在的疗养院成了一家集洗浴、餐饮、住宿、娱乐为一体的民营企业。

五、亚麻厂

多年以后，亚麻厂改成了教师进修学校。现在，教师进修学校成了甘肃省体育训练基地。

我在温泉上学时，亚麻厂有厂房、办公区、职工宿舍，是县办企业。平时，我们不敢进厂区，因为有狼狗，很凶的。也因为厂里有个疯子，有人说他打人，也有人说他不打人。

那年月，学校勤工俭学，常常让学生去整理胡麻秆，把收来的胡麻秆整理扎成小捆并给学生规定，每天必须扎多少，还有劳动竞赛评比。

那时不讲环保，整个一个厂区污水横流，臭气熏天。我们早晨去，中午吃自己带的馍，厂里只供应开水。晚上收工回家。

强力的劳动，培养了学生爱劳动不爱学习的习惯。高二那年，只有三两个学生每天交作业。老师没办法，扣住我问学生到底怎么啦，不爱学习。我不说，老师不让我回家。直扣到天黑，才放我回。我走到河边，看到我心爱的小狗趴在河对岸等我。我的委屈，只能给小狗倾诉。

六、牛头河

从我家去温泉中学、温泉、疗养院、樊家山，要过一条河。这条河东西走向，是县内第一大河。

我的少年时代，有五年半时间要过牛头河，有时一天来回要过六趟，而且没有桥。

牛头河是长流不断的季节河，春冬小，夏秋大。发大水时常常连上游的石磨盘、大石头、连根拔起的大树一起冲下来。尤其是河头，像一头巨龙在翻腾咆哮，两岸远处的山脚下都能听见河吼的声音。河岸宽处一二十米，水深没腰。好几天，洪峰泄不下去。

但多日是浅水静流。我们上学常常脱一只鞋，然后盘起一条腿，用脱掉鞋的另一条腿跳着过河，或人背人过河。河水实在大过不去时，家长们十几个人手拖手，背着自己的子女送过河。

夏天，有一条磨渠，一头通向庄里，一头连着牛头河，水深约两三米。我们一出庄门，便一头扎在水里，像鱼一样游过去，游回来。

一有空暇，我们便扎在河里玩捉虾米，或抓鱼烧着吃。有一回，玩了半天，被姑姑发现抱走了衣服，只好蹲在玉米地里等着家人来寻。那时，父母检验孩子是否玩水，就是搔胳膊腿。如果起白色，就说明是玩过水的。少不了挨打受骂。

深秋初冬，河水寒冷刺骨。一过河，腿让风一吹，皴了的肉皮像鱼鳞一样。婆婆晚上抹凡士林解疼。

那时，没人搭桥，过了汛期顶多有好心人在河里支一串大越石。过越石一不小心，会掉在水里湿一天腿脚。

现在想来，一条河在流，我的学在上，但终归是上了岸。

谢谢你

——感党恩，听党话，跟党走

几度风雨，

几度春秋，

历经艰难，

痴心不改。

感党恩，听党话，

此生无悔跟党走！

再过几天，退休已至一年。回顾六十一个年华，回望为党工作的四十三个春秋，有三句话，发自肺腑，向党要说。

一、此生永远感党恩

我是农民的儿子，父亲是，祖父也是。我出生于三年困难时期的一九六一年。那时，我们的国家极度艰难。我的家庭，和国家一样，也十分贫困。一九六七年，上小学，拿着半截粉笔在地上写字，坐在土台台上，跟着老师，伸出指头在空中书空。一九七二年，考入与家一河之隔的温泉中学读初中。一九七五年，温泉中学办起了附设高中，因为就近，与县上最高学府清水一中失之交臂。一九七八年夏六月，温泉高中毕业回队劳动。算起来当学生的真正经历是十年半时间。当年七月，在生产队劳动，每日挣四工分。干了十几天，本队学校缺老师，由城关公社组织考试选拔。很幸运，成为大队唯一一名队请教师。八月二十三日，大队书记通知我去学校。于是，放下锄头，拿起课本，走上了讲台。生活待遇是每天记十工分，相当于一个成年男子的劳动日值。那年十六岁。

一年以后，县上考社请教师，也就是民办教师，我成功考取，待遇是除记十工分外，每月发给补贴十五元，其中给生产队缴五元，十元归自己所有。一年领取一百二十元。这种待遇是优厚的。因为就当时而言,一个从事重体力劳动的男全劳,每天也只挣十工分。就日值来说,全县劳动日值最少的一天仅有八分钱,而最多的也只是一元四五角。

队请加社请,干了两年多。一九八一年,县上举行民办转公办考试,二百七十多人参加,我以第二名的成绩被录用为中学语文教师,每月工资四十点五元,供应口粮二十八斤。从一九七八年开始考试三次,由队请到社请,由民办到公办,二十岁的我真正步入所谓"头枕银行,脚蹬粮仓"的公家人行列。

后来,在县教师进修学校学习半年。再后来,县上招录公职进修生,又幸运考中,在西北大学中文系带薪进修两年。其间,废寝忘食,学完了四年本科课程,兼修了中国历史和日本语,获得大专文凭。此间,除差旅费报销外,每月还给九元钱的生活补助。

在困难的日子,是党给了我一份工作,是党给了我学习的机会,是党成为我的衣食父母。我要感谢党,感恩党。

二、此生永远听党话

十八年教师经历,教过小学生、初中生,也教过高中生,还光荣地加入了中国共产党。一九九五年,被评为中学二级语文教师中级职称。

一九九六年,调县委宣传部。后又在县委组织部工作。一九九八年,时任县政协主席说借调政协,写两本书。一九九九年,任县政协宣教文史委员会副主任。县委常委、组织部长去政协要我回组织部。政协主席说:"我也干不了几年,好不容易找到了一个人,与其让他去,还不如我回家!"组织部长只好作罢。由此,开始了在县政协宣教文史委员会长达七年的工作。二〇〇二年,任宣教文史委员会主任。二〇〇六年,调县委办公室。二〇一〇年,又回县政协办公室,先后担任县委办公室党支部书记、县委办公室副主任,兼县委保密委员会办公室主任、保密局长、县政协机关党支部书记、县政协秘书长、办公室主任、党组成员等党内职务。入行政工作像一颗螺丝钉,即使生锈,也俯首甘为孺子牛,三年任副科,又三年任正科,可谓一帆风顺。

二〇一四年,人才辈出,大浪淘沙,组织决定让我离岗回家,任县政协办公室主任科员,待到龄退休。以十五年半的任职条件晋升为享受工资待遇的四级调研员。

二十五年，岁月漫长。但每走一步都是党培养的结果。

二十五年，转瞬即逝。但每走一步都是听党组织话的结果。

二十五年来，每到一个岗位，都是听党的话，刻苦学习，尽职尽责，努力工作，没有造成任何失误，被人称为"老黄牛"。

二十五年来，党给了我很多荣誉，从优秀党员、优秀党务干部、市优秀思想政治工作者、市文明市民标兵、书香家庭，到省下基层先进个人，荣誉证书一摞摞。

二十五年来，业余研究地方历史文化，也出了一些不起眼的成果。我深深感到党是我文化行进的坚强后盾，组织是我奋力前行的永远灯塔。

此生，必须永远听党话。

三、此生永远跟党走

临近退休，被组织派往北戴河参加全国政协培训班学习半月。退休以后，想着还能干些什么。退休之前一年，怀着对家乡的一片深情，怀着对中华文化的一种敬畏之心，倡议发起，申请报批，成立了民间文化社团组织邽山书院。书院成立近两年，按照县委领导的指示精神，在挖掘地方历史、弘扬民族文化方面，做了大量工作，被人称为清水挖掘历史的拓荒牛。

经过精心准备，隆重举行了书院挂牌成立仪式。县委宣传部、县文联、县工商联、县文旅局、县民间组织管理局等主要负责同志及文化人士一百多人参加。

此后我两次分别实地考察了清水县王河镇吉山村、红堡镇小泉村、白沙镇白沙村，走访了相关人士，在《天水晚报》文化周刊发表整版文章《张载隐居王河吉山》，印证了《甘肃新通志》记载一代关学宗师张载曾经隐居清水县王河镇吉山村的史实。王河镇在吉山村立了张横渠隐居地纪念碑，并举行了隆重的揭牌仪式。县宣传部部长到会讲了话。举办了由镇村组干部、村民代表和书院同仁参加的乡村大讲堂，开展了"关学精神在清水"讲座。

举办了邽山书院纪念张载诞辰千年座谈会。书院同仁、县政协、县委党校干部、讲师等交流论文五篇。

举行了清水秦腔知名演员成葆珍八十寿诞庆典活动，弘扬了尊重艺术、尊敬人才的良好风尚。

我赴天水国学院参观考察，借鉴经验后创办了《邽山书院学刊》，出刊近六十期。在邦山书院国学班开班典礼上与城南社区、天水国学院签订了院社、院际合作协议。书院聘请县委党校、县一中公益讲师十名，三十八名小学员正在接受培训，每周半天，为期三年，已开展学习培训二十六次。此外，书院还开展了国学班师生进抗战救亡纪念馆、进博物馆、进图书馆活动，接受了省文明办、省教育厅、市教育局的检查观摩，得到充分肯定。

为了宣传清水，我应邀参加由陕西省社科联主办，宝鸡市社科联承办的张载关学当代价值高层论坛，论文有幸获奖，还赴陕西眉县考察了横渠书院和张载纪念馆。两次考察了尹喜故里，在《天水晚报》文化周刊刊发考察成果。考察花石崖景区、梅江村，发表了文章。

邀请陕西著名学者孙见喜、史飞翔来县讲学，九十多位文化文学爱好者和学生参加。参加了市政协书画研究院中华和文化主题书法展活动。应邀参加了县森林康养论证研讨会。参与编辑了《养生文化读本》。参加了轩辕文化年会，现场发言交流了论文。请多名著名人士为邦山书院题名题词，为将来建立书画展馆奠定了基础。编辑《邦山书院学刊》纸质版。

应永清镇温沟村邀请开展了文学进乡村采风活动，采写文章九篇，编辑宣传册一本。应秦亭镇邀请开展了康养福地、文化秦亭采风活动，撰写文章十多篇，召开了秦亭文化座谈交流会。应王河镇邀请，开展了采风活动，举办了王河历史文化研讨会。开展了小泉峡文化采风，帮助爱心人士为周蕙故居立石刊字。《天水晚报》、省文旅局等相继传发了《清水秦亭访古》一文，《天水日报》、清水电视台作了报道。

与亲属、知情人交流座谈，并报县委党史办公室，对已故地下共产党员夏时清、秦安国、党锐同志的亲属和同事就有关夏时清、秦安国、党锐同志的史料进行了搜集整理。收集了民国时期秦安国整修温泉的珍贵资料。

在抗击疫情的主战场，我院同仁主动作为，奋勇当先，不仅承担值班任务，还与作协会员共同以艺抗疫，捐款 5900 元。

应邀参加由中共天水市委宣传部在天水市博物馆举行的天水地域文化研究与利用专家座谈会。代表县上，代表邦山书院作了题为《擦亮县域历史品牌，赓续优秀传统文化，为实施乡村文化振兴战略提供资源支撑》的发言。讲了三句话：从民间断石残碑中寻找文化热度；从史书片言只语中挖掘人文内涵；从民俗历史中探寻文化灵魂。

上述工作产生了良好的社会反响，受到了县上的高度评价和充分认可，也给我们以最大的鼓舞。

作为民间组织实际负责人，我将永远跟党走，带着书院跟党走，不忘初心，牢记使命，砥砺前行！

郭川烟火

在甘肃省清水县，如果金集梁是喜马拉雅山，金集镇是高原拉萨，那么，郭家川就是成都盆地，郭川镇则是小四川。

春分里的郭家川荡漾在生机盎然的春风里，山川洋溢着春天的气息。三月的郭家川，桃花盛开，杏花绽放，柳枝婀娜，万条垂下绿丝绦。

平展展的土地被勤劳的人整得蓬蓬松松，散发出泥土的芬芳。剪得如画一般的苹果树整整齐齐，新枝上的嫩叶如新生儿正在吮吸着三春的阳气，大樱桃成片成片，花椒树一样劳作精细，没有一片地闲着荒废。全国人大原副委员长顾秀莲当年视察"大地之爱，母亲水窖"，省有关领导检查灾后重建的情景，一幕幕在脑际呈现。

四村八洼通向镇子的水泥路，一路朝下，一如通向心脏的大小血管齐汇聚在镇中心。道路两旁停满了各式各样的车，足足有上百辆。车的一边一个挨一个摆满了各式各样的廉价布料、衣服，以及小百货。不宽的街上人如蝼蚁，人头攒动，热气腾腾。

戏台上，《下河东》赶驾正急，赵匡胤唱得正欢。戏台两侧的水泥雕联"方寸地万里山河，顷刻间千秋事业"就是对剧情的注脚。而为唱会戏所写的红纸对联"一曲阳春唤醒千古梦，两般面目演尽忠奸情"正应了欧阳芳设计陷害呼延寿的故事。

戏场的看戏人坐着小凳子，目不转睛地瞅着台上的战将花旦。演员吹胡子瞪眼睛，提袍舞袖，和着鼓点锣钹摆开架式卖力地演唱。戏场后面是凹字形排列的摊位。摊点用遮阳伞罩着，或用彩条布围着。地摊有年轻人卖字画的，有老年人挖坑耍牌掀亮子的，有女人、娃娃套圈赢玩具的，有卖凉粉面皮等各种吃食的……一帮穿校服的学生在挑试着近视镜，摊主说得天花乱坠，极力招徕买主。

戏场西边有郭川中学校门，民国式建筑，因为星期六放假，门是锁着的。门柱上有县政府的古迹保护牌。郭川人以此为荣。说郭川像小四川，还因为教育发达，人才辈出。四川多才子。郭川也有"三才子"的说法，而且在县上广为流传。郭川也是个出人物的地方，许多教师出身的人后来步入政界，担任领导职务，科级干部比比皆是。科技工作者、教授讲师更是不乏其人。究其原因，这里过去略为贫困，要走出困境，唯有读书。曾几何时，郭川人就是靠读书走出"耕读第"，出人头地的。

戏台对的爷庙，叫义门寺。由于寺门与戏场落差较大，所以，观寺门须得仰视，上台阶如登天梯。台阶两边插了杏黄旗，头顶绷着几条彩带。寺内香火旺盛，各殿前叩头烧香者络绎不绝。正殿供奉观世音菩萨。其他偏殿和大多数寺院一样，有护法神韦佗，有管生嗣的送子娘娘，有主升学的文昌帝君，当然更少不了管钱的财神爷，另有钟、鼓楼之类。当香烟袅袅，黄表扶摇，叩头三拜的一霎，人间烟火便于此阐释。

农历二月十九，据说是观世音菩萨的生辰。于是，便有了这一年一度庙会，也就有了这大戏。眼前情景，正是二十世纪八九十年代的县城光景。彼时，人们尚不富足，一应穿戴花费是在庙会、物交会期间获得的。其实，这种跳起来摘桃子，富有人间烟火的乡村生活，比之城市衣食无忧，消费过量的超常社会，似更应是盛世之常态。

义门寺社子众多，询问得知，分别是郭家川、郭家山、川儿里、宋家川、田川里、赵家那面、平定、王家洼八庄。八庄至少在清民之际即形成了一个集政治、经济、教育、文化为一体的行政区。他们有着共同的语言、习俗、文化与信仰，而且相对稳定，这便是文化的烟火味。

中心小学宽敞而宁静校园，一树玉兰正在开放，一丛梅花红得正艳，一棵桃树花开正浓，还有一枝叫不上名的树含苞欲放。幼儿园据说是省级标准，设施齐全，环境优美。然而，同目前全国教育发展的趋势一样，乡村学生往城镇转，城镇学生往县市转，县市学生往省城转，加之生育萎缩，不仅小学，就连幼儿园的学生数也逐年下降。一所小学一个高级教师教二三个学生的现象已不足为奇。

与其他乡镇农村空壳村的现象相比较，郭家川农村的烟火气还是浓郁的，街头巷尾还能看见人，人见人还能亲切地打招呼。去了赵那村，村容整洁，干净舒适，硕大的柿树枝枝挺立，郁郁的松柏排排站立，完全可以感受到历史的悠长和文化的厚重。这里有一个远近闻名的村史馆，是一位有文化情怀的退休老人所办。村间巷道的墙上贴了村中典型人物的照片和简介。可惜老两口去看戏，馆门锁着，只能隔门眺望馆院的景致。

晚饭是提早定好的，在一个农家乐院内。年轻的女店主精细伶俐，黑色短衣紧裹着身子，宽畅的裤管甩起来，麻利地忙前忙后，招呼食客。其间，进来几位食客，其中一位中年妇女赤红面颊，短发粗腰，敦实宽背，走姿前倾，急急忙忙，似曾相识，这应该是典型的郭川勤劳妇女形象。

月上东梁，山川寂静，风清月白，炊烟起处有人家，灯火密集是村庄。放眼望去，一坨一片的灯光在黢黑的郭家川泛着亮光。亲戚的院落灯光通亮，大门外停了儿子的车。炕上有八十二岁的老阿姨，耳聪目明，身子骨硬朗。脚边有小媳妇抱着婴儿在戏耍喂饭。主人热情招呼，敬香烟，劝吃饭。一家有老人，有小孩，四世同堂，温情脉脉，其乐融融，着实让人羡慕。

但愿郭家川，永远处在烟火之中，少些许尘世喧嚣，多一份世外桃源。

天水弘观艺术博览馆前言

　　江河不废万古流，今月曾经照古人。中华民族一路走来如滚滚长江奔向未来。在这浩瀚无垠的历史进程中，创造了无与伦比的中华灿烂文化，留下了极为宝贵的精神财富。然而，大浪淘沙，许多先民前贤留下的国之瑰宝，却封沉于沧桑岁月，淹没在黄尘古道，散落于民间，不为人所知。

　　杨四喜，是一位"大地湾之子"，积四十载之辛劳，倾毕生之心血，以一介匹夫之躯，尽血性男儿之责，义无反顾地揹起了存史启智的重任，默默无闻，呕心沥血，终于建起了天水弘观艺术博览馆。

　　天水弘观艺术博览馆系天水弘观文化艺术品有限公司旗下展馆，位于麦积山大景区游客中心繁华地段，总面积六千平方米。馆内展出藏品上起新石器时代，下至当代，跨度八千年，精品千余件。馆展文物计有石器、陶器、瓷器、青铜器、鎏金佛像、宫廷珍品，又有文徵明、唐伯虎名画，还有左宗棠、李鸿章墨宝，件件都是真品，世人值得一观。具有一定的历史价值、文化价值、学术价值和考古价值，是一所集古今文化之大成，考察研学之佳地的艺术博览馆。

　　文化强，则中国强。让文物活起来，保护起来，利用起来。让文物说话，让历史说话，让文化说话，让中国传统文化走向世界。这是天水弘观艺术博览馆的初心，亦是民间收藏家杨四喜的多年夙愿！"一器一典管窥古韵，方寸之间尽览千年。"

　　愿沉睡万年的中国文物，更好地展示出独特魅力！

　　愿积淀千秋的中华文化，更好地展现出璀璨光芒！

作品可延续生命

——纪念叶君健先生诞辰一百一十周年北京座谈会侧记

12月9日，一个平平常常的日子，一百一十年前的今天，在将军辈出的红安县诞生了一位杰出的翻译家、文学家。下午，我应邀寻着华威里潘家园，上了庄重气派的天雅古玩城十层。墙上一排排名师简介悬满过道。我在门口由工作人员引领，在桌上的大红簿上，签了金灿灿的名字。进入主会场，宽阔的满壁，红底白字，"纪念叶君健先生诞辰一百一十周年座谈会·传承与对话：叶君健先生与中外文化交流"十分醒目。叶先生次子叶念伦正在给与会者签名盖上汉、英章，赠送《诗译经范——回顾毛泽东诗词翻译》。十四点整，主持人登台，座谈会开始。

叶念伦先生介绍了他父亲的事迹。他说父亲懂几国语言，是翻译家。当年在英国卫生间翻译了《论持久战》。

叶念伦，英籍华人作家和翻译家。妻子是《林海雪原》作者曲波的小女儿曲淼淼。叶念伦获英国约克大学语言学硕士学位，专事贸易文化交流三十多年。他是二十世纪八十年代初写改革开放后到西方留学奋斗的中国人题材的中短篇小说的第一人，早期作品《一个中国农民在国外》被中央人民广播电台改编为广播剧，在海外有影响的作品有《爵士夫人的日记》《旅洋异闻手记》等，在我国及英国、新加坡、澳大利亚等国发表，被誉为"海外华文新文学的代表人物"。

叶君健先生是二十世纪深受广大读者爱戴的、具有广泛国际影响的文学家、翻译家。斯人可以通世界。长期以来，他勤奋著作，始终把对外宣传中国革命作为自己的神圣使命，始终把农民问题作为自己探讨的主要课题，始终把对故乡、对祖国、对人民的深厚感情凝注在笔端，为中国二十世纪前半叶的农民革命，描绘了一幅宏大的历史画卷。比如他的《寂静的群山》三部曲，又比如《土地》三部曲，从大革命写到长征的开始，描写了中国农民怎样参加武装革命，发展为声势浩大的革命队伍。

中华文明源远流长，在同世界其他文明的交流互鉴中丰富发展，赋予以深厚底蕴。从这个意义上讲，叶老的译作，无论是伟人著作《论持久战》《毛泽东诗词》，还是《安徒生童话集》都很好地起到了中西文化相互交流的桥梁和纽带作用。这是我们有理由永远纪念叶老，研究叶老，学习叶老的根本所在。

82岁的嘉宾被轮椅推着来到主席台下，他是著名作家、文学编辑刘心武。1976年后任北京出版社编辑，参与创刊《十月》并任编辑。1977年发表短篇小说《班主任》，轰动文坛，被视为伤痕文学的发轫之作，曾获得茅盾文学奖。代表作品有《班主任》《钟鼓楼》等。1987年赴美国访问并在13所大学讲学。二十世纪九十年代后，成为《红楼梦》的积极研究者。曾在中央电视台《百家讲坛》栏目进行系列讲座。刘心武与叶氏父子交情深厚。他说，人们关注了作为翻译家的叶君健，却忽视了他文学家的身份，尤其是在世界文化交流频繁的当下，更应该重视他，研究他。对这个观点，我十分赞同。

专程从英国赶来的英国华文写作家协会会长、女作家徐培红代表活动主办方率先致贺词。徐培红，笔名冰凌，双语作家、世界汉语作家协会国际文学研究院荣誉院士，在《人民日报》《人民视频》等主流媒体发表过作品。她的作品多以自然、生命、爱情为主题，展现了深邃的情感和对美好生活的向往。《穹顶》以其大胆的构想和深邃的情感，表达了诗人对生命、自然和爱的不懈追寻与探索。

许多来宾都从不同角度高度评价叶君健先生的卓越才华、人品文德、历史地位。香港向荣、陕西王芳闻、云南高珺珺，及英国、澳大利亚、丹麦、俄罗斯等国友人发表了影像讲话。高珺珺作为"百花苑·珺之春"的创始人凭着对文学与朗诵的挚爱，数十年如一日坚守平台，在海内外搞得风生水起。今天的视频祝语干练简明，加上与央视播音水平毫不逊色地播诵，引起了阵阵掌声。

我的隔壁坐了诗人郭小川的次女，中国人民大学外语系郭晓惠教授。2007年她在中国人民大学国际关系学院政治学博士毕业，获法学博士。她的父亲、诗人、《人民日报》特约记者郭小川1936年开始发表作品，他的诗作激情澎湃，具有丰富的想象和深刻的哲理。代表作品《投入火热的斗争》《平原老人》《郭小川诗选》。郭小川凭着一腔热血和豪情，创作了许多充满革命激情、脍炙人口的诗篇。抗日战争期间，他投笔从戎，成为一名战士。新中国成立后，他继续奋笔写诗，很快成为新中国文艺界一颗光彩照人的明星。1976 年 10 月 18 日，郭小川在一场意外的火灾中不幸英年早逝，令人惋惜和痛心。我告诉郭晓惠，自己是从大学教材《团泊洼的秋天》上认识的她父亲。瞬间，脑海里闪现出当代文学讲师讲授郭小川诗歌的情景。已经年过七旬的郭教授于席间频频穿梭拍照，时而翻阅着记有父亲的杂志。此情此景，她一定心中想念着诗人父亲。

诗 歌

梦大漠

黄沙万顷

流淌着曲线的光影

头顶的白金

做不了浩瀚无垠的指南针

歪倒的胡杨树

是否有侠客的酒精

怒放的骆驼草

可有公主的泪痕

响沙埋葬了叮当的骆铃

风吹动一具美人的骷髅

紧盯着马粪堆上的一丝幽灵

青海，青海

每次踏上青藏高原的边沿

总有一湖水激荡着我的心

每次经过倒淌河

总有一段遥远的故事拨动我的心

一首歌在耳际回旋

一首诗在脑海泛起

青海，青海

总是一个遥远的地方

总有一把握不住的泪

青海湖

青海湖

荡漾着美丽的传说

德令哈
生长着握不住的泪水
金银滩
流淌着在那遥远的地方
日月山
滚烫着公主脚下的流沙

叮当当的驼铃
溅起一波又一波浪花
清脆脆的马鞭
敲醒一个又一个春天
舞动的经幡
时刻祈祷灵魂如天
执着的尼玛
陪伴法轮常转
青海，青海
朵朵白云里
都是一个永恒的意念
一滴水
一寸草
种满了人世间
无尽的情缘

黑马村

一路向西
追逐那片苍狗般的云彩
湟水跌进黄河
倒淌的河水
日月山的眼泪
注不满青海湖的底

或咸或淡

总是文成公主的风尘

天黑了

前后的人都要黑的

太阳不会从西边出来

问　我

雨

问我

你去哪

草说随我来

软草平莎雨过新

雪

问我

你去哪

梅说随我来

梅雪争春未肯降

云

问我

你去哪

风说随我来

大风起兮云飞扬

海燕问我

你去哪

大海说随我来

直挂云帆济沧海

晨曦问我

你去哪

黄昏说

随我来

斜月沉沉藏海雾

晚霞映照满天红

潇　雨

潇潇雨

潮着喧嚣的尘

漠漠云

噎着浮躁的心

不知道

将来的一刻

该怎样落幕

或许有一通雷

一道电

一天风

窗　外

窗外

飞扬着各式音符

窗帘

闪烁着五光十色

脚底的节奏踩下去

心尖的激情涌上来

楼边装饰的七彩光

半夜丢下的脚印

被早晨的舞步

踩得稀烂

成了男女的晚餐

风

挂在树梢

挑动乌云的缝间

掠过红日的边缘

在关城扶摇

在中原呼啸

顷刻间

九州生气恃风雷

风萧萧兮易水寒

大风起兮云飞扬

于是项羽的马蹄掣一股风

韩信的项颈灌一领风

陈圆圆裙底抽一阵风

直搅得风云激荡

血雨腥风

天昏地暗

山海关

在临间楼举目遐想

抚摸袁崇焕战马铁蹄上的温度

疾驰的火星在这里尚未落定尘埃

兵部分司的石狮子

被许多是是非非惊得目瞪口呆

一瓣花

一瓣花

从苞中挣脱

在光的诱引下

吐露花蕊

于姹紫嫣红中

争奇斗艳

是风

让四季飘零

花自知其归宿

却总要在左顾右盼中

挣扎

再挣扎

或鲜红如血

或枯萎如柴

挂在枯梢

寄于风尘

凋落泥淖

跌得一身伤痕

泪迹斑斑

花作鬼

花无依

心有不甘

却又无可奈何

楼　兰

一个千户之国

在浩瀚无垠的沙漠随风而逝

在浩如烟海的史册戛然而止

一具风韵犹存的骷髅

依然演绎了一段动人的故事

揭开古城神秘的面纱

与我同行

该会是怎样的情景

逝者如风

每一次回到生我的地方

顺着东渠而上

蒿草一次比一次疯长

路径一天比一天没了模样

我看那柳树

热了一样滴着汗水

累了一样喘着气息

春心荡漾

一样飘着花絮

委屈的那一刻掉着泪花

干裂的周身布满沧桑

寒暑易节

蒿草也罢

柳树也罢

总是把一春一秋的年轮刻在心上

把一日一月的起居注在天地之间

每一次回到生我的地方

从西坪庄头而过

巷口屋檐下一座座雕像

一天比一天苍凉无光

一年比一年呆滞凄惶

空一个位置

少一个模样

带去了一串故事

消逝了一道风光

风一般走过

让我难以把握

我的岁月也将这样度过

哦

一世人生

草木一秋

一如风走过

草木一秋依然故我

人生一世瞬息而没

人生何其又不如草木

草木之于人寿何其长

我知道

这里生养了我

我知道

最终还将接纳我

秋水行云

白驹过隙

唯有把灵魂堕于黄土

方得如柳如蒿

如草木

岁岁发青

年年生长

新 生

新生儿好奇

俯瞰绿地

稚嫩的小手

触摸青草依依

感受大地的气息

想做一棵小草

深深扎根在生我的土地

吮吸七彩阳光

承接雨露灵气

如小草一般

永葆生机盎然

你，是我爱的人

致老人

老人是一罐煮熟的酽茶

老人是一壶甘醇的老酒

是茶

经过了岁月的煮熬

是酒

经过了寒暑的发酵

老人是一棵苍劲的青松

老人是一片翻熟的沃土

是青松

经历过寒暑历练

是沃土

经历过岁月耕耘

又是一年九月九

岁岁重阳今又逢

遍地黄花

闪烁着老人的饱经风霜

漫山红叶

书写着老人的亮风高节

惯看秋月春风

一行行皱纹里有曾经的故事

行尽茫茫世路

一根根白发上有太多的忧愁

虽然你们老了

但仍风度不减当年

虽然你们老了

但你有你的昨天

谁说你夕阳西下

你经过血与火的洗礼

晚霞映照满天红

谁说你暮气沉重

你经历春与秋的砥砺

霜叶红于二月花

时光的年轮

期待你的新生

岁月的更替

期待你的长生

我祝福

祝福所有行走人生的老人

祝福你们健康高寿

致同泰

挚友王同泰先生曾任县林业局长、城建局长、人大办主任。酷爱书画、摄影，是甘肃省摄影家协会会员、甘肃省美术家协会会员、甘肃省现代摄影学会会员。本文系作者主持王同泰先生摄影绘画研讨会时即席而作。

你，用一只眼

洞察生活七十年
惯看了秋月春花
透视着大千世界
留下了光影的精彩瞬间

你，用一支笔
描绘着诗意心田
渲染了万里江山
点缀着红梅牡丹
留下了色彩的精美画卷

你是云中一束光
俯瞰之间
看穿了滚滚红尘
透析着时代之风

你是翰墨一滴水
挥毫之间
书写着浓淡人生
升华了诗意之情

黄土高天
——写在母亲祭日

高天黄土
土是你的命根
黄土高天
你以食为天
耕了一辈子田
耕透了黄土地
耕不饱你的心田

补了一辈子天
装扮了四季天
春无单衫冬无棉

一把尺子一墨斗
把尘世曲直量遍
量不尽黄土高天
一根铁针一丝线
把人间冷暖缝遍
缝不住黄土高天

沉重的高天
压弯了你的腰
沉重的黄土
累驼了你的背
一年又一年
一辈又一辈
骨头埋进黄土
生命还给高天

叫一声妈

母亲与父亲同庚，诞辰于中华民国三十年。公元一九九九年五月初七母亲病逝。八月二十五，与母亲相濡以沫的父亲亦病逝。父母一路坎坷，一生艰辛，同年同月同时，遗体迁于黄土老坟。十八年来，长歌当哭，每每思之，令儿痛伤不已。

——写在前面的话

叫一声妈，妈妈
离了儿
整整十八年

十八年
妈，从未应答

叫一声妈，妈妈
儿离开妈
只有短短四天
四日四夜
妈是怎样地唤儿

叫一声妈，妈妈
离开妈的日子
儿不在妈的身边
药可曾用
饭是否咽

叫一声妈，妈妈
儿离时
妈倚门而望
儿来时
妈长眠无语

叫一声妈，妈妈
望坟头
妈迎风而立
在梦中
妈与儿同行

叫一声妈，妈妈
儿写过
数百万文字
儿无字

可写妈妈

叫一声妈，妈妈
儿不想
听别人叫妈
儿最怕
为他人祝寿

叫一声妈，妈妈
儿最悯
卧床的女人
儿最忌
丧中的哭声

叫一声妈，妈妈
儿每次回家
总有一碗热汤
儿迟早进门
总有一坨热炕

叫一声妈，妈妈
妈不在
儿从此无人牵挂
妈去了
儿从此再也无妈

拨亮生命之灯

我珍惜
珍惜温暖，珍惜光亮
雪落在寒冷的夜

风灌进冰冷的房

昏暗的油灯摇曳着

用冻僵的手在作画

描绘怀中风景，袖里乾坤

用炽热的心在读书

感知英雄时代，缤纷世界

四十多年，一路走来

四十多年，一晃而过

生命之灯，依旧飘荡

我珍惜

拨亮灯光

让生命之灯

永远光亮

我珍视

珍视生命，珍视生存

仰望老坟

叩问先人

坟头草青青

春风吹又生

渡尽劫波

根苗未泯

生命之灯，依旧发光

我珍视

拨亮灯光

让生命之灯

永远光亮

我珍爱

珍爱岁月，珍爱时光

黎明时

登上山岗

望星空

日月穿行

我不敢

不敢有懈怠松劲

人生天地间

为一大事情

日之渐西

夕阳渐次

不知前面的路还有多长

不知脚下的坑还有多深

我必须策马快行

一路狂奔

食难安

寐难寝

生命之灯依旧闪光

我珍爱

拨亮灯光

让生命之灯

永远光亮

我珍重

珍重理想珍重信念

走远方

心尚在。

这块水土

给了我乳汁

生命不息奋斗不停

我将以区区之性命，还于滋养我的土地

愿做萤火一点

给天空增光

愿做小草一根
给大地添彩
生命之光，依旧摇荡
我珍重
拨亮灯光
让生命之灯
永远光亮

我珍藏
珍藏记忆，珍藏薪火
生我前
浩如烟海的文字
承载了祖先的智慧
我生时
日新月异的知识
打开了无垠的生命之门
在瀚海中遨游
在书山上爬行
我的记忆
我珍藏
我的感悟
我点燃
生命之灯，依旧燃烧
我珍藏
拨亮灯光
让生命之灯
永远光亮

我珍摄
珍摄家庭，珍摄亲情

路，再长

一路相伴，不离不弃

家，再窘

和顺温馨，一如港湾

任大地风起云涌

任尘世眼花缭乱

有亲情才有家

有家才有亲情

不管来日光明与黑暗

家之灯，若火花

生命之灯，依旧摇曳

我珍摄

拨亮灯光

让生命之灯

永远光亮

想念冬天

在冬天

想念冬天

想念冬天飕飕的风

想念冬天纷纷的雪

想念叽叽喳喳的麻雀在树间

想念飞来飞去的鹊鸟在窝边

想念盘桓弥留院顶的炊烟

想念河沟溜冰的伙伴

想念树杈舞动的秋千

想念巷道滚跑的铁环

想念檐边吊着那冰棍一串

想念手中抱着的一桶火炭

想念一明一暗的油盏光焰

想念热气腾腾的糁饭

想念缝补干净的衣衫

想念一碗柿子拌炒面

哦——

我想念

在冬天

想念我的冬天

草原上骑马的姑娘

云飞草长

雄鹰翱翔

美丽的姑娘

身披艳装

骑在马上纵情歌唱

放飞蝶舞的梦想

马背上的路

坎坷而悠长

离了温暖如春的毡帐

去了她要去的地方

骑马的姑娘作了新娘

云沉草飞

骤雨狂风

一道如蛇的电光

撕裂了她的念想

孛儿帖旭真

花季的诃额仑

一如离群的牛羊

承载着乍来的痛伤

去寻觅草地的芬芳
草原上骑马的新娘
总会以宽容的胸怀
一如大地负重
呵护怀中的羔羊
生活教会她怎样做娘
命运托在宽厚的掌上
她懂得
一支箭易断
十支箭不折
于是便有了
苍鹰在高空翱翔
马蹄在大地踏响

燕京的风

——观金中都有感

风，从窗台过
吹散了一帘幽梦
驱走了市井雾尘

风，从门口灌
吹乱了满头青丝
灌透了一领寒气

风，从道上掠
吹凉了一条路街
卷起了几波埃土

风，从堤岸扬
吹脱了几朵桃花

冷落了一树枝芽

风，从铁蹄过
吹落了几根鞭镫
溅起了多少血腥

风，从杀场过
吹堕了几颗头颅
砍折了几片锋刃

风，从窗棂过
吹净了一脸脂粉
催醒了几人美梦

风，从殿堂穿
吹脱了几袭袍冠
抬出几副椁棺

风，从兽脊过
吹翻了几代龙庭
摧毁了数座王城

六盘山

我从梦魇中惊醒
他使我寝食难安
他使我晓行夜宿
他在昆仑山母腹中
孕育躁动
骤然出世
尽管我看不到他的全部面目

他也不是很高
但《山海经》上称他为高山
他目视灵台
他眉扫吕梁
他额顶贺兰
一足蹬着宝鸡
一足践着秦州
抵御了来自喜马拉雅的寒风
护卫着八百里秦川的门户
他的头颅曾又一次震荡
他的心脏依旧怦然跳动
充满活力
他目视东方
看到日出的地方
有泰山
看到大海的地方
有骇浪
他踏着逶迤秦岭
他踩着蜿蜒渭河
向大海行进
黄河因为他的出世
跃过了他的头顶
他的心脏
是一个古老而年轻的心房
他的步履
是汾渭平原
这座年轻的山
伏羲的传说不绝于耳
人类的繁息印痕累累
民族的交融水乳难分
英雄的传奇此伏彼起

他

一出世

便在皇皇东土

便在巍巍高原

书写了一个大大的人字

当我面对他时

他已不再是一座山

是一个赤子

是一位巨人

是一位导师

这个大自然雕刻在地球上的人字

一路行来

坚实稳重

又有什么人能够

看清读懂

我的故乡我的家

莜麦岭

你只是大西北黄土坡上一道渺小的山梁

没有你

逶迤雄伟的六盘山

苍莽雄宏的大关山

便难以落地生根

牛头河

你只是陕甘交界处向西而去的一条小河

没有你

千里而下的渭水

万里奔腾的黄河

是怎样源源东流

你

方圆不过两千零一十二平方公里

在九百六十万辽阔无垠的祖国版图

只算是弹丸之地

甚至如粒如粟

但你却有你的曾经

你养育了轩辕黄帝

而当初的轩辕也不过赤子而已

你孕育过大秦王朝

而当初他们祖先只不过一介马夫而已

你掩埋着一代名将

游子终将叶落归根长眠故乡

曾经的你

桑麻翳野

鸡犬之声相闻

村人不知汉唐

曾经的你

地瘠民穷

偶过一二蟊贼兵痞

也不过一夜虚惊

你依然我故鼾声如初

曾经的你

有过恐惧

有过悲伤

有过迷茫

也有过疤痕

地动山裂的那一年

你与海原一样刻骨铭心

地动山河的那一年

你与陇原一样刻骨揪心

发热发烧的那一年
你与三镇一样武斗出名
无福无祸使你麻木
平地起祸使你呆滞
无端人祸使你疯狂
终于有一天

你
觉醒了
挖条大河描绘锦绣
铺条大道摆脱贫困
你跑步前行
你跨越发展
莜麦岭下
那个马夫住过的地方有了别墅
牛头河畔
那位赤子出生的地方有了新城
两千零一十二平方公里山沟峁洼上
如织的道路联结了珍珠般的新村
你成了决胜小康的轻骑兵
你成了羲里娲乡的皇冠明珠
你成了西北高原的亮丽风景
你成了丝绸古道的新景观
你成了"一带一路"的蓝宝石
你成了中国梦的瑰丽之花
哦——
我的故乡我的家
我的山水我的根
汤浴泉的暖流涌动我的心
补天石的灵动荡漾我的筋
无论走到天涯

即使在梦中
也一样地为深情为你沉吟
歌唱你——
我的故乡
我的根

横渠湾
——写在张载诞辰千年

今年是张载诞辰一千周年。张载，字子厚，号横渠先生，关学宗师，配祀孔庙，称先儒张子。祖籍河南开封，侨居陕西眉县，曾隐居甘肃清水张吉山横渠湾。

我在横渠湾上
仰望那颗璀璨的星辰
天幕间闪烁着智慧的光亮
我在千年古柳下
仰望那轮中秋明月
宇宙间旋转着阴阳的景象
在你曾驻足的城堡
我看到你崇尚气节的光芒
你身后无数仁人志士撑起了民族的脊梁
在你曾走过的古道
我看到你笃实践履的脚步
你身后一代代哲人先贤大步流星紧跟前行
横渠湾
今人不见古时月
今月曾经照古人
横渠湾
天地本无心
人心就是天地心

一千年的理想情怀
为天地立心
为生民立命
一千年的精神气象
为往圣继绝学
为万世开太平

云梦泽
—— 东方爱情岛纪事

天与地
彼此不分
不离不弃
在混沌宇宙
牵手一十八亿年
燃烧着爱的火光
旋舞着水土的芬芳

日与月
朝夕相伴
不离不弃
日月轮回一亿八千年
给世界以温暖
给天空带来梦幻
日月星辰
种子在萌发

湖与岛
水拥抱山
山偎依水
山水一脉

相亲相爱一万八千年

爱情的春潮在涌动

生命的光芒已呈现

相约洞庭一湖

相约君山一岸

相约云梦泽

云梦泽

烟波浩渺

云瀚无边

帝子降兮北渚

目眇眇兮愁予

秋风萧萧

落叶衰衰

娥皇女英

娇人啊

把相思的泪珠洒尽

君山斑竹

湖水汪汪

云梦泽

渔帆点点

芦箭青青

七夕天汉

鹊噪蓝桥

牛郎织女

两情相依

向晚洞庭湖

倩影相伴

洞庭湖爱溢冬雪春风

君山岛情动前世今生

演绎多少如诉如泣的爱情

女娲补天

遗爱君山

一石一木

那可是神瑛侍者

那可是绛珠仙草

离恨天上三生石

孽海情缘通灵玉

将毕生泪

是否都还完

香魂一缕

心有何甘

泾河之滨牧羊女

楚地湘水柳公男

来世三遭

不负所约

那口柳树边的枯井

早已把相思泪流干

只记下了一段悲欢离合的人神奇缘

一对蝶翩翩在井边

又追逐于花丛树间

那可是梁祝精灵闪现

迷迷茫茫的雾

缥缥缈缈的云

云烟难辨

可是白娘子思念许仙

十八年

难得见

再等五百年

月亮与太阳

大地与高天

洞庭湖与君山

如约相亲

相爱八百年

海枯石烂

此心永不变

石烂海枯

此心

永不变

作家路遥 25 周年祭

一九九二年十一月十七日，在广播中听到作家路遥不幸英年早逝的消息，甚为悲痛，赋诗一首，置于墙壁，并持续系统研读他的全部作品。二十五年来，路遥精神如人生灯塔，照亮着艰难中自强不息，奋斗不止的人们。

在清涧去往延川的山路上

七岁的你

心灵已受到创伤

在困难的日子里

年少的你

饱受饥饿的痛伤

在千人注目的台上

十九岁的你

经历了惊心动魄的一幕

面对沟壑纵横的陕北高原

面对狂风肆虐的毛乌素沙漠

你怎么也想不到

黄土地上挺立的汉子

以何等胸怀仰望苍穹

审视平凡的世界

早晨，从中午开始
生命，当光彩夺目
你怎么也想不到
黄土地上长成的汉子
以何等坚毅面对生活
塑造了一座座平凡人的雕像
巨笔在急速行进
生命当如日中天
你怎么也想不到
黄叶在秋风中飘落
他，倒在了前进的荒漠上

他，走了
离开了平凡的世界
以身殉道
在平凡的世界
树起一座不平凡的丰碑
他，走了
一如雪中红梅
精神常存
永远光亮平凡的人生
永远照亮平凡的世界

梦回秦乐山
——秦亭之歌

关陇古道
秦乐山上
千年的马鞭声声回响

秦亭河畔
非子牧场
稳健的马蹄时时激荡
这里是轩辕故里
这里是秦人家邦
满川的汉麻承载着祖先的刚强
漫山的燕麦饱含着秦人的力量
百代都承秦政体
曾经创造了大地神话
梦回秦乐山
放飞着一个梦想

百家古站
盘龙岭梁
百年的驿路改变着模样
赵窑社区
麦池新庄
秦声乡音村头巷道流淌
这里是核桃之乡
这里是灵芝温床
满梁的青草牛羊骡马膘肥体壮
漫坡的清泉林海鲜花处处飘香
乡村振兴在路上
这是梦起飞的地方
放飞啊梦想
这里充满着希望

邦冀秦风颂

因为秦亭山
历史记住了你——邦的名字

因为朱圉山

历史记住了你——冀的称号

秦亭山那位牧者的马鞭

依然在华夏大地回荡

朱圉山那位子车的战戈

依然闪耀着锋利的光芒

邽冀两县

你是中华文明的骄傲

清水甘谷

你是渭河岸边的明珠

在这片热土

有着秦人先祖艰苦卓绝的苦难史

在这片热土

有着秦与邽冀戎腥风血雨的斗争史

在这片热土之上

有先贤石作蜀的遗风

有扶汉将军姜维的衣冠冢

在这片热土之上

有前哲关尹子九章

有屯田将军赵充国的遗骨

李家崖的尘土里

飘移着秦人的剽悍

毛家坪的荒草间

浸透着秦人的血脉

八里湾

曾经东顾西盼的女人

一条扁担捎着两头的家园

让人们记住了甘谷人

莜麦岭

曾经挥汗如雨的麦客

一把镰刀割开了八百里秦川

让人们记住了清水人

香胜华清的汤浴水

把大地温暖

久负盛名的大像山

把心灯点燃

莜麦岭的汉麻

织成大路朝天的步履

八里湾的辣椒

红遍满世界的屋檐

二〇二〇，两个千年首县整体脱贫

二〇二〇，一个划时代的年份

在秦人的发祥之地

六十三万甘谷儿女

三十三万清水儿女

迈上小康

实现百年梦想

对话平南

与青鹃山对话

一座山呈现别样景致

楼宇参差拔地起

激情升温喷涌出

四季在畅游

与苏家湾对话

雕梁画栋移陇上

徽州女子探北国

村是一座城

城是村中景

阁楼尚有温
南燕筑巢引凤

与王坡窑对话
馆内耕耘情形
百业小屋再生
蹉跎岁月
蓦然回首成记忆
强音水中舞

与胡家窑对话
每一朵花竞相争艳
薰衣草楚楚留香
蝶恋花窃窃私语
尽看平南花

在平南
平南对话越千年
从来锦绣在人间

在平南
对话平南似江南
从此不再忆江南

恋着这方土

在滔滔不绝的渭水中游
有一个以水命名命的千年古县
在连绵起伏的秦岭西端
有一个素称关陇钥锁的天下首县
依关山而控陇右

临渭河而制陕西
邽山巍峨
清泉四注
西江滔滔
水草丰茂
香胜华清沐浴春风
林海浪花淘尽英雄

匍匐于这片热土
拭去历史的封尘
会看到女娲风茔
那里尚有炼石补天的印痕
能看见轩辕年轻的身影
初祖长成
存五千年仰韶文化
文脉无绝
传数千载清水故事

捡拾一片秦简
嬴非子牧马有功被封为附庸
秦武功讨伐邽戎的鼓角争鸣
擦去斑斑血痕
封邑秦亭
秦人的根据地成了邽县
劝君少骂秦始皇
百代皆行秦政体
走出了第一个千古王朝

回望一场情境
一匹烈马从遥远的草原缓缓走来
带着漂亮的也遂姑娘

饮马西江
嗅到了江南的清香
土地，女人，抑或是丝绸
游荡，屠戮，抑或是扩疆
一代天骄陨落
留下了六条遗嘱
留下了许多谜团

大浪淘沙
历史的长河
闪烁着耀眼的光芒
一位哲人骑了青牛
紫气在他的头顶盘旋
乡贤弃关
挽留了道家鼻祖
才有了五千真言万古流芳
千年以后
来了一位宗师
横渠四句至今为国人传唱
多年以后
又来了一位武将
在小泉弃武设帐
把关学精神在这里传扬
中华文化的根脉得以滋养

透过硝烟的迷雾
磨去战场的铁锈
这里有烈士以死替了汉王
被人们奉为城隍
四月二十八的庙会
三牲祭香火依然旺

这里有屯田名将戍守河湟
坚持真理的精神
为开国领袖赞赏
这里有功达邠阳的战将
一门武进士二武举驰骋疆场
一村郭家军定国安邦

先辈的踪迹民族的魂
厚重的历史文化的情
恋着这方土
攀着大树根
清脆的鞭声响不停
肩负着使命砥砺前行

赠毛双选

龙游三江翻墨浪，弟兄挥毫各一方。
将军儒雅漫京华，名士豪气传故乡。
兵营有兄自成体，纪检无私可堪爽。
口衔金樽三百盏，笔吐锦字五千行。
魏晋风度出新意，汉唐神韵写华章。
各具千秋得妙趣，信手涂来翰墨香。

游石洞山

驱车直上石洞山，斜阳夕照穿林间。
溪水急流石作鼓，松涛时伴鸟拨弦。
福地有幸葬高道，洞天无缘见神仙。
贤者不来闲者来，悬石洞前话当年。

游三皇沟

林深山幽少人烟，古槐盘根石隙间。
一河溪水潺潺去，三皇沟里思轩辕。

三皇沟

依山傍水三五家，瓦舍村落隔篱笆。
为问老者年若何？手把柴门话桑麻。

过黄河铁桥观白塔山

绿树掩映白塔山，黄河桥下卷微澜。
波涌残阳天地动，飞舟搏浪疾似燕。

游五泉山

五泉山前游人涌，石阶亭廊笑语盈。
山寺经声遥遥起，但见睡佛侧耳听。

车过三阳川遥望卦台山

峻岭曲卧三阳川，卦台俯首瞰渭南。
路转峰回作八卦，柳浪风翻隐田园。

三阳川耕田图

农夫才刈即耕耘，二人抬杠确艰辛。
汗水化作五彩珠，浇得山川气象新。

长宁驿

长宁驿，俗呼大湾口，在关山西，越山之要驿也。

草坡丛林漫无边，兀峰飞来落小湾。
清张分陇三岔口，过客栖憩好用餐。

果园即景

秋风一吹叶半黄，晨曦初照露为霜。
今年已是粮满仓，更为来年整地忙。

视察东部中药材种植有感

东部四乡土瘠贫，试种大黄板蓝根。
技术管护加促销，山区群众早脱穷。

视察金集小城镇建设

冷风扑面天气寒，金集建设令人叹。
拓街修路集市兴，削坡平地市场建。
规划思路胸有竹，思想认识眼界宽。
量力而行干实事，定叫古镇换新颜。

写在澳门回归的日子

春潮滚滚通海平，紫荆荷花相继红。
更看日月潭中水，恰似游子思乡情。

罗布泊

古楼兰国骤然消失。科学家彭加木罗布泊科考失踪,有感而作。

造化力无穷,罗布更迷人。
楼兰今安在? 瀚海湮文明。

十二月六日贺南疆铁路通车

孔雀河畔库尔勒,欲往南疆隔大漠。
遍地戈壁行路难,漫天风沙道经恶。
欣闻铁路已通车,各族儿女同欢乐。
遥寄喀什师兄弟,重返故都喜事多。

三大战役胜利五十周年

疾风横扫鬼神惊,中原逐鹿营连营。
燕赵杀气融朔雪,辽沈干戈卷战旌。
沙场烽火淮海月,战地硝烟平津城。
盔甲未解封疆吏,将帅纷纷请长缨。

赠王定成同志光荣退休

腊月初九,欢送王定成主席退休。王就读国立十中,毕业甘肃农业大学,曾任县委副书记,政协主席,有《旱作农业科技文集》。

国立十中业有成,农大学府造诣深。
根扎家乡解民穷,心存父老报国恩。
两袖清风勤为政,一卷佳作启后人。

花甲退居应有乐，晚霞映照满天红。

世纪行

列强毁焚圆明园，王朝覆灭军阀乱。
滚滚烽烟漫大地，猎猎红旗拨新天。
无端浩劫历磨难，有幸改革挽狂澜。
国盛尽雪百年耻，中华又启新纪元。

千年回首

风云激荡越千年，汴梁图上挥戈鞭。
北马萧萧民族魂，西舰凛凛金瓯残。
武昌炮火摧旧制，南湖轻舸翻新篇。
伟人振臂呼一声，古树发青春满园。

瞻仰会师楼

公元二〇〇一年秋九月住会宁城，观会师楼，看桃花山长征景园有感。

祖厉河畔会宁城，古今将帅定乾坤。
世路渺茫道何寻，长征坎坷终有成。
一二四方西北望，六十五年江山新。
他年桃花再开时，会师胜地盼脱贫。

视察村村通三题

其一　农路通

当年人畜攀崖过，而今村村尽通车。
小路拓宽大道平，八乡十村半日越。

其二　农电通

当年菜油鬼吹灯，而今户户夜光明。
农网织就七彩梦，致富路上显神通。

其三　广电通

当年村舍唯乡音，而今广播电视通。
爷娘儿孙山林坐，天下大事尽知闻。

腊月二十七有感

其一

残雪零落风满山，劫数无情背椿萱。
心头滴血孤子泪，无边思念向古原。

其二

踏雪送肥上高原，二老坟茔在眼前。
艰难辛劳一生苦，土中刨食伴土眠。

乙卯三九大寒有雪

漫天风雪扑山川，举头茫然思家园。
往年雪霁门雪净，今唯鸡爪留庭院。

无　语

双亲离我去，院落寂无声。
残叶廊前飘，枯苔瓦上生。
竹根斑雉卧，屋檐瘦鼠行。
久锁牖与户，不见客临门。

疏　竹

四月十五降水雪，压弯树头枝叶折。
犹恐无人大雪再，忍砍竹林护园阙。

修　水

旷日不用水，寒冰破裂管。
幸得故父友，相助除隐患。

三磨冬面

　　近日磨面，猛想起二十世纪六七十年代跟大人磨冬面用水磨；八十年代曾到公社拖拉机站排队等了几天，九十年代村村有了钢磨，因有感记之。

秋水拨轮石磨转，大河岸边板屋寒。
老娘箩面儿送饭，犹畏冰封攒冬面。

拖拉机带石磨转，十里路途去磨面。
昼夜排队等几天，背上干粮睡木板。

剥皮吹土俱完善，自动上料电钮按。

磨面只需一旁站，村头巷道真方便。

又一

三冬夜月照臼寒，夫妇捣杵响连天。

驴拉人推碾子转，糠面难分簸箕扇。

关山放羊人

十七八只一群羊，黑羊白羊巨狸羊。

花牛黄牛铃叮当，奶头更比葫芦长。

卷尾土狗黑里黄，扑前挡后尿一墙。

羊尾一翘冷屁响，一串羊粪撒四方。

黄犬一愣猛惊慌，蹄刨鼻闻窜得忙。

青袄白帽胡子长，满面皱纹有沧桑。

肩搭背绳镰夹上，放羊割秆两不妨。

牛羊人狗下山梁，背回柴火好烧炕。

张家川

之一

张川小锅底，昔称阿阳地。

山头青且黑，天低沉云垂。

绵羊埂垅白，漫坡有稼秸。

霜降近立冬，叶脱老枝细。

孤巢树杈依，晚来寒鸦飞。

之二

烟锁兀峰云穿林，山弯沟凹有村民。

陕甘两省古驿站，一庄三县陇张清。

在北京

越过寒冬日渐盛，光阴过隙岂能更。
半生谋食在邦县，年首因亲走京城。
世间何时抛负重，红尘无绝有私情。
老来易思两桩事，新叶开时泥土行。

思故园

双亲离儿去，居家少有声。
残花廊下舞，枯草瓦楞生。
竹隙羸鸠卧，檐间瘦鼠行。
窗门关闭久，不见一风轻。

春　来

五九六九，沿河看柳，节近立春春已到。居莲花河畔，朝开户迎
日，纳福接祥。北通西站，南临丽泽，东近大观之园，金中都址，又
有宣阳桥，西接马连道，此茶马古道也，茶城诸茗，应有尽有。

晨，妻临画。某无所事事，为诗自娱。

窗接霞光紫气生，日浮云海漫天晴。
斑鸠声急报春晓，新柳苞开映水清。
大观园中风鬼遁，宣阳桥上丽人行。
莲花河畔马连道，黑白红青满茗城。

返秦州

元月十日，自州至京，与亲人过年，与贵朋相继三载会晤于佳

节，人生快事，莫过于斯。二月四日，晨返。值癸卯立春，春和景明。下午，陪孙、媳、子，并姻亲游伏羲庙。晚，观陕西省戏曲研究院秦腔。听李梅清唱《断桥》等三段。正戏《王宝钏》。广场人山人海，足见秦韵之魅力。

元开十日发羲城，辞子别孙向北京。
岁至骨亲心中肉，年来挚友座上朋。
可恶新冠阁楼卧，最喜古都馆院行。
放眼曦阳千二里，正逢春立好光景。

谒白云观

岁在丙申，腊月十八，时值三九，谒白云观，拜龙门派邱祖殿。适逢有道士于殿角抚琴，因有感，偶作长调。

腊月天微寒，三九碧空蓝。
平素喜探幽，追古景前贤。
十方丛林院，清静白云观。
山门有神特，乾隆御骑演。
掷铜窝风桥，穿孔财运钱。
神仙本无踪，奈何灵猴三。
老树遮庭台，银杏抚圣殿。
诸阁香火盛，雷祖唯冷淡。
此乃老律堂，长春居正端。
道门七真子，轩然坐高龛。
吾所崇敬者，皆在邱祖殿。
壁塑浮雕图，故事俱蒙元。
昔闻邱真人，心灵本知先。
札八儿火者，奉旨奔东山。
相见两唏嘘，怎识其中缘。

真人尝识公，我亦梦尔仙。
苦志且虔诚，殊功须积善。
恭道自修真，方得脱俗凡。
史曰刘仲禄，宣诏接邱仙。
西游西征路，艰辛非等闲。
年岁七十二，万里赴雪山。
圣主求长生，真君释道言。
世界六尘幻，只在一念间。
一坠入冥途，富贵皆作烟。
寡欲方长久，善行可成仙。
道法融兵剑，族异理相然。
神仙谏大汗，大汗呼神仙。
上善乃若水，厚德重如山。
一言止杀戮，三晤苍生安。
秦州玉泉观，道士君命肩。
清水汗不豫，传旨六盘山。
命掌天下教，赐戴紫金冠。
龙门祖庭地，敕名长春观。
岂意同年卒，知交照赤胆。
遗蜕根瘿钵，光耀八百年。
沉香袅袅飘，往史历历现。
忽闻风入松，又似水流泉。
汤汤击深涧，洋洋荡高山。
拂注滚上下，乐性出水间。
悠悠扬行云，淙淙秋波寒。
道士调古琴，淑女容落雁。
一入洞仙府，三界绝尘念。
芸芸萍水路，难逢知音弦。

琴棋诗画吟

琴

焚一炉香
抚一把琴
啸一林风
望红尘
名利皆烟云
高山流水
知音难寻

棋

移一颗子
设一招局
开一盘棋
论输赢
胜败寻常事
黑白无凭
兴衰有证

诗

借一剪梅
倾一份情
成一笺文
诗言志
骚客知多少
子望川上
李杜犹在

画

铺一张纸

调一砚色

蘸一笔墨

泼洒去

万里江山图

亦黄亦红

谁主浮沉

清水之歌

青山绿水

牛头河长

这里是轩辕故乡

邽山绵长

汤浴泉香

五千年故土如亲娘

啊，清水，清水变了样

山花林海

马蹄飞扬

这里是秦人家乡

山川秀美

牛羊肥壮

二千里土地好风光

啊！清水，清水变了样

美酒飘香

城乡兴旺

这里是充国家乡

男人勤劳

女人俊样

幸福的日子万年长

啊，清水，清水变了样

牛头河，邽山梁

牛头河源

流不尽的家乡水

妹妹把哥哥想

哥哥你把妹妹不要忘

月亮挂在秦子铺梁

邽山梁上

亲不够的故乡土

哥哥把妹妹想

妹妹你哥哥把你咋能忘

日头落在西江上

牛头河

邽山梁

哥哥我把妹妹想

妹妹我把哥哥望

想得妹妹眼泪淌

想得哥哥寸断肠

日头落在西江上

月亮挂在秦子铺梁

清水蓝

清水蓝

白云朵朵映蓝天

青山巍巍层林染

三皇谷里出轩辕
千古美名传

清水蓝
碧水粼粼歌琴弦
鸟语嘤嘤遍山峦
芙蓉出水有温泉
胜景美不凡

清水蓝
蓝图绘就美山川
精准扶贫走在前
全面小康勇争先
旧貌变新颜

天山绝唱

六月一日，在石河子，见广场有王震将军勒马远望，铸剑为犁，戈壁母亲巨幅雕像，又有三十五米九高之银剑锋芒向天。游人翩翩起舞，歌声悠扬。观兵团展馆，往事历历在目，看场景回放，天山脚下，人马喧嚣，炊烟袅袅。因作歌三阕。

踏尽天山九万丈
一路西向
男儿脚底惊雷响
精兵十万射天狼
荡尽穷寇
昆仑雪山换新装
风尘未洗
一手挥镐一手枪
铸剑为犁

天作被子地当床
屯田戍国保边疆

大漠星辰西北望
八千湘女
数万巾帼鲁豫娘
跋山涉水志如钢
激情岁月
草棚地窝作洞房
硝烟未散
炊烟迎风破天荒
戈壁母亲
忠贞顽强如胡杨
扎根大漠守边疆

兵团儿女慨而慷
花甲一轮
一代更比一代强
座座新城新气象
大道通衢
车流如梭信来往
一马平川
黄沙绿浪瓜果香
高歌一曲
塔里木河流水长
天山绝唱美名扬

一碗天水麻辣烫

一碗麻辣烫
麻了一座城

辣了一个市
烫热了地球村
把人们烫回了第二个春节

一碗麻辣烫
烫出了甘谷辣椒
烫出了秦安花椒
烫出了武山粉条
烫出了清水木耳

一碗麻辣烫
烫出了张家川的花儿
烫响了轩辕鼓
烫起了夹板舞
烫悬了高跷
烫醒了睡狮
烫得人山人海

一碗麻辣烫
蓦然回首
美景却在这边独好
文化竟是如此悠长
烫热了南来北往客
烫晕了天南海北人

致敬，人民政协
——贺人民政协七十五周年华诞

七十五年前
华夏大地发生了翻天覆地的历史巨变
在那激动人心的日子

在那激情澎湃的时刻

人民政协成立

首届会议召开

这是一百多年来民族民主革命运动获得胜利的伟大成果

这是三十年来新民主主义革命运动获得胜利的集中表现

各民主党派、各人民团体、各社会贤达迅速集结，共商国是

中国共产党领导的多党合作、政治协商制度形成，正式建立

代行全国人民代表大会职权

发表中国人民政治协商会议共同纲领

选举中央人民政府委员会

作出国都纪年、国歌国旗决议

宣告中华人民共和国成立

从此，开辟了中国历史的新纪元

七十五年来

古老中国迈上了繁荣昌盛的时代征程

在革命建设的岁月里

在改革开放的道路上

在波澜壮阔的新时代

党领导人民政协团结奋斗，踔厉前行

人民政协与党同心

一路走来，风雨同舟

集独特优势

聚人才智力

建实言良策

奋发有为，有为有位

政治协商有新进展

民主监督有新成效

参政议政有新成果

不断开创着人民政协工作新局面

步入新时代

人民政协肩负新使命

加强人民政协改革

完善国家治理体系

大家的事由大家商量

群众的事群众说了算

乡镇建立委员工作站

村级建立协商议事室

各界别委员建立委员工作室

协助基层解决群众急难愁盼问题

委员就在你身边

实现中华民族伟大复兴中国梦

人民政协大有可为

政协委员大有作为

致敬，人民政协

前行，人民政协

轩辕颂

赫赫轩辕

生而神灵

教民稼穑

振武修文

逐鹿中原

华夏一统

你出生在轩辕谷

青山热土给了你坚韧的秉性

教民稼穑种五谷

创文字插上思想的翅膀

战阪泉华夏一统

肇民族五千年文明

滔滔黄河波浪涌

龙的儿女心连着心

站在祠前沐浴着春风

人文初祖功德重

轩辕黄帝自古颂

注视着祥云冉冉升

循着你的脚步奋勇前进

共筑伟大复兴梦

你生长在上邽城

清水温泉给了你智慧的灵性

创造发明指南车

给人类在苍茫大地指明航程

战涿鹿九黎和顺

开华夏九万里疆土

滚滚长江浪花动

龙的儿女一脉相承

立在像前向你致敬

中华开国五千年

轩辕黄帝万古颂

颂歌一曲贯长虹

矫健的步伐迈向新征程

祝福祖国永昌盛

赫赫轩辕

大德大功

轩辕子孙

繁衍无尽

国泰民安

永享太平

新城新歌

秦地嘉乡
历史的神话源远流长

邽山苍苍
那是清水的屏障
天河注水
那是西江的倩靓

集翅坡梁
给美丽的新城插上翅膀
我愿你自由翱翔

吾乡吾民
让幸福的家园披上盛妆
我愿你放飞梦想

吾土吾乡
希望的种子已经播上
一路走来洒满阳光

新城新乡
新时代新城步履铿锵

观提督府

　　数次观郭提督相忠府，见一片破败景象。将军万世之名，时不过二百余载，而无人问津。诚可悲矣！

几番踏访提督府
残檐漏顶欲说无
柳营弹指笑息尘
沙场横刀气吞吴
一卷蝉噪谏千秋
八箴醒世悖万古
军中人称郭菩萨
功达邠阳誉皇都

新城对联

天河水注清水润泽古县
先秦地今佳地锦绣新城

汉堡遗砖说千古
红军留史昭万代

三峰山钟鼓齐鸣千载和
蒲魏梁回汉团结一家亲

馒头山山秀生草风光好
闫家川川俊藏金地气灵

郭提督府对联

一卷蝉噪为孝子
八箴醒世作荩臣

一门出三将保境安民震四方
九卷唯六德忠臣孝子作两全

注：振威将军郭相忠，咸丰帝赐功达汾阳匾，被誉为唐朝汾阳王郭子仪。其弟相勋、相贤均为武举，俱效军中。相忠有《醒世八箴》八卷，讲人生八德。《柳营蝉噪》一卷，抒孝亲之情。

甲辰岁末有感

（平水韵）

年事轮回天地长

茫茫尘世走一场

历经春夏秋冬日

风雨飘零情可伤

子女公干方始成

孙儿渐长入学堂

冥书封寄随香去

试问家乡在何方

永清堡赋

　　永清堡为清水县城中之堡。抗战爆发，国立十中自河南偃师迁于其上；1945年返豫，遂建清水一中。于右任题写校名，李膺曾任校长。古堡日新月异、人才辈出，颇有业绩，感而作赋。

　　上邽古郡，清水小县，依关山而接秦州，控陇右而制河西。传为轩辕故里，肇华夏五千年文明而独留遗址；曾是嬴秦家邦，开中国九万里边疆而首封邽县。城呼上邽城，堡称永清堡。城建西江之滨；堡筑南塬之巅。城系关陇要隘，遭数难而几经变迁；堡为城中之城，历万劫而岿然无更。有石铭曰：大明末，郡盗鸥张，所过土崩，而清邑以斗城屹然为陇右障；康熙十三有季，滇旅虎视秦中，大将军提兵西讨，天水一带，积骸为城，而古堡独立。能呵护民众，佑我邦民者，赖斯堡也。登其堡，则山川、村镇、车辆、行人、尽在目中，一览而无余。东看红崖观晚霞照映漫山云；西眺水帘洞朝露滴翠散珠光。遥望邽山，充国将军铮铮忠骨耀正气；俯瞰西江，成吉思汗凛凛武功盖苍穹。居其上，似乘奔御风，心驰神游，感慨诚多矣。

　　六十年前，战火纷扬。永清一堡，营房变文场。国难猝降，中州狼烟熏书房；毕履难倭，国立十中退后方。三千流亡学子，千里坎坷路程；负笈溯河渭，麻鞋踏坚冰。茫茫世路，仆仆风尘，几人染病而命丧中途，几人饥饿而客死异乡，几人寒号而冻僵道上。一路跋山涉水，历尽国破辛酸。师挽歌而哭徒，弟掩土而葬兄；唯幸存者落脚山城，投身华夏之摇篮。春秋祸乱，孔子西行未到秦；世界大战，学者艰辛越陇坂。一座永清堡，从此托起皇皇学府；两扇求知门，相继推出泱泱精英。时局动荡，莘莘学子抗战建国之责任未忘；风雨飘摇，耿耿人师教书育才之矢志长存。八年卧薪秸棚，一日尽食三黄。豆灯纸窗，秋风萧萧三更犹未熄；长夜炭火，冬雪飘飘五更方更红。学而自强不息，"六经"读罢不知老；教则诲人不倦，"四书"讲毕犹未尽。城郭游春，尼父三千宗闵冉；汉墓踏青，田横五百笑黥彭。仰先辈之气节，苍石古碑存魏隶；承圣贤之品德，佳城横额题营平。融三育以并进；合文武而兼长。要为国家之富强敬业乐群；誓为民族之荣光成德达材。图存救亡，伟功破虏终成千秋业；还我河山，壮志驱倭一统万代基。峥嵘岁月，花甲再转；沧海变桑田，城堡仍依然。春风荡漾老树发青华；盛世辉煌旧貌换新颜。瓦舍更新，一座座高楼参差接霄汉；彩石铺路，一条条台阶连云天。雾里看山，游廊扶摇，好似龙游天门；暮中观堡，星光灿烂，宛若楼浮海市。古者夫子授徒三千，七十二贤我乡居三，秦祖尹喜壤驷赤，东进求学业有成；而今民众重教一心，一百八万全县捐款，干部职工党团员，兴学热情更未减。

一方净土，承传统而秉遗风；一座学府，依时代而开新河。山门堡门学府门三重大门推开无边好风景；德育智育体美育三个面向育出无数好儿女。春秋两季，廊前列队者，学生报到也；负袋捐箱者，送子上学也；操场列阵者，新生军训也；三五成群者，交流心得也；花前行吟者，默记单词也；树下参道者，温习功课也；面壁而立者，背诵课文也。花团锦簇者，歌舞娱乐也；阵阵喝彩者，竞技体育也；鼠标游动者，计算机课也；试管操作者，生化实验也。一堂堂精彩课，是师生教学相长之结晶；一本本练习簿，是师生勤奋耕耘之体现；一份份优秀卷，是师生辛劳汗水之杰作；一面面锦绣旗，是师生奋斗不息之见证。楼层层，室楹楹；学堡一座，讲台三尺；一介书生，三千弟子。灯光点燃求知少年之希望，台道架起攀登知识之阶梯。看脚下过客熙攘攘；任堡外人声沸扬扬。讲坛上，依旧清贫教书匠；校园内，尽是用功读书郎。师授业而解惑；生勤学而苦练。教师敬业视富贵若浮云，备课灯下呕心沥血浇灌桃李终不悔；学生勤奋求知识如饥渴，晨起而读暮不释卷誓将凳坐十年冷。春开花兮秋有实。特级教师，辈辈相承，栉风沐雨做灵魂工程师为时代造就一代新秀，匠心巧手当人民好园丁给祖国培育四季鲜花；优秀学生，届届争光，攀科技高峰雄心挟雷电，赶世界水平壮志卷风云。留洋比利时根特，讲学加利福尼亚；纽约有博士，伦敦多教授。桃李芬芳遍世界，栋梁坚实满中国。滚滚潮流，往者原本非来者，再铸功业更须除旧布新政；芸芸众生，今人永远胜古人，实现跨越有待继往开来学。愿清水一中图民族强盛兮扬光荣传统再上新台阶；为中华崛起兮树鸿鹄奇志敢上九重天。

白沙镇赋

内莎古乡，白沙新镇；位于县城东部，地处关山西麓；涌温泉因汤浴香胜华清，聚西江而桑园钟灵毓秀；清水四注，出陇坂而带灵气；龟蛇二山，镇门户以献祥瑞。

自古地灵人杰，迄今物华天宝。汉营平侯之故里，创屯田良策固河湟一千年；隋慎政公之葬地，开大唐盛世江山三百载。前蜀王承检修防番城，遇刺史张崇妻节妇之舌箭；夏主赫连氏攻白沙镇，遭晋帝陇上男雄兵之重创。明天顺嘉靖修代沟路摩崖石刻历历在目，清迄民国靳丕基开山门道砖雕碑文昭昭可鉴。

有清一朝，待看一村，赴汤蹈火，数郭家军。白沙村杨氏富甲称一方，衣冠屡代相继，家风世为清门，有科举主考官，有报国殉身者，其壮烈之举，可歌可泣；下店子郭门武功出奇，进士武举蝉联，靖边功达邠阳，有振威将军一品官，有固原提标把总官，其立功之行，可敬可仰。

今逢新时代，开创新局面。脱贫奔小康，乡村大振兴。长峡筑水库，高塬栽果树；一川千秋麻，漫山万寿菊。新修提督府，承儒将之雅风；建设新农村，启当代之新俗；建设通村路，开振兴之征程；建设新广场，启时代之文明。

愿白沙古镇，日新月异，旧貌常换新颜；愿白沙民众，物阜人康，承前以启未来！

清水各界公祭汉将军赵充国文

惟公元二〇〇四年，岁在甲申闰月癸酉吉日，时值汉将军赵充国诞辰二千一百四十周年。天河酒业集团出资雕刻赵充国汉白玉造像一尊。清水县党政领导率各界人士，为追怀本土先贤功业，焕发后辈儿女振兴清水之志，谨以鲜花礼乐之仪，敬祭于清水先贤、汉营平侯、后将军赵充国像前。

陇原清水，古称上邽。山川秀美，人杰地灵。

慎终追远，英才辈出。轩辕黄帝，生于此地。

壤侯子南，七十二贤。尹子教化，遗有经典。

秦人崛斯，定鼎中原。怀恋故土，首封邽县。

继此而后，代有贤良。述祖穆圣，振我家乡。

在汉中兴，有赵充国。历武昭宣，四世三朝。

戎马倥偬，饬军整严。督兵西陲，平叛戍边。

挥戈驰骋，屡建功业。屯田奇策，旷古罕见。

以人为本，恤民非战。寓兵于农，耕战两便。

汉不赎武，夷不扰边。同修和睦，国泰民安。

斯人仙逝，归葬故园。麒麟阁上，像列第三。

充国谋略，影响深远。魏帝武侯，效法称赞。

开疆垦田，兵团生产。诸多经验，我党借鉴。

充国品格，百代相传。坚持真理，领袖感叹。

见贤思齐，祀其延绵。汉修墓冢，唐辟祭田。

清建享殿，今置陵园。雕像刻石，以彰先贤。

扬雄作颂，孟頫为文。碑树岱宗，高山仰止。

先祖美德，今当弘扬。共产党人，勇为先锋。

三十万民，众志成城。各族弟兄，团结一心。

小康征程，与时俱进。加快发展，永不停顿。

今日祭公，告慰英灵。超秦迈汉，国运昌盛。

清水振兴，事业有成。

秦州国馥茗赋

天水故郡，秦州新府，依秦岭而挟南北，穿渭河以襟陕陇。州有茶馆，曰国馥茗，乃茶界名流冀人王彩霞女士所创，为州茶楼茗馆之最。

登兹楼，茶阁气象，古色古香，典雅庄重，均呈皇家风格；橱架陈设，琳琅满目，无奇不有，俱是茶业精品；仙子引客，彬彬有礼，仪态端庄步轻盈；美人煮茶，缓缓有致，纤指娴熟令尔醉。临窗把盏而饮，林海松涛，似入耳际，南郭古塔映眼帘；茶友对坐以品，西水东去，逝者如斯，藉水长河眼底过。琴音悠荡云飞扬，箫声如诉雨潇潇。六大茶山，普洱独尊；福鼎白茗，香溢漫馆，悠悠万事，唯此为尚矣！

友问：晚来天欲雪，能饮一杯无？答曰：天水湖畔，国馥茗馆，围炉夜话！茶友至，茶馆左右高朋满座，茗楼上下一无白丁。隔三岔五，文人雅士相聚，竹林君投缘者，浅吟高歌，一杯茗尔；中午向晚，行商坐贾汇集，陶朱公有意者，角逐商场，茶乎一盏！

坐其馆，呼朋唤友，清茶在手，醇香在口，玉人相伴，艺师侍奉，可以读书卷，增长见闻；可以调素琴，养性修身；可以为书画，赏心悦目；可以舞长剑，舒展筋骨；可以用膳食，康养长生。喧嚣世界，南来北往客，慕名而来，一杯清茶心目明；滚滚红尘，先来后到人，闻香皆至，片刻暂坐以洗尘。人世知音难觅，幸得国馥茗茶，请君稍息，移步此馆，煮一壶好白茶，沏一盏品品香，乃为快事矣！歌曰：

> 古府秦州第一阁，茫茫旅途逢茶客。
> 把盏临风南山雪，对饮倚窗藉水月。
> 雅士长吟大风歌，商人窃谈有道诀。
> 喧嚣尘世且暂坐，国馥茗香助尔悦。

金集镇赋

陇右大道，西部通衢；传统集市，金集重镇。临渭水而瞰北道，依关山而望秦川。俗呼楞坎梁，楞坎梁龙脉蜿蜒似游龙汲水，驻地曰新化，连珠山凤尾森森如凤凰展翅。

万世古镇，日积月累传千载文化；千年集市，行商坐贾为百代贸易。羲皇台伏羲仰观天象，俯察地理，一画分阴阳；天明寺佛法普度众生，教化百姓，七星应山丘。曾几时，将军筑寨遗城寨，城隍庙废留印迹；想当年，老父思子立秋风，望儿台上洒泪痕。漫漫古道，曾遭劫难，孔贼白狼过境挠；茕茕新店，风餐夜宿，脚户旅客对孤灯。

金家集曾属天水县，新化梁划归清水管。民好货殖，经商之习延续至今；乡尚文章，好学之志世代相因。古者牛秉麟兴办学堂，今有王定西献身教育。改革开放，经营药材率先人称裴百万；发展经济，钻研农机全国劳模数第一。因集市繁华，商贸繁荣，一跃成为全省小城镇综合改革试点镇；于建市有功，治集显绩，上升方为全县大体制干部任命副县镇。金集镇曾办县二中，县二中教育曾辉煌。千二学生刻苦学；百十老师精心教。园丁有故事，桃李毓春风。省市县党政干部展宏才，县乡村人民教师站讲台。

名镇漫道真如铁，而今迈步从头越。越过新时期，跨入新时代，金集大地天翻地覆，楞坎梁上日新月异。红苹果花椒漫山红，大樱桃芍药遍地金。

愿金集，踔厉乡村振兴再展宏图！

愿二中，传承教育文化再立新功！

新城乡赋

秦戎故地，新城一乡，地处县城北部，界与张川交壤，天平铁路穿境而过，关陇大道缘山而越。地接秦亭，乃称古秦地；毗邻恭门，此系邽旧城；非子牧周马，策鞭驰骋作乐土。武公伐邽戎，秦戎交战是沙场；吴玠荡狄兵，宋金穿梭过境处，同治乱甘肃，百姓避难挡风墙。红军北上播火种，解放西北扫悍匪。历史名乡，世代传佳话；红色胜地，百年谱新章。

新城美地，风景秀而山色美。地脉厚重，藏金银而蕴白玉。黄土肥沃名树生，草木葱茏牛羊壮。天河北南流，注西江润泽古县，邽山东西向，拥厚土养育城民。三峰山，俯瞰县城，晨钟暮鼓佛道文化传千古；砖洼堡，深埋汉砖，烈火焚毁济世悬壶流芳名。杨氏大湾隐居富户三百年，傅家堡子染血荒坟九魄散。四合川，乃为世外桃源；馒头山，今是旅游胜地。蒲魏梁，劫后余生回汉儿女翻新篇；闫家川，今有遗痕红色文化留口碑。

太平盛世七十五载，改革开放四十六年，忆往昔水泥厂曾为建设多有贡献，看今朝铁矿石迄今铸牢工业基石。新城好风光，乡村新气象。禾田郁金香，村庄好模样。阵地村村有，红旗飘飘永不忘初心；农路条条通，众志成城同奔致富路。产业五谷杂粮，务工八方来财。教育一个不能少，教师敬业三尺讲台；文旅几条路多，资源赋能一乡新姿。谢家山马家山隔沟相望，文人才武将才文武双全。谢红锋忠厚实诚戍守边疆保平安，马孟廉实诚忠厚挥笔文坛歌华章。

是乡也，民风淳朴；是乡也，后劲十足。唯望美新城步履铿锵再出好成果，祝愿古新城华丽转身焕发新气象！

白沙镇赋

内莎古乡，白沙新镇；位于县城东部，地处关山西麓；涌温泉有汤浴香胜华清，聚西江独桑园钟灵毓秀；清水四注，出关秦而呈灵气；龟蛇二山，镇门户以献祥瑞。

物华天宝，风水如此神奇；地灵人杰，巾帼不让须眉。汉营平侯充国之故里，创屯田良策固河湟一千年；隋慎政公李虎之葬地，开大唐盛世江山三百载。汉家造箭箭杆峡，兵戎相见弩矢何时休？司马屯兵马营砭，魏蜀对峙铁簇今犹在；前蜀王承检修防番城，遇刺史张崇妻节妇之字舌；夏主赫连氏攻白沙镇，遭晋帝陇上男雄兵之重创。明天顺嘉靖修代沟路，摩崖石刻历历在目；清迄民国靳丕基开山门道，砖雕碑文昭昭可鉴。吴家门诰命夫人相夫教子礼持家紫荆作证，白沙街蒋氏淑女领导干部贤内助芳名千秋。靳家宅明清风格百载留，青崖寺佛道香火千年续。

有清一朝，白沙一村；当铺门杨氏四合院鳞次栉比；下店子郭家将军府高宏壮丽。杨氏崇文礼仁，和气生财，富一方，承温良恭俭，衣冠屡代相继。有科举主考官，有主政地方者，世世为官，蝉联代继。杨兆龙任亳州州同，杨煦为神木、米脂知县，杨天德作内江知县，杨天佑授和林格尔抚民通判，杨天叙系河南县丞，杨苞迁山西州判。报国殉身者，其壮烈之举，可歌可泣。同治二年，战火蔓延甘境，兵燹祸及关陇，贼匪烧杀掳掠，民众苦不堪言。杨恃外任千总，随郭提督效命沙场，子杨天泽固守白沙堡，杨天培死守三岔城。十月初六，贼雷砲破三岔，天培与叔杨慧遇害，母徐氏、姊王氏、嫂蔡、赵二夫人大节不辱，越城而亡。三岔之难，杨家男女亡者十又二人。杨天培封云骑尉世袭罔替。

郭门尚武崇德，精忠报国，秉忠孝，行礼义廉耻，建功效命沙场。郭帅，名相忠，字荩臣，生清嘉庆三年，二十一年丙子科武举，二十二年丁丑科武进士，授绿营守备，随杨遇春、杨芳赴南疆平定张格尔叛乱，任喀什等营守备，戍边十八年。后调秦州、榆林等处守备，继升陕甘督标中营都司、固原游击、拜为参将，代理永昌营副将，军功卓然，升凉州总兵、甘州提督。道光二十五年，在任陕甘督标中营都司，帝诰其祖父生祥、祖母程氏及父永清、母陈氏。咸丰十年，靖边云南，授四川提督。次年，马革裹尸，病逝军中，享寿六十有三。咸丰帝谥赠振威将军，从一品衔，封太子太保，赐功达汾阳金匾。相忠文武兼备，风裁凛凛，孝敬双亲，时称郭提督，乡呼郭菩萨，著《柳营蝉噪集》并《醒世八箴》。后人有赞：一卷蝉噪为孝子，八箴醒世作忞臣。一门起三将保境安民彰四域，九卷明八德昭忠尽孝显双全。弟相贤，嘉庆乙卯科武举；相勋，道光癸卯科武举，乃为固原提标把总。同村蒋特升，与相忠同为同科武举，任巴里坤千总、贵州提督。郭门三兄弟，三姓郭、蒋、杨，提兵征战，驰骋疆场，保境安民，立功立德，可敬可仰。

今逢新时代，开创新局面。脱贫奔小康，乡村大振兴。高塬栽果树，长峡筑水库；一川千秋麻，漫山万寿菊。新建充国祠，塑赵侯征战之雄姿；重修提督府，承儒将忠孝之高风；打造农家乐，兴文旅繁荣之模式；建设新农村，启当代民风之新俗。通村路，开乡村振兴之征程；新广场，昭崭新时代之文明。

愿白沙古镇，日新月异，旧貌常换新颜；愿白沙民众，物阜人康，承前以启未来！

甲辰龙年冬于京城

游 记

秋访仇池山

七月初二，节已立秋，令在中伏，时值西和乞巧盛会，城乡异彩纷呈。久闻仇池之山，颇多传闻故事，然三进其县而不至。印象仇池形势，乃为绝塬之上一阔堡。适逢友人相陪，携妻造访，甚幸！

晨八时许，车出汉源古镇，南向而行，溯漾水，经十里乡、洛峪镇，途皆峡谷。沉云低垂，间或有雨，时大时小，时阴时晴。忽见二巨峰锁道，嶙峋怪石，鹫岭也。鹫岭者，鹫之栖岭也。友人言，尝见秃鹫立石，黑岭黑鹫，如鬼门关。诚可谓"溪西五里石，奋怒向我落"。

沿西汉水西南行，至大桥镇，远望仇池，耸竦嵯峨，狮踞云端，上下翠绿，中色褐紫，山体如筑。扶山带水，盘旋而上，路悬空间。愈高，见河谷村庄屋舍若烟盒，若棋子。及至山顶，豁然开朗，纵目群峰突兀，方见仇池面貌。

仇池之险，洛峪之河与西汉之水自东西向南相交，岷山与秦岭相会，一头衔山，三面临水。大寨小寨，隔河相望，虎踞山脊，遥相呼应，望之皆若古堡，实则自然鬼斧神工之杰作矣。

仇池之峻，《水经注》云："绝壁峭峙，孤险云高，望之若覆壶。高二十余里，羊肠蟠道三十六回。"登顶峰，极目八峰崖，类若蒲叶，此古之百顷山矣。俯视仇池与八峰间，诸岭藏深涧，岭岭有脊道，条条如土龙，此前人攀仇池之路。临绝崖，两股颤颤，膝盖酥软，心惊肉跳，不可再观矣。

仇池之奇，《水经注》亦云："上有平田百顷，煮土成盐，因此百顷为号。"《太平御览》曰："上广百顷，地平如坻，其南北有山路，东西绝壁百仞。上有数万家。一人守道，万夫莫向。山势自然，有楼橹却敌之状。"仇池之山，形若船体，飘乎万千沟堑间，故有上、下码头之地名。今其上有千人，土里刨食，或耕田，或以果蔬为生。见夫妇老者，年岁七十，头戴柳枝，伏地挖芋。夫缺左腿，问其缘故，言碾场为碌碡致残截肢。重山阻道，无可想象，生命竟如此顽强。

仇池之异，有泉百眼，不降不溢。无根之水，号曰天池。俗语云，山有多高，水亦有多高。又见一瀑布，天地之灵气，于此山大彰矣。

仇池之灵，有圣人出，伏羲降生之地；有天将折，形天葬首之所。伏羲崖有伏羲庙，古今传有三目神。伏羲爷乃人宗，马王爷三只眼。是龙是马，难以说清。然龙马精神，民族之根也。伏羲崖类若麦积山，形如狮子蹲。崖上有庙，联曰"生于仇池，长于成纪，此山鉴人文肇始；俯则法地，仰则观天，八卦开宇宙光明。"横幅则为："仇池之根，扶基华夏，护佑子孙。"亦见蜈蚣长五寸，周游岩上。又一道姑，不知高龄，自言已庵居三十余年。道姑养几只鸡，种几畦菜，于白云深处，信守一念，怡然自得，亦是一种生活态度。

游走仇池，身边山花烂漫，四野郁郁葱葱。白云朵朵飘于眼际，鸟鸣声声啼于耳边。赏景而生情，临境而怀古，真桃源一处也。

古来占山为王者多，以山名国者鲜。仇池之国，吾乡清水氏人，吾妻杨氏之姓。有腾、驹、千万、飞虎及诸子孙于此割据。凡立五国，历十八世，三十有三主，三百八十有六年。此魏晋南北朝之事也。五国者，前后仇池、武都、武兴、阴平国是也。立国之大峙，凭仇池势险，地域闭塞也。

人之大眼者多，以大眼命名者鲜。杨氏大眼，"少有胆气，骁捷，跳走如飞然"。此奇人"出长绳三丈许，系髻而走，绳直如矢，马驰不及，见者无不惊叹"。武二打虎，盖酒壮英雄胆。"北淯郡常有虎害人，大眼搏而获之，斩其头，悬于穰市。"其人力胆也。又传"淮泗荆沔之间，有童儿啼者，恐之云杨大眼至，无不即止"。仇池之大倚，诸将之威名，武功之高强也。

地之偏者甚，因势而匪者必众。民国有匪酋马尚智者，仇池山下大桥镇马集村人氏。其人好色好烟好滑竿，劫财不害命，打富不济贫，不吃窝边草。人称三好三不马上治。马氏作恶半生，终吃耳门一斧，呜呼毙命。友人指山下伸于河水一舌形地言，此乃马氏故宅所在，拆除却是近年之事。

地之险者，向为负隅之依。民国末年，西和县长张氏孝友效法前人，故伎重演，退守仇池。终为人民政府招降起义。由是观之，固国不以山溪之险，威天下不以兵革之利，诚可信矣。吾观秦之剑戈，迄今锋芒仍露，然终不过于博物馆中供人观视尔。

看景思古，不觉大半天。友人中途致电妻弟，已备美餐。土鸡炖得正烂，面条擀得柔韧，佐以山野之菜肴，美酒相敬，甚为感动。兴致所至，心中不觉涌上老杜诗一首，曰："万古仇池穴，潜通小有天。神鱼人不见，福地语真传。

近接西南境，长怀十九泉。何时一茅屋，送老白云边。"

同访者，陇南高君，西和袁君，妻杨氏。

（本文刊于 2018 年 10 日 30 日《陇南日报》，获首届仇池杯全国散文诗歌大赛三等奖）

人生似过客，随缘走一程

——藏川纪行之一

1日下午，平生第一次踏上了西藏这块神奇的土地。

那是为欣赏沿途的风景，乘坐由兰州去往拉萨的火车。火车经青海西宁，沿青海湖北之湟源、海晏、刚察、乌兰、德令哈、察尔汗、格尔木南下，越昆仑山，过通天河，翻唐古拉山口，进入西藏。经安多、那曲、当雄，沿纳木错湖、念青唐古拉峰东，到达拉萨火车站。

在拉萨车站，事先约定的导游热情迎接，并向我们献上了祝福的哈达。在住地拉萨天河宾馆稍事休息，与旅游公司联络经理小陈商议此次西藏游览事宜。

2日上午，游大昭寺。大昭寺，又名"祖拉康"、"觉康"（藏语意为佛殿），位于拉萨老城区中心，是一座藏传佛教寺院，是藏王松赞干布为供奉佛祖释迦牟尼12岁等身镀金像而建造的。拉萨之所以有"圣地"之誉，与这座佛像有关。目前，世界上的三尊佛祖等身像，8岁等身像供奉在拉萨小昭寺，12岁等身像供奉在拉萨大昭寺，25岁等身像供奉在印度菩提迦耶。其中，以12岁时释迦牟尼身为皇子的鎏金铜像最为精美与尊贵。寺庙最初称"惹萨"，后来"惹萨"又成为这座城市的名称，并演化成当下的"拉萨"。

大昭寺建成后，经过元、明、清历朝屡加修改扩建，才形成了现今的规模。大昭寺已有1300多年的历史，在藏传佛教中拥有至高无上的地位。大昭寺是西藏现存最辉煌的吐蕃时期的建筑，也是西藏最早的土木结构建筑，并且开创了藏式平川式的寺庙布局规式。环大昭寺内中心的释迦牟尼佛殿一圈称为"囊廓"，环大昭寺外墙一圈称为"八廓"，大昭寺外辐射出的街道叫"八廓街"即八角街。以大昭寺为中心，将布达拉宫、药王山、小昭寺包括进来的一大圈称为"林廓"。这从内到外的三个环形，便是藏民们行转经仪式的路线。大昭寺融合了藏、唐，以及尼泊尔、印度的建筑风格，成为藏式宗教建筑的千古典范。寺前终日香火缭绕，信徒们虔诚的叩拜在门前的青石地板上留下了等身长头的深深印痕。

之后，参观西藏博物馆。博物馆坐落于拉萨市罗布林卡东南角，是西藏第一座具有现代化功能的博物馆。西藏博物馆占地面积 53959 平方米，总建筑面积 23508 平方米，展厅面积 10451 平方米。馆内宏伟壮丽。馆区中轴线上依次坐落着序言厅、主展馆和文物库房。整体布局结构严谨。西藏博物馆具有鲜明的藏族传统建筑艺术特点，同时又深刻体现了现代建筑的实用特点和艺术神韵，呈现了自己独特的建筑风格，令人叹为观止。

下午，游览西藏的标志性建筑——布达拉宫。布达拉宫建于公元 7 世纪藏王松赞干布时期，是著名的世界文化遗产。自公元 17 世纪开始一直作为历代达赖喇嘛的驻锡地和他们的冬宫。

晚，游布达拉宫广场。

3 日，前往后藏的日喀则。早餐后，乘车沿 318 国道西行，到曲水县雅鲁藏布江大桥，沿日喀则盘山公路一路行来，愈走愈高。但见山顶有雪，山坡有莲，洁白如玉。又见天葬台，高耸云端。到达海拔 4990 米的冈巴拉山顶，顿觉心悸眼麻，几欲晕倒。别人研究吃什么，我急于寻找医院，寻找氧气袋，有一种要丧身人间天堂的预感。

观赏西藏三大圣湖之一的羊卓雍错。羊卓雍错是喜马拉雅山北麓最大的内陆湖泊群，海拔 4441 米、湖水面积 638 平方公里。天蔚蓝，湖蔚蓝，湖中浮着云朵，煞是好看。怎奈高处不胜，力不从心，急切盼望海拔下沉、再下沉。

下山后，去参观卡若拉冰川、电影《红河谷》外景地——抗英英雄镇江孜古城。

下午，经江孜古城、白朗县到达后藏圣地日喀则。食一碗陕西人做的裤带面，之后休息，一夜无话。

4 日，参观藏传佛教格鲁派六大寺院之一、历代班禅大师的驻锡地扎什伦布寺，它是后藏最大的寺院。寺内供奉着高 28 米的世界最大室内铜铸弥勒佛像——强巴佛，建有十世班禅大师班禅额尔德尼确吉坚赞的灵塔。看了一场时而手舞足蹈、时而抚掌的藏传佛教辩经场面。

之后，沿雅鲁藏布江返回拉萨。下午，参观藏药厂及西藏地质博物馆。5 日 8 时 25 分，在贡嘎机场乘 3U8696 次航班，离开西藏。

（本文写于 2013 年 9 月）

京晋冀鲁之行

9月18日，自西安北行，夜住山西汾阳。

9月19日上午，考察汾阳市下张家林果基地。据当地有关领导介绍，汾阳是核桃种植大市、产量大市、加工大市、出口大市。核桃种植生产实行工程化管理，区域化布局，规模化发展，集约化经营。全市核桃种植42.5万亩，年产核桃2万吨，年销售苗2000万株。有60多家规模加工企业。下张家基地年收入1亿元。

参观平遥古城、文庙、县署、古城墙。我们不知道平遥古城是如何保存下来的。总之，平遥不仅给当地人留下了丰厚的物质财富和精神财富，也给全世界存留了丰富的物质文化遗产。这份遗产是中华民族所独有的。

下午，至昔阳县大寨村，参观虎头山梯田，瞻仰陈永贵墓及在建塑像。大寨村200多户，500多人。年旅游收入2000万元。晚，在大寨村吃饭。

午夜1时，住平山县政府招待所。

9月20日，上午，考察平山镇刘家会村核桃产业。

刘家会村有核桃1750亩。投资330万元。该村除留一亩口粮田外，其余均种植核桃、苹果。盛果期亩产5600斤。另外，套种黄豆、花生、谷子等农作物。

考察由省科技厅指导的刘家会村核桃示范园。

参观西柏坡纪念馆旧址。观看专题片《新中国从这里走来》。在西柏坡，感受最深的莫过于三张方桌三总部。中国革命到了决战关头，依靠这三张桌子指挥千军万马夺取了中国革命的最后胜利。

中午，在西柏坡宾馆用餐。

下午，进京，住驻京办。

9月21日，晨，观看升旗仪式，参观奥运村。

下午，考察顺义区京顺兴养殖场。顺义区1021平方公里，人口70多万。全区养牛7万头，年出栏4万头，产值20亿元。生猪100万头。京顺兴养殖场位于北小营镇小胡营村，占地130多亩，存栏育肥牛1700头，远销港澳地区。

接着考察河北省三河市福成五丰食品有限公司。进入该公司养殖场，偌大的饲草垛一座座像城堡，育肥牛头大如斗，身若大象，真是开阔了眼界。该公司占地2000亩，有4个养殖场，上市2.54亿股。存栏6000头，肉牛2万头。出栏12万头。公司有科技支撑，人才保证。管理方式品种优良化、饲料科学化、产销一体化、服务社会化、管理法制化、培训制度化、废弃物资源化。为亚洲最大养殖公司，上缴税金6亿多元。

晚，住福成国际大酒店。

9月22日，下午3时到山东寿光。寿光沿途遍地大棚，一望无际。参观桃园，观摩大棚桃"一边倒"技术。考察孙家集镇三元朱村，参观村史展馆、新农村建设、寿光蔬菜产业集团、种苗基地、蔬菜交易中心。

下午，往青岛。

9月23日，参观青岛五四广场建设，登崂山观海。时为中秋，在海边过了一个"海上生明月，天涯共此时"的中秋之夜。

9月24日，在青岛机场登机，至咸阳。

9月25日，返回。

湖湘行

6月17日晨，至长沙，即乘高铁，仅二十三分钟，到达韶山站。

沿途小丘被一泓又一泓的水田隔绕，如盆景一般精致。水田并不规则，随方就圆。间或有农夫种作。草树覆盖大地，满目尽是翠绿，真乃江南一派好风光！

这里水秀山清，水天倒映，清幽灵动，原是神仙居处。谁能想到这里会升起不落的红太阳？

极目此间景致，洞察神奇所在，叩问老树陈岩，望穿池中深邃，抚探一枝一叶，寻找异常根脉。那首"独坐池塘如虎踞，绿荫树下养精神。春来我不先开口，哪个虫儿敢作声"的小儿寓意诗，以及"孩儿立志出乡关，学不成名誓不还"的少年言志诗，始终萦于耳际。

韶山，是世人向往的地方，过去是，现在也是。听说房子是按原貌新修的，但方位地形大致没变。在屋前繁茂的荷塘注视许久，观看了屋中一应陈设，以及各种图片、实物。院中有一口井，水清洌而旺盛，俯饮一口，试图感受一方水土味，也算多少沾点灵气。

曾称旧居，现为故居。一应灶台、灶具，农具颇为简约。有几个卧室，分别标有某某所住。从陈列看耕读第这种传统社会气息非常浓厚。

数年前，往毛主席纪念堂。去冬再去。今到韶山，谒主席故居。因有感。

> 曾经三度瞻遗容，今始临湘观韶峰。
> 房前池清莲生翠，屋后林茂地毓灵。
> 水秀腹中纳锦绣，山奇云里出蛟龙。
> 千秋功业世人仰，一念差出滴水洞。

出韶山，乘高铁返长沙，在湘潭停留片刻。午后，参观千年学府岳麓书院。

几年前，曾游岳麓书院，受《山间庭院》启示，作成《梅江峪》。此次再访，更深地理解了唯楚有材，于斯为盛。一座院落承载了深厚的民族文化，更多是一种哲学的思辨，知行的解析。可以说，这书院孕育了湖湘精神，是湖湘人文品格的不竭之源，也是中国文人学士的经世标尺。

岳麓书院的建设格局与建筑风格是十分典型的南国园林风格，其中浸透了儒家文化的精髓。诸多匾额联语无不昭示儒学思想的精华。

正堂山长讲学之处，两厢壁上是一米多高的飞白石刻。"忠孝廉节，严肃齐整"八字为朱熹所书。此八字既是为人做官之标准，又是书院因承之箴训。其中每个字包含着很深的儒学含义，又深入浅出教人终身为之的准则。纵观古今，围绕践行忠孝廉节，又有多少男男女女付出了多少沉重的代价？是确定无疑的了。那个造型独特的字，应该是康熙皇帝所书寿字，或敕字，记得不很准确了。

岳麓书院尊孔孟之道，研宋明理学。几幅联语可见一斑。

地接衡湘，大泽深山龙虎气；
学宗邹鲁，礼门义路圣贤心。

院以山名，山因院盛，千年学府传古今；
人因道立，道以人传，一代风流直到今。

惟楚有材，三湘弟子遍天下；
于世无偶，百代弦歌贯古今。

是非审之于己，毁誉听之于人，得失安之于数，
陟岳麓峰头，朗月清风，太极悠然可会；
君亲恩何以酬，民物命何以立，圣贤心何以传，
登赫曦台上，衡云湘水，斯文定有攸归。

治无古今，育才是急，莫漫观四海潮流千秋讲院；
学有因革，变通为雄，试忖度朱张意气毛蔡风神。

如此等等。还看到颜体刻石说，闻人之过，如闻父母名耳。可闻而口不可道也。似是马伏波所言。

真是一座文化之山，文人之院呀！

湖南人讲究特立独行，知行相一。在岳麓书院不仅看到了湘人研讨学术的历史，也有幸看到了在一种人文精神氛围中形成的民间绝技——木雕。原只知湖人有湘绣精品，这应当是湘女的荣光，没想到木雕艺术竟也如此精湛美妙，巧夺天工。这里展出的题材都与文人生活有关，可以看作是对书院的注释。

出岳麓书院，到橘子洲，高大的青年毛泽东雕像目视井冈山。这块如舰的沙洲，曾是这位年轻人指点江山，激扬文字的地方。两度踏上橘子洲，极目四望，景致不同。

有人说湘人吃得苦、不怕死、霸得蛮、耐得烦。据说，这是湘人的秉性。陈独秀曾在《新青年》上发表《欢迎湖南人的精神》的文章，为湖南人欢呼叫好，并且首先还代表安徽人向湖南人致歉。

李贺有诗云："请君暂上凌烟阁，若个书生万户侯？"叫响一个人的名字，从来就不是容易的事，更何况要叫响一个种群的名号。但明清至今，湖南人英才辈出，一个接一个，一代接一代，大智大勇，前赴后继，于是"湖南人"成为超越地域意义的特殊名号，唱响了湖南人的光荣与梦想。

橘子洲头一头可极目湘水，饱览江上行船，江岸风光；另一头有崇烈门，上刻介公题词，近可见唐生智公馆。

晚，在天心阁用餐小斟。一席人等年岁相差竟在半个世纪，然不减挥斥方道之风。只是湘人开水，一杯两元，不免哑然有些失笑。某问曰：湘水滔滔，可饮干乎？

夜宿芙蓉华天大酒店，观见太平盛世，一派夜色好景，胜若繁华京都。

6月18日，来到岳阳，也是第二次到达这个历史名城。

在洞庭湖边，看见宽绰的巴陵广场，湖边有巨型雕像。此为"后羿射巴蛇"大雕像，雕像上有字注：后尧者，上古之神弓手也。《淮南子·本经训》载，尧使羿"上射十日而下杀猰貐，断修蛇于洞庭，擒封豨于桑林，万民皆喜，置尧以为天子"。可见，为黎民者，民则顶礼膜拜，奉为圣贤，历来如此。相传尧时，有修蛇出巴山，经大江，入洞庭，兴风作浪，涂炭生灵。八百里泽国，一片血水黄汤；数万户家园，尽是鹤唳风声，羿受尧遣使，扑千里风尘，斩杀修蛇。

岳阳楼前，有汴河街，为仿明清建筑，亦有岳戏楼。沿街穿行而过，两面酒铺店肆，颇为繁华，商品以工艺加工为主，大都精致灵巧。再过小广场，进巴陵胜状门，即可观岳阳名楼。

岳阳楼，始建于汉晋，后屡毁屡修。北宋以后，因《岳阳楼记》而跻身全国四大名楼。园中五朝楼观分别展示了唐宋元明清不同时代，几座风格各异的原楼模型。

未上岳阳楼，先拜双公祠。祠中详细叙说介绍了修葺岳阳楼的滕子京，书写《岳阳楼记》的范仲淹的一些事迹。滕子京在世五十六岁，身浮宦海，一生足迹遍布大半个中国，我们很难想象这些朝廷命官，颠沛流离，千里做官，到底是何感受？范仲淹未到过岳阳，仅凭滕子京一纸书信，竟然挥笔写就了千古名篇。他在写作之时究竟又是怎样的心境？或许，祠堂门前楹联多少能说明一些：

双公双绩双德联珠璧合风云昭日月文坛佳话流播九州，一湖一楼

一记浮乾坤控南北叙忧乐江山胜景辉映千古。

岳阳楼最早是东吴大将鲁肃操练水师的点将台。此间有遗址，并有周瑜之妻小乔墓。

岳阳楼是湖南的，但它却是历代文人望景抒怀，展示才华的岳阳天下楼。自古至今登楼赋诗者数不胜数。

登岳阳楼，极目远望，洞庭湖尽收眼底，湖面舟船缓缓游弋，君山缥缈，如浮如沉。一座危楼北通巫峡，南极潇湘，武将镇巴陵，文人挥笔墨，洋洋洒洒千余年，竟成游览胜地，可圈可点者多矣。何以见得，有碑廊为证。当代名流到此，大都留有墨迹。某亦东施效颦，戏耍尔，曰：

登岳阳楼赠同行周公文海老兄

三度入湖湘，两上岳阳楼。

新朋交老壮，先贤情乐忧。

君且搏商海，愧我坐闲舟。

须得学周公，励志击中流。

出瞻岳门，一路说着小乔初嫁了，向着君山驱车而去。

君山，远望只见在洞庭湖中央，只知产佳茗君山银针，料也无甚故事。车子沿湖岸行驶，在偌长的桥长疾驶。汤汤湖面，望不到边，湖中芦苇，长而透碧，真是好水好景看不够。

到得君山脚下，见山不高，心中思想所见名山多矣，无非再加寺庙庵观，也没什么可看。只想亲近一湖满水，满目芦苇，以及平生少见的茶花茶树。

在周公的劝说下，脚步已然踏入君山。不意此山所敬之神，果与他山不同。没走几步，便有二妃入怀。

拾级进湘妃祠，见二妃庙。忽想起这应该是太古时期的传说了。二妃即娥皇、女英，又称皇英。长曰娥皇，次曰女英，是中国古代神话传说中帝尧的两个女儿，姐妹同嫁帝舜为妻。舜父顽，母嚚，弟劣，曾多次欲置舜于死地，终因娥皇、女英助之而脱险。舜继尧位，娥皇、女英之其妃，后舜至南方巡视，死于苍梧。二妃往寻，得知舜帝已死，埋在九嶷山下，抱竹痛哭，泪染青竹，泪尽而死，因称"潇湘竹"或"湘妃竹"。自秦汉时起，湘江之神湘君与湘夫人的爱情神话，被演变成舜与娥皇、女英的传说。后世因附会称二女为"湘夫人"。

听说九嶷山在永州，距此有五六百里。不知人们为什么把二妃葬于此山。

二妃庙甚高大，仰望神像，衣带随风摆动。不意间，有二妙女，年在豆蔻，其貌相似而美若仙，不言不语，在门楣旁，在神龛前飘荡。某一时心惊，有点恐然，疑为二妃再现，如入仙境。赶紧离开大庙。

又几步，见二妃墓碑并冢。周公在找斑竹，某尚惊魂未定。好一座水中仙山，真是如真如幻。

此中景象，亦口占几句，名《临洞庭往君山》。

洞庭汤汤水天缈，君山浮沉入胸怀。

芦苇映碧游野鹤，卧波长桥通湖外。

斑竹泪痕今犹在，不见帝子乘风来。

此生当作烟波叟，身披蓑衣浪沧海。

君山，又称湘山，洞庭山。山不高，最高海拔 63 米，总面积不到 1 平方公里。据说它已存在达十八亿年之久。但它却情动前世今生，被誉为中国的爱情岛。

在这里，中央电视台曾举办过十大爱情故事颁奖晚会，曾举行过情定君山万人相亲活动。

过二妃墓，不远处是龙苑，有柳毅井、传书台及龙女牧羊故事雕像。并有《梁祝》《牛郎织女》《白蛇传》《柳毅传书》中国古代四大爱情故事结盟纪念碑石刻。其中柳毅传书故事是周公与某偕行湖湘的诗意诱因。

《柳毅传书》又称《柳毅奇缘》，是一个古老的中国民间爱情传说故事。柳毅，湘人，秀才，前往长安赴考途中，在泾阳遇一位女子在冰天雪地下牧羊。多次打听，才知是洞庭湖龙宫的三公主，远嫁泾水龙王十太子。太子生性风流，娶妻之后没有洞房，独守空房之，反被翁姑欺凌，责带处于降雨降雪的羊群，到江边放牧。慑于龙王声威，三公主不敢传书回家求救。柳毅义愤填膺，答应放弃科举，返回家乡送信。但洞庭君碍于与泾阳君多代姻缘，息事宁人。洞庭君的弟弟钱塘君则大表气愤，并带同水军前往解救三公主，并杀了泾水十太子。三公主回宫后，为柳毅奉酒答谢。钱塘君见二人眉来眼去，欲撮合二人。柳毅碍于没有媒人，以及介怀自己间接杀了三公主的丈夫，拒绝婚事。柳毅离开龙宫，经常望湖兴叹；而三公主亦日夜思念柳毅。双方家长为了子女的前途而大费思量。柳毅的母亲决意为柳毅寻找媳妇；而钱塘君也颇有同感，决意化身为媒婆，前往柳家说媒。于是有情人终成眷属。

有人说，柳毅山，坐落在潍坊市寒亭区朱里镇亓家庄村，村里以柳姓居多。据《柳氏祖谱》记载，这个柳毅即是这里柳姓的先祖，村里有柳毅墓，并流传有与李朝威《柳毅传》有关联的《柳毅传》残本。《柳毅传书》又名《水晶宫》，也称《柳毅奇缘》，依据传奇故事原由宗华、韩义改编的越剧剧目。取材于唐·李朝威小说《柳毅传》、元尚仲贤杂剧《柳毅传书》及平襟亚改编的传奇小说《女画传》。

这是一个曲折动人的爱情传奇。在君山，柳毅被封为渊德侯，成为洞庭湖主神，并有庙宇配飨。

君山，看图还有许多人文景观，诸如杨幺炮、点将台，等等。惜未详观，即返回岳阳。

回京，以洞庭湖与君山为题材，写了一首新诗《云梦泽》。

（本文写于 2018 年 9 月）

访碑秦乐寺

己亥春正月二十六，陪友人往秦乐山访碑。

是日晨阴，有雪如霰，淅淅扬扬。十时许，友人如约驱车至城。

溯牛头河，出上邽东门，过白沙小镇，走桑园峡，山高人矮，视域狭隘。沿途薄雪覆山，道路青黑而洁静，山林清爽而肃穆。友人喜拍，时停时行。

行至石牛峡，山峰兀立，河水潺流。水中突出一峰，上有奇石，远观如牛，近看如猴。或作石牛望月，或为石猴照镜。回眸仰望，山崖怪石若黑虎坐坛，木林森森若天兵布阵，小若烽燧，大若古堡，危乎高哉！亦有秘洞，人不知其深许。白雪映山石，雨霰扑树杈，日隐云中，光闪天际，飘飘乎，巍巍乎，玄妙无比。友人喜，或拍或观，真大趣也。

至秦亭河折东北，缘水而上。观见白者为雪，墨者是山，茫茫天地间，山树屋舍如墨染，时浓时淡。峦岭起伏，有层有次。友人欣喜若狂，以手代笔，于苍茫雪原俯首大书：浩荡，秦亭。

大明《巩昌府志》说："秦亭，在清水县东北亭乐山。""清水县，郡之东界，古秦仲所封地。""亭乐山，邑东四十里，即秦亭山。""周孝王十三年，封非子为附庸而邑之秦，秦即秦亭。"方志如此记。

秦亭之浩荡，秦人发祥之地，虎狼之师王台。

浩荡之秦亭，非子牧马之地，周室封邑所在。迄今已过二千八百九十年矣！

入秦子铺村，文书引路，至秦乐寺。山门封锁，见"封邑秦亭"之戏台正对寺门，台口大而空，台楣塑二龙戏火珠，台前白雪无痕。有联如是：

秦时明月照当年非子牧马英雄霸业
乐府新腔颂今朝古邑生辉锦绣文章

又有：

昔日非子牧马地群山隐隐寻找古迹
今朝游侠出秦川碧水幽幽话叙当年

秦乐寺，二十年后，修葺一新。某揣当为非子庙，亦未可知。寺侧之古碑业已罩而护之，上有锁封。友人欣然观玩，与碑合影示敬。

十年前，某拓此碑，初名南和县碑，并公之于世。后更名秦亭碑，盖以发现之地名之。时为市境最早之碑碣，迄今千有六百一十三年。碑四棱状，正侧阴文各二。

一曰：□□□东山公□□□□□□□□□高祖许出□，祖屈香，次祖陇常，父□□□奴姚□都军司马后作本□都统治伊□。

一曰：太和二十年，太岁在丙子十一月庚申朔二十日，秦州清水郡南和县民许才宣年□妻女王紫。

某观此碑，可辨者计六十四字耳。乃郡之司马都统功德碑也。然其书法了得。虽呈魏风，却有商鼎秦简汉碣之内涵。笔法圆润端庄，结体舒张宽博，大有《石门颂》奇逸古雅之遗风，超凡脱俗之意韵。以史观之，实为关山之右南和县政区之化石。

回车出秦子铺，惊一窝小豕，四五滚跌入渠，母豕大愤。友人即下车视，吆驱出渠，豕母子方得团聚。

雪霁天寒，赴关山之门，于林际溪畔酒肆，沽得大碗烩牛肉、以油锅盔泡之，间酌烧酒，人三两三钱，顿觉热气腾升。

游石洞山，路滑不得，折而返。

夜得《春访秦亭山》一首：

阳春气尚寒，薄云带凌霄。
雪落化作雨，雾散顿为烟。
山色浓墨染，水光沉湛蓝。
溪流空谷静，树远长岭间。
府丞挥指雪，长道作书案。
乡友喜若狂，诗句跳古湾。

石猴沐雪在，木鞍空自闲。

不见嬴非子，唯余秦乐山。

同访者，府丞君二，马君一，并某四。时在二月初六日。

（本文写于 2020 年 12 月）

固关道记

戊戌之春，时在清明，有客相邀，行走关山，踏勘古道，此文化之旅也。

客下车，即与清县之文友谈人生之体悟，论文化之真谛，讲文学之要义。

次日晨，沿后川河向北，至张家川县。时在九点一刻，赴马家塬考察战国贵族墓群。七十多座古墓，出土车乘器皿众，豪华而精美，唯一鞅字可辨。此乃 2006 年全国十大考古新发现矣。

现场察看，寒潮南侵，气温骤降，冷风袭骨，衣单不胜寒。其后沿固关道，过恭门镇。此乃邽县故址，有秦将白起堡，秦长城雏形也。又沿谷东进，顺水而上，到河峪村。此处山尖而高，白雪覆顶，犹回人帽也。路边丛林之下，山坡之麓，有岩石，石上有字，汉隶刻也。顶中一汉，可见大汉气象。刻者何为，颂太守也。太守为谁？故汉阳太守刘君讳福，字伯喜也。何以有颂？乃为幽州刺史，命守定平天，今陇中之域，整修关陇古道也。刻于何时？东汉和平元年岁在庚寅也。何人为之？陇赵亿建造也。摩崖之文，刻于关陇孔道，西襟先秦之邽县，东扼关陇之马鹿，诚如恭门王成生言，千年石头会说话，文化内涵广也。余以为残存百一十字有陇有邽，命名《邽县碑》，较《河峪颂》《刘福颂》更佳。

过马鹿铺而东，至长宁驿。此乃两省三县之界，陇陕出入要冲，古名驿也。

夜宿关山东坡之陇县城。次日晨，沿段家峡水库西向北，入古陇关固关镇。见窄街两旁，店铺林立，古之酒肆商号，亦有存留。街北回，街南汉，两族聚居。想当日，文人旅客下关山而望秦川，出三秦而仰高山，沽酒歇脚，接风洗尘，何其爽也。

自固关镇向西北，山岭阻隔，窄隙如廊，盘旋而上，此古战场矣。七十年前，国共交战，兵刃肉搏，枪林弹雨，石飞树折，人马尸首，填塞沟壑，血流成河，马家骑兵溃败，混战丧生者约五千。日曝腐臭几十里，数日之内，过往行人闭气头晕，不得过也。此关山又一劫。其情形，想与当年汉光武与陇人隗嚣伐木开道，塞木堵路，火烧关山之状出其右也。

自峡门古战场，踏烈士之血痕，诵文人之诗句，一路攀登，过鬼门关，至老爷岭，极目四望，固关驿路遗迹犹存。沿途道路狭窄，山岭苍苍，森林茂盛，积雪覆残叶，枯藤缠老树，四野无人，寒气袭人。余始知古人赋诗作曲，诚不余欺。《陇头歌辞》如是说：

> 陇头流水，流离山下。念吾一身，飘然旷野。
>
> 朝发欣城，暮宿陇头。寒不能语，舌卷入喉。
>
> 陇头流水，鸣声呜咽。遥望秦川，心肝断绝。

《三秦记》："其坂九回，上者七日乃越，上有清水四注下，所谓陇头水也。""其坂九回，不知高几许，欲上者七日乃越。高处可容百余家，清水四注下。"郭仲产《秦州记》曰：陇山东西百八十里。登山岭，东望秦川四五百里，极目泯然。山东人行役于此而顾瞻者，莫不悲思。故歌曰："陇头流水，分离四下。念我行役，飘然旷野。登高远望，涕泪双堕。"郭言："度汧、陇，无蚕桑，八月乃麦，五月乃冻解。"

过宝坪村，出长宁驿，山势平缓，丘湾相连，但见牛羊成群，饲马无缰，信步啃食青芽。草坡一上，有二兄弟遛马，嫂持绳观。问嫂，会骑否？答，自家马，怎不会骑？弟媳以背笼捡拾牛粪，以作燃料。二妇人略带羞涩，不喜拍。弟二孩坐车嬉耍，憨态天真。此间悠然，少世俗之浮躁，多人性之本色，犹世外桃源矣。

与拥有骏马、健牛、草地、大山、并肩兄弟、和睦妯娌、可爱儿女，如此无比幸福之关山一家人作别。行不多时，到得清县地界秦亭镇全庄村权权铺。此处西向，入甘境。

权权铺者，亦旅人歇脚之地也。早知路边有残碑，原以为乃陕甘交界碑。此番认真，寻得镢头，刨将下去，半截露出，不意竟有重大发现。同行自河中汲水，洗却尘土，几经辨认，顶部盐法分界四字，左为迤东行河东官盐不许越；右为迤西行花马池盐不许越。此乃陕甘盐务法规碑也。

盐乃历朝用于边费之开支，民用之资源。隋建置盐川郡，唐、西夏设立盐州，明建花马池，至民国二年（1913年）设立盐池县。城名花马池亦沿袭花马大小盐池而得名。民国《盐池县志》载：传池中现花马，是年盐产屯丰。因而得名花马池。亦载：明"因课盐买马而得名"。又乾隆《定边县志》载了一首"花马池"诗。小序曰：盐场堡北有花马大池，本西秦牧地，池产盐，前明天顺中，复以盐易马，故名之。

池也何名马，池开贸易通。
一泓光积雪，千里影追风。
利牧传奉伯，和戎纪魏公。
鱼盐昭画一，岁献五花月。

问田中荷锄妇人，妇人一手指碑，老先人言此碑乃庙堂之物，某年某月某日人搬往其家，不意家中烂惨，即复原处。余由是断定其石先作修庙功德碑，后官府重刻盐法令，故碑上亦有小字隐约可见。

出权权铺，过盘龙铺，百家站，于秦子铺下秦亭镇食烩牛肉、泡热油饼，吃三秦西凤酒，奠秦祖嬴非子，送客人往陇南矣！

客为谁？陇南府佐，从六品太守，友人高君也！

千年的石头会说话

——汉邽县摩崖石刻之考察

清明节后，与友人实际考察关山驿路。

四月的关山，桃花杏花始盛开，细草萌发，黄嫩如芽。骤来的寒流，天虽朗而气寒冷，山溪小河再一次结上了薄冰。关山之上，白雪覆顶，远望如穆斯林的白色小帽，庄严而静穆。

六盘山腹地有九条关陇古道。咸宜关道，固关道，秦家塬道是南边的三条捷径，这也是人们常说的关山驿路。三条古道，从陕西陇县不同途径翻越关山，都要经过甘肃张家川县马鹿铺。

从马鹿铺顺樊河上游而下，到恭门镇，中途有一个叫河峪的小山村。路边山麓有天然摩崖，上有刻文，距地面约两米多。石刻高 300 厘米，宽 150 厘米。从痕迹看，摩崖刻文当有 15 行，每行 18 字，应有 270 多字，字径约 6 厘米。由于年代久远，石质松疏，中下部脱落严重，可辨认者仅 110 多字。石刻为阴刊汉隶。额首正中独刻一"汉"字，字径 15 厘米。

石刻为：

> 汉……和平元年岁庚寅……故汉阳太守刘君讳福字伯寿……其先汉景帝少子封昂毕野君……浮……今幽州刺史部……济民之……宽仁有虑深远之美……尔难……逼萌忿瑕荒之不柔数离怨旷……修乃倦西顾命君守之于……术怀远人岁丰积而……吏民追思渥惠……伊君德口绝旅……怀口合功实配往古勒……主子……公素俭约……财费口邽……陇赵亿建造

从残存文字看，石刻刊于东汉和平元年（150 年）。文中记载了东汉汉阳太守刘福施惠于民，率众修整关山古道的政绩，是一通功德刊石文。该文书法方正雄伟，静穆虚和，颇有大汉风骨。

刘福，字伯寿，汉景帝刘启十四子常山宪王刘舜后裔。刘舜所封地为赵国之地。刻文有"封昴毕野。"《汉书·地理志》说："赵地，昴、毕之分野。赵分晋，得赵国，北有信都、真定、常山、中山。"由是可知，刘福的祖地常山国属赵地，隶属冀州刺史部。从刻文看，刘福曾任浮阳令、幽州刺史之职。刘福最后的职务为汉阳太守。他的突出政绩，也是在这个任职上得以彰显，并刊石留名的。

东汉明帝永平十七年（74 年），天水郡改汉阳郡，治所在冀县（今甘谷），领冀、阿阳、陇、邽、西等十三县，其范围大致囊括今天水大部，陇南、平凉部分，及陕西陇县等地，也是刘福所治理的区域。刻文落款为"陇赵亿建造"。赵亿，有人认为是有名篇《刺世嫉邪赋》的词赋家赵壹。我以为作为建造者，不可能把自己的名字写别。《甘谷汉简》延熹二年（159 年）有时任汉阳郡长史亿，无姓，很可能即是刻文赵亿。

"邽县石刻"早于《汉武都太守阿阳李翕西狭颂》，为甘肃省内迄今所见较早东汉摩崖石刻。其所处地在关山驿路恭门镇与马鹿铺中间官道，褒扬了整修关山驿路的组织者，无疑是丝绸之路的一张名片。因而，2016 年 6 月被甘肃省政府公布为第八批省级文物保护单位。当地党委、政府，文博部门，更是十分重视，加以保护和研究。

张家川有被称为全国十大考古新发现的马家塬战国墓葬群，出土精美文物有一"鞅"字。恭门镇又是古邽县遗址，其地有秦将白起所修城堡，也是秦长城的最初雏形。此刻文有"邽"字，是更为珍贵的先秦文化活化石。同时，刻石又与秦先祖非子封邑之古秦亭相距很近。总之，该区域所遗存的先秦文化元素重要而丰富。就此通摩崖石刻，诚如恭门镇文化站老站长王成生先生所言，千年的石头会说话。因此，我们将该刻石称为"邽县摩崖石刻"，或"邽县碑"，比《河峪颂》或《汉故汉阳太守刘福颂》，可能更具有广泛的影响力，更能表现张家川独出的文化内涵。

（本文写于 2016 年 7 月）

海原大地震

在海原考察，为一桩震惊人类生存史的事揪心。每当与县志党史办公室主任田玉龙谈及此事，每当看到这座大山，我便感到人的渺小，生命的脆弱。

这是曾经发生于六盘山地区一件史实。

当时有记述这样说："同日晚七时大震，突见大风黑雾，并见红光。大震时约历六分，地如船簸，人不能立，震动之方向，似自西北而来，往东南方去，有声如雷。土石山均有崩塌及移动，尤以土山崩溃为多。山坡平地均生裂缝，长短不一。平地裂缝多有泉涌，其色或绿或黑。山崩壅塞河流之处甚多，尤甚者为南乡。杨明后堡崖窑上，东乡王浩堡何家沟二处，山崩壅塞河流，积水深数十丈，长五六里，宽十余丈，水倒流。突见大风，土山崩溃。南乡水井震后多干，县知事钟文海之子女及警佐罗某均因衙署受震倾倒同时罹难。城中房屋几全数削平，城垣原系土筑亦大半毁坏。"

这是震慑世界的海原大地震。虽然没有去看地震博物馆，但海原地方史专家田玉龙先生用他的笔在《海原史话》如实作了详细记载。

1920年12月16日（庚申年十一月初七）晚八时六分四秒，以海原县甘盐池为震中发生极强地震，震源深度17公里，震级8.5级，烈度12级，持续十多分钟。波及国内外区域五百多平方公里，北京电灯摇动，广东客轮荡动，越南时钟摆动。其能量相当于一千颗原子弹，十一个唐山大地震。仅海原直接死亡73604人，占全县人口60%。大震后，连续一个月三十多次程度不同的余震。

一瞬间，在黄土高原形成了一条200多公里长的地震断裂带，从固原到景泰，大地扭曲，山河移位，隆起鼓包山，下陷悬崖谷。

此次地震成因说法颇多。一种说法是地壳板块移动青藏高原隆起向东推挤，受到鄂尔多斯西界和阿拉善南界板块阻挡，撞压所致。

震前即有诸多预兆。群狼长噪，凄惨浸魂。鸡犬不宁，母鸡叫鸣。牛羊惊慌，无故狂奔。井水变色，猛升猛降。山中发光，天滚火球。地下发音，或撕布声，或炸雷声。天象日月昏暗，黄风彻地，扬尘飞沙。梨子未熟，二度开花。

震前一两年，竟有童谣流传，"摇一摇，摆一摆，天上的神仙下凡来，碌碡跳上房，石头滚下坡，板凳爬上墙，灯草打破锅，翻穿皮袄毛在外，你看古怪不古怪"的古怪歌。还有小儿言，"说天话，若然能解开，即可避灾祸"，等等。也没人在意。又说有位白胡老儿，一只烂手拿着桃子，领着白狗，到处卖烂桃要饭，并说手烂桃不烂，童儿也跟着唱卖桃歌，更没人留心。

田玉龙说，有传奇老人讲述，当年地动时，一股黑风刮起，场里的碌碡跳起一人多高，空场裂开一道口子把水窖劈烂，老汉跌进三丈深的水窖，感到随水下沉。随之一声巨响，一股热气直往上冲，连响两声，一股绿水柱从合而又裂的地缝中连人水喷出地面，把老汉丢在水窖西边二十多米处的麦草垛上，老汉得以幸存。此人名叫卢崇文。海原脚户张链子与他外甥各吆着五峰骆驼，正在赶路，突然地动，吓得他趴在地上不得动弹。缓过神待回头看时，但见身后裂开一道大缝，路已成了悬崖，外甥和骆驼掉了下去，只听见叫舅舅的声音时，裂缝又严严实实地合上了。张链子吓昏，直到天亮看时三里外的盐湖，挪到了路东，南向的山拧到了东南，平原上鼓起了从没见过的许多山包。他拉着幸存的骆驼找不自己的家。有位叫万方卓的人，地震时女人和半岁的儿子被压，听见叫声，找不到入口。他拼命地挖，仍无踪迹。他万家一百零三口人仅活三人，舅家八十多口人打绝了。震后，他娶了五房女人，十年间生了二十多个子女。他说多养几个，老天爷再收人时就有防备了，不然就绝了。他每天背一个石头，八十五年在妻儿死的地方垒筑了一个石屋，在此守护着妻子。妻子燕云仙，那年他二十三岁。一棵树，被裂缝撕为两半，迄今依然顽强地活着。

震后正值隆冬，人兽饥寒。饥饿的狼群到处吃人，被吃者，冻死者，饿死者，更是不计其数。

当年幸存的老人，每每提及，无不感伤至极。面对天灾，难以忘却，不能忘怀。

（本文写于 2017 年 10 月）

南山残雪

——访尹子文化散记

腊月十一，时在四九，节为大寒，携友南行，察朱河古碑，寻尹子故事。高天漠云，南山残雪，探古一如雾里看花，雪消冰开，颇为劳神。

1949 年前清水县城一直偏于县域之南。1950 年 5 月，清水县将天水县 18 个自然村划入；10 月，又将天水县 58 个自然村划入。故今县南陇东、草川铺、丰望三乡历史断代，志书无载。三乡居于渭河北岸。山脉来自关山，山岭跌落渭水，犹如百龙长饮，山势形态与县城东西北部迥然不同，气候湿润，阳气充沛，属渭河湿暖气候。

一、回龙武当山

自斩头山而上，来到草川铺乡东部。见地形开阔，梁岭逶迤。一山独卧，此回龙武当山。周边刘庄、蔡庄、邓庄居于半坡，拱视武当山。

武当山依岭而建庙宇，佛道相背，同处一山。据碑文所见，明万历三年（1575 年）有重修碑记。眼前所见，始兴于 1988 年。此后连年兴建，2015 年天水天润菊香重修回龙山庙宇碑，2017 年在建磨针宝殿。

天气寒冷，防疫在即，四野空旷，寂无人声。唯见早些时候所贴门联半副：无点善心何必到。

猛想起当年奉命下乡在刘庄驻村两夜。一夜住河滩一间新房。新房孤零零立于初冬之夜。那晚，风真大，睡着很冷。

二、访碑朱家河

2008 年，从县域搜集古今碑碣中选出六十通，拓片、抄文、断句、注释、分类，并从文史与书法入手略做探讨，著作《清水碑文研究》一书。当时，得知县域部分碑石压在计生委楼下水渠，白沙石碑 1958 年修水库压在水渠之下。这两部分石刻因此而未收录，实为憾事一桩。

后来十多年，对《重修关山驿路之碑》做了深入研究。又发现《盐法分界碑》，亦做初探。在写《梅江峪》时发现残碑二三通。听说陇东乡朱家湾有石碑。有意探访是此行的目的之一。

车到陇东乡政府所在地不远，有一山梁。一边是朱家湾，一边是朱家河。山梁修有碑廊，看是近年所建。碑廊陈列碑刻十一通，都是清及民国年间刻制。粗看碑文，当为同一座朱姓坟墓所立。因天色昏暗，加之碑刻粗糙，部分刻文一时难以辨认。从敕封武德骑尉、恩赐五品，男登瀛，朱公，宣武都尉，敕授文林郎吏部侯铨儒学训导、教谕来看，从碑刻陇东村庄名来看，当为朱家河，或朱家湾近祖神道碑、德政碑。又有前清赐进士出身、诰授奉政大夫内阁即补侍读、禄米仓监督里人任承允敬撰鞠躬字样。

任承允（1864—1934 年），字文卿，号上邽山人，陇上名儒。秦州区秦岭乡任家大庄人，任其昌之长子。幼秉异资，兼承庭训，弱冠文名重于时，喜读书，有其父遗风。光绪甲午科进士，授内阁中书，在京为官。1900 年，闻父丧消息，即兼道返乡理父事。1901 年，聘承允主讲陇南书院，父子接踵为陇南书院山长，时论荣之，成为佳话。时人将其父称"任山长"，将其称"小任山长"。任承允撰文，必与墓主有交。

他日闲暇，必再对这些碑文细研。至于是否再出《清水碑文研究》续本，当待机而定。

三、访问教化沟

离开武当山，前往教化沟。车行至村口，疫情检测点有村民一男一女挡住去路。同行者说明来由，作以登记，方可放行。一男听说我曾给该村写过教化圣地碑文时，表现极为热情，探头从窗外看车内我的模样。

人老健忘，写碑文一事早已忘得一干二净。心中回想间，车子已停在教化沟的寺门前。同行招呼人开门，一女人说钥匙她拿着，但要经管事人同意。她正在联系，忽见墙上画有童儿牧牛图，颇是有趣。朋友喜言我是地方文化的拓荒牛，我说顶多是一个老黄牛。说笑间拍照作念。

果然，一村民十分热情地迎上来，打开寺门。寺院很开阔，院呈坡状，庙宇高，戏台低，爷庙对戏楼的格局。

见匾额朝阳寺高悬庙门，并有木刻对联。台基前赫然有二碑嵌于台阶左右。细看碑文，2009 年的一点往事涌上心头。黑底白字，你能说你没写？

与尹子有缘，由来已久，说来话长。早在 1999 年，因编《清水史话》《清水览胜》二书即已介入。与李自宏先生撰写尹道寺门联即已入耳。后编《清水地名词典》，又对叫花沟与教化沟作了深入研判。依据民间传说，结合尹道寺、牛涧里、柏林观、讲经台一线地理缘属，当于尹喜有关。而这，正是我们此次探源尹子文化的题中之义。

尹喜，字文公，号文始真人、文始先生、关尹子。先秦天下十豪，周朝大夫、大将军、哲学家、教育家，古上邽人，自幼穷览古籍，精通历法，善观天文，习占星之术，能知前古而见未来。《庄子·天下》将尹喜和老子并列，称为"古之博大真人"，庙宇配祀老子。尹喜官至周代大夫，任函谷关令（一说为大散关令），后遇老子，授其千古奇书《老子五千言》，即今之《道德经》。后随老子西出关，教化众生。晚年居武当山。

尹子是百家之一，也是道家学派的重要代表者，著有《关尹子》九章。

看庙人再三请我们到家喝罐罐茶，因要赶路，只好告别。临行时，遇一老人。他向我们讲述了圣人教化的古今。同时说到常家山相传为明朝大将常遇春征战之地，今有后裔及常遇春墓。

到陇东赵峡已是饥肠辘辘，随便找一家饭馆，吃一碗炒面，味道尚好。吃饭间，观陇东街道，与四十年前相比，真是变化很大。可淳朴的民风仍然没有变。

四、尹道寺访古

尹道寺村位于清水县南，属陇东镇辖，是县境边缘村。

全村二十五户一百多人，居住在山梁之上。这里脚下是蜿蜒向东的渭河水，面对横亘东西的西秦岭，可以观石门夜月，可以听渭河涛声，而陇海铁路、312 国道，以及东西穿梭的高铁轰鸣声不绝于耳。

山有门，门上有庙。从"天上六星经万古，人间七曲寿千秋"的对联看，不是山神庙，而应是文昌阁。在如此偏僻的地方供奉文昌帝君，至少说明此地有文化渊源。

尹道寺建在庄头一块坡地。坡地荒着，几只黑山羊在啃干草，喜鹊在羊背上悠闲地啄着羊背上的寄生物。羊鹊和谐相处，相伴共生，唯见生人前来，便慌忙散去。

尹道寺很小，显得有些破败。门是锁着的。寻了一小女子拿来钥匙，开门进去。但见门联"金砖有眼观世界，铁鞭无情镇乾坤"，便知是灵官之类的护法神。院中有一小龛，贴联"一炷香风调雨顺，三叩首国泰民安"，必是土地神。正殿纸联"道从无极生有极，气炼先天补后天"，横批"道德通天"，说的是老子的道和气。由李自宏撰，郭治川书的木刻对联"华章九篇入百子，经文五千诵道德"悬于门侧。想来此对联制作已有二十多年了。庙里供奉太上老君，右侧侍奉关尹子。左右两山墙绘有"老子降生图"和"老子出关图"。又有尹子后裔尹裕德、尹裕厚、尹裕仁等敬献的"明德维馨"匾。村附近有尹家台子，未知是否为尹子后代。

对于这样一位人物，他的故乡究竟在哪里？说法较为集中者，认为在尹道寺。有人认为尹道寺当为隐道寺，也有人认为尹道寺当为尹道祠，莫衷一是。

听说当年有一大钟埋于地下，找了一位村人引我们去寻埋藏之地。

据村人说，尹道寺以前在原址，刘姓之人挪到半山腰重建。看风水的人说，山门要锁些时日再开。不料，刘姓之人未到时辰先开门，两只鸽子飞出，发生山体滑坡，寺庙顷刻被毁。他在前面披荆开路，我等在后猫腰从刺眼里钻进去，果见悬崖边上有残砖碎瓦，兽脊猫头。

据文物部门介绍，尹道寺村曾发现万枚贝币，说明此地早有人类居住。至于尹子是如何从这荒凉之地走出，步入神坛，的确尚有诸多谜团。正如葛洪评《关尹子》："方士不能到，先儒未尝言，可仰而不可攀，可玩而不可执，可鉴而不可思，可符而不而言。"

五、夜游柏林观

车子继续南行。才一上坡，由于南阴背阳，尚存冰雪，车轮打滑，前进不得。好在车上有铲，铲冻土覆冰，车子缓缓离开危险境地。

此时，举目遥望，一条蜿蜒曲折的道路依高而低，伸向远方。经过一场有惊无险的考验，我已决回心转意，打道回府。顺了水泥路而下，方知是通往渭河北岸的路。向西便是此行的最后目的地伯阳镇。

伯阳镇，据说得名于老子。老子，李姓名聃，字伯阳。我疑是北阳的讹传，因山之北、水之南曰阳，亦称北阳，与阴洼相对。

此时，天色已渐次昏暗。沿渭河向西，道路狭窄，崎岖不平，煞是难行。约六时许，行至柏林山下。车停路边，开始步行。

上山是一条小路，很陡。半坡植遍柏树。上得山去，俯瞰伯阳川景致，虽然不甚清晰，但山回河转，太极图像依然楚楚在目。

到得柏林观已在夜色之中，正在兴建，看场面铺的摊子很大。暮色中看碑文，乃是刘姓之人主持修建。作为总投资、总设计、总规划并撰文《柏林观序》的刘芳锋写道：柏林观有碑记载修缮于唐代，系老子授伯阳上吉贤人尹喜《道德经》的地方。2016年重建城墙、城垛、山门、城洞，2018年竣工。现重建各大殿，均系刘芳锋出资。刘芳锋如此功德，是否与尹道寺村刘姓人有关尚不知。仅一石鼎，其投资之巨，便可略见一斑。

唤来老道，开灯看时，正殿塑老子金身，壁画老子故事。老道讲述伯阳川得名的来历。说老子治水怪，用金簪画成了太极阴阳图山形水势。

柏林观有原中国道教协会会长任法融所书"柏林观""泰清宫"牌匾，有大理石刻《太上元玄道德经》照碑，有刘芳锋捐资刻立的《讲经台遗址》碑。也有刊刻精致的老子骑牛图。看修建进度，当年将会全面竣工。一座崭新的道观将呈现于渭水之阳。我们不禁为刘芳锋雄厚的财力和虔诚的心力所感动。

古人秉烛夜游，士大夫之情趣。今人持手机照明下山，盖于文化之信仰使然。有道是：

踏尽残雪访前贤，峰回路转一段缘。
天行尽处疑无地，水到中心却有山。
僧因苦海回头岸，道求元气炼金丹。
身无挂碍颇烦事，便是人间自在仙。

是为记。

（本文写于2019年12月）

初访张吉山

2020年是一代宗师、关学尊圣张载华诞千年。他是天人合一哲学命题的最早提出者，他是"民胞物与"思想的率先倡导者，他是四为人生理想的终极追求者。

2020年9月6日，怀着对先贤的崇敬之情，首次冒雨踏上山路，前往这位一千年前隐居问道、报国立身的圣人居所。这是一千年来受文人景仰，被世人瞩目的前哲曾经隐居的神圣之地——张吉山。

吉山村位于清水、秦安、张川三县交会处，属清水县王河镇所辖，因村人悉姓张，故又名张吉山。吉山村现有村民一百二十八户五百多口人，是一个以种养为生的小村庄。吉山村，在秦安县陇城镇镇政府所在地南十里，山下响水河潺潺不息，自南向北流入葫芦河。

该村现辖张吉山、风茔、窠埚、峡口四个自然村。自女娲故里沿响水河而上，张吉山下是风茔。风茔相传为女娲葬地。自风茔再向南，山口之间突兀一巨石，石上建有鹦鸽寺。鹦鸽寺西北峻岭之上建有太平堡，堡下石山十分陡峭。而通往吉山的路就隐在堡下偏北。

站在张吉山，村副主任张小生，我的学生、小学教师张建刚，还有村上第一位女本科生、亦是第一位学哲学的女研究生张海荣向我介绍张吉山的传闻与历史，指点张吉山的地理与风物。

放眼望去，宽阔的陇右要塞陇城川尽收眼底。而张吉山潜伏于大马梁半腰，使人不禁对古人的择居智慧所倾服，无论是张吉山，还是窠埚湾，都具备避风向阳，藏风聚气的特点。

据张吉山的先人言传，吉山原名鸡山，说某知府行来此地，月明星稀，忽见一只金鸡鸣叫，周边一片彤红。知府顿觉此乃吉祥福地，遂命名吉山。又传闻张吉山因宋朝秦州知府张佶，曾于此处积粮屯兵，故而又叫张佶山。张佶曾任陕州通判、转运副使等职，是真宗一朝颇具盛名的粮草转运官，而吉山又是陇城的门户，张佶到吉山村是极有可能的。

吉山村有两个开阔的簸箕形阶地，当地人叫横渠湾，转音为横候湾。从地势看，从宋墓痕迹分析，应是宋朝吉山村的居民点。据安维峻《光绪甘肃新通志》记载，清水县西南四十里张吉山，张横渠隐居地。横渠乃为张载出生地陕西眉县横渠镇。世人因之称张载为横渠先生。

望着吉山横渠湾的千年老柳，仿佛张载就在眼前。九百多年前，一位怀揣理想的热血报国青年，踏着关山故道，来到了大宋的边防重地吉山。他一边习文，一边练武，力图为国建功。但经范仲淹劝说，他终于弃武从文，专心研习经史子集，最终开关学之门，成为中国哲学史上一位重量级人物。

关学之风，延续千年，于清水明有周蕙，清有郭相忠。他们都是受张载影响的仁人志士。

据秦安张载后人张泉林讲，大明永乐年间张载第十四世孙张统、张继自陕西扶风迁至甘肃秦安，为秦安仁厚堂张氏始祖，并有横渠流芳匾悬于秦安上关张家祠，凡六百余年传至张泉林为第二十三代。

张载隐居吉山，吉山又以张姓为主，且与秦安张氏有无联系，当进一步考证。

吉山张氏，与松树镇张氏同出一门，为清水县大户。张氏一门从面相上看隆鼻厚颧，清秀之容。从家风看，普遍与人为善，聪颖过人，多为书香门第。是否为张载后裔，亦需家谱作证。

兴致所至，不觉天色已晚，赴女娲故里观女娲庙。

返回途中，逢南七村庙会，说是陇上名角窦凤琴演出。路上看戏车辆络绎不绝，王河吉山、响水诸村文化氛围略见一斑。

（本文写于 2020 年 9 月）

王河考察记

7月7日，邽山书院同仁一行，应王河镇党委邀请，冒着酷暑，前往该镇考察历史遗存，助力镇村文化振兴。

在镇党委书记陈浩的陪同下，考察组沿石马峡溯流而上，观看了秦人崖刻石马。崖刻线条流畅，生动逼真，石马膘肥体壮，竖耳阔鼻，鞍镫可见，四蹄翻飞，做奔驰状。又似昭陵六骏之状，体态丰满，栩栩如生。石马峡沿山脚似有古道痕迹。有石崖悬空，有山泉流出。有五石如磊，颇有景观，当以女娲补天五子石观。

又往樊家村古采石场。但见大山深沟之中巨石横出，草丛间有许多石磨盘，也有石马槽等半成品。谷中两石崖横出，一若阳具，一若阴户，两相对应，此大自然之神工。有人工所凿之石屋，有天然形成之巨石炕、石椅。据村人讲，他们的祖先是石匠，唐朝自山东曹县迁徙而来，当初仅夫妻二人住石屋，现已繁衍百余人，且大多是石匠。二十世纪七十年代，一块石磨卖十五元。可见，石匠是个出力不挣钱的行当。

此次考察的重点是张载隐居吉山。吉山村共有四个自然村，沿响水河是峡口、窠崂、丰盈，半山是张吉山。其中丰盈，原为风茔，相传因女娲葬于此处而得名。村内还有年羹尧母亲墓等历史遗存。

张吉山处在横渠湾，坐西朝东，避风向阳，现有三台地农户依湾居住。村中有古官道，有古柳，有宋墓。据记载，曾有吉山书院，挂孔子和张载画像。经勘察，张横渠隐居地碑立在大马梁下高一级台地较佳，视野开阔，靠公路边，方便观瞻。

又参观了丢锄湾四百多亩的新兴产业万寿菊，正在兴建观赏体验休闲区。丢锄湾，疑为漱池湾之转音。村支书是公选的干部，年轻有为，颇有能力。

考察结束后，在王河镇召开由书院同仁、镇上干部和吉山村干部参加的张载隐居吉山·王河文化座谈会。会上，大家结合考察参观所见，对如何充分利用资源优势，打造文化王河，提出了建设性意见和建议。王河镇党委书记陈浩

清水纪事——温小牛文学作品集

178

通报了近年来在文化建设方面所做的工作，并表示一定要充分采纳各方意见，在实施乡村振兴战略过程中，把镇村文化振兴放在突出位置，全力抓好抓实，抓出成效。

（本文写于 2021 年 7 月）

小泉峡纪行

为了深入挖掘清水历史文化，为乡村文化振兴提供资源支撑，7 月 31 日，清水县作家协会、邽山书院同仁一行在中共清水县委办公室负责同志陪同下，对小泉峡进行了为期一天的拉网式现场考察。

一

小泉峡是清水县母亲河牛头河下游汇入渭河的唯一南出口，是清水县通往麦积、秦州的主干道。天水至平凉铁路、庄天二级公路穿峡而过，天静高速公路正在紧张施工，过往车辆日夜川流不息。小泉峡风景独特。青山葱茏，绿水长流。春天，丁香四溢，万木争荣；夏季，鲜花着锦，凉风习习；秋来，洪水汹涌，激荡情怀；冬至，百里冰封，红柿繁枝，天然画廊，一路风光，目不暇接。

然而，无论是久居其中的民众，还是行色匆匆的过客，往往对小泉峡所蕴含的深厚文化却熟视无睹，视而不见，有所忽视，这不能不说是一种不小的遗憾。

溯峡北上，小泉峡清水与麦积交界之处，二十世纪是清水县的白云石厂。如今，花团锦簇，平坦整洁，是清水县的门前广场，醒目的"清水人民欢迎您"，是热情好客的主人一声深情而温暖的问候。矗立路边的巨幅画向您展示了清水的风土人情。

环保警示亭建在水中央一座精致的天然崖峰上。登临其上，规模宏大，绝非远视一亭。早在世纪之初清水人民就已有了环境保护意识，就已有了绿水青山的理念。

倪徐村，可谓清水出口第一村。倪徐村由上倪家里、下倪家里、徐家里、毕家里四个自然村组成。现有 486 户、2044 口人，相当一部分人外出经商或务工。这里的村民世代沿河依山而居，过着世外桃源的田园生活。

在毕家里创业青年兴办的佰剑钉业有限责任公司脱贫攻坚就业帮扶车间里

机声隆隆，工人们正在紧张地加工钉子。这是东西部合作，天津市河北区援建项目。由于修路，土地被国家征用，朴实的农民用钉子精神，打开了迈进小康之门。工厂规模不是很大，虽受疫情影响，也保持在日产钉子10吨以上。

同样，在成博清洁用品有限公司，堆积如山的笤帚，正在加工的拖把，二十几个农民女工也正在繁忙地工作。"一屋不扫何以扫天下。"眼下，人们的生活水准日益提升，环保行为遍布城乡，笤帚和拖把无疑是日常必不可少的清洁工具。君不见，每日手执笤帚的城乡保洁人员与日俱增。只是产品多得利于流通环节，对于生产者来说，赢利只是薄利多销而已。

厂子生产工艺并不复杂，且利于村民就近就业。古人说，"一夫不耕即无可食"。对大多数农民来说，有活可干，有钱可挣，诚可谓不幸之万幸。

不过，作为县门第一村，这样的致富路子，无疑是最佳选择。

二

北行三五里，但见峡中一山耸峙，上有殿宇，知是太子寺。每每经过此处，不免遐思，太子为谁，因何为寺？

车子沿着石砾小路盘旋而上，山顶颇平。因为早已通知，所以山门大开，磬声清脆。门额有匾，匾上有毛选选老师手书"万圣山太子寺"六字。门后亦有匾一块，上书"万盛寺"。正殿乃大雄宝殿，供佛祖；东为财神殿，供关公；西为水晶宫，供龙王；南为护法神殿，供韦驮。反映了民众希求平安发财致富的心理需求。问何以称太子寺？一村民解释说，一户人家儿媳怀孕，来了一位喇嘛，斩断了龙脉，致使孩子小产，山嘴吼叫。人们为纪念这个小产婴儿，修了太子寺，以期超度亡灵。于是便有了倒修太子寺，镇住吼家嘴的说法流传。另一人说，一户人家生了一小儿，日夜啼哭不住。来了一位僧人说，欲让小儿不哭，保住性命，需上报朝廷讨封为太子。逐级上奏，小儿被封为太子后，果然不再哭啼。人们于是修建太子寺，以示皇上恩典。两种说法，虽属无稽之谈，但有一共同点，必是一大户人家为了确保孩子安全，出资倡议修了太子寺。

太子寺前，极目俯视，河因山阻，呈现"S"形阴阳河图。在东为左青龙，山脉蜿蜒而至，龙头上为太子寺。在西为右白虎，一山雄踞相视。观见龙项侧一坡地，前有河水，后有靠山，水清如镜，倒映月色，真乃风水宝地一块。问之，乃为一大户人家祖坟。

三

唐杨村，地势略为开阔，由唐家河与杨家碾下两个自然村组成。

杨家碾下，因杨姓之人有石碾而得名。牛头河下游早年有种稻的习惯。也许与水质有关，稻米呈褐红色，用以熬粥，黏稠鲜美，据说营养价值很高。可惜，此米今已绝迹。把稻加工成米，需要石碾子在磨盘上推转。因而，有了杨家碾，也有了杨家碾的庄名。

杨家碾，原在牛头河东岸，约四五十户，但有杨、毕等六七个姓。毕家是大户，吉人自有天相，福人应得福地。早年间，毕氏家族从毕家里迁至杨家碾，从牛头河开渠引水，勤俭持家，读书传家，礼义兴家，有了自家的水磨、油坊，还兼营脚户。传统社会，舂米磨面是一家庭的大事。由杨家碾发展成毕家磨坊、毕家油坊，引得四乡八洼的村民驮了粮食、油籽，来到这里加工面粉油料。毕家慢慢发福了，因而家底也殷实，还请了师傅，办了学堂，有学生六七名。据民国最后一位清水县教育科长称，毕家学堂是他所经历的最后一所私塾。

"问渠那得清如许，为有源头活水来。"毕氏家族前辈含辛茹苦，历经磨难，因重视教育，从现健在的解放前老天水师范生，到今天的大学毕业生，从精耕细作的庄稼汉，到名震一方的商界精英，可谓人才辈出，群星璀璨。

眼下的杨家碾，整个村庄已被天平铁路占据。几十户人家已于十多年前迁往河西对面的唐杨新村。独院小二层别墅，村民完全过上了现代生活。

人老易思旧，与早年的杨家碾下仅一河之隔，却显得十分遥远。火车一声鸣笛，一股乡愁油然而生。硕大的柿树，笔直的白杨，挂着红果的构树，依然茂盛地生长。而曾经的院落只留残砖碎瓦，曾经红火的磨坊油坊，唯余残垣断壁。物是人非，山高水长。杨家碾的一段漫长历史，将在人们的记忆当中慢慢消逝！

四

时已过午，然而访古探幽之兴未尽。王老有低血糖，却依然忍着饥渴，拖着沉重的脚步，在同行者的搀扶之下，坚持考察。车行唐杨隧道口，一行人等披荆斩棘，沿着峭壁，朝刘秀洞而去。

刘秀洞隔河遥望，悬于石壁之上，虽然隔三岔五路过，遥遥在望，却从未涉足近观。但于文字，于传说，却早已耳熟能详。

时人游记，方志均言，乃为汉光武帝刘秀避难所在。刘秀即位，确实征讨过盘踞在陇右的地方豪强西州大将军隗嚣，也攻击过得陇望蜀的公孙述。志书记载："帝乃率诸将西征之，数道上陇。"派大将来歙、马援等越陇山。然而，无论是《后汉书》，还是刘秀行迹，均无一字记载说刘秀到过小泉峡，避过难。这次现场考察刘秀洞，似觉刘秀避难于此洞，实属以讹传讹。

刘秀（公元前5年1月15日—公元57年3月29日），字文叔，南阳郡蔡阳县，今湖北省枣阳市人，生于陈留郡济阳宫，东汉王朝建立者（在位32年），汉高祖刘邦九世孙。公元8年，王莽篡立新朝，刘秀随兄刘演起兵于南阳郡。公元25年即位，尊奉汉元帝为皇考，光复汉室，定都于洛阳。经过十二年的统一战争，结束了农民战争、军阀混战与地方割据局面。平定动乱之后，励精图治，开创光武中兴时代。公元57年驾崩，享年五十二岁，葬于原陵，庙号世祖，谥号光武皇帝。

刘秀，从农民到皇帝，只用了三年，毛泽东曾经评价他，是最有学问、最会打仗、最会用人的"三最皇帝"。这一重要人物怎么可能独自一人，在此避难？

此次近距离观察。但见牛头河水平缓而行，在山下集聚了一个深潭，而河四围全是悬崖峭壁，奇石横出。半山腰凹出一洞穴，洞穴一股清水飞溅而出，雨涝若瀑布，旱天如溪流。洞口有钟乳石，当地人叫水锈石。忽然脑洞大开，所谓刘秀洞，实乃流锈洞也。远观洞口，确实有人工凿成的石台阶，至于，人们所说洞内有石桌、石椅，有哪位真正见到？

不过，作为一自然景观，的确可圈可点！

五

周家里，是这次小泉峡之旅的由头，也是重点。缘由是这里最近立了石，刻了字。

前不久，县委办公室副主任毕德正，小泉人氏。他给我来电话，说我对周蕙有研究，小泉峡立了块石，想写个字，写什么，请谁写，拿不准。一番商量，决定写周蕙故居，请毛选选写。挂了电话，我立刻拨通毛老师的电话。选选老师在北京，见过面，也请他为拙作《梅江峪》题过诗。他爽快地答应了。两天之后，原市人大教科委主任马银生微信转来了毛老师的精美书法。我即转毕德正。次日，毕德正发来石刻照片，立于公路边，背景为旧庄村。我即转给毛选选老师。毛老师和我一样地惊讶刻立速度之快，也为办事者的风格而震惊。

大半天了，人困马乏，首先得解决饥渴，而午饭正好安排在刻石人家里。

周建芳，民营企业家，正在修门前走廊。几个人正在忙活，门前钢筋斜插，正要浇灌水泥。为防刺伤食客，周建芳一一搀扶，鱼贯而进。

在小地方，能够自己出资兴办公益文化事业的人，一定是有文化情怀的人。果不其然，庭院各式花卉盆景，正屋名人字画。原市政协主席张子芳的行草中堂，将军书法家杨耀春的榜书福字，更有清初著名书画家恽寿平的没骨花虫黑鱼图。

恽寿平生于1633年，卒于1690年，原名格，字寿平，后以字行，更字正叔，号南田，一号白云外史、云溪外史、东园客、巢枫客、草衣生、横山樵者、瓯香散人。创常州派，为清朝一代之冠。恽是江苏毗陵，今江苏常州人。恽寿平与"四王"、吴历并称"清初六大家"。

几幅字画，加上仿古红木家具，提起了中气。言谈之中，主人浓眉睿目，语言幽默，黝红的脸庞上带着商人的机灵与文人的雅兴。我忽然发现，作为一个与奇石打交道的人，点石成金，骨子里浸透着文化的气息。

闲谈间，看到此次同行者王同泰老先生多年以前给周建芳画的牡丹图，亦然挂在墙上。王老感慨万分，脱鞋上炕，仔细拍照作念。

点香烟，吃西瓜，喝茶，再加两碗面鱼，一应生物的、精神的尽皆享用。言归正传，探询该村掌故传说。周建芳请来两位周氏长辈，摆起了龙门阵。

此庄为旧庄里，避风向阳，相对开阔，应是古人居住首选。河东面阴坡现为周家里，应是后来迁移的新庄。河流几经倒漫，村庄应时而挪，我们有理由相信，这个庄原为周家里的旧庄。周蕙当年所隐居的周家里，当为今天的旧庄里村。

周蕙，明代陇右颇有声名的理学家。冯从吾《关学编》说："先生名蕙，字廷芳，号小泉，山丹卫人，后徙居秦州，因家焉。"今小泉旧庄村周氏一族疑为周蕙后裔，待考。

周蕙大约生于明朝宣德五年（1430年）。黄宗羲《明儒学案》说周蕙"隐居秦州之小泉"。《甘肃通志》《清水县志》（康熙版）说："小泉峡在县西南三十里，地暖禾早熟。"小泉，即今甘肃省清水县红堡镇小泉村，在小泉峡谷中。

距清水县城 15 公里，距秦州城 30 公里。该村今以周姓人居多。

周蕙先后师从两位理学家。一位是兰州的段坚，二人亦师亦友。段坚，号容思，明代陇右重要的理学大家。其人自称"百载程朱真绝学，高深私淑后人思。"时称段坚"文清之统，惟公是廓。"何景明说："先生（周蕙）于容思先生，其始若张横渠之于范仲淹，其后若蔡元定之于朱紫阳也。"《关学编》载，成化四年（1468 年），段坚赴小泉探访周蕙不遇，留诗二首。其一：

> 白云封锁万山林，卜筑幽居深更深。
>
> 养道不干轩冕贵，读书探取圣贤心。
>
> 何为有大如天地，须信无穷自古今。
>
> 欲鼓遗音弦绝后，关闽濂洛待君寻。

另一位是薛瑄门人李昶。《明儒言行录》说："李昶，山西安邑人，景泰丙子举人，授清水县儒学教谕，恭勤博览，尝从学薛文清公而德行粹白，时人多以理学师之。"

周蕙开馆授业多门人。《关学编》说："先生门人甚众，最著名者渭南薛敬之，秦州王爵。"薛敬之曾从学于周蕙，是明代关中地区极具影响力的一位理学家。周蕙的学问人品对薛敬之影响非常大。《明儒学案》说："（薛）从周先生学，常鸡鸣而起，候门开，洒扫设坐，及至，则跪以请教。"学成后对弟子说："周先生躬行孝弟，其学近于伊洛，吾以为师。"王爵，秦州人。《关学编》说："爵字锡之，自少潜心力学，及长从游（周）先生门而知操存。"另有李锦。李锦，陕西咸宁人，因听周蕙讲学而大悟，"学于周小泉，得闻先儒要旨，遂弃记诵辞章之习，以穷理主敬之学，知行并进"（《明儒言行录》），终成为关中一位名儒。

因尚未走出小泉峡，尚有古迹可寻，匆匆看了周建芳先生的艺石厂，于精美的巨石前，与周蕙故居石合影留念，便启程前行。

六

周建芳继续他的门前建设，张兰、吴建荣有事先行。其余同行过小泉村，往庞公庵行进。

庞公庵位于小泉峡北出口，过红堡镇向东，山川开阔，为县府所在。向南则越清水界黄门、新城达张家川县。这里峡道窄小，水流湍急，又有山较险，因而人称"小华山"。

登山而上，殿宇轩昂，绿树丛生。2007年，初登此山，于荒草之中，寻得明清古碑五通，拓片释文两通，写于《清水碑文研究》一书。其中一碑刻有庞公庵地形图，图上标明某殿建于何处。据说所用砖头都是烧香拜山之百姓一片一片带上山的。可惜，"文革"期间，一洗而空。眼中所建，为改革开放之后，陆续新修。且每修一处，俱立新碑。观碑文，词藻华丽，状景堆砌。据同行者毕德政讲，上山车路，是当年由他主持人工开修的。

《清水县志·隐逸传》说："庞居士，名蕴，字道玄，湖广襄阳人。脱略俗情，深造禅理。尝参马祖。问曰：何时得道？祖曰：待汝一口吸尽西江水即得道。居士大悟，西游陇上，至牛头河山阿，爱其风景，结茅居焉。（按：牛头河水，宋时名为西江。所谓一口吸尽西江水者。牛头山下有小泉峡口即此水，流入其中隐语也。以此推之，居士当为宋时人。）山场广种药材，稍有积蓄，性好施予，不计所偿。子曰仙哥，女曰灵照。居士坐化于山上，士人感其德行，即其地立祠，名曰庞公庵。其地古树龙蟠，惊浪雷鸣。后之好事者，更建寺观其上，成为游赏之风景胜境焉。"

坐院小憩，与守山者伯阳残疾人闲谈。主人说要煮茶，因时间紧，未得一品。

立于南天门，向下瞭望，山重水复，路低屋矮，别有一幅景致，对面是古西城遗址，脚下是成吉思汗雕像。

七

关于成吉思汗在清水的研究，我是下了功夫的。曾经两上六盘山，考察了泾源凉殿峡、固原开城、宁夏海原、灵武、榆中兴隆山、陕北延安等地，三赴伊金霍洛旗，与达尔扈特交流。我的研究是有充足根据的。

1227年，西夏李岘投降。金国已在木华犁的掌控之中。作为战略家的成吉思汗已在图南宋。于是，是年"六月，帝次清水县"。他在金夏交界之地的清水县建立秘密前哨指挥部，一边养伤疗疾，一边运筹帷幄，所带兵马不是很多。岂料当年8月18日（七月初五）"壬午不豫"，病情加重。8月25日（七月十二）上午，逝于清水县行宫。

在清水县至少一个多月的时间里，成吉思汗重申并留下了六条遗嘱。随行有四斡儿朵也遂夫人，四太子拖雷等近臣。当然，与指挥部的秘密信使从未断绝。

第一，颁发了不杀掠诏。第二，死后秘不发丧。第三，确立三子窝阔台为汗位继承人。第四，再度明确了灭金方针。第五，托国耶律楚材。第六，拖雷四子忽必烈将来继位。

此外，还通过秦州玉泉观道士转递了给大都白云观长春真人丘处机的紫金冠，以及命其统领天下道教的圣旨。

正因为有过这一重大历史事件，因而，清水县在有元一代，地位特殊。一是西江，元史有载。二是石碑有载，元代秦珠"监是邑"，"下车之始"，以"清水县□□□上邽之郡也，虽非朝使往来要冲之驿，其钦承王命公务之使潦潦相继，无驿馆以待之，诚为不可"，"慨然谋为驿亭之置"。"中台御史周一齐处其馆，特书其堂曰'宣德'"，这是《清水县创建宣德堂记碑》记载兴修清水县第一个官方招待所的碑文，刻立于元朝惠宗妥欢帖木儿至正元年（1341年）。碑无额，左上角、右下角残损，通高110厘米，宽68厘米，淡红石质，阳阴均有文字。该碑文字体方正，笔画粗细相间，用笔起收鲜明。但骨力不及欧阳询，气韵不及褚遂良，雄浑不及颜真卿。参与树碑立传的官员中有许多蒙古人，如"承务郎秦州成纪县尹兼管本县诸军奥鲁、前秦州清水县主簿兼尉靖也力不花""前秦州清水县主簿兼尉靖贴力不花""税务同监杨也先不花"等，反映出对清水地方管理的重视程度。其中，奥鲁一职，是管理随军家属的官员，可见，元朝在清水县是有驻军的。

直至洪武二年（1369年），徐达兵攻陇右，元朝清水县令是由蒙古人铁木巴罕充任的。他后来向北窜逃了。说明元朝多些时候是在任用蒙古人统治清水县。

这些研究成果先后发表在《天水日报》《蒙元文化与海原》上。出版《成吉思汗与甘肃清水》一书，是一部研究成吉思汗与清水的学术专著，得到了中国元史研究会原会长陈得芝教授、会长王晓欣教授，中国蒙古史学会会长特木勒教授等专家的充分认可。

八

关于赵充国研究，起步早，但成果少。在清水，黎丙一写过秦腔剧本《赵充国》，马宝仓写过电视剧本《西汉名将赵充国》，县上也成立过赵充国研究会，成立了赵充国陵园景区管理局。湖北宜阳原地委书记赵世荣写过长篇历史小说《赵充国》。

2002 年，我系统写过一篇长文《西汉名将赵充国》，当年，赵充国陵园建成雕像一尊，我与时任文化局局长赴西安，请著名文化学者霍松林教授题写了"西汉名将赵充国"。2004 年，清水各界公祭赵充国，我撰写了祭文，86 句，寓意赵充国 86 岁。多年以后，宣读祭文的时任县长，每次见面，总是夸奖祭文写得好，读起来得劲。

1958 年毛泽东主席和史学家周谷城先生谈及赵充国时说："这个人很能坚持真理。"对于这样一位首创屯田的四朝元老，志书说他卒后归葬邽山之阳。那么，他究竟是哪里人？这个问题一直是个谜。

据白沙赵家磨一位村民说，赵充国是他们的先人，家谱上有记载。但我没有看到。

这次小泉峡考察的最后一站是赵氏祠堂。赵氏祠堂在后川行政村。该行政村由程家庄、赵家庙下、赵家湾儿下三个自然村组成。赵家庙下，自然是因供奉赵氏先人而立的庙。而赵家湾儿下当庄依山立祠，供奉牌位是西汉始祖营平侯讳充国之神位。据村民赵德成、赵三吉、张银世说，他们小时每年都要跟随大人们去到赵充国墓前上坟，吃献果。这座祠堂早年很精致，且有牌匾，"文革"时毁了。改革开放后，村人在原址重建，规模小且粗糙。但却把赵氏宗系延续了下来。据他们讲，赵家庙下和赵家湾儿下是一家人，同是赵充国的后代。这就有理由说明，清水是赵充国故里。故而，县上在东部新城区建了充国广场，塑了赵充国骑马像，且请沈鹏先生书写了充国故里。

一行人等同老乡探讨了如何重建赵充国祠，以及弘扬充国文化的问题。一日之间，行遍小泉峡，考察就此结束。但要做的事还有很多。挖掘历史文化，绝非一朝一夕。期待同仁共同努力吧！

（本文写于 2022 年 8 月）

徐州行

　　五年前，路过徐州，小憩一夜。次日便北上泰山，未作多留。那时，只记得徐州有卖狗肉的。

　　五年后，从秦州到徐州，只睡了一夜。当晨曦在车窗外的树林穿过，当一轮红日在中原大地升腾，脑际间充盈了大汉文化。

　　不到徐州，便不知道汉；不到徐州，便不明白汉文化。

　　下车伊始，走进徐州博物馆，数量众多的汉代陶俑，精美绝伦的汉代砖雕，富丽堂皇的汉代墓葬令人目不暇接。

　　徐州，地处五省通衢，名曰帝王之乡。徐州历史上为华夏九州之一，自古便是北国锁钥、南国门户、兵家必争之地。徐州有超过6000年的文明史和2600年的建城史，有"九朝帝王徐州籍"之说。徐州是两汉文化的发源地，有"彭祖故国、刘邦故里、项羽故都"之称，因其拥有大量文化遗产、名胜古迹和深厚的历史底蕴，也被称作"东方雅典"。有云龙湖、云龙山、彭祖园、楚王陵、戏马台、潘安湖，有彭祖、刘邦、孙权、李煜等历史名人，也有苏东坡、乾隆遗迹。汉高祖刘邦在故里徐州所作《大风歌》甚是豪迈：

　　　　大风起兮云飞扬。

　　　　威加海内兮归故乡。

　　　　安得猛士兮守四方！

　　刘邦在击破英布军回长安，途经故乡徐州沛县时，邀集父老乡亲饮酒。刘邦酒酣，击筑高歌，唱《大风歌》。刘邦一生很少作诗，但这首《大风歌》表达了一个大汉皇帝维护天下统一的豪情壮志，也流露出中原腹地华夏文化光宗耀祖的一腔情怀。据说刘邦也是著名的"无赖"。当年与项羽争夺天下，闭门不战。项羽绑了他的父亲，旁边还架着一口大锅，热气腾腾。项羽对刘邦说："今不急下，吾烹太公！"刘邦却不慌不忙地答道："吾与羽俱北面受命怀王，约为兄弟，吾翁即若翁；必欲烹而翁，幸分我一杯羹！"为夺取天下，连自己的生父性命也不放在心上。无怪乎帝王家族子弑父，弟杀兄之事，屡屡不绝于史。那位西楚霸王倒是个有情有义的主。有诗作《垓下歌》。

> 力拔山兮气盖世，时不利兮骓不逝。
> 骓不逝兮可奈何！虞兮虞兮奈若何！

《垓下歌》是西楚霸王项羽在徐州附近垓下进行必死战斗前夕所作的绝命词。《史记·项羽本纪》说："项王军壁垓下，兵少食尽，汉军及诸侯兵围之数重。夜闻汉军四面皆楚歌，项王乃大惊曰：'汉皆已得楚乎？是何楚人之多也！'项王则夜起，饮帐中。有美人名虞，常幸从；骏马名骓，常骑之。于是项王乃悲歌慷慨，自为诗曰'力拔山兮气盖世'歌数阕，美人和之。项王泣数行下，左右皆泣，莫能仰视。"项羽是被刘邦彻底击垮了。

击垮项羽的人是韩信。徐州九里山，据民间传说是韩信摆过战场的地方。四面平原，中间一山，着实是个能摆开架势的地方。又传说，韩信在九里山前活埋了他的母亲，因此而短了阳寿。说实话，韩信倒也是个讲义气的人。他说："乘人之车者载人之患，衣人之衣者怀人之忧，食人之食者死人之事，吾岂可以乡利倍义乎！"韩信不得志时，穷困潦倒，曾受胯下之辱，也曾受过漂母的一饭之恩。但他没有恩将仇报。韩信是个明白的糊涂人。在临刑之前他发出了"狡兔死，走狗烹；飞鸟尽，良弓藏；敌国破，谋臣亡"的感叹。

乾隆下江南，有五次驻跸徐州。但他给徐州的评价不高，仅八个字：穷山恶水，泼妇刁民。

好友梅山，是个重情义的文人。此前，发过信息，有望一见。也许是心心相恤，也许是心有灵犀。刚到博物馆，正要联系，他的信息来了，还带了烟酒。他邀我看金缕玉衣，只可惜馆中正在拍摄资料，未得一见。好在范曾墓及银缕玉衣是看到了。

午间，与友人亲戚同饮。胆诚之情，杯中可见。座中人俱是沛县人氏。讲情讲谊，义气诚信，令某着实感动。一感动，酒自然多，但没醉。于是便有了下午的九里山、汉城之行。徐州人绝非乾隆金口御封。后来一查，老人家是在说别地别人。

徐州之行，甚是快慰。然沛县未得成行，恐怕得有三到徐州了。

初访恭门镇

恭门镇，位于张家川县城北。我在《邽山秦风》一书中，写到邽县故址恭门镇一小节。但没有现场看过。这次出行，恭门镇是必看之处。

出清水县北新城乡，过张川县城十多公里，即到恭门镇。

恭门镇位于东北至西南走向的赤城川。天河从卧龙峡口涌出。又有五座小山，落脉皆在一川，故有五龙朝凤之说。

秦武公十年，即公元前688年，伐邽戎，置邽县。因主山为凤凰山，故后又称为凰翔府。

秦自非子在周孝王十三年（约公元前885年）封邑于秦亭，有秦地以后的一百九十七年，有了县。其间，从非子到秦侯、公伯，再到秦仲才封为大夫，再到庄公，乃至襄公才被周平王封为诸侯。秦先祖可谓前仆后继，才始有国。

在其后的近六百年间，秦人不断壮大。据《清水县志》记载："周赧王二十二年，秦昭王命大将白起筑恭门寨堡，驻兵防御戎族侵犯。"

白起（出生年月不详—公元前257年），又称公孙起，战国时期秦国郿县（今陕西省眉县常兴镇白家村）人，中国古代著名的将领、军事家。白起在秦昭王时征战六国，为秦国统一六国作出了巨大的贡献。曾在伊阙之战大破魏韩联军，攻陷楚国国都郢城，长平之战重创赵国主力，功勋赫赫。白起是继中国历史上自孙武、吴起之后又一个杰出的军事家、统帅，与廉颇、李牧、王翦并称为战国四大名将，位列战国四大名将之首。

秦昭王十四年（公元前293年），大将白起始筑恭门堡城防御体系。计有老庵寺峡口卧龙峡石堡、麻家崖泰山庙石堡、恭门镇东堡子石堡、下峡口白起堡和南山堡五大寨堡，以及北山夯土堡。

白起堡，位于恭门镇小河村。该堡建于天河北岸一座高约百米的石岗之上。现存堡墙高2—4米，面积250平方米。此地曾出土秦代六棱铜铁复合殳兵器。

恭门寨堡，与南山堡隔河相望，今遗址清晰可见。北临天河，南依凤凰山，西与今恭门镇毗邻，东与半川子村接壤，总面积25万平方米。夯土层厚8—15厘米。残留城墙高3—8米，厚度2米。城四角均有10米的城墩。南北城墙沿沟就势。北城壕15米宽。该区域曾出土宋代昭圣四年（1097年）重修武安君祠堂记碑。

诚然，今天所见城堡遗址，后经北宋、南宋，明清多次修复或重建，才有现在的规模。

在距恭门镇不远的河峪村有汉代摩崖石刻，上有邽字。说明邽县或邽城距此不远。

此次考察，我得出的结论是，在没有充分文物实证的情况下，根据现有史料及地理，我们可以对先秦在清水张家川一带的活动做如下描述。

秦亭时代，以今清水县秦亭镇秦子铺村为中心，方圆不过50里，包括今清水县新城乡秦地下村。

邽县时代，以张家川县恭门镇为中心，也包括今清水县新城乡闫家川一带。因为新城乡政府所在地闫家川，过去叫旧城镇。

上邽时代，以清水县李崖村遗址为中心。从邽县向上邽发展，是沿天河由北向南的。

（本文写于2018年4月）

扫帚沟小记

出县城东门，于祝英台塬西，溯南道河而行，河床上一片连片，蒹葭苍苍，芦花飒飒，让人联想到那对先秦男女的爱情故事。祝英台与梁山伯化蝶起舞，于晚秋时节依稀可见。

以这般心境，行约十里路程，道边山坡的毛竹仍然翠绿，扫帚沟的牌子标示了此地与毛竹有关。沿扫帚沟西北行，有引路下，小庄小户，不满二十家，在此处建一景观湖，是再好不过了。再前便是双场儿。这村相对大些，人都搬往新农村去了，剩下塌房烂院，参差不齐，散落半坡。而以往的树，毛桃、山梨、杨、柳、椿、核桃之类，倒是越发茂盛了。倘若开发改造，建成民宿山庄饮食，可谓变废为宝，派上用场了。往前走，沿河而上便是山石谷。峡谷底处是峭岩，峭岩之上是土山。土山沟壑纵深，灌木丛林，红叶漫山，黄叶覆岭。间有小瀑布自斜沟流下，甚是清澈。世人说，山有多高，水就存有多高，此话一点也不假。

扫帚沟因东西落差较大，溪流经年累月击穿石底河床，沿途形成大小不等的水潭，约有八九个。一路行来，头项鸟鸣嘤嘤，身边溪水淙淙，间或深潭汩汩，简直是一曲弹不完的深秋交响曲。

扫帚沟的深处是照阳寺。照阳寺形制精巧，鳞次栉比，甚为玄妙。寺旁有所学校，现已废弃闲置，于此处建一尹子祠，以纪念陇东镇乡贤尹喜，倒是一处风水宝地。这里居高临下，形态各异的小丘峰一览无余，极目之处，一派万山红遍，层林尽染。

再折西北方，丛峰之间，深山藏古寺，曰龙凤寺。寺前一棵苍柏，被山风吹扭得树纹明晰可见。柏树背负着几百年的历史，刻写着大自然的沧桑。

眼前是鹿鸣谷，如有索道缆车，游客可缓缓而行，俯瞰风景，满载而归了。

温泉记

清水县有一温泉。温泉有明代诗碑一通，清代记事碑一通。

明《温泉诗碑》碑文如下：

清水县东温泉

水性原皆冷，此泉何独温。

天留千载泽，池贮四时春。

善洗身心病，蒸销眼耳尘。

好乘天际马，洒鬣暖吾民。

崇祯十五年岁在壬午季春吉日

甘肃曹南耽云爱月人李悦心题（印章）。

《温泉诗碑》是清水县现存有关温泉的最早碑刻。碑刻行书，七行，运笔取法李西台《土母帖》，笔力刚健遒劲，结构雍容，犹有唐人遗韵，章法流畅自如。其执笔似若单钩，几近苏、黄风格。

这首诗的作者李悦心，字澹远，号桐月，山东曹县人。悦心幼敦朴勤学，不事华饰。崇祯七年（1634 年）进士，授行人司行人，擢升御史。崇祯皇帝召见，李悦心说："臣读书四十年，以忠孝为本。殚忠以进贤为大，进贤须荐第一流人物，当询隐逸奇才、草茅贤士入告。"崇祯回答："尔当细访山林大用之才，直陈无隐。朕将破格用之。"崇祯十五年（1642 年），出任陕甘巡案御史，兼摄巩昌学政，兴利除弊，丰采凛然。回京复命，任山西潞安兵巡副使。入清朝，不侍二主。其诗尤佳，著有《修献录》《染柳轩集》。

温泉，位于清水县城东八公里处的峡谷之中，自古被列为清水"八景"之一。明清及民国以来，歌咏温泉者不在少数，而以李悦心这首五律最负盛名。这不单是有碑刻流存，更在于这首诗所表达的意境足以令人回味。这首诗从字面上看，是说温泉水的用途的。水的性质原本是冷的，这个泉水为什么是温的？大自然给人们恩赐了千年的好处，一年四季池子里边可以留住春暖。李悦心在诗中称温泉水可以洗涤人的身体和心疾，可以消除尘垢，使人耳聪目明。身心健康愉快了，就能够挥洒自如地治理百姓。

全诗首联以问句起笔，引人深思；颔联用工整的对仗句子以自答，感谢天地之恩赐。这是诗人对大自然的一种感悟，体现了天人合一的哲学思想。颈联把洗身病与洗心病，销眼尘与销耳尘巧妙地结合起来，所表达的却是只有回归自然，方能洗却人间烦恼，了去尘世喧嚣。但人在宦海，身不由己。为官的使命，使诗人依然不能忘却履行其"暖"民的职责。

全诗境界高远，意趣飞扬，空灵韵致，富有哲理。

另一通碑文为：

> 大清。余自莅州以来省，方闻□知清水有龙神庙，前出温、寒二泉。此造化之奇也。明巡方李公竖碑志异，予欲踵其事，兼思易数，录于庙侧，而未有暇。宰是邑熊焞，号贲庵者，与吾同志，政余鸠工，不日告竣，并置地付司庙者，以为经久之资。予闻之而慨然曰："天下事固有如此之不谋而合者乎！"贲庵系闽人，历任皆有声迹，予心契久矣。今兹一举，先后有伦，位置得体。其□□政概可见耳。予故为之，嘉其事。
>
> 乾隆十六年岁在辛未十月长白郎图书。

《清水县志》（乾隆版）记载，温泉"有泉二脉，相距五步。一为热泉，浸米即熟；一为冷泉，盛夏如冰。后合之，遂成温泉"。

此碑文系长白人郎图所书，简要记述了清水县令熊焞开发温泉的大致情况。该碑书法亦很独特，通篇采用横细竖粗，十分规范的宋体，给人有翻开一页古书的美感。

碑文说，"我自任秦州知府来到甘肃，听说清水有龙神，龙神庙前流出温、寒两泉，这是大自然造化的奇观。明巡按李悦心立碑记述了这一奇异的情况。我打算步其后尘，也立碑一通，置于庙侧，但没有闲暇时间。清水县令熊焞，号贲庵，与我有同样的想法。他在政务之余修缮了温泉，并拨给龙神庙土地，以供长期使用。我听说这件事，很为感慨，'天下之事竟有如此不谋而合'。熊燇是福建人，历任都有政绩，我早就向往。现在这一举动，前后有序，位置得体。我所以撰写这篇文章，也旨在褒扬这件事情。"

关于温泉，据《清水县志》记载：清康熙年间，江都许承尧曾写过"入陇山如云锦张，麦苗滴翠短枫黄。山凹别有温泉窟，绝惜无人解作汤"的诗作。乾隆十六年（1751年），熊燇主持修建温泉汤浴池，"凿为二池，引水流注其中，瓮之石，覆以三楹"，池"深三尺，中仅容一、二人"。后县令江苏荆溪人朱超又修屋三楹，供游人休憩。朱超亲题"香胜华清"之匾额，撰写了《温泉记》。他写道："兹泉地居僻陋，绝少留题，又无金碧辉煌之兰若映带左右，游人至其地者盖鲜。故世人仅知有骊山之温泉，而不知有上邽之温泉也。使以是泉而生于邓尉栖霞灵隐寺、平山堂之间，则冠盖络驿，吟咏稠叠，其所以争相夸耀而先睹为快者，当不知何如也？"朱超还写有咏颂温泉的诗：

> 簿书日检点，形神叹拘束。
>
> 风前惜落红，雨余诧丛绿。
>
> 终窭莫知艰，屡丰讵非福。
>
> 温泉胜华清，咏归爱新浴。

诗中可以看出作者对温泉的自然风光一往情深，且每于公务之余，都要去温泉淋浴，尽情享受胜于华清池水的汤浴温泉。

民国时期，秦陇督军李及兰与清水县长黄厚山合计修葺，并将温泉命名为濯缨池。李及兰还亲自撰写了《濯缨池记》。20世纪50年代温泉尚有龙神庙数间。后被毁，仅存濯缨池亭一楹。濯缨池公元2000年左右被毁，今所见为重造。

清水是轩辕故里，温泉是轩辕黄帝洗礼圣地，也是古丝绸之路驿站，一代天骄成吉思汗曾在这里留下足迹。1949年8月1日王震将军率领部队，征战西北，经过这里沐浴洗尘。

这里环境幽雅，坡谷披绿，可谓是"蓝天、碧水、清山、绿地、温泉"具有很高的医疗保健作用，每当春天，野丁香遍山绽放，烂漫飘香，置身其间恍若来到世外桃源。温泉水为高热矿泉水，水温54℃，富含人体必需的多种微量元素，尤其被誉为"生命之花"的锌含量居全国之冠。

这里森林叠翠、山峦峻秀，有省级森林公园、钟灵寺、圆通寺等景点。1992 年被列为"省级森林公园"，2006 年被评为"甘肃省十佳旅游景区"，2009 年晋升为国家 3A 级景区。2012 年"中国温泉之乡"花落清水，成为甘肃省首个被评为"中国温泉之乡"的地区。

（本文刊于 2023 年 11 月 24 日《天水晚报》）

石门秋月

　　癸卯秋九月，时在十五，气爽秋高，闲暇无事，听说温家峡景致可观。温家沟、温家坡、温家集，想必温家峡与本家又有一缘，遂与爱孙前往。入东柯谷，过街子温泉，突然路途拥堵，不得前行，原来已到温家峡。

　　但见峡谷之间，一路一溪，路平水清。两面山坡一片一片的红叶，一湾一湾的绿松，一畦一畦的黄芦，一岭一岭的白桦，和着秋草杂树，峭岩绝壁，扑面而来。路边停满了车，车边站满了人。男人女人个个拿着手机，尽情地拍照。也有执了相机的摄影爱好者在调焦距，按快门。还有快手们一边挪动着手机架，一边不停地解说。

　　温家峡成了身披婚纱的新娘子，成为秋色气爽的新闻人，成了秋天景致的获奖者，被围观，被欣赏，被喝彩。

　　小孙子与大人们的兴致无关。看见清澈的秋水，不顾一切，踉踉跄跄地向河里奔去。他要抓小鱼，要淘宝石，要玩水，见水之亲丝毫不比看山人逊色。于是，只好拉着小孙子在溪流间的越石上来去扭动，生怕孩子掉进水里。而孙子全不顾这些，三番五次迈着小脚，舞动小手去摸水捡石头。

　　此情此景，所谓智者乐水，仁者乐山，痴迷之状，忘情之态，在温家峡的山与溪，谷之间表现得淋漓尽致。

　　说去石门，似向西南方向援路而行，过小陇山林区培训中心，放眼看时，平常的山，寻常的林，无甚景致可观。待至山脚，有黎泉题写"放马滩森林公园"，及"古秦牧地""林茂云深"。门卫是位擅编故事的忽悠老者，他跑前跑后，见人见车，再三忽悠，极尽煽风之事。

　　攀栏杆沿石阶走走停停，停停走走，似乎到了尽头也还是平常的山。权当秋日登山锻炼，享用温馨阳光而已。

　　眼前有石牌坊，上书"石门山"三字。顺坊门而望，天阔云低，似已到山顶。小憩片刻，决意再登山。

　　自山门左行，眼前一座三官殿，殿不大而古朴，供天官尧、地官舜、水官禹三尊雕像。据说石门山因地处偏僻，所有殿宇均未遭人为毁坏，包括塑像均保持了明清时代的原貌，让人穿越到七百多年前的大明王朝。

按指示牌先上南峰。攀着栏杆登上峰顶，往脚下一看，煞是高峻。悬崖峭壁，秋风萧瑟，树木摇动，有悬空之感，令人双股抖动，心惊胆寒。目极四周，天高云卷，向北望，云卷云舒，渭水东流，时隐时现，鱼玄机诗"枫叶千枝复万枝，日夜东流无歇时。"不觉入耳。渭水阻隔着巍巍陇山，而我的脚下便是西秦岭之萃石之门。群峰苍茫，尽在眼底，宛若千骏奔驰，此起彼伏；层峦叠嶂，一览无余，恰似万波涌动，彼长此消。此真壮观哉！

过聚仙桥，即是北峰。北峰远眺，壁如刀削，中有庙宇，建于林木覆盖下的绝壁，甚是险要。磨针洞凿在半山腰，里面供奉二像，神前侧一石炕，炕上有被褥。非有铁杵磨成针，功到自然成之意志人，断不肯居此洞。忽一念顿生，倘若蜗居此洞，了却余生，未免不是一桩美事！

踏着裸露如蛇盘的树根小路，行于万年国槐之下，依次瞻视了三清、关帝、文昌、灵官、月老之殿，穿道院，爬石梯参观了菩萨殿，风铃叮当、一路梵音袅袅。

夕阳西照，几近黄昏，东山淡黛一抹，红崖尽着褚橙，林海墨染，松涛彻耳。正值十五，月出山梁，白云晚霞东西映照，秋风松涛遥相呼应，石门连两峰，仙桥若彩虹，古人不见今时月，今月曾经照古人！此石门秋夜月也。宋赵崇森诗"玉宇秋光无一尘，人人共喜桂花新。看来世态炎凉尽，惟有月明无贵贫。"正应了此景此情。

隔断红尘三十里，白云红叶两悠悠。可以想见，仙桥连石门，石门映秋月，山静夜深，木鱼声声，铁磬礴礴，风铃当当，溪流淙淙，依石门而对皓月，仰长空以啸天风，拥秋风而长吟，抱明月而长终，天地与我所共适，此真神仙矣！

暮色苍茫，夜入群峰，物情潇洒，一轮明月林梢挂，松醪常与野人期。正是：列炬缘山夜烧痕，晚来扶杖下石门。

是为记。

（本文写于2023年6月）

甘南三题

甘南之行，一路走过，风景如画，风光无限；民族风韵，独树一帜。

迭部当九民宿

晚，投宿迭部县电尕镇拉路村麻古自然村。拉路村辖七个自然村。

麻古村位于迭部县郊，有三十多户，除两户汉民外全都是藏族。巷间粗壮挺拔的参天大树，见证着村庄悠久的历史。傍晚，这里每家每户大门前，都停了车辆，或是自家的，或是投宿的，三三五五村民不时在村口张望，联系着游客。

刀吉九，五十多岁的藏族汉子，脸膛黑红，忠厚实诚，热情外溢，接我们走进他家院子之后又忙去了。进大门是一个台子，台上撑了遮阳伞，下面是一张桌子，显然可以喝茶聊天。院内有两排小二层楼房，设了大小不等的五个房间。院子整洁干净，设有凉亭、摇摇椅。院中有小白塔，女主人双手合十说是祭祀用的，藏区家家都有。树上的桃子黄里透红，散发着诱人的香味。房子是新装修好的，墙壁浅黄色，陈设朴素大方，牦牛、青稞摆件等，透出藏乡风味。房间有炕，炕洞口安放了烤炉，以备冬天取暖。被褥整洁干净，女主人送水进瓜，真应了宾至如归。

与女主人攀谈得知，她丈夫叫刀吉九，儿子跑出租车，女儿在兰州上班。说话间，女儿打来视频，她还让我跟她的女儿打了招呼。儿媳旦智草除带一个四岁小女孩外，还与她共同打理农家乐。我说到农家乐，她反复强调是民宿。她说民宿是今年三月批的，村上目前有两家，盖房子政府先后两次补助了七万元。从院中一个砧铁看，这家早年可能从事过铁匠营生。

今晚，楼上楼下五个房间都住上了客人。房间，有一本 2019 年《迭部文艺》，是迭部县文联、文化馆主办的。名誉顾问雷达老师的名字加了黑框，不禁令人对这个文学评论家产生一种怀念之情。名誉顾问徐兆寿先生是微信好友，从他的朋友圈看，他几乎每天都在忙于文学事业。翻阅《迭部文艺》，看到迭部文学的发展，甚是欣慰。可惜，时间仓促，不能与当地文友现场交流。

山高月小，轻风拂面，村中寂静，四无人声。在如此藏家民宿度过盛夏的一个夜晚，真是一种无比的惬意啊！

碌曲塔洛书咖

在甘南，因为处在黄金旅游期，恰逢七十周年州庆，游人多，住所十分紧张。

在碌曲，因为旅店爆满，无处安身，有幸结缘塔洛书咖。

书咖名也许来自藏族作家、导演万玛才旦的作品《塔洛》。和小说的情节一样，电影《塔洛》讲述自幼放羊为生的藏民塔洛，第一次遭遇所谓的爱情。故事是沉痛的。古老的民族传统与现代享乐生活形成了强烈的反差，如何过渡或坚守，如何平衡或追求，如何在良心道德、奉献精神和娱乐至死之间取舍，如何追求正当的人生，摆脱愚昧和奴役，消除贫富和贵贱，可能更多是塔洛身上迷人而纯粹的藏人风格与良善品性。我们只有静静地为塔洛人性的觉醒而欣慰，为喧嚣的现代生活而无奈。

塔洛书咖主人是藏族女人周毛吉。她看上去年轻美貌，文静淑雅，却已是有着三个孩子的母亲。她的儿子正在寺院修行，大女儿上初中，小女儿卓玛吉上小学五年级。卓玛吉说，塔洛书咖是她的舅舅办的。她的舅舅在成都上学读博士。

在青藏高原东部，甘、青、川三省交界之地的碌曲县，在一个仅有三万八千多人、而面积却有五万二千多平方公里的藏区聚居地，在这个熙熙攘攘的喧嚣世界，办着这么一个文化沙龙，点燃着文化之灯，执着有所追求，着实令人肃然起敬。此刻，脑际间响起熟悉的声音。

星星点灯，

照亮我的家门，

让迷失的孩子找到来时的路，

星星点灯，

照亮我的前程，

用一点光，

温暖孩子的心

抬头的一片天，

是男儿的一片天，

曾经在满天的星光下做梦的少年

不知道天多高，

不知道海多远，

却发誓要带着你远走到海角天边。

塔洛书咖不是很宽敞。汉文、英文、藏文版的图书整齐地摆放在书柜上，读者抬手可得，可供阅读。墙上贴有各种照片与小纸片，有世界地图，可以看到外部的世界。有投影，可以看电影电视。角落放着吉他和琴，可以感受天籁之音。

今晚，塔洛书咖接待了八人。周毛吉和卓玛吉睡在吧台的地铺上。另外一家三人住一个房间。我们住一个房间。

——阅读经典就是跨越时空，寻找自己的灵魂亲人。

——黑夜给了我黑色的眼睛，我却用它寻找光明。

——关注大问题，做点小事情，让人们因我的存在而感到幸福。

——人，不管处境如何，只要心中有阳光，她的生活就会开满鲜花，就会无惧忧伤。

每个房间高低床架上，墙壁上，不拘一格写了名言警句。也有书虫的即兴而涂，英文、藏文、汉字均有。可惜，不懂英文和藏文，也看不懂写的是什么。少数民族是善于学习的民族。元朝蒙古人因善于学习，加上善于打仗，开疆拓土，奠定了偌大的疆域。清朝两百多年，满族人把中华文化推向了极致。我常想，一个少数民族接受汉语的动力往往高出汉民族接受其他少数民族语言，在塔洛书咖得到印证。

天地是辽阔的，有时竟然很小。次日告别塔洛书咖，观看人山人海、载歌载舞、人头攒动的锅庄文化节开幕式，突然被小卓玛吉拽了拽衣袖，回头看时，卓玛吉脸上泛出了甜甜的微笑。与塔洛书咖母女二人不期再遇。哈哈，真是今生有缘啊！

草原是辽阔的，蓝天是空旷的。愿塔洛书咖这个草原文化之鹰展翅翱翔，飞向远方吧！

香格里拉是甘南

行程一千二百多公里，环绕甘南四周，步入四万五千平方公里的甘南大地，了解七十四万各族儿女的时代生活，领略山水风貌，探视风土人情，一方香格里拉甘南尽在眼中，一幅新时代的幸福画卷徐徐展现。

甘南藏族自治州是我国十个藏族自治州之一，位于甘肃西南部，地处青藏高原东北边缘与黄土高原西部的过渡地段，是藏、汉、回文化的交会带。舟曲、迭部、碌曲、玛曲、卓尼、临潭、夏河、合作七县一区，犹如皇冠上的颗颗珍珠，镶嵌在祖国的版图之上。

七月的甘南，蓝天白云，碧草清水，牛羊遍野，寺院僧侣，诗情画意，真是人间香格里拉。

当外界处于持续高温的炎热之中，七月的甘南，气候宜人，凉爽惬意。清风徐来，暑气顿消，清凉胜地，空气清新。吸一口高山凉气，呧一丝草原清风，浑身上下，心旷神怡，思绪是那么的清晰。

漫步舟曲街头，白龙江水缓缓南流，巍巍群山仰头即见。当年的特大泥石流，至今记忆犹新。我所在的县一个乡一对情侣结婚之后返回舟曲的当天即遭祸灾，死于非命。到他们家慰问亲属的场面，至今令人难忘。好在顽强的舟曲人民终于站了起来，跟上了全国脱贫奔小康的步伐。

七月的甘南，风景如画，矗立拉尕山、扎尕拉，遥望群峰，白云绕身，山高云低，恰似神仙一般，确有驾雾腾云，飘游山脊，追风逐云之感。穿越桑科大草原，一群群的白羊，一群群的牦牛，金顶寺院，五彩经幡，洁白毡帐，一路渐次扑面而来，十分壮观。与憨厚朴实的牧民席地攀谈，幸福之情，溢于脸庞。

七月的甘南，恰逢建州七十周年，处处洋溢着节日的气氛。藏族同胞身着鲜艳的民族服饰，佩戴各色的首饰，带着微笑和喜悦行走于县城集镇。在碌曲城郊，正在举行第九届中国锅庄文化节暨甘南建州七十周年大庆。置身现场，万人锅庄舞，织成各种美丽的图案，舞者载歌载舞，观众摩肩接踵，各族儿女，兴高采烈，无不表达出像石榴一样的团结和谐，气氛壮观，令人震撼。

涉藏地区，是精神的圣地。曾经去过西藏、青海，也路过甘南大地。看到过藏族人民向往神鹰、向往大地、向往高原的美好身影。但感人至深、令人震撼的还是民族的朝拜。男男女女，老老少少在冰天雪地中，于酷风凄雨里，双手合十，匍匐前行磕长头，朝着他们的理想一步一伏，等身万叩的终生壮举。一种至诚至虔的人生态度，一种刻骨铭心的信仰行为，在这里体现得淋漓尽致！在郎木寺，与一位喇嘛交谈，他说九月份是寺院活佛的坐床典礼，他说转世灵童已经八岁了，寺院正在重新装饰，为的是迎接神圣时刻的降临。说话间，喇嘛一种无比幸福自豪的感情溢于言表。

在合作，一桌丰盛的藏餐在等待。一位祖孙三代献身甘南的友人，一位在甘南由乡镇到县到州的好友，一位合作市的友人盛情款待。洁白的哈达，浓香的奶茶，青稞酒推杯换盏，吃着大块子肉，喝着满杯子酒，相互间倾吐浓浓乡情，道说各自经历，诚可谓宾至如归。尽情尽兴间，不免多了几分醉意，也添了几多情谊。

这，便是香格里拉。这，便是人间天堂。这，便是七月的甘南！

（刊于 2023 年 9 月 4 日《天水日报》）

剧　本

北山的那些花儿

（微电影剧本）

人　物

朱英台——林业局新员工

梁三伯——北山村村民

经理——绿化公司经理

马文才——北山村主任

梁大娘——北山村村民

局长——林业局局长

镇长——北山镇镇长

故事梗概

刚毕业的女大学生朱英台一踏入工作岗位就进入林业部门，投入花舞北山建设，其间与领导、群众之间因为思想理念、征地、迁坟、树种选育等方面出现矛盾，但她一直没有忘记男友想在北山建一片薰衣草花海的梦想。在以她为代表的林业工作者的坚持和各界的支持下，最终达成所愿，也收获了浪漫的爱情。

基调素材

1. 清水有祝英台墓，在县城东祝英台塬。

2.《梁山伯与祝英台》原著。

3. 梁祝爱情已成为经典爱情故事。

4. 已建成的花舞北山康养旅游景点。

5. 歌曲《花舞北山幸福来》。

场景一　林业局局长办公室

【画外音】:《花舞北山幸福来》音乐。山青青，水悠悠。

朱英台手拿报到证，兴致勃勃地敲开局长办公室的门。

朱英台:局长您好！我是林学院毕业生，参加完事业单位招考，被分配在林业局上班。前来报到！

局长:很好！你是我们专门要来的。目前，县上要建设花舞北山，来早了不如来巧了。先去规划股吧！负责给咱们尽快搞出个规划来！

朱英台:好的，尽力完成任务。

场景二　北山村

山上有人在修剪果树，有人在耕地，一派忙碌景象。

局长带领朱英台等手执标杆，正在测量规划。

正在除草的梁大娘看到有人在她的地里指指点点，上前阻拦。

梁大娘:这是我的地，你们想干啥？

局长:给您建花园呢，将来建成，您老人家开个农家乐，做上农家饭，游客一来，您老光等着挣票子呢！

梁大娘:这是块风水宝地，埋着我梁家的先人也有些年份了，看谁敢动一锨土！

朱英台:这地干旱，种啥啥不长，也没啥收成，何必呢？再说，你家的祖坟也可以迁呀！

梁大娘:看这娃说的，这里是早年梁山伯与祝英台的坟地，是可以随便挪的吗？

局长:小朱，听听，和你同名同姓啊！有缘分！

朱英台:局长，那是传说，再说人家姓祝，祝福的祝，我姓朱。两码事！

局长:说正事。按一亩地 600 元的价格征收如何？

梁大娘:坟里埋着一对可怜人。不管咋样，是不能动的。谁动了，我就和谁玩这把老命！

局长(接电话):小朱，我去县上开会。你继续规划。这迁坟的事就交给你了，也是组织考验你的时候了。

场景三　北山村委会阵地

镇长（主持村民会议）：县上为发展康养事业，决定在咱们北山镇北山村建设花舞北山景观，打造康养福地。县林业局已经做了规划。下面请朱技术员给大家说一下具体规划。

朱英台：规划区有一片地将来要种薰衣草，开花后，北山一山的香气，而且，这东西还能卖钱。但规划区内有一座坟要搬迁。另外还有一个苹果园要征收。其他的地闲着，几乎没种什么，都在范围内。按县上的规划，土地是国有资产，一律征收。地上附着物，按评估价给农户予以补偿。

梁三伯：那个果园是我家的。征地我愿意，补偿太低，我不同意！

梁大娘：我家的祖坟坚决不迁。你说是吧，他三伯？

梁三伯：是啊！坟不能搬！

一些平时荒着的地主儿也都七嘴八舌地哄抬价格。

会议不欢而散。

场景四　梁三伯果园

朱英台（气喘吁吁地走进果园）：三伯，我是技术员英台，你家的果园务得真好！歇会儿吧！

梁三伯（打量着朱英台）：你怎么认识我呀！

朱英台：怎么不认识？咱俩还是同学呢！小学读过一年，记得不？哎，这就奇怪了，梁大娘说的那座坟，竟然与咱俩有关！

【画外音】梁山伯与祝英台楼台相会音乐回放。

场景五　梁三伯果园

梁三伯：不记得了。也许是巧合吧！

朱英台：这次花舞北山建设，你可要帮老同学这个忙呢！

梁三伯：我的果园可是我的命根子。别人都嫌种果树不划算，也卖不了几个钱。我的还行，你们就不要再打我的主意了！何况，我还是个光棍呢！

场景六　局长办公室

局长：小朱，征地的事怎么样了？

朱英台：正在做工作，难度很大，一时半会儿还解决不了啊！

局长：县上催得紧，你要抓紧啊！这不，按照规划，县上经过招标，绿化公司中标，马上要进场施工了！要和北山镇、北山村多沟通，通过组织尽快做好群众思想工作。

场景七　镇长办公室

朱英台：镇长，花舞北山工程迫在眉睫，等不得了。

镇长：唉，群众思想转不过弯，可以理解。正好绿化公司张经理也来了。咱们好好商量一下吧！

经理：咦，这不是老同学吗？

朱英台：没想到是你，一晃四年，都当上老板了。这回可遂你心愿了吧！

镇长：你们认识呀！

朱英台：岂止认识，还是三年高中同桌呢！

经理：你上大学了，我爱栽树，一直干绿化。这可是缘分啊！

朱英台：是啊，听说你名气很大，也挣了不少钱。

镇长：你俩不要光叙旧，眼下最要紧的是推进北山绿化工程。咱们一同去北山村吧！

场景八　北山村

镇长：文才呀，你是聪明能干的，你爸老了，不干支书了。你这主任可要好好干啊！

村主任（马文才）：镇长来了，咱们去做一下梁家嫂弟的工作吧！这梁大娘是个老实人，也是个犟人啊！

朱英台：先做梁三伯的工作吧！

镇长：带上征地合同，找梁三伯去！

场景九　梁三伯果园

朱英台：三伯，征地的事想通了没？今天镇长亲自来了。

梁三伯：既然有政府作主，还有什么说的。只是……

朱英台：只是你的果树嘛，照价补偿，你看如何？

镇长：正好经理在，给你稍微浮动一下，好吗，经理？

经理：既然镇长说了，咱能不给面子？再说还有同桌哩！你说呢，英台？

朱英台：那太好了。

经理：今天我请客，请老同学聚聚，叙叙旧，如何？

朱英台：那敢情好啊！

场景十　酒店

朱英台：三伯老同学，敬你一杯，可要做好梁大娘的工作哟！

经理：是啊！你们是小学同学感情深啊！这你老嫂子也是，都啥年代了，一座老坟有啥留的，还代代守着，真不值！

梁三伯：是，时代不同了，比不上你这个当老板的呀！

朱英台：没想到花舞北山把我们同学连在一起了。

梁三伯：朱技术员，你是吃公粮、拿工资的公家人，还是和老板好好坐坐吧！我有事，先走一步，你们再坐一会儿。

朱英台：好吧！

梁三伯退出酒席。

经理：英台，你知道我也是本地人，一直看好北山，想做些事。谢谢你！

朱英台：你有志向，这点我早就佩服你！

经理：是吗？那咱俩想在一起了。

朱英台：没有，我是在参加工作后才有这想法的。

经理：谢谢你！

朱英台：这次规划，要种大片的薰衣草，而且，群众也不理解。你怎么看？

经理：群众的工作当然要做。我嘛，更愿意什么赚钱，就种什么。当然要摇钱树了，不然，喝西北风呀？

朱英台：别老抱着你的那小摇钱树啊！薰衣草可以出口创汇，可以欣赏花海，可以香飘四溢，是观光赚钱两赢利的好项目！相信你会有这眼光的！

经理：但愿吧！这次真有缘，但愿我们事业、爱情双赢！

朱英台：臭美呀你！

场景十一　梁大娘老坟前

经理：梁大娘好！您这坟只是挪个地方，再说也有挪坟的补偿呢，为什么不能挪？

  镇长：你弟三伯的果园有收益都同意征收了。

  朱英台：一座坟，挪就挪了呗。

  梁三伯：大嫂，咱得听从政府的号召，挪吧！

  梁大娘：好吧，不挪也没法子了！

场景十二　梁三伯果园

  村主任（马文才）：把你家祖坟迁到后山去，得修条路，你说呢？

  梁大娘：正好，我给姓朱的女娃说。

  朱英台：梁大娘终于同意挪坟了？

  梁大娘：可以挪到后山上，但要修一条路呢！

  朱英台：这个要局长定呢！

场景十三　梁大娘老坟

施工队进场。

  朱英台：施工队进场了，梁大娘，赶紧迁坟吧！

梁三伯执起镢头向老坟一挖，两只蝴蝶翩翩起舞。

  【画外音】梁祝化蝶。

  镇长：蝶舞北山，花舞北山！好兆头！

  局长：小朱工作干得好！听说你与张经理有喜事，双喜来临，祝贺啊！

  朱英台：先别祝贺！梁大娘提出要修一条去往新坟的路呢！

  局长：这不仅可以，而且要大力支持，修一条有文化的旅游路，还要打造一个花舞北山蝶双飞的美丽神话景观呢！

  经理：好得很，等花舞北山建成后，我俩请大家喝喜酒。

  朱英台：提前请哟！大娘、三伯也加入到工程建设当中吧！

  主任：我们北山村全力支持，建好花舞北山，建设康养福地。

  【尾声】薰衣草蓝，金菊绽开，花舞北山，楼台亭榭，鲜花次第开放，游人上下如织，花如潮，歌如海，一片欢腾。

2022 年 4 月 8 日晨一稿

2022 年 4 月 9 日晨再稿

◎
剧
本

碑　刻

重修清水城隍庙记

清水县城隍神，相传所系乡贤纪信，汉义勇将军。公元前204年5月，汉王刘邦为楚兵所困，纪公因其貌似刘邦，替身捐躯，解荥阳之围，拯汉王之难，后与萧何、樊哙诸开国勋臣同葬城固，立祠顺庆。汉室祚兴，加封忠烈侯，敕封秦王。纪公舍身报国之精神为后人推崇。纪公因之被历代视为城隍，世受膜拜。

本县城隍庙，创于明初，清康熙二十八年（1689年）、乾隆四十七年（1782年）、道光十八年（1839年）、光绪二十一年（1895年）、民国二十六年（1937年）屡次重修，1950年后被毁。今逢盛世，清水城乡百业俱兴，万类和谐，社会安宁，人心思进。为弘扬中华文化，传承民族精神，清水县委、县政府将城隍庙原址划为文博区，由民众捐资重修城隍庙。重修工程2006年农历三月十五日开工，2007年农历四月二十八日告竣。工程由县委统战部、县民族宗教局组织协调，城隍庙管委会具体实施，亨达公司等承建。计新建寝宫、卷棚、大殿、东西配殿、钟楼、鼓楼、垂花门、牌楼，建筑面积六百三十四平方米。重修城隍庙为仿明清建筑群，临大街而坐南向北，格局整而形神俱备，雕梁画栋，金碧辉煌。气宇轩昂，宫宫脊吞金玉龙；宏丽壮观，殿殿柱列碧麒麟。四柱三门十五踩飞檐斗拱牌楼连云驭日，风带清音。入其内，垂花门东西并开，香绕祥云；钟鼓楼分列左右，鸣报良辰。七檩歇山斗拱飞檐七踩大殿端居正南，庄严肃穆；十司配殿分列两厢，相得益彰。大殿之后穿卷棚而有五檩五踩飞檐斗拱寝宫，静谧祥和。各殿供奉金身神像二十二尊，神态各异，惟妙惟肖；彩绘壁画城隍出行、十拷察图及山水、树木、花卉、虫鸟之形象各有特色，生动逼真。

重修清水县城隍庙，实为清水悠久历史传统与深厚文化底蕴之再现，亦为民众风调雨顺、五谷丰登、县阜民康、事业兴旺美好愿望之祈盼，诚为当今之一盛事。因铭之以颂：

关山苍苍，桥水泱泱；

轩辕故里，古风悠长。

忠烈纪公，捐驱沙场；

基开汉邦，神脉永张。

公为城隍，位居庙堂；

列朝历代，神恩浩荡。

职司两仪，理阴赞阳；

镇城守郡，护佑一方。

惩恶扬善，消灾赐祥；

慧光普照，永保故乡。

欣逢盛世，改革开放；

上邽民俗，复而传扬。

钟鼓悠扬，炉鼎有香；

重现辉煌，彰显圣光。

顺天应民，神兮降康；

风调雨顺，百业兴旺。

民富县强，蒸蒸日上；

人寿年丰，永世其昌。

是为记。

清水县城隍庙管理委员会恭造

公元二〇〇七（丁亥）年四月二十八日

（原碑刻于城隍庙门照碑）

◎

碑

刻

215

龙山镇歇马店《重建钟灵寺记碑》

龙山古镇，乃为神脉之所；关陇商路，曾是歇马之驿。天宝物华，汤浴泉千载沐浴；钟灵毓秀，牛头河亘古常流。此地有寺庙，名钟灵寺。

钟灵寺由来已久。原址凤凰山草子山，重建于清光绪十四年（1888 年）三月，民国九年（1902 年）大震，庙宇坍塌。民国十三年（1924 年）四月迁建于汤浴川口龙山之上。1968 年被毁，后曾三次重修。2007 年农历五月，由管委会成员任如琪、杜永康、赵石虎、任让生、任正德、杨永安，会首王积堂、牛建文、王顺存、何平国、杨万胜、任六十八主持，会同阖社弟子自愿捐款，及任平福、程俊峰等各界人士大力资助，新建九天圣母五府元君大殿，及山门、钟、鼓楼各一座，至 2008 年农历七月竣工。

今寺庙既成，又有诸多名家写匾题联，诚为一方之盛事。阖社弟子具议刻石为记，因铭之曰：

> 龙山古镇，钟灵新寺。
>
> 庙宇承天，神泉泽润。
>
> 新址既成，神归其位。
>
> 彰显圣光，庇护一方。
>
> 风调雨顺，物阜人康。
>
> 八方施者，功德无量。

清水县龙山镇钟灵寺管理委员会
公元二〇〇八年农历七月初一日立石

教化圣地碑

　　教化沟，传为尹子故里，教化圣地。尹子，名喜，春秋末期人，曾任函谷关令，师伯阳老聃，邀其来此地教化众生，著有《关尹子九章》，道家尊为文始真经，系诸子百家之一。今教化百姓追怀先贤，崇文尚艺，修神殿，建圣宫，诚为积功之盛举。教化向东嘱余载其事，因刻石记之。赞曰：

关山龙脉，渭水灵气。

尹子故里，教化圣地。

哲人肇兴，后世永承。

尊贤崇道，千秋兴隆。

公元二〇〇九年岁次己丑之春

温小牛撰

（碑刻于草川铺乡教化村）

秦亭记

秦亭，古地名，在清水县东北亭乐山。亭乐山，又名秦乐山，秦亭山。古有秦乐寺，元有秦亭站，今有秦子铺。

秦亭，古封邑。周孝王十三年（公元前889年），因非子善养马而封附庸，邑之秦。秦亭之名自此始，迄今已有二千八百九十三年。非子，嬴姓，名非子，号嬴秦，伯益之后，恶来五世孙，周朝诸侯秦开国君主。

秦亭，古秦地。史学家顾颉刚说："秦地在今甘肃省清水县秦亭。"公元前688年，秦武公伐邽戎，因秦亭置邽县，是为华夏第一县。汉高祖改邽县为上邽，汉武帝改上邽为清水县。是为记。

邽山温小牛撰

公元二〇二一年辛丑中秋

（刻于清水县秦亭镇）

清水县城十泉

　　清水县以县城十大泉为依托，挖掘历史文化，提升再造生态环境，做泉的景致，建水的园林，实现一泉一名一诗一故事。十大泉分别为：烟柳清泉、岱庙灵泉、邽城文泉、滴水珠泉、三眼莲泉、瓦沟黛泉、西门金泉、东门银泉、谷垛惠泉、邽山义泉。

　　清水清水，山青水美。今县上提出做泉的景致，建水的园林，将县城十大泉挖掘历史文化，提升再造生态环境，一泉一名一诗一故事，突出人文内涵，与群众以福祉。此举深得民心！

烟柳清泉

　　邽山巍峨，泉出三皇庙塬；西江长流，文涌永清古堡。存五千年仰韶文化，传数千载清水故事。轩辕谷降诞黄帝，乃为人文初祖；秦子铺非子牧马，因是首封邽县。关尹子师老聃，传《道德经》五千言；赵充国安河湟，上屯田表十二策。张横渠隐身吉山，立言关学四为句；周廷芳蛰居小泉，读书探取圣贤心。铁木真遗策萨里川，拓土开疆，奠基大元；郭相忠一门三将军，保境安民，功达汾阳。八年全面抗战，国立十中三千学子麻鞋踏坚冰；四九建国，净土一方数万人才走远方。改革开放，古上邽再展宏图；小康大道，美清水跨越发展。千年柳，是为见证；万世泉，道说变迁。观往昔，光耀史册，看今朝，再谱新篇。今除旧布新，重修胜景烟柳清泉，是为之记。

水出三皇塬
文脉五千年
根在永清堡
烟柳舞清泉

岱庙灵泉

清水因清泉四注而得名。城东有泰山庙塬，塬下有泉，水旺甘醇，常年不竭，饮食浣衣，冬热夏凉。泉为灵湫，祈雨甚验。泉出小虾修鱼，游于细沙之间。庙上麒麟送子，泉水除病祛。庙下有酒厂，广出佳酿，香飘四溢，饮泉水如饮美酒，故民间谓之岱庙灵泉。

> 岱庙有灵泉
> 神湫降甘霖
> 麒麟送贵子
> 酒香漫郫清

邽城文泉

清水，泉清洌而星罗棋布。邽城文泉如文脉，盛而不竭。古者民淳朴而多贫，然有志之士带经而农，不坠其志。原泉小学出文泉，汩汩无绝。亦为文庙旧址，宋兴西江书院。清乾隆十二年（1747年）张衍创办上邽书院。道光十六年（1836年）陈曦更名原泉书院，取孟子原泉滚滚，不舍昼夜，盈科而后进，放乎四海之意。昔时古柏森森，柳荫依依，文泉潺潺，为清水文脉所在，惜毁于浩劫。今重修文泉，薪火相传，延续文脉，实为幸事盛举。

> 文泉甘且醇
> 滚滚流不尽
> 泽被我清水
> 学子日日新

滴水珠泉

清水城北白土崖有泉溢出，其状如珠帘，清脆悦耳。其水涟漪，如花似锦，民多取而饮之，目聪耳明，眼亮脑灵。民间称此朝阳洞之神水。

> 白土生珠泉
> 滴水胜仙丹

天赐福地泽
灵光润人间

三眼莲泉

县城东八里铺有太平寺。寺后有泉三眼，泉出莲花山，故为莲泉。水清而无淤，水旺而成池，池生浮萍，池畔蒹葭，古时路人常饮而无病，人皆谓之此泉乃菩萨莲台宝池。

城东泉三眼
清静如来莲
池贮四季春
福地接洞天

瓦沟黛泉

城西瓦窑沟口有泉有柳。泉水汩汩流，柳叶滴露珠。柳下泉旁，民多瓦窑，烧制青瓦、黑陶、兽脊、云头、砖瓦，自古为一绝，故名黛泉。

黛泉出山谷
一方好水土
民窑制佳品
县境别处无

西门金泉

西属金，上邽古城西门有护城河，名金水河，有泉，名金泉。河泉水含金，民淘采之，量不大而稀奇。泉者，货币也，旺财也。

西门涌金泉
财源流不断
物阜天心顺
民富县自安

东门银泉

清水县东多木，森森然蔚为大观。古城东护城河称东干河。而城门侧有泉，水甚旺，是为银泉。

县境接关山

林木森森然

东门有毓水

美号为银泉

谷坨惠泉

城东南隅，地处深凹，百姓苦无水。一日，涌出一泉，普惠山民。民感恩上苍赐降甘霖，皆称惠泉。

水皆有灵性

赐福我山民

惠泉自兹始

天旱遇甘霖

邽山义泉

牛头河北，邽山之阳，赵充国陵园之侧有水出，名义泉。赵充国，汉后将军、营平侯，武昭废宣四朝元老，靖边戍国，力排众议，上书屯田十二策。年八十六卒，归葬故里。毛泽东称他很能坚持真理。家乡民众膺服其德其功，取泉名曰义。

义泉流千秋

汉侯古来稀

最美家乡水

故土总难离

关学宗师张载隐居纪念碑

清水王河，张吉山村，南室河流环绕其下，女娲故里近在咫尺；俯瞰军旅重镇之陇城，襟带陇右要冲之三县。嬴秦后裔避难之所，前秦符氏点兵之地；有凤来仪，风茔遗迹，传为女娲归葬地；是王之河，横渠湾名，乃为张载隐居处。

张载，字子厚，号横渠先生，北宋陕西眉县横渠镇人。关学宗师，首倡为天地立心，为生民立命，为往圣继绝学，为万世开太平。被誉为中华民族之精神绝句。

清升允、长庚修，安维峻纂《甘肃新通志》记："张横渠隐居处，在清水县西四十里张吉山。"宗师隐居，当在渭州通判任上。时与环庆路经略使蔡挺交情甚密，军府之事，皆以咨询。实于兵营出谋划策，参赞军务。

张吉山村有横渠湾，以先生号命名，尊关学宗师；有义学梁，曾兴吉山书院，敬孔张先师；有千年古柳，为宋人手植；有官军粮仓，曾是驻军要库；有已废官道，为重要通途；有宋墓遗址，出土时人器皿。历史遗存，均可佐证。

吉山张氏一族，系明朝永乐年间张载十四世孙张统、张纪一支追怀先祖故地，自陕西扶风西迁而来。迄今六百余年，家风仁厚，享誉西乡；文脉无绝，薪火相传。

公元二○二○年，适逢张载诞辰千年，携同仁前往该村考察，于县城召开研讨会。应邀参加陕西省社科联主办张载关学思想当代价值高层论坛，发表《关学精神在清水》，使宗师隐居吉山事，于关学论坛发声，为关中学界知晓。今为彰显厚重历史，振兴乡村文化，特刊石立碑，以示纪念。

邽山书院温小牛敬撰
王河镇人民政府恭刊
二○二二年七月立
（碑刻立于清水县王河镇吉山村）

◎
碑
刻

223

周蕙故居记

　　周蕙，字廷芳，明朝山丹卫人。少时家贫，及长投军。年二十，发愤读书。后隐居白云封锁万山林，卜筑幽居深更深；小泉泉水隔烟萝，一濯冠缨一浩歌之秦州清水县小泉旧庄里，因号小泉先生。先生潜心儒学，融贯关、濂、洛、闽各派，自树一帜，多有门人，终成陇上一代理学大师。

　　今小泉周氏后裔为景仰前贤，特立石刊文，以兹纪念。

邽山温小牛敬撰

二〇二二年金秋吉日

（碑石立于清水县红堡镇旧庄村）

王世祥农耕记忆博物馆前言

生活，是一条千古不废的长河，奔流不息。

岁月，是一座永不停顿的时钟，分秒推移。

人类，是一丛根深蒂固的春草，衍生不息。

川流无尽的渭水河，孕育了辉煌灿烂的华夏文明。厚德载物的大地湾，滥觞着延绵不绝的农耕文化。

大地湾的第一声埙响，唤醒了沉睡的土地。自从我们的祖先在这块黄土高原站立起来，从刀耕火种、钻木取火，到凿井而饮、耕田而食，就开始了农业文明。

八千年大地湾茹毛饮血，四千载农耕园步履蹒跚。漫漫历史长河，面朝黄土，背负青天，日出而作，日落而息，男耕女织，耕读立家，流淌着我们祖辈多少血汗，闪烁着我们祖辈怎样的智慧？

双脚踏遍尘世路，一肩挑起古今天。一把铁犁支撑着王朝更替，一个宽背驮起江山易主。达官显贵过上了腐朽糜烂、钟鸣鼎食的奢侈生活，底层百姓过着积贫积弱、饥寒交迫的窘迫日子。当海洋文明的浪潮席卷而来，工业革命重创着几千年的农耕文明，中华民族饱受了前所未有的痛苦和灾难。

一百年来，伟大的中国共产党挺身而出，力挽狂澜，中流砥柱，使一个国家站起来、富起来、强起来，屹立于世界民族之林。改革开放四十二年，信息工业化进程迅速消解着传统的农耕文明。

走过千山万水，一路风雨兼程。人生代代无穷已，江月年年望相似。不知江月待何人，但见长江送流水。是的，江月年年，人生代代，江月待人，而人却不能随江月久居世间。人生一世，如草木一秋，终是历史的过客。多少年已经过去，许多事都已消亡。然而，农耕时代，我们的先辈是怎样走过？大地湾的子民是如何生活？中华民族的风骨与神韵究竟是一种什么状态？王世祥农耕博物馆存留的是大西北农村活化石，是民间生存精神、乡村生活基因，将为您一一展示。

◎碑刻

王世祥，大地湾之子，对传统文化情有独钟，对农耕文明见识独到，对红色记忆尤为清晰。十年前，他孑身一人，遍访陇右乡村，拍摄了大量反映乡土人情的照片和影视资料，搜集农耕文化生产生活器物一百多万件。三年来，王世祥怀着对祖辈敬仰与对后人负责的态度，在麦积区花牛镇二十里铺建起了王世祥农耕记忆博物馆。

博物馆分农耕展馆和红色展馆两大主题，家居、窑居、餐饮、红色办公、合作社、照相馆、理发店、铁匠铺、裁缝铺、豆腐坊、电影院、舞台、厅堂体验区，是一个不可复制的物说农耕园。触摸这里的每件物品，感受陈列的每一个展厅，使每一位走近它的人听到了那个时代的气息，有了寻根访源的亲近感，有了审视农耕文明的想象力。您将会穿越时空隧道，饱览一部辉煌农耕文明史，感知新中国七十一年艰辛奋斗史。

2020 年 11 月

（书于麦积区二十里铺馆内）

温氏雪坪墓志铭

慎重不忘高堂志，追远常存孝子心。昔先祖墓在西坪楸树坟。中华民国二十三年，即公元一九三四年农历六月，太祖讳克敬公病重。因祖坐已满，二十日，高祖考讳会川公请县城方圭纪琮、儒学正堂张锦芳、暖和湾任祜、本庄温楝新择吉地雪坪里。勘察少祖行龙巽巳宫，起伏曲屈，盘转行至顿家，土体入首，形象肥满，点穴土腹藏金。审来龙之秀丽，察水口之曲折，左水倒右，由辛戌而出，立甲山艮向，兼卯酉，庚寅庚申分金，坐心三度，向毕三度，亥卯未及甲子辰局。深五尺六寸，方方九步，方坐立券。二十四年农历二月十五，高祖考创修温氏家谱，开列龙单。八月二十四，太祖考仙逝。九月二十三日甲戌，合天地同流格局，遂葬雪坪新坟。此后，太祖妣张氏，高祖考讳会川公、妣任氏，二高祖考讳济川公、妣程氏，三高祖考讳望川公、妣刘氏，四高祖考讳睿川公、妣任氏，三媳马氏，祖考讳五生、妣杜氏，济川公长子讳继子公，望川公长子讳乍儿公、妣李氏，考讳安祥公、妣任氏，凡四世十八位先祖俱葬于斯。是为本庄水坑子房头一族祖坟。其余亲族逝者则另择他葬。

吉人自有天相，福人应得福地。先辈勤劳朴实，终生务农，与土为伴，叶落归根。后虽村中大小坟墓悉遭平毁，而我先祖入土为安，幸免一劫，迄今已有九十三年，岂非先人之德造化乎？

公元二○一七年，余承先祖志，新修家谱一卷。今立石刊铭，意在后辈知晓木本水源而不忘祖宗。因铭曰：

南山茫茫，松柏苍苍。

斯为福地，天降吉祥。

护佑子孙，福泽绵长。

万世万代，幸福安康。

列祖列宗，伏惟尚飨。

族长孙恭刊

公元二〇二二年立

尹喜故里记

尹喜，甘肃省天水市清水县陇东镇人。今县南部尹道寺、尹家台子，牛涧里，教化沟、武当山等处，均有其传说。

尹喜，生于四月初八，字公度，号文始先生，又称关尹子、文始真人、文始先生。先秦天下十豪之一，道家代表人物之一，《道德经》传播第一人，周朝大夫、大将军、哲学家、教育家，为先秦诸子百家重要流派，道教楼观派祖师、文始派祖师，无上太初博文文始旦真君。

尹喜，自幼究览古籍，精通历法，善天文秘纬。仰观俯察，莫不洞彻。大度恢杰，不修俗礼，损身济物，不求闻达。周敬王二十三年（公元前497年），辞去大夫之职，请任大散关令，静心修道。《文始真经》载，老子骑青牛西游至大散关，尹喜望见紫气浮关，知有真人过关，果得老子，乃请于渭河之伯阳著《道德经》五千言。尹喜亦著《关尹子》九篇。后道教常配尹喜侍于老子之侧，尊为仙师、金日古博济世开化天尊、昊天金阙玉清上相都仙大法主，即《庄子》所称博大真人。

公元2024年3月，特请书法家、学者，甘肃省政协原副主席张津梁先生书尹喜故里，并于四月初八由陇东镇政府立石刊文以记之。

邽山　温小牛恭撰

公元2024年3月

四月初八，由邽山书院隆重举行尹喜故里石刻揭彩仪式。张津梁先生因事未能出席仪式，特作诗以贺。现场展示了张津梁先生专为仪式书写的《賀清水縣尹喜故里石碑落成》诗：

清泉四注美山川，故土文華尚古賢。紫氣出關三萬里，樓觀講道五千言。傳經尹喜青燈累，重義黎民赤旌還。盛世鄉鄰成逸事，詩箋一頁寄碑前。

札 记

《成吉思汗与甘肃清水》一书与国内蒙元史学界的交往

时至 2013 年，国内知名的蒙元史专家仅有 200 多名，地方史学者也不足百人。本人拙作《成吉思汗与甘肃清水》一书，却与圈内专家学者近百位有缘见面。

国内蒙元史学界素有"北翁南韩"之称，"北翁"即翁独健，"南韩"即韩儒林，此二位大师级人物为国内蒙元史研究的奠基者和带头人，业已作古。韩儒林先生四大弟子之首的陈得芝教授年事已高，曾任南京大学元史研究室主任、博士生导师，是中亚文化研究会理事、中国蒙古史学会理事、中国元史研究会副会长。他本人著有《元朝史》《中国历史地图集》《蒙元史研究导论》等学术专著。

2013 年 10 月 9 日，陈得芝教授来信说：

温先生台鉴：

惠赐大作《成吉思汗与甘肃清水》奉到，谨表诚挚感谢。先生于成吉思汗生平事迹论述甚详，病故于清水之记载毫无疑问，此书大有助于读者知识之提高。

2013 年 10 月 3 日，内蒙古大学教授薄音湖先生致电信：

谢谢温小牛先生惠赐大作《成吉思汗与甘肃清水》。先生研究深入，多所创获，谨致敬意。

薄音湖教授时年 67 岁，是内蒙古大学历史与旅游文化学院教授、博士生导师，师从翁独健先生，专攻蒙元史，有专著《明代蒙古史略》，曾在内蒙古大学蒙古史研究所从事蒙古史研究。

河南省社会科学院任崇岳教授 2013 年 9 月 19 日致电：

小牛先生：

　　书已收到，谢谢！粗读一遍，史料赅备，议论精彩，切中肯綮，是一本很有学术价值的专著。祝你百尺竿头，更进一步！

任崇岳教授时年 75 岁，是河南省社会科学院研究员、西部地方志与长城研究所会员、硕士生导师，曾师从翁独健教授是著名的蒙古史专家。

著名元史专家余元盦之子余大均，子承父业，曾任教于北京大学，亦是元史研究的佼佼者，于 ×× 年去世。其侄女余静把书介绍给余先生高足弟子、现今元史界的掌门人张帆先生。

南开大学历史系中国古代史教研室主任、博士生导师，中国元史研究会副会长王晓欣教授，也是目前国内蒙元史、民族关系史等方面的专家，他曾多次以学者身份赴汉堡大学进行学术交流研究，王晓欣教授在看到《成吉思汗与甘肃清水》一书后，推荐本人成为中国元史研究会会员。

南京大学历史系教授、中国元史研究会副秘书长、南京大学韩国研究所副所长特木勒教授也多次与我通电，吸纳我为中国蒙古学会会员。

内蒙古大学蒙古学学院宝音德力根教授，山东师范大学齐鲁文化研究中心赵文坦教授、彭耀光教授等均对《成吉思汗与甘肃清水》给予了高度关注。

为了研究这一课题，我曾先后三进六盘山及宁夏地区，并三赴鄂尔多斯成陵。其间，与伊金霍洛旗政协主席巴图吉雅、副主席杨达赖，宁夏地方史学者余贵孝、李进兴、田玉龙，平凉学者王知三等深入交流探讨蒙元史料。本书于 2017 年 8 月成吉思汗逝世 790 年之际，通过达尔扈特祭祀仪式献给成陵。

同时，本书对成吉思汗与丘处机的关系也有详尽论述，曾于 2018 年 4 月面赠北京白云观监院李信军道长。

该书由此打开了本人与蒙元史专家学者交往之门。

吴佩孚、邵力子与汪济康的书信交往

在清水县档案馆收藏着吴佩孚与邵力子二人分别寄给汪济康先生的四封书信。

吴佩孚的复信，从信封邮戳上看是其于五月二十一日从北京寄至甘肃清水察院场汪济康的，原文如下：

> 三月十五日来牍具悉。三年来，纲维道丧，人欲横流，求之奉法守礼之士，实不多见。兹寄拙作《循分新书》一本，希规劝群众，检约身心，藉救国危。
>
> 此复，即询，近祉！
>
> 吴佩孚启（印章）五月七日

邵力子给汪济康的信有三封。

一封是用陕西省政府用笺写的，送至东大街西北旅社汪济康先生，原文是：

> 手书具悉，请日内枉过一谈。惟此间公私均感拮据，恐难多助。晋省农村亦在破产中，似不必徒劳跋涉也。
>
> 即颂时绥。
>
> 邵力子再拜
十二月四日

另一封是从陕西省政府寄送商丘的，原文如下：

济康仁兄大鉴：

> 顷接惠书，所以责望者良厚，末流之弊，不容为讳。新陈递代之

交，亦例所不免。惟冀法穷思变，物得其衡，渐臻极轨耳。先哲云：不患不知，求为可知。来书识解甚高，气势甚茂。倘能及时努力，不愁效用无所。希深察此意为幸。

手此布复，即期时绥。

劭力子再拜（印章）

一月二日

第三封，采用国民参政会用笺写成，原文如下：

济康先生惠鉴：

九月二十日手书诵悉，值冗遽稽裁答，希谅之。十年前事，以记忆太坏，未能想起。尚德之论，诚为探本源。至于节之以无欲，仆亦常以有所不为自励，惟欲有所为，则以精力就衰与环境限制，实弥自愧，成恐无双副先生之期望也。

即颂日祺

弟：邵力子拜启

十月二十六日

吴佩孚，北洋直系军阀将领。1906年为北洋军第三镇曹锟部管带。1917年升至陆军第三师师长。1922年直奉战争后，先后任两湖巡阅使、直鲁豫三省巡阅副使。1923年残酷镇压京汉铁路工人运动，屠杀罢工工人和共产党人。1924年第二次直奉战争中，吴佩孚战败，两年后与张作霖联合，进攻冯玉祥部国民军，同年被北伐军打垮，逃至四川，依附地方军阀。"九一八"事变后，伏居北平，1939年病死。

邵力子，浙江绍兴人，清末举人，同盟会会员。早年曾任上海大学代理校长。1925年任黄埔军校秘书长，参加国民党改组工作，1927年后曾任国民革命军总司令部秘书长、中国公学校长。1932年4月任国民党甘肃省政府主席，1933年4月任陕西省政府主席。西安事变后曾任国民党中宣部部长，民国驻苏联大使、国民参政会秘书长。1967年12月在北京病逝。

这两位在中国近现代史上颇有名气的人物何以屡屡给汪济康先生书信？汪济

康又为何许人？

汪济康，字澄波，清水县永清镇义坊村人，1901 年（清光绪二十七年）生，辛丑相。1957 年病逝。1934 年（民国二十三年）北平华北大学毕业。毕业后，汪济康返回清水，给吴佩孚写信，表达自己对时局的看法。吴当即复信，称"三年来，纲维道丧，人欲横流，求之奉法守礼之士，实不多见"。并寄了他的《循分新书》一本，希望汪济康研读，教育民众，检点约束自己的思想和行为，以此来拯救国家的危机。从吴佩孚的复信来看，吴、汪二人早已有交。

关于邵力子与汪济康的书信往来，据知情者任锡钦、陆兆魁等老先生回忆：汪济康当年赴北平求学，途经西安，住西北大旅社。因随身所带学费、路费悉数被盗，汪无奈给时任陕西省政府主席的邵力子写信请求帮助。邵收到信后，立即派人送给汪济康回信，并约见了汪，同时还资助了 50 个大洋。这件事从邵力子的第一封回信中也可以得到印证。从邵力子给汪济康的第二封复封中可以看出，汪给邵去信的目的，除了得到资助外，旨在陈述自己对社会的看法，对邵力子亦寄予期待，望得到重用。邵在信中对汪敢于直述"末流之弊"，表示认同，对汪的"识解"予以高度评价。同时，还勉励汪"倘能及时努力，不愁效用无所"。邵力子与汪济康的这两次书信来往当在"西安事变"之前。十年后，9 月 20 日，汪济康又给邵力子去了一封信，10 月 26 日，邵力子给汪济康回信。这时，邵正在国民参政会任秘书长。邵、汪二人这次书信往来，谈及"十年前事"（或资助路费或上次书信交往），但更多地交谈了"无欲""有所不为""有所为"等哲学问题。汪当年"识解甚高，气势甚茂"的锋芒似乎有所削减，而转向"老成了"。

汪济康先生在清水，正值黄炘任县长。黄对汪颇为赏识，委以县督学、教育科长之职，其间，曾派汪去庐山受训。汪亦受聘在县立讲习所、国立十中师范部、县立初级中学任过教。1944 年（民国三十三年）后，汪济康弃教经商，在清水县城颇有名气的"汪家楼"主营布匹，商号"同协茂"，兼任县商会会长、临时会议会议员。

（本文写于 2015 年 10 月）

关陇驿道碑碣钩沉

碑碣是历史的化石，是地域的文化名片。清水历代碑碣是关陇文化的重要载体。

清水县位于六盘山西南之余脉的关山西麓，有关山村为证。关山，横亘于渭河之北陇县、清水、张家川三县交界，山高岭峻，道路难行，自古就有咽喉要道、秦陇钥锁之称。历史上，关山有陇山、陇坂、陇坻、陇首、陇头之别称。因其山名，在陕西则有陇州，在甘肃则有陇西、陇城、陇右、陇上，等等。黄帝既号轩辕，必已有车，有车必有车道。彼时关陇一带交通道路如何，未作考证。《诗经·秦风·车邻》这样记载了关陇一带的情况："有车邻邻，有马白颠"。可见秦人先祖就用白额马驾着"邻邻"带响的大车行走于关陇大道。《前汉书·武帝纪》说："元鼎五年（前112年）行幸雍，祠五畤，遂逾陇。"据传说，在经过今清水县秦亭镇盘龙村时，发生了震雷惊驾的事。汉武帝下令在其地筑大震关，这是关山驿道在清水段设置的最早关卡。从《诗经》和《前汉书》记载的情况看，最早在周人与秦人交往过程中，在秦人东迁的较长时期内，关陇驿路已成为一条略显发达而又十分重要的交通要道。汉代张衡在《西京赋》中写到"右有陇坻之隘，隔阂华戎"，这是准确的。东汉建武八年（32年），赤眉义军攻入陇（清水县境），被地方军隗嚣派遣将领杨广（清水人）击退。其后"得陇望蜀"的隗嚣割据天水。史料记载，光武帝亲征隗嚣时在陇山曾派大将来歙伐木开道，隗嚣大将伐木塞道，双方争夺道路甚为激烈。可见，此时的关山驿路一带可谓林木茂盛，已少有周秦时代的宽绰了，驿路成了崎岖陡峭的羊肠小道。南北朝重视关山地利的情况，清水县志书碑刻记下了印痕。北魏为拒刘宋，在关山脚下移民百户，称百家站。又设清水郡南和县，与今清水县城不足百里。

一些诗文中描述了人们翻越关山驿路的艰难和心情。《三秦记》说："陇坻，其坂九回，不知高几许，欲上者七日乃越。"足以表明山高路难，行走费时。张衡"四愁诗"之三写道："我所思兮在汉阳，欲往从之陇阪长。"北朝乐府民歌《陇头流水歌辞》有"西上陇阪，羊肠九回。山高谷深，不觉脚酸。手攀弱枝，足逾弱泥"的描述。《陇头歌辞》则更为形象地表达了人们翻越关山的感受："念吾一身，飘然旷野，朝发欣城，暮宿陇头。寒不能语，舌卷入喉……遥望秦川，心肝断绝。"尽管高适登陇山写下了"陇头远行客，陇上分流水。流水无尽期，行人未云已，浅才通一命，孤剑适千里。岂不思故乡，从来感知己"的诗篇，抒发思乡之感，但关山脚下的清水先民仍然为之建"三贤桐"并塑像，使之与曾在清水滞留过的张九龄、韦应物一道共受崇拜。唐大中六年（852年）于关山置安戎关，并在陇山设分水驿，用以传递军事情报和邮路通信。这情形岑参《初过陇山途中呈宇文判官》诗有"一驿过一驿，驿骑如星流。平明发咸阳，暮及陇山头"的描写。清朝刘琯的《陇民》则表现的是战争给人民带来的灾难，诗中描写"十载经兵后，穷愁不忍看。河山还气象，庐舍已凋残，独火云中出，孤村岭上寒。疮痍今尚痛，抚恤望恩宽"。

清朝清水县白沙乡出了个人物叫郭相忠，人称郭提督。郭相忠生于清嘉庆三年（1798年），嘉庆二十二年（1817年）武进士，历任绿营守备，喀什等营守备，戍边十八年。后任秦州、榆林等处守备，陕甘督标中营都司、固原游击、贵德游击、代理永昌营副将。因功升任凉州总兵、甘州提督。咸丰十年（1860年），郭相忠奉命靖边云南，改授四川提督，次年病故军中，享年63岁。咸丰帝赠从一品振威将军、封太子少保，赐"功达汾阳"匾，把他比作唐代名将郭子仪。郭相忠之于关山更是别有一番理解。他的"月映关山含惨色，风催草木起悲声""我今复过秦关道，世路崎岖总不齐"等诗句，表达了一种十分复杂的心情。将军踏着关山驿路，离开故土，征战一生，不仅自身客死异乡，就连自己的父母亲离世，也难以返回扶柩吊丧，留下了终身遗憾。他的《悲先慈》诗中只有如关山重重，婉转凄凄的感慨和"陇头心欲绝，陇水不堪闻"的无奈；只有"延望戎狄乡，巡回复悲咤"的叹息；也只有"陇头流水，鸣声幽咽"；"念吾行役，飘然旷野"；"遥望秦川，心肝断绝""登高望远，涕零双坠"；"实想锦衣庆椿萱，泪涟涟，愁绪万千。眼观慈帏空怅望，手捧凤诰何人穿。恩莫报，心痛酸，一声娘罢一声天"的征夫泪。

明清时期，西出东进，攻守陇关的战斗多次发生。明清曾在关山设长宁驿，令驿丞负责事务，受陇州管辖，成为秦陇要道在关山的重要站卡。同时，明代又在今清水城东七十里的盘龙镇设盘龙巡检司，在县城也设驿厩以接济长宁驿，形成了较为严密的要塞防务系统。及至民国，凡越关山者，东必攻陇县，西必攻清水。因而，这两座坐落在关山两麓的古城则成为跨越关山的门槛。

明末李自成义军西进，曾三次遣将过陇山攻清水城不得。至明亡方夺清水县。在清水县甚至出现明朝、大顺、清朝三朝分别委任的知县同时执政，你争我夺的情形。同治九年（1871年），陕渭回民义军万余，突越关山攻清水城七日不克而返回。这种情况与清水县《重修城隍庙碑》所记载城堡相连，坚不可摧有直接关系。1941年4月，河南白朗率兵攻凤翔，越陇山而经清水，张川到达秦安。1949年7月，王震率兵西进，在关山激战，全歼马步芳、马鸿逵骑兵14旅，击毙两千余人，生俘副旅长马继逵等千人，打开了进军大西北的门户。

关山，不仅是战略要塞，而且是汉唐丝绸之路，金元明清商贸孔道。东罗马拜占廷福卡斯金币、宣和通宝、政和通宝、大朝通宝，这些稀世少有的金、银币就出土于关山驿路，这足以证明这条商路一直没有中止。时至民国，清水县许多脚户结伴而行，赶着骡马，驮上当地的麻鞋等翻越关山，东进陕西、南下四川。返回时驮着食盐、布匹、茶叶、纸张。据说，当年为了躲避被中途拉差，往往要避开大路走小路，走弯路。有时遭遇土匪的抢劫也只能舍财保命。有了几桩受到抢劫的事，便有了"关山沟里的土匪，要钱不要命"和"三十晚上算一账、人在本钱在"的行语。可见，脚户行当在关山是吃苦不赚钱的营生。白沙镇自明、清至民国几百年间，有户杨姓富商，所开辟的商道东出关中，北至陕北，南下川蜀，一路行走都有自家的客栈。就是这样的人家，也免不了遭受商旅的灾难。这些遇难者的墓碑至今寂然躺在桑园子的荒草丛中。

关山驿路尽管经历过风霜雷电的洗礼，也留下了不少行路者的足迹和泪水，但人们依然在不停地开拓。1843年，凤翔府知事豫泰曾主持重修关山驿路。1920年开始，清水县城富户闫同丰捐资金银物品，雇用民工，白沙绅士靳基雇佣石匠，"历经五、六寒暑"，修通了白沙至山门镇长达30里的关山驿路支道，初步缓解了所谓"七十二条河，三十里路脚不干"的行路之难。有关这次民间兴修关山小路的情况，民国二十五年（1936年）《白沙至山门修路碑文》作了详细记载。下面，主要谈谈与关陇驿道相关四通碑所透露出的一些文化信息。

一、1843年《重修关山驿路之碑》

清水县《重修关山驿路之碑》是道光二十三年（1843年）重修关山驿路时捐银情况的记载。该碑高140厘米、宽71厘米，青石质，两面均有文字。

该碑文以书法审美学观之，亦有史学价值。该碑法大欧、颜公，而多以方笔见长。观其运笔，丰厚凝重，横竖硕肥，提按利爽，点画呼应；结体外放内收，取势略奇，给人以劲悍利落而又不失沉健之感。如"山、驿、路、之"诸字富于变化，极有特色。碑阳中为大楷重修关山驿路之碑，右为大清道光二十三年岁次癸卯三月，左为重修驿路组织者陕西凤翔府、陇州官员名录，以及董事人、督工人，碑刻书丹、刊石人名。碑阴小楷刻字，自上而下十列，每列四十字左右，共计约四百多官员、地方、商号、店铺名称及其捐银数目。官员有知陕西凤翔府知府事豫泰，知陇州知州事世藻，陇州学正受采，陇州学训导程春泰，长宁风经制外委蒋福，署关山营讯千总王礼，陇城守营把总何大保，知陇州同事某林，陇州吏目周国华，陇州儒学生员杨绍裔，监生李永锡，贡生晋毓元、田茂，增生曹拜善，廪生曹士章。知秦州事邵煜，右堂黄某、某某，通判刘锡延，知秦安事唐某某、右堂陈名超，知清水事邓春煦、右堂张永烈，知礼县事彭乔云、右堂巩绂，知徽县事赵某、署徽县事郭某、右堂朱炽昌，知两当县事姜某、右堂李维镛。属地官职不明者有成州朱宝林，把总袁镛，凤州府，岷州。总领称号有，秦州绅士商民，凤州绅士商民，陇州绅士商民，从九品贡生，盐务局，各布行、各衣行、纸红铺、九当商、麻店。地方及乡绅有，长宁驿某某长、长宁驿乡约王序补、某某堡乡约李彦勋、某安堡乡约张世太、某某堡乡约王进元、某某堡乡约李万春、某某堡乡约马郎、某宁关乡约张自某，威某关、官脚官，南峡沟，三营里，某户里，关安郡，某某仓，某成仓，南堡子，嵝岭里，窑庄里，马家庄。店铺商号如新顺店、至诚店、品春店，永盛合、万盛聚、萃升泰、世隆祥、景祐德，春茂元、庆春堂、同盛永等，约一百五六十家。有相当一部分是直接的商号，其中如世盛公、源泉公、义和公、义和老、喻义公、文成公、兴盛老、永盛老、日升老，似为乡绅耆老。捐银最多者二十两，最少者五分，总计捐银一千五百两。

该碑存留了1843年重修关山驿路的相关信息。

第一，主持人是豫泰。豫泰，陕西蒲城人，赐进士出身、中宪大夫，学问颇高，又是一位能干事的官员。道光二十年（1840年），时任知凤翔府知事的豫泰倡导发动城乡士民120余户，募集11600余银两重建塔寺桥。塔寺桥为沟通凤翔城东、跨越塔寺河之主要交通桥梁，年久失修。豫泰所修塔寺桥处县城东关外塔寺河上，东西长39米，宽8米，高约7米。下建三孔，中孔高7米，跨径7米；两边孔各高6米，跨径5米。整个桥身均用长2米、宽厚各0.4米的条石砌成。浑然一体，坚固厚实。桥孔北一侧迎水面基部各孔之间均砌有箭头状分洪石台。桥面设计独具匠心，面分三轨。中轨约宽 1.2 米，高出左右两轨 20 厘米，中间行人；左右两轨各宽 3 米，通行车马人车分道，桥面负荷均衡。清道光二十一年（1841 年），豫泰看到经历朝代更迭，纪念宋代著名学者张载的张子祠因战乱、匪患、自然灾害等原因而破败不堪，遂开库存、捐俸禄、动员属地大户商贾出资重修张子祠，并勒石以记其事。可惜，这位有学问、肯干事的人后来不知因何事革去陕西凤翔府知府、著以七品笔帖式用。与豫泰同时代的陕西督粮道张集馨在其《见闻录》中叙述，当日，朝廷委派官员临时代理出缺职务就像打枪一样。我原以为只有州县官员是这样，没想到司道大员也是这样。当年，凤翔知府豫泰代理粮道半年，专门征收劣质粮食，只求农户踊跃交粮，不管仓储的好坏，并且将粮道衙门巷口的马号卖给了布政使下面的一位小吏。我上任以后，查明此事，小吏苦苦哀求，我也就没有追究这桩陈年旧案。豫泰的革职，是否与此案有关不得而知。但从他修桥修路，崇尚乡贤的行为看，确实是一位有魄力的人。

第二，重修驿路里程长。从碑文看，捐款涉及凤翔一府，陇、秦、成、凤、岷五州，秦安、清水、礼县、徽县、两当五县，说明这条驿路是从凤翔开始到陇县，经长宁驿翻关山，途经清水、秦安、秦州、礼县、徽县、两当，凤县，一路与茶马蜀道连接进了四川，另一路去了岷州。依照豫泰修塔寺桥的气魄，这条驿路也不会狭窄。

第三，道光年间的社会状况。从碑文看，当时，陇、秦、成、岷四州俱为陕西凤翔府所辖。在关山，长宁驿是一个由官方管理的重要驿站。沿途有些地方是以堡这种防御工事为纽带管理周边村庄的，且设有乡约之职。驿路有许多供旅客歇脚的店铺及商号。尤其是商号，种类繁杂，且与民众日常生活，出行娱乐，息息相关，具有研究价值。从这些商号及乡绅耆老的命名看，中华民族传统道德，特别是和气生财，诚信经营的理念无处不在，也反映出关陇地区纯朴诚实，官民协力的文化特质。

二、《清水县创建宣德堂记碑》

《清水县创建宣德堂记碑》刻立于元朝惠宗妥欢帖木儿至正元年（1341年）。碑无额，左上角、右下角残，通高 110 厘米，宽 68 厘米，淡红石质，阳阴均有文字。

该碑文字体方正，笔画粗细相间，用笔起收鲜明。但骨力不及欧阳询，气韵不及褚遂良，雄浑不及颜真卿。这是清水县古碑中唯一记载官方修建招待所的碑文，也是比较少见的驿馆碑文。

第一，记载了修建驿馆宣德堂的经过。碑文说："清水县口口口上邽之郡也，虽非朝使往来要冲之驿，其钦承王命公务之使溽溽相继，无驿馆以待之，诚为不可"，秦珠"来监是邑，下车之始，慨然谋为驿亭之置""不劳民力，焕然一新"。中台御史周一齐处其馆，嘉其能，命名并题写"宣德堂"，有"承宣德政"，"欲新其政"之意。故而，碑文起首说："夫郡牧之职，上应列宿，得一人则一方被福，诚古昔之格言矣。"上应列宿，有点邪乎，后半句确有道理。

第二，清水县是当时关陇道路的重要驿站，所谓"钦承王命公务之使溽溽相继"，蒙元十分重视。1227年，成吉思汗西征归来，为了实现先灭西夏，再灭金国，后灭南宋平定中原的战略目标，在相继攻占西夏河西走廊，围困西夏都城中兴府的过程中不幸病重，屯兵六盘山。成吉思汗一边避暑养病，一边派养子察罕谕降西夏。六月，在大帐带病接见了金国使臣，隔帘接受了西夏皇帝李睨的归降。其间，定下了借宋道先灭金，后灭宋的遗嘱。西夏投降后，作为战略家的成吉思汗可能已开始部署攻伐南宋之事，便到六盘山最南边的清水县建立秘密前沿指挥部观察和督战。成吉思汗从开城到清水的路线是到甘肃华亭、陕西陇县，取道清水，或者经庄浪、张家川，直接到清水县。但不幸的是，征战一生，足迹遍欧亚的一代天骄在清水县至少度过了月余时间。他在生命旅程的最后八天，即农历七月初五病重，十二日上午成吉思汗驾崩于清水县西江。成吉思汗在清水发布了涉及国事的六条遗嘱。当然，也有人说他是在清水县病重北返开城时，死于中途。成吉思汗去世后，三子窝阔台继位，四子拖雷监国，借宋道灭了金国，完成了成吉思汗的遗愿。从此，六盘山地区，包括关陇一带被作为蒙元经略中原的特殊军事指挥中心。

1251年，拖雷长子蒙哥继位，曾"屯六盘山，控制秦陇，为伐蜀计"。1253年，忽必烈奉皇兄蒙哥之命征讨云南时，驻屯六盘山。次年五月又回师六盘山。忽必烈建立元朝后，为了更好地控制关陇与西夏故地，封三子忙哥刺为安西王，赐兽纽金印，以京兆路为封地，驻守六盘山。次年，又加封忙哥刺为秦王，再赐兽纽金印一枚，并下诏分别修建京兆府和开城府两处安西王宫。忙哥刺成为"一藩二印，两府并开"，雄踞西北的特殊亲王，统辖陕、蜀、青、藏、甘、宁，以及山西、内蒙古、云南大部地区的军政大权。1258年，蒙哥征南宋进攻四川时，由东胜渡河。夏四月，驻跸六盘山，诸郡县守令来觐。秋七月，留出卑可敦及辎重于六盘山，率兵由宝鸡攻重贵山。同时，让浑都海率两万精骑驻守六盘山。不久，出卑可敦病死六盘山。史载："先帝征蜀，尝留大将军浑都海以骑兵四万屯驻六盘，及征南诸军尚散处秦、蜀。"蒙哥分三路攻宋，在六盘山大营观察动向的蒙哥接到前线战报，当即辎重于六盘山，轻装前进，由陇州入大散关，一路斩关夺城，但却被阻于巴蜀屏壁重庆钓鱼城。蒙哥战死，入川主力在大将哈刺不花带领下退回六盘山，与浑都海会合，成为蒙元最为精锐的部队。随着六盘山军事战略地位和指挥中心的确立，各地蒙古兵等源源不断地被调往宜农宜牧的六盘山地区屯田，关陇地区也成为屯田成军，开发建设的管理中心。据有关资料记载，元代曾在开城设屯田总管府。从1278至1292年，朝廷相继遣发到六盘山地区的军士达一万五千人。元成宗即位头两年，"赐安西王甲胄、枪挝、弓矢、薰鞯等十五万八千二百余事"；"自六盘山至黄河立屯田，置军万人"。至元二十五年（1365年），调巩昌兵五千人屯田六盘山，后又将延安、凤翔、京兆兵三千调至六盘山屯田，说明陇山的战略地位依然保持着。

成吉思汗病逝多年后，他的臣子在清水这个"虽非朝使往来冲要之驿，其钦承王命公务之使，潺潺相继"的神秘小县兴建公立驿馆。参与树碑立传的官员有管理随军家属的，有"承务郎秦州成纪县尹兼管本县诸军奥鲁"，有"前秦州清水县主簿兼尉靖也力不花"，"前秦州清水县主簿兼尉靖帖力不花"，"税务同监杨也先不花"等蒙古人，似乎可以看出元朝对清水县的重视程度。

第三，印证了清水县的书院历史。碑文有"儒学教谕""儒生"，说明县里有学校，有管理教育的官员，印证着清水县最早书院西江书院的延续。在秦安县，同年碑上有清水县人王思聪任秦安劝农事之职，也有"秦亭后进公合纳漠书丹"字样，不知是否毕业于西江书院。

三、《仪制令碑》

《仪制令碑》20世纪90年代初出土于清水县白沙乡省道323线路旁。现存于清水县赵充国陵园碑廊。碑略矮，高89厘米，宽67厘米，系白石材质，背无文。中立书"仪制令"三字，右书"贱避贵，少避老"，左书"轻避重，去避来"。书法上看，具有柳楷运笔点画放开，转折顿挫爽健，结构中密，四面舒张的特点，给人一种精悍利落的视觉感。

《宋史·孔承恭传》载，将作监孔承恭举令文"贱避贵，少避长；轻避重，去避来"。请诏京兆并诸州要害处设木牌刻字，违者论如律。太宗从之，诏令全国重要道路广立仪制令，以维护交通秩序。同类碑汉中略阳县灵崖寺亦有出土，笔者亲眼所见，一模一样。由此可见，《仪制令碑》是由朝廷统一颁布，规定文字式式，地方依样刻立于交通枢纽的。

宋金时代，关陇一带一直是西夏、金人与宋朝你争我夺的重地。战争频频，官军辎重来来往往，这就在清水县留下告示交通法则的《仪制令碑》。

碑文首先规定贱避贵，集中昭示等级要求。其次是少避老，规范出行伦理。轻避重，去避来两条明确界定了交通规则，警示行人。把交通规则勒石树碑，既说明车马行人负重，运输来来往往十分拥挤。也说明关山驿路相让困难，必须通过颁布法令加以规范，畅通道路，避免和减少交通事故，保障行人安全。

四、《盐法分界碑》

从陕西省陇县固关镇，沿关山驿路向西翻越关到达著名的长宁驿，再向西到陇县与甘肃清水县接壤边界秦亭镇全庄村权权铺。这里也是陕西与甘肃的交界，从地名看也是旅人的歇脚之地。

早先，知道路边有碑，以为是陕甘交界碑。2018 年笔者再赴关山驿路考察，发现石碑刻有许多小字，字迹模糊，隐约可见为修庙捐款碑。碑有重复刊文，字大而清晰，楷书。碑上正中有"盐法分界"四字。左为"迤东行河东官盐不许越"，右为"迤西行花马池盐不许越"。由此始知，这是一块古代盐务管理法规碑。碑文规定，从权权铺以东，不允许销运河东官盐；从权权铺以西，不允许销运花马池盐。否则，以贩运私盐论处。碑刻无年份。

权权铺从明至清中叶属陕西布政使司凤翔府辖。在晚清则为陕甘交界。这通碑刻立于关陇要道，表明关山东西，盐务管理有严格的规定。

食盐曾是历代王朝用于边费开支和民用的资源。盐法是国家对食盐征税和专卖权禁的各种制度。

行盐地界产生于唐代。宋代以后，对越界私盐一直实行严厉的处置，以至到近代具体到某场之盐销往某县某镇，均有详尽规定。这样，一方面是为了有效控制盐行课税。另一方面也视不同区域调节食盐价格。明清盐行实行专卖制度，丰厚的利润使得势豪望族、皇商官商、富贾地主趋之若鹜，尤以山西籍盐商居多。

　　历史上，陕甘食盐主要来源于山西运城的河东池盐和陕西定边的花马池盐。河东池盐产于中条山北麓一带四周地高，形如釜底的广大区域。唐朝柳宗元曾说："河东盐西出秦陇，南达樊邓，北及燕代，东逾周宋。"说明按唐代销界划分，陕西是河东官盐的销售区。一旦越过这个销界，就成为贩私盐，会受到惩罚。花马池盐位于陕西定边，甘肃盐池，产量颇大。隋朝建盐川郡，唐、西夏设立盐州，明时建花马池，到民国二年（1913年）设立盐池县。民国《盐池县志》记载：明时"因课盐买马而得名"。花马池为唐代盐州之地，相传盐州是唐帝国重要的养马地方，乾隆《定边县志》载了一首《花马池》诗。小序说：盐场堡北有花马大池，本西秦牧地。池产盐，前明天顺中，复以盐易马，故名之。其诗如下。

> 池也何名马？池开贸易通。
> 一泓光积雪，千里影追风。
> 利收传奉伯，和成纪魏公。
> 鱼盐昭画一，岁献五花月。

　　据权权铺当地村民说，早先老人们说这块碑是爷山上不知什么年代被附近的村民搬到他家，结果家中灾难接连，就搬到这里，栽了下来。由此而证实，这是一通修庙功德碑，后来有人在上面又刻了盐务法令。

　　关山《盐法分界碑》的发现，对于研究古代甘陕地区盐务管理，探讨丝绸之路关山段商贸流通，丰富清水县历史文化遗存，具有十分重要的文物价值。

参考文献

[1] 班固.汉书[M].北京：中华书局，1978.

[2] 马银生，高天佑.右诗选注[M].兰州：甘肃人民出版社，2002.

[3] 朱超，等.清水县志[M].乾隆版.

[4] 王凤翼，等.清水县志[M].民国版.

[5] 王皓平.战略关大震关[Z].清水文史资料汇编，2013.

[6] 温小牛.清水碑文研究[M].北京：中国文史出版社，2008.

[7] 黄云凯.我在大清官场三十年[M].广州：广东人民出版社，2015.

◎ 札记

[8] 温小牛. 成吉思汗与甘肃清水 [M]. 西安：三秦出版社，2013.

[9] 宋濂，等元史 [M]. 北京：中华书局，1973.

[10] 苏天爵. 元朝名臣事略 [M]. 北京：中华书局，1996.

[11] 马新民. 蒙元文化与海原 [M]. 银川：宁夏人民教育出版社，2010.

[12] 柳宗元. 晋问名作欣赏，2017（35）.

[13] 范宗兴. 旧盐池县志笺证 [M]. 银川：宁夏人民出版社，2005.

[14] 徐观海，等. 定边县志 [M]. 乾隆版.

（原文刊于 2019 年第 1 期《天水师范学院学刊》）

轩辕黄帝略考

轩辕是父系氏族社会华夏部落联盟的首领,是汉民族的祖先。他降生于甘肃清水县。

一、伏羲、女娲是先民对天地、男女的感知意象

三皇五帝在古史及传说中说法颇多,较为混乱。在史书中关于华夏的祖先,说法有七:《史记·秦始皇本纪》李斯言:"古有天皇、地皇、泰皇,泰皇最贵";《史记·补三皇本纪》引《河图》《三五历记》说是天皇、地皇、人皇;《风俗通义·皇霸篇》引《春秋纬·运斗枢》言为伏羲、女娲、神农;西汉孔安国《尚书·序》、晋皇甫谧《帝王世纪》言为伏羲、神农、黄帝。五帝者,说法有四:《世本》《大戴礼》《史记·五帝本纪》以及东汉应劭、三国谯周均以黄帝起头;《礼记》说太皞(伏羲)、炎帝(神农)、黄帝及少皞、颛顼,《皇王大纪》说伏羲、神农、黄帝、唐尧、虞舜为五帝。史书对黄帝的记述比较详细。尤其是司马迁所作的史记记事起于黄帝,足见史家之灼见。

次看传说。三皇之首伏羲,唐代司马贞《三皇本纪》说:"母曰华胥,履大人迹于雷泽,而生庖牺于成纪。"《三皇本纪》自注:"其位在东方,象日之明,故称太皞,皞,明也。"郑玄注《礼记·月令》说:"此苍精之君。""太皞庖牺氏,风姓,代燧人氏继天而王","其相曰角","蛇身人首"。所谓雷、风,日之明,似均与上天有关,孔颖达解释说元气广大谓之皞,天则皞皞。在《汉书·古今人表》中于"上上圣人"中直书"太昊帝宓羲氏"。故伏羲与天皇为同义复指。女娲与伏羲一说为兄妹关系,故有女娲炼五色石以补苍天之说。但女娲传说中最大的特点是抟土造人,治平洪水。在女娲传说中似乎更与地相关。

再看神话。《补三皇本纪》中说:"天皇氏,十二头,澹泊无所施为,而俗自化。木德王。岁起摄提,兄弟十二人,各立一万八千岁";"地皇十一头。火德王。兄弟十一人,兴于熊耳、龙门等山,亦各万八千岁。"天皇比地皇多出

一头；天皇无所施为，地皇有山可依。

由是观之，我们是否可以把伏羲和女娲看作是人类最早对天与地的感知。就如同把有巢氏和燧人氏看作是居住和熟食的感知一般，是房子与火的符号。

又传说伏羲和女娲兄妹通婚而生出了人类，故伏羲被视为人宗爷。在汉画像砖中有伏羲女娲，两尾相交的情景。李贽言："上古男女无别，帝始制嫁娶"（《史纲评要·卷一伏羲氏》）。伏羲、女娲漫长的神话时代是一个由男女无别到只知其母，不知其父的衍进过程，而伏羲和女娲则是由天皇向男性，地皇向女性过渡的对接符号，是先民对雄、雌性别认识的升华。赵国华先生在《生殖崇拜文化论》中说"女娲本为蛙，蛙原是女性生殖器的象征，又发展为女性的象征，尔后再演化为生殖女神。伏羲也许本为蜥，蜥即蜥蜴，原是男性生殖器的象征，尔后奉伏羲为'春皇'，原因即在于他是一位生殖繁育之神。"《帝王世纪》说，伏羲"一号雄皇氏"。据宋兆麟《上巳节考》说河南淮阳过去在人祖庙（即伏羲庙）会上还有男女野合的现象。

传说中伏羲始画八卦正是对上述分析最好的注脚。八卦者，乾、坤、震、巽、坎、离、艮、兑，分别象征天地雷风水火山泽八种自然现象。《易·系辞下》说"古者包牺氏之王天下也，仰则观象于天，俯则观法于地；观鸟兽之文与地之宜，近取诸身，远取诸物，于是始作八卦，以通神明之德，以类万物之情"。《白虎通义号篇》说："于是伏羲仰观象于天，俯察法于地，因夫妇正五行，始定人道，画八卦以治天下。"但所谓伏羲画八卦本身是一个奇特的传说：《尚书中侯·握河记》说："龙马负图出于河，遂法之以画八卦。"所谓八卦把天地万物用阴阳二爻来表示，体现男女媾精，万物化生的义理。因此，我们说所谓伏羲实在是一种文化现象，就如同我们对龙的理解一样。他不是个体，而是泛指。元代祭祀伏羲的乐章中有"八卦有作，诞开我人"句子。明代胡瓒宗在祭祀伏羲的献供乐章中说得更清楚："神之来兮，见龙在田；神之去兮，飞龙在天。"可见伏羲确实是代表着人类的诞生，说他是人之初祖、或人宗人祖是十分恰当的。

二、轩辕黄帝是人皇、泰皇，华族部落首领，汉民族的祖先

比较而言，轩辕黄帝的生平事迹，尽管有神话的色彩，但毕竟真实得多了。不管各种记载或传说把他列为三皇之末，五帝之首，但神的成分少多了。在三皇之中，他或他和炎帝神农氏完全充当了人皇或泰皇。对黄帝的记载，司

马迁时代较多，有所谓"百家言黄帝"，但"其文不雅训"。司马迁"择其言尤雅者，故著为本纪书首。"所以，司马迁的记载是可信的。《史记·五帝本纪第一》对轩辕姓氏身世、出生、去世、发明、征战、治国等方面进行了完整的记述。"黄帝者，少典之子，姓公孙，名曰轩辕。生而神灵，弱而能言，幼而徇齐，长而敦敏，成而聪明。"《尚书》说"黄帝少典之族有熊氏"。《国语·晋语》说："昔少典娶有蟜氏，生黄帝、炎帝。黄帝以姬水成，炎帝以姜水成。成而异德，故黄帝为姬，炎帝为姜。"皇甫谧说："黄帝生于寿丘，长于姬水，因改姓姬"。《初学记》说"黄帝母附宝，见大雪绕北斗，枢星光照郊野，感而孕。"这里的轩辕与伏羲、女娲时代大有不同。轩辕不仅有其父母，而且有其兄弟。也有说其与炎帝是一父两母的（炎帝母女登，（名任姒）。《说郛》说："神农氏姜姓，母曰任姒，有乔氏之女，名女登，为少典妃。"）轩辕有妻子，有子孙。《史记》载："黄帝居轩辕之丘，而娶于西陵之女，是为嫘祖。嫘祖为黄帝正妃，生二子"，"其一曰玄嚣，是为青阳，青阳降居江水"，"其二曰昌意，降居若水。昌意娶蜀山氏女，曰昌仆，生高阳。""黄帝崩，葬桥山。其孙昌意之子高阳立，是为帝颛顼也。""黄帝二十五子，其得姓者十四人。"显然，轩辕时代已由男子专权的父系氏族社会取代了伏羲女娲时代的蒙昧社会和母系氏族社会。

轩辕时代的发明很多，伶伦造律吕，区分五音；隶首作算术，记述数字；创造指南车，征战远方。蚕桑、造纸、舟车、宫室、文字等之制，皆始其时。

轩辕之时，神农氏世衰。诸侯相侵，暴虐百姓，而神农氏能征。于是轩辕乃习用于干戈，以征不享，诸侯咸来宾从。而尤最为暴，莫能伐。黄帝欲侵陵诸侯，诸侯咸归轩辕。轩辕乃修德兵，治五气，五种，抚万民，度八方，教熊罴貔貅䝙虎，以与黄帝战于阪泉之野。三战，然后得其志。尤作乱，不用帝命。于是黄帝乃征师诸侯，与尤战于涿之野，遂杀尤。而诸侯咸等轩辕为天子，代神农民，是为黄帝。天下有顺者，黄帝从而征之，平者去之，披山通道，未尝宁居。这里着重讲了两次大的战争。所谓诸侯，也不过是小部落而已。秦腔古戏有《黄帝开国图》。

经过战争，黄帝所辖疆域也在扩大。"车至于海，登丸山乃岱宗。西至于崆峒，"登鸡头"。南至于江，登熊、湘。北逐，合符山，而邑于之阿。迁徙往来无处，以师兵为营卫。官名皆以云命，为云师。量左右大，于万国。万国和而鬼神山山村禅与多焉。获宝，迎日推。举风后、力牧、常先，大鸿以治民。

顺天地之纪，幽明之占，死生之说，存之之难，时百管草木，淳化鸟兽虫，罗日月星辰水波土石金玉，劳动心力耳目，节用水火材物，有土德之瑞，故号黄帝。

这段文字，反映出黄帝时代治国有术，设有内外之官，又有四大臣及军队、营卫，俨然已具备了国家的雏形。这种情况与《补三皇本纪》中对人皇的记述大抵相近："人皇九头，乘云车，驾六羽，出谷口，兄弟九人，分掌九州，各立城邑，凡一百五十世，合四万五千六百年。"而与"天皇、地皇"的记述大相径庭。因而，我们是否可以说三皇之人皇、泰皇，就是轩辕黄帝。

从太史公作史记把黄帝列为五帝之首，经高阳、高辛、唐尧、虞舜、夏、商、周、秦，迄于汉武帝天汉元年合二千二百一十三年。统治者出黄帝一系，均为轩辕后裔。后世亦莫不以黄帝子孙自居。秦始皇称帝，李斯管言三皇中之泰皇最贵。《秦本纪第五》："秦之先，帝颛顼之苗裔孙曰女修。"就连唐先祖也称其为"高阳氏之苗，秦将军之后矣。"

如果我们把伏羲和女娲与西方之亚当和夏娃相比较，神话传说是反映远古先民的一种生存意识的话，那么，轩辕黄帝则应当是汉民族形成的代表者，中华民族的人文始祖，也是最先的开创中华之君。

三、轩辕故里的由来

轩辕文化的传播十分广泛，轩辕活动的范围较广，所谓"迁徙往来无常处"。因而，关于黄帝诞生于何处的说法也较多。司马迁《史记》说："黄帝居轩辕之丘"；《帝王世纪》说："黄帝居若水"；郭璞《水经》说："帝生于天水轩辕谷"；《史记·五帝本纪》说："黄帝'邑于啄鹿之阿，迁徙往来无常处，以师兵为营'"；《国语》说："黄帝以姬水成"；宋代罗沁说："黄帝'生于姬水，长于寿邱'"；姚瞻说："黄帝都陈仓，非宛丘"；于右任《黄帝功德记》说："今陇右，黄帝遗迹甚多。"范文澜、何光岳、吴正中、安江林及古代胡缵宗等专家学者均认为轩辕故里在清水县。

（一）史书记载

《大戴礼·帝系》《史记》说："黄帝居轩辕之丘。"《汉书·人名表》说："有峤氏以戊己日生黄帝于天水。"《水经》载："帝生于天水轩辕谷"，"今城东南七十里有谷与溪焉"。郦道元《水经注》说："南安姚瞻以为黄帝生于天水，在上邽城东七十里轩辕谷"；皇甫谧说："黄帝生于寿丘，长于姬水，因以为姓。

居轩辕之丘，因以为名，又以为号。"《山海经·大荒西经》说："西王母之山有轩辕之台，射者不敢西向射。"《淮南子·地形训》说："轩辕之丘在西方"。

《甘肃通志》记载："轩辕谷隘，清水县东七十里，黄帝诞此。"《直隶秦州新志》载："帝生轩辕之丘，名曰轩辕。今清水县东南七十里，黄帝诞于此。"明代胡缵宗有《轩辕故里生清水考》。范文澜先生在《中国通史编》中说："轩辕黄帝诞生于甘肃清水。"陇上学者吴正中撰有《轩辕黄帝及其故里考》一文，对轩辕故里清水说作了详备论证。上列史书尽管有转引摘录，但其方位、范围却有由大到小，由含糊到清晰，最后确定为在清水县的过程。

（二）人文史迹

萧兵先生说："我国原始人民的主体属蒙古人种，中华民族的发祥地之一在西北黄土高原。所以，我国人崇拜黄土、黄色，盖称黄帝者，因有'土德之瑞'也。"宫玉海先生在《山海经与世界文化之谜》一书中说："华、夏按理应作夏、华，只是因为汉族的祖先源于西北地区，因而自称华族。"伏羲、女娲的传说时代其主要地区是天水、秦安。晋代皇甫谧《帝王世纪》说："华胥以足履之有娠，生伏羲，长于成纪。"唐司马贞在其《三皇本纪》中说："华胥，履大人之迹于雷泽而生庖牺于成纪"，并自注曰："成纪亦地名。（按，天水有成记县）"。后人均袭此说。神农炎帝活动的主要范围在关中地区的宝鸡一带。《帝王世纪》说"女登游华阳，生炎帝神农氏于姜水"。姜水即今陕西宝鸡清姜河流域。杨晨东先生说："炎帝神农氏的故地在宝鸡市，黄帝轩辕氏的故地在甘肃天水与宝鸡市交界地。"（《炎帝论》）作为人类生存繁衍链上父系氏族社会的集大成者，崛起在陇县与秦安之间的清水，也验证了渭河流域天宝地区是华夏民族孕育地的推断。

（三）考古实证

著名记者范长江在《中国的西北角》一书中写道："我们现在虽然在考古学上还未能具体证明'伏羲'的时代和他当时社会的内容，然而汉族最早的传说和神话，都在渭水流域，特别是渭水本源的上游，这却无可怀疑。"汉族是否由中亚细亚来的，我们尚不得而知。但近几十年发现的天水地区大量的古遗址，从科学的角度充分说明了天水地区是中华文明的发源地之一，也对论证轩辕诞生于清水有很充分的价值。

秦安大地湾遗址据有关资料介绍，发现房址240座，灰坑窑穴342个，墓葬79座，窑址38个，各类文物8000多件。其中有距今约8170—7370年新石器时代早期纹饰陶器绳纹红陶足碗以及深穴窝棚式建筑。有距今约5500年新石器时代庙底沟类型的人首葫芦形彩陶，也有距今约5000年仰文化晚期的原始地画狩猎图和原始宫殿。证实了天水地区曾经居住过规模宏大的原始部落，也印证了伏羲女娲时代的传说。

黄帝时代所形成的文化，考古学称为龙山文化。它的年代距今约5000年，这一时期的遗址，在清水发现四十多处。从永清堡遗址出土的文物来看，当时的原始农业和手工业生产较之大地湾出土文物有很大的变化。在约1—3米的地下文化层，有大量灰坑、灰层、房址、窑穴和陶砾堆积物遗存。层内有兽首、陶片、石器等。生产生活工具主要有石斧、刀、铲、陶纺轮、陶网坠、骨锥、陶鬲、陶钵、陶环等。由石器到陶器，工具由粗到细，以及房屋的出现，说明在这一时代，黄帝部落不仅能从事狩猎、捕鱼的生活，而且能从事农业、手工业、饲养业等活动。同时，对偶婚姻家庭也已大量出现，至少证明了母系氏族社会已经完成了向父系氏族社会过渡的历程。在轩口窑断崖处也有红色壁薄的龙山文化陶片及灰坑多处，亦居龙山齐家文化遗存。

（四）地名特征

《史记·天官书》说："轩辕黄龙体"；《晋书·天文志》说："轩辕十七星，在七里北。轩辕黄帝之神，黄龙体。"何光岳先生解释道："可见轩辕星正位于轩辕谷之上天，代表轩辕氏部落的位置。"《秦州直隶新志》记载"今清水县有轩辕谷"。轩辕谷，又称"三皇沟"。因轩辕黄帝位居伏羲、神农之下，故"三皇"当作轩辕黄帝解释。其地理位置在今清水县东山门乡白河村，距清水县城约七十里。其谷地处关山腹地，越关山而进入陇县、宝鸡，北靠清水盘龙山，南有元龙镇。谷中有丘，溪水注入通关河。这是否与《水经注》"水出南轩辕溪，其水北流注泾谷水""清水东南入渭"有联系？同时，从轩辕丘所处的位置来看，西临大地湾不足二百里，东距炎帝诞生地峪家村也不过几百里。在"三皇谷"以西之白沙乡有山，名曰西陵山。有人认为西陵即先零，西陵氏即指清水先零羌。在同一地区又有桑园，桑园峡，是古代养蚕的地方。轩辕娶西陵氏之女嫘祖为妻，嫘祖又是养蚕业的创始人。在清水县城有地名轩口窑，该村有古洞，传为轩辕母携帝栖身之所。

（五）民间祭祀

《帝王世纪》说："黄帝铸鼎以疾崩，葬桥山"，后世祭祀不断。《礼记·祭法》说："有虞氏黄帝而郊窑，祖颛顼而宗尧；夏后氏亦帝黄帝而郊鲧，祖颛顼而宗禹。"秦灵公三年，作吴阳上畤，祭黄帝；作下畤，祭炎帝。后世官方多在陕西黄陵公祭。民间祭祀似不多见。在山门"三皇沟"旧时有庙，主祭"轩王爷"。清水县城有三皇庙垣，亦有三皇庙，祭祀轩辕黄帝。这类庙宇在清水境内亦是绝无仅有。可见，他和民间通祭神有很大的不同。特别是在封闭的地方三皇沟代代因陈，祭祀"三皇爷"，恐怕绝非偶然。

（六）实物遗存

明代学者胡缵宗曾在县城三皇庙题有石碑。并在县城门楼书写"轩辕故里"匾。清水城也因之曾建有轩辕镇、轩辕区等行政区划。

（七）民间传说

在文字发轫阶段或产生之前，由于记事手段的艰难，人们只能通过口头传承的方式记述事件。这种口头传承能力和人们的记忆能力往往要强于今人。因此，世代相传的民间传说尽管与事实可能有出入，但绝对不是空穴来风，因而不应轻易否定。清水有古窑洞，据说过去有壁画的印迹。该洞民间世代相传为轩口窑，或轩辕窑，为轩辕母子栖居之所。民间亦流传有"清水有生龙的穴，没养龙的潭"的说法，说的是清水曾经出过皇爷、或轩王爷。这一传说的背后寓意着轩辕的出生和出走。

（八）民间风俗

清水丧葬棺材做法独特，平盖平底平档，被称为"纱帽头"式样，与外界有很大的不同，如陕西等地均为圆档隆盖，被称为"靴子头"式样。色彩上，清水无论老幼亡者，均用大红，而外界则用黑色或本色。这一习俗的原因传说是因为清水出过"轩王爷"的缘故。关于这一点，西北大学雷树田教授曾作过研究，予以确认。另外，清水有一种石头，系辉绿岩，老人们称之为太皇石，也称长石，今人改名为庞公石。这种石头人们采集后置于案头供奉，或置于庭院。据说可以避邪。我认为所说的太皇也许与轩辕有关。

（九）古老姓氏

三皇沟十分偏僻闭塞，人口稀少，交通不便，与外界接触不多。1999年，我在该村下乡了解到一种现象，村民以姓龙、苗、熊者居多，而张、王、李、赵之类的姓居然很少。有些姓氏在清水县几乎是独有的，是古老姓氏，也都是所谓"得其姓名十二人"之姓，是否为轩辕正宗后裔，待深入研究。

屯田名将赵充国

赵充国，字翁孙，西汉大将，生于汉武帝建元四年（公元前 137 年），卒于汉宣帝甘露二年（前 52 年），年八十有六，葬于邽山之阳。

千古屯田奇策

赵充国自幼善骑射，熟读兵书，熟悉匈奴和羌族的情况。汉武帝时，任后将军。宣帝即位，封营平侯。赵充国"寓兵于农，屯田戍边，"以"非战"的方式解决民族矛盾，维护了西汉边疆的稳定。赵充国的屯田之策对边疆地区农业生产的发展和各民族的休养生息也起到了积极作用。

因家世清白且身材魁梧，少年时期的赵充国就以"六郡良家子"的身份，被选拔为汉武帝的羽林亲军。汉武帝太初元年（前 104 年），赵充国随浚稽将军赵破奴出朔方西北二千余里，参加了配合李广利伐宛，阻击匈奴的军事行动。汉武帝天汉二年（前 99 年），赵充国随李广利出征天山，与匈奴英勇作战，汉武帝十分赞赏，拜为近侍官长中郎将。

汉昭帝时，赵充国率军伐氏羌，俘获了西岐王，对安定疆土立了大功，被升为后将军，兼任掌管宫苑农桑的水衡都尉。昭帝死后，太子刘贺登基，不到两个月就干了许多坏事。赵充国协助大将军霍光，御史大夫丙吉等废刘贺而立刘询为宣帝。在平西羌的过程中，赵充国表现出了他卓越的军事才能和深远的战略思想。赵充国通过征战大宛、匈奴的数次战争，在西汉对诸羌的战略方针上实行了极大地转变。

汉宣帝神爵元年（前 61 年），年逾七十的赵充国督兵西陲，多次上书，提出"屯田戍边"的主张，而且身体躬行，取得了很好的效果。

赵充国欲罢兵屯田，与皇帝下诏进兵几次发生冲突，他的儿子赵昂也为他违背圣旨的行为而担忧。但赵充国却始终坚持自己的主张，甚至"不以余命"向皇帝陈述利害关系。

充国上状曰："臣闻帝王之兵，以全取胜，是以贵谋而贱战。战而百胜，非善之善者也，故先为不可胜以待敌之可胜。蛮夷习俗虽殊于礼仪之国，然其欲避害就利，爱亲戚，畏死亡，一也。今虏亡其美地荐草，愁子寄托远遁，骨肉心离，人有畔志。而明主般师罢兵，万人留田，顺天时，因地利，以待可胜之虏，虽未即伏辜，兵决可期月而望。羌虏瓦解，前后降者万七百余人，及受言去者凡七十辈，此坐支解羌虏之具也。臣谨条不出兵留田便宜十二事。步兵九校，更士万人，留顿以为武备，因田致谷，威德并行，一也；又因排折羌虏，令不得归肥饶之地，贫破其众，以成羌虏相畔之渐，二也；居民得并田作，不失农业，三也；军马一月之食，度支田士一岁，罢骑兵以省大费，四也；至春，省甲士卒，循河湟漕谷至临羌，以示羌虏，扬威武，传世折冲之具，五也；以闲暇时，下先所伐材，缮治邮亭，充入金城，六也；兵出，乘危徼幸。不出，令反畔之虏窜与风寒之地，离霜露、疾疫、堕之患，坐得必胜之道，七也；亡径阻、远追、死伤之害，八也；内不损威武之重，外不令虏得乘间之势，九也；又亡惊动河南大开、小开使生它变之忧，十也；治湟狭中道桥，令可至鲜水，以制西域，信威千里，从枕席上过师，十一也；大费既省，繇役豫息，以戒不虞，十二也。留屯田得十二便，出兵失十二利，臣充国材下，犬马齿衰，不记长册，唯明诏博详公卿议臣采择。"

赵充国系统地陈列了留兵屯田的十二个好处，也指出了出兵无利的十二条害处。几经坚持观点，屯田十二策终于得到朝臣和宣帝的赞同。同时由于赵充国对边境情况十分熟悉。所以，他在勉任之后，朝廷每当遇到"四夷大议"，常常向他请教问计。《资治通鉴·汉纪十九·申宗孝宣皇帝下》记载："甘露二年（前52年），是岁，营平壮武侯赵充国薨。先是，充国以老乞骸骨，赐安车、驷马、黄金、罢就第。朝廷每有四夷大议，常与参兵谋，问筹策焉。"

赵充国的屯田主张，既减轻了老百姓的负担，又适应了边疆战事的需要。同时，给羌、汉人民在连年战乱过程中创造了休养生息的条件，具有积极的历史意义。赵充国的业绩，尤其他的屯田之策在历史上影响深远。他八十岁时告老还乡，宣帝赐驾驷乘，黄金六十斤，以之慰劳。逝世后谥壮侯，并将其像置于麒麟阁功臣之列，位居丞相之前。在稍后于赵充国时代的文学家扬雄撰颂，歌其功绩。"明灵惟宣，戎有先零。先零昌狂，侵汉西疆。汉命虎臣，惟后将军。整我六师，是讨是震。既临其域，谕以威德。有守矜功，谓之弗克。请奋其旅，于罕之羌。天子命我，从之鲜阳。营平守节，屡奏封章。料敌制胜，威谋靡亢。遂克西戎，还师于京。鬼方宾服，罔有不庭。昔周之宣，有方有虎，诗人歌功，乃列于《雅》。在汉中兴，充国作武，赳赳桓桓，亦绍厥后。"曹操曾予以借鉴募民屯田，效益"得谷百万斛"。《资治通鉴》评价："遇敌则战，寇去则耕，屯田一开，西域即通；屯田废置，西域便塞。"这是十分贴当的评价。明朝开国皇帝朱元璋也有所发挥，他说："备边在足兵，足兵在屯田。"明代思想家李贽认为赵充国的"屯田是千古之策"，言其真理不朽。开边生产，自给自足的养兵之道，我们党在延安大加提炼，上升为轰轰烈烈的大生产运动。这一运动既保障了军队的供给，又减轻了边区政府的财政压力。新中国成立之后，新疆生产建设兵团亦兵亦农的新体制当然与赵充国时代的"屯田"有本质的区别，但可以看作是我们党对中国古代优秀军事战略思想很好的继承和淋漓尽致的发挥。1958 年夏，毛泽东对历史学家周谷城说过这样一番话。他说："（赵充国）这个人很能坚持真理，坚持正确的主张。他的意见在开始时，赞成者不过十之一二，反对者达十之八九。后来相反了，赞成者十之八九，反对者十之一二。真理要人接受，总要有个过程，无论在过去历史上还是现在。可见，研究赵充国其人是很有意义的。"

千年英名流芳

赵充国，西汉天水上邽（今清水县）人。清水，因有邽山，而古称邽县、上邽，秦武公伐邽戎而置邽县，后于陕西渭南设下邽而改上邽。鲁迅曾说天水为赵姓郡望。赵姓源头可追溯到秦先祖造父。周穆王时期，因助纣为虐失去嬴姓的秦先祖造父因功受奖，周穆王将山西境内赵城赏赐给他，赵姓由此诞生。生活在清水秦亭一带的秦先祖在非子获封秦之前，也曾借用过一段时间造父赵姓。秦灭赵的邯郸之战后，赵姓由盛而衰。公元前 222 年赵国灭亡后，秦王将赵国最后一支血脉、邯郸之战后自立为王的赵代王公子嘉的儿子赵公辅安置到天水，赵姓从此香火再续，发展壮大。到汉代，赵氏后裔封侯者多达 30 余人，其中一半以上系赵公辅后裔，这中间就包括西汉名将赵充国。

清水县至今存有赵氏祠堂，在红堡镇后川行政村。该村由陈家庄、赵家庙下，赵家湾下三个自然村组成。赵家庙下，自然是为赵氏先人而立祠而得名。而赵家湾下村中依山立祠，牌位写着西汉始祖营平侯讳充国之位。据村民赵德成、赵三吉、张银世说，他们小时每年都要跟随大人们去到赵充国墓前扫墓，吃献果。这座祠堂早年很精致，且有牌匾，后来毁了。改革开放后，村人在原址重建，规模小且粗糙。但却把赵氏宗系延续了下来。据他们讲，赵家庙下和赵家湾下是一家人，同是赵充国的后代。距赵充国祠堂十多公里的白沙镇赵家磨村有一人保存了《赵氏家谱》，上面有赵充国的名字。这就有理由说明，清水是赵充国故里。

赵充国逝世，乞骸骨，叶落归根，葬于邽山之阳，今清水县永清镇李崖村石佛坪。墓址汉代大加兴建。其后，历代都有增建，并勒石刻碑。仅清代遗存墓碑证之，嘉庆十二年（1807 年）至道光，这间就增建两次。1962 年，该地被公布为甘肃省重点文物保护单位。历代有关赵充国的文字记载也比较多，如《汉书》专列《赵充国传》，元代赵孟颊曾书扬雄《后汉将军赵充国颂》，福建人民出版社出有专著《西汉名将赵充国》。中央电视台曾派拍制组专程赴清水拍摄赵充国专题片，在军事频道播出。清水人黎丙一先生曾将赵充国事迹编成秦腔剧本在清水县秦剧团演出。清水县马宝沧在县工作期间，著有 17 集 27 万余字的《西汉名将赵充国》电视文学剧本，由三秦出版社出版发行。20 世纪 90 年代清水县曾成立赵充国研究会。县政府在墓地修建赵充国陵园，牌楼，重建了墓冢和碑亭，占地面积约 7000 平方米。2004 年，由天河酒业集团公司捐助约 18 万元雕造赵充国汉白玉像一尊，基座配以仿汉栏杆，周围通过 16 块浮雕，展示赵充国生平重要业绩。我曾亲往陕西师范大学邀请著名文化学者霍松林先生亲笔题写"西汉名将赵充国"，刻于基座正面。4 月，清水县各界群众举行了纪念西汉名将赵充国诞生二千一百四十周年暨雕像落成仪式和公祭活动，祭文由我撰写，86 句，寓意赵充国 86 岁。清水县原县长，时任甘肃省副省长李膺，及省教育厅、省卫生厅、市委、市政府，以及市上有关部门的领导出席公祭活动。

2010 年，清水县兴建东部新城区，修建了充国广场，总占地面积 30 亩，以西汉名将赵充国生平功勋为主题，是一个集健身休闲、文化娱乐、公共活动于一体的多功能综合性活动场所。广场为一心两轴，一心为中心广场南北向取主轴线，东西向取次轴线，建成充国将军骑马雕塑一座，文化长廊一座，汉白玉文化柱 4 根，高杆灯 4 盏，汉白玉浮雕 6 幅，水池 580 平方米，绿化 6060 平方米，敷设各类管线 520 米，铺装花岗岩面层 13000 平方米，并请著名书法家沈鹏先生题写"充国故里"，刻于广场南入口处。其后，县上又成立了赵充国陵园管理局，为正科级建置，专门负责陵园管理。

可见，对国家、对民族做出卓越贡献的一代乡贤，不仅永载史册，流芳千古，而且更为家乡后辈子孙难以忘怀，永恒纪念。

成吉思汗病逝清水县再考

　　2006 年 7 月 17 日，我在《天水日报》发表《成吉思汗病逝清水县新考》，引起了有关方面的关注。不久，《西部晚报》《兰州晨报》等媒体记者打电话证实，并刊发了一些消息和观点。同年秋天，西北民族大学蒙古语学院教授、蒙古族学者乔日普吉先生闻讯，专程前来清水县考察，并与我作了短暂交流。当时，由于在党委机关工作，没能腾出时间陪同乔日普吉教授深入考察，乔日普吉教授当天就离开了清水县。后来获悉，乔日普吉教授考察过天水玉泉观后，去了宁夏海原县。又后来从海原县委、县政府与西北民族大学编著，宁夏人民教育出版社出版的《蒙元文化与海原》（该书收录我的《成吉思汗病逝世清水县新考》一文）一书中看到，在乔日普吉教授，宁夏大学校长、著名蒙古史学家陈育宁教授的帮助下，海原县派出专家团专程参加了内蒙古自治区举办的全国蒙元文化学术研讨会和论坛。特别是参加了 2007 年 7 月 21 日至 23 日在宁夏固原市举行的成吉思汗与六盘山国际学术研讨会，以及当年在鄂尔多斯举办的纪念成吉思汗逝世七百周年系列活动。其间，来自蒙古国、日本等国内外百余位蒙元史专家学者就与成吉思汗相关的历史问题进行了广泛交流与探讨。

　　关于成吉思汗去世的地点，史学界有多种说法。大致有灵州（朵儿蔑该城）说、六盘山说、海原海城说、固原开城说、川西说，等等。

　　关于成吉思汗病逝清水县西江的主要史料依据是《元史》《元史·本纪第一·太祖纪》载：（称汗）二十二年（1227 年）丁亥春，帝留兵攻夏王城，自率师渡河攻积石州。二月，破临洮府。三月，破洮河、西宁二州。遣斡陈那颜攻信都府，拔之。夏四月，帝次龙德，拔德顺等州。德顺节度使爱申、进士马肩龙死焉。五月，遣唐庆等使金。闰月，避暑六盘山。六月，金遣完颜合周、奥屯阿虎来请和。帝谓群臣曰："朕自去冬五星聚时，已尝许不杀掠，遂忘下诏也。今可告中外，令彼行人亦知朕意。"是月，夏主李睍降，帝次清水县西江。秋七月壬午，不豫。己丑，崩于萨里川哈老徒之行宫。

　　《元史》在这里明确记载，金正大四年农历六月（1227 年），成吉思汗到达清水县西江。七月初四（公历 8 月 9 日）病重，十三日（公历 8 月 25 日）去世于萨里川哈老徒之行宫。

清水县西江说，除《元史》之外，多桑《蒙古史》、勒纳《蒙古帝国史》、伯希和《成吉思汗》，以及《中国通史》、吕振羽《简明中国通史》、余元盦《内蒙古历史概要》、韩儒林《元朝史》、李则芬《成吉思汗新传》等都有论及。这个问题，1915 年至 1917 年国内史学界曾进行过一场大的争论：一方是著名的《蒙兀儿史记》作者、蒙古史学家屠寄；另一方是历史地理学专家、北京大学教授张相文。2009 年，在鄂尔多斯学研究会结论中进一步指出成吉思汗病殂的地点是金境秦州清水县西江行宫，今甘肃省清水县牛头河附近；时间是成吉思汗二十二年（1227 年）七月十二（8 月 25 日）上午。

成吉思汗去世清水县西江说，一些学者对此仍提出质疑，认为《元史》成书时间仓促，不足为信，否认成吉思汗到过清水县西江。

《元史》的修纂，就其文献记载的可信度应该是毋庸置疑的。宁夏博物馆馆长周兴华、中卫市工会主席马建兴有过详尽论述。《明史·太祖本纪》《明史纪事本末》记载，元顺帝妥懽帖睦尔至正二十六年（1336 年），朱元璋"命有司访求古今书籍，藏之秘府，以资览阅"。《明史·徐达传》记载：洪武元年庚午（1368 年 9 月 14 日），徐达攻入元大都，"封府库及图籍宝物"，其中包括《蒙古秘史》在内的元朝宫廷档案"十三朝实录"。李善长在《进〈元史〉表》中说，元十四朝实录，徐达"封府库"得其"十三朝实录"，仅缺元顺帝北逃时带走的顺帝一朝实录。洪武元年（1368 年），朱元璋勒令编修《元史》，以明朝左丞相兼太子少师李善长为监修，翰林学士兼修国史的宋濂等 18 名儒士为修纂官。同时，派出欧阳佑等 12 人为采访官，到处搜集史料。关于《元史》的依据，李善长在《进〈元史〉表》中也说："上自太祖，下迄宁宗，据十三朝实录之文，成百余卷粗完之史。若自元统以后，则其载籍靡存，已遣使而旁求，俟续编而上送。"

可见，《元史》凡属皇帝的重大事件，据历代学者研究都是史出有据的，也是依据元代"十三朝实录"记载的。其中太祖本纪的史料基本出自《蒙古秘史》，《蒙古秘史》的主要内容应是"十三朝实录"中的"太祖实录"。该书成书于 1240 年，距成吉思汗去世仅 13 年时间，它的作者可能是成吉思汗和窝阔台的近臣，是最早记载成吉思汗去世地点的史书。原书以畏吾儿体蒙古文书撰写，从洪武元年（1368 年）开始，由翰林侍讲火原洁、编修马懿赤黑二人用汉字拼写成蒙古语并转译为汉文，改名为《元朝秘史》。

因此，《元史》有关成吉思汗的记载，尤其是"帝次清水县西江。秋七月壬午不豫，己丑崩于萨里川哈老徒之行宫"，不可轻易否定。《清水县志》记载，明朝洪武二年（1369 年），徐达率军进攻陇右，元朝清水县令铁木巴罕北窜。徐达攻克秦州后，直趋巩昌府（今陇西县）。洪武四年（1371 年），明清水知县刘德奉徐达之命重筑清水城。清水县属陕西承宣布政司巩昌府秦州管辖。这就说明"封府库"得"十三朝实录"之徐达是到过清水县的。他对"帝次清水县西江"这一重大事件应该是知道的。

《元史·按竺迩传》记载："丁亥，（按竺迩）从征积石州，先登拔其城，围河州，斩首四十级。破临洮、攻德顺，斩首百余级。攻巩昌，驻兵秦州。"对照《太祖纪》，按竺迩随成吉思汗攻下积石州，于 1227 年 4 月攻打德顺州后，自巩昌府驻兵于秦州。6 月，到达清水县西江。《新元史》记载："7 月，帝驻跸清水县西江。"《清水县志》也记载："（宋）理宗宝庆三年春二月，蒙古主兵次清水县西江，攻清水县城。"

一些史书说，成吉思汗病逝于六盘山。较早的是拉施特的《史集》。《史集》说，成吉思汗向南家思进发，当来到女真、南家思和唐兀地面交界处的六盘山地方时……猪儿年秋第二月十五日（伊斯兰教历六二四年九月，即公元 1227 年 9 月），他为他那著名的兀鲁思留下了汗位、领地和国家，离开了这个易朽的世界。《史集》的说法，洪钧在《元史译文证补·太祖本纪译证》中说："帝行至六盘山，为主儿保、南纪牙斯、合申三处交界之地，帝自此病日渐，临崩之前，告其大臣，我死且不发丧，勿令敌人，待合申主来，即杀尽之。猪儿年八月十五日，帝崩。"南家思、南纪牙斯，即南宋；主儿保、女真，即金国；合申、唐兀，即西夏。六盘山地区在当时是三国交界的地方。

六盘山，古称陇山，北起宁夏海原县，南至陕西、甘肃交界，为南北走向，逶迤 200 多公里，北部天都山海拔 2703 米，中部主峰固原开城附近海拔 2928 米。其南段陇山南北长约 100 公里，海拔 2000 多米，是关中和陇右的分界线，最南端关山是六盘山的余脉，海拔 2201 米。

清水县位于六盘山之南，渭河北岸，地处关山西麓。宋元之际，这里东通关中，北达宁夏，西出陇右，是重要的军事商旅驿路，也是西夏、宋、金、元彼此争锋的边境地区。

《清水县志》记载："宋高宗建炎三年，金人掠秦、陇，清水城陷于金。四年，宋将吴玠破金兵，复凤、秦、陇三州。清水城仍为金据，以冶坊寨为县，派兵守之，隶属熙秦路镇远军。"又"至南宋绍兴初，清水城陷于金。和议成，金许归地，旋背盟，大举向陇右寇掠，攘去清邑东南半壁而金寇……西北隅为宋守……清水旧令侨治冶坊寨，易寨名为冶坊县……始迨金、宋悉为元并"。元统一后，将原秦州所辖成纪、秦安、陇城、清水、冶坊五县并为三县，其中冶坊并入清水，属秦州。"其初，冶坊、清水两县，南、北对峙如故在。至元七年，冶坊省入清水，而统属巩昌总帅府"秦州辖。清水现存宋金时期《仪制令碑》一通，碑文为"贱避贵，少避老，轻避重，去避来"。这是一个交通法规碑，似乎反映出当时这一地区人群繁杂的状况。元代秦珠"监是邑"，"下车之始"，以"清水县□□□上邽之郡也，虽非朝使往来要冲之驿，其钦承王命公务之使潺潺相继，无驿馆以待之，诚为不可"，"慨然谋为驿亭之置"。"中台御史周一齐处其馆，特书其堂曰'宣德'"，这是元代至正元年（1341年）《清水县创建宣德堂记碑》记载兴修清水县第一个官方招待所的碑文。参与树碑立传的官员中有许多蒙古人，如"承务郎秦州成纪县尹兼管本县诸军奥鲁""前秦州清水县主簿兼尉靖也力不花""前秦州清水县主簿兼尉靖贴力不花""税务同监杨也先不花"等，反映出元代统治者对清水地方管理的重视程度。奥鲁，属蒙语，意思是管理随军家属的官员。可见，在有元一代，清水县是有驻守军队的。除军事要冲、商贸要道因素外，也许与成吉思汗病逝于清水县境不无关系。

成吉思汗在陇右战役中夺取的地区中最南面的县城就是清水县，是三处交界的地方。同时，据乔日普吉介绍"哈老徒"系蒙语，意为"前哨、前锋、哨位"。"萨里川"，依照精于蒙语考释的屠寄的翻译为"黄色的平地"。在清水县西江岸边去北方向有地名黄门川，去西方向有三台寺峡。特别是三台寺峡，其地貌特征酷似凉殿峡，未知是萨里川否？

因此，史书记载：成吉思汗病逝于六盘山，不能排除清水县。吕振羽《简明中国通史》说："成吉思汗死于六盘山西南之清水县"。伯希和《蒙古历史辞典》说："成吉思汗死在六盘山之南的清水县境"。勒纳《蒙古帝国史》说："成吉思汗死于宁夏西南之清水县。"李则芬《成吉思汗新传》说："成吉思汗病死在清水县西行宫。"日本田村实《中国征服王朝的研究》说："成吉思汗死于甘肃的六盘山的西江。"

《金史·撒合辇传》记载："大元既灭西夏，进军陕西……八月，朝廷得清水之报，令有司罢城防及修城丁壮，凡军需租调不急者权停。"这是金朝官方来自清水县的消息。这一重大报告以及金国方面得知成吉思汗已经去世所采取的重大措施，必然事出有因。在《金史·哀宗纪》中也有："（正大四年）八月庚戌，诏有司罢防备，丁壮修城民夫，军需差发应不急者权停"的记载。这种出自官方的记载，不能简单地视为传闻。况且，《金史》是元顺帝时中书右丞相脱脱等人至正三年（1343年）纂修的，是宋、辽、金三史中最为严谨的一部。南宋灭亡，元朝把宋的各种史册文书5000多册运至大都国史院，成为元人修史的资料依据。《宋史纪事本末》也记载：理宗宝庆三年（1227年）"蒙古主铁木真卒于六盘山"。

有人认为成吉思汗进攻西夏没有必要到六盘山西南的清水县。乔日普吉教授指出，成吉思汗最后一次进攻西夏所采取的战略方针是："攻金为主、攻夏为辅。"所谓"帝留兵攻夏王城，自率师渡河"的目的主要是协助在中原地区作战的木华黎，从左翼给金国造成威胁，以防止西夏"联金抗蒙"。西夏主战场仅有阿术鲁的三万多兵力而已。成吉思汗是想把大本营和前线指挥部南移到三国交界之地，建立灭金攻宋指挥部。元宪宗蒙哥也曾兵"屯六盘山，控制秦陇，为伐蜀计"。但由于成吉思汗病重，或去世，不得已北还。《元史·察罕传》载："又从攻西夏，破肃州。师次甘州……进攻灵州，夏人以十万众赴援，帝亲与战，大败之。还次六盘，夏主坚守中兴，帝遣察罕入城，谕以祸福。众方议降，会帝崩，诸将擒夏主杀之"。这段记述表明察罕随成吉思汗出征，又返回了六盘山。这也许就是固原市志办佘贵孝所说《元史》载："清水不豫、车笃北辕。"又据元明善《廉希宪神道碑》："中统元年，王（廉希宪）奏曰：闻刘太平、霍鲁海复至陕西，浑都海骑兵四万，大驻六盘，征南之师，散屯秦、蜀。"这与人们想象之中，成吉思汗有大批部队集结是不一样的。

《多桑蒙古史》说："（1227年）7月，汗次清水县之西江，其地在今秦州东约十二程之地，汗得重病……汗病8日死，时在1227年8月18日，年66岁，计在位22年。"这位瑞典学者说得很具体，这里有两个问题：一、西江，伯希和在《成吉思汗去思之地》中写道："清水县以前属秦州，今属渭川道，远在六盘山以南，位于渭水一条小支流。清水这条河是由两条支流所合成。如果记载可信，其西或西北所谓西江，即其支流之一，此西江并未经过清水县治。"西江，又称秦水，乃数条小溪合流而成，穿过秦川。这里所说的西江，称秦水，发源于六盘山南之关山，因其上游有古秦亭而得名，这是一条自东向西流淌的河，正如伯希和所说流入了渭水。这条河，干流全长 84.6 公里，流域面积 1836 平方公里。在宋金时称为西江，今称牛头河，古人大约是以水流方向而命名的。《清水县志》记载了牛头河古称西江的痕迹。今牛头河中游，县城西红堡镇有古庵，奉一庞姓道士，系湖广人，曾受指点于西江方可得道。庞道士云游甘肃清水，见到西江，便结庐而居，修仙参道，古庵有石碑记载。清水县城在宋元时曾有过西江书院。可见史书记载"清水县西江"是准确的。有学者认为《元史》所记清水县西江是指海原县西河，也有人认为是指蒙古的清水答兰答八。这是不符合《元史》本意的。二、汗得重病。志费尼《世界征服者史》说："成吉思汗的病情愈来愈厉害，因为不能把他从所在地挪走，他便在 624 年刺马赞月 4 日与世长辞。"《蒙古黄金史》说，在进军西夏的途中得了"痛风病"后，哈撒尔回宫请李氏汉人医治腿脚之痛风病，虽有好转，但浑身乏力，逐渐衰弱，于丙戌年冬季月殒天。这就是说从成吉思汗当年七月初五"不豫"病危，到七月十二逝世都是在金、夏、宋"三处交界之地"的六盘山地区，或"萨里川老徒之行宫"。

清水县西江之另一支流，古称盛沙河，后更名为白驼河，河之源有地，名为白驼石。清水县没有畜养骆驼的条件，这与蒙古人杀白驼标记亡者葬地的习俗是否有关，惜无记载。在清水县有一些与蒙元有关的庙宇和村庄名。白驼镇任家山有喇嘛庙，松树乡三郎庙村有三郎庙，特别是自隆德，经张川县进入清水县西江沿途，不仅有元鞑子庙，堵鞑墙，还有胡川、元川、上成、下成等村名。也有比较少见之忽姓，又有以被蒙古军队围困投降，被杀的西夏王李睍名命名的李睍村。同时，有出土的宋金时期的双耳黑釉扁壶、白釉黑彩五角梅花纹瓷碗等器皿，也有妇人瓷枕、刻花瓷枕等。出土于白沙乡箭峡村的宋金墓，从多幅砖雕彩绘出猎图看，更有金、蒙北方游牧民族生活特质。特别是出土于西江岸边的成吉思汗赏赐诸王后妃公主的银币大朝通宝，八思巴文大元通宝钱币，是否与这一重大事件相关，均需进一步研究。

（原文刊于 2017 年 8 月《天水日报》）

◎ 札记

清水三古镇之秦亭

古镇秦亭，位于清水县东南部，地处关山东麓。这里是六盘山南伸之余脉，陕甘分水岭，陕西与甘肃之交界。以关山为界，向北入平凉通宁夏，向东进宝鸡达关中，向西到兰州往陇右，素有"关陇屏障，陇右门户"之称。

秦亭，是一个古老的镇子。《清水县志》记载："周孝王十三年，封非子为附庸，而邑之秦。"秦人先祖嬴非子，为周王室牧马有功，将秦亭镇一带作为附属国封给了秦人。秦非子带领秦人在此养繁马匹，为周王室提供军事供给的同时，也壮大了秦的实力，开辟了东进关中，称霸中原的根据地。秦统一六国，封郡县，于秦亭一带首置邽县。邽县既是上县，也是首县。因此，无论秦王朝、秦始皇，三秦大地，秦风秦腔，凡沾上秦字，大都与秦亭脱不了干系。可见，在这个山峦起伏，草木丰茂的地方，从公元前 872 年就有了名气。

秦亭，不仅有史书记载，而且有实物佐证。秦亭镇秦子铺村忠烈祠现存石刻一通。秦亭人说不清它的历史、书法价值，但却知道这是他们的根之所在，被视为神圣之柱。如果有外来人在石刻前驻足逗留，立马就会有三五个秦亭人上来护卫。当地政府几次想把该石刻搬进博物馆予以保护，日本人出大价钱想买走，文物贩子试图盗去，均未能如愿。该石高约 1.3 米，宽约 0.3 米，既不是碑，也不是碣，为一个不规则的四棱柱体。表面并不平整，文字依石面手掌大小的凸凹处凿成，因而使碑文在章法布局和文字结体上舒张自如，风格别致。

正文为：

　　□□□东山公□□□□□□□□□□高祖许出□，祖屈香，次祖陇常，父□□□奴姚□都军司马，后作本□都统治伊□。侧文为，太和二十年，太岁在丙子十一月庚申朔二十日，秦州清水郡南和县民许才宣年□妻女王紫。

文字所记载的是北魏孝文帝元宏太和二十年十一月二十，时为公元496年，迄今已有1516年的历史。它是清水县境内发现的最早石刻，也是天水市政协文史委在全市征集碑文时发现的最早石刻。文中的"都军司马"是南北朝军府之官，位在将军之下，总理一府之事。"都统"为带领青年兵的军官，其时设少年都统，一地区军政首长为大都统。刻文记述了一位将官的身世与任职。据史料记载，北魏孝文帝时，秦亭一带设南和县，隶属秦州清水郡所辖。南北朝时，清水县曾属南朝刘宋王朝的地盘。刘宋大明二年，即北魏太安四年（458年），宋将殷效宗筑城于秦亭镇百家村。北魏和刘宋两国交战，北魏大破宋军，收复清水，该城被毁。战后，北魏在秦亭一带设置南和县以拒刘宋。其后，似乎在此地又设置过郡。清水现存《鲁恭姬造像碑》中有"南阳郡""太守"字样，其时的郡、县大小相差无几，南阳郡可能是北周南和县的更名而已。秦亭镇莜麦岭龙头观存有明代《南瞻部记事碑》。该碑有"大明国陕西等处承宣布政使司巩昌府秦州清水县百家镇南阳铺松树岭龙头山"字样。"百家镇"的来历正是说的北魏战胜刘宋后，迁来了百户人家，因而有了"百家村"。这里明确记载着秦亭镇百家村的隶属关系。所谓承宣布政使司为一省最高行政机构，巩昌府治在今陇西县，秦州即今天水市。这些地域文化的名片，历史脚步的化石存留着秦亭由亭变县，由县变郡，由郡变镇，由镇变铺，由铺变村的演变印记。当地民间也有口传"先有龙头观，后有清水县"，"先有百家站，后有清水县"的说法，足见秦亭历史之悠久。

　　秦亭，因其地处大陇山之北关山东麓，既是商旅驿道，又是军事要冲，具有十分重要的战略地位，历代颇为重视。《清水县志》记载："唐大中六年，陇州防御使薛逯奉诏移筑故关（即大震关，在秦亭镇盘龙铺村）。上言，故关僻在崇岗之上，苟务高深，今移要会之中，实堪控扼。旧绝井泉远，汲河流。今临水夹山，危墙深堑，克扬营垒为势威，乞改为安戎关。从之由是，以大震关为故关，而安戎关为新关。""安戎关，俗呼咸夷关，在县城东九十里，古之散关也。"又记载，"宋开宝间（在秦亭镇盘龙村）置盘龙寨，以巡检为知寨官，领小堡寨，后裁去巡检，改为百家镇。""明于盘龙镇设巡检司，清初裁之，今曰盘龙铺。"史书又记述道，"清顺治三年秋八月，北地贼掠秦子铺，知县孙镜率民攻之不克，千总傅梅死亡。"

　　秦亭自古就有种植汉麻的传统。民国元老于右任先生当年经秦亭过关山写下了有名的《清水麻鞋歌》。农家儿郎穿着麻鞋耕地放牧，商人穿着麻鞋踏出了关山古道，"耕读第"里的有志者从山旮旯走出，闯荡天下，足蹬麻鞋朝天子，跻身于庙堂之上，肩负起经国治郡的使命。这种民风世代相传，经久不衰，是中华文化的一大特色。

今天，勤劳朴实的秦亭儿女秉承先辈遗风，殷殷奋斗不息，造就了一个全新的秦亭。

（原文刊于 2008 年 8 月《天水日报》）

清水三古镇之白沙

　　方志记载："白沙镇，东三十里，晋时建镇。"其镇今为乡，位于清水县城东部牛头河中上游。白沙镇地形独特，其西部边缘两座小山犹如一道门户，牛头河自门户而出，西流县城。户门内又有两座南北对峙的小山梁，当地人分别称之为蛇山和龟山。龟山之上有白沙堡和青岩寺，龟山脚下驻着乡属机关单位及村民，是一个约两三千人的小村子。

　　白沙境内遗迹甚多，历史厚重。赵沟村赵家磨，据说是西汉屯田将军、营平侯赵充国的故乡。其后人至今仍保存着家谱。与郭相忠不同，他回到了生养之地。《资治通鉴·汉纪十九》记载："甘露二年（公元52年）……营平壮武侯赵充国薨。先是，充国以老乞骸骨，赐安车驷马黄金，置就第。朝廷每有四夷大议，常与参兵谋、问筹策焉。"《秦州直隶新志》说："（赵充国）卒于宣帝甘露二年夏四月，年八十有六，谥壮侯，葬于邽山之阳。"今清水县有其墓，并有清朝嘉庆、道光年间所立墓碑。方志记载："（后）帝建兴九年春二月，丞相亮围祁山，魏司马懿率众救之。亮逆懿于上邽，懿依险，兵不得交，亮引还。"这段话记述了三国时，蜀魏两国以渭河为界，交战相持的情形。"懿依险"之险即在今白沙乡太石村南山马营砭。民间传说，司马懿当年依靠险要地形在此安营扎寨，以拒诸葛亮出祁山伐魏，村民耕地时常能捡到箭镞之类的遗物。白沙鲁湾村，据风水师讲是一个好地方。这里有李虎墓，据说是唐先祖李虎的安葬地。李虎，唐太宗李世民的曾祖父、唐高祖李渊的祖父、李昞的父亲。曾为大隋使持节骠骑大将军，开府仪同三司、慎政公上州刺史。出土于鲁湾村的《李虎墓志铭》明确记载："公春秋七十有二，以建德六年十月八日奄薨于京弟，以大业二年岁次丙寅正月朔十八日癸酉葬于秦州清水县内莎乡里之原。"

　　古镇白沙是神奇的。《清水县志》（乾隆版）记载："（东晋）安帝义熙六年（410年）春正月，夏主赫连勃勃寇陇右……东攻白沙镇。"五代前蜀王衍乾德丙子年，即公元916年，蜀将王承检在白沙镇修筑防蕃城时，不经意挖出一具瓦棺，并有墓志铭。王承检将墓迁于白沙镇东侧车道河之北，当地人称为烈女坟。王承检似乎重新刻了碑。方志记述："五代渭州刺史张崇妻为盗所迫，不屈而死，家人葬之。后伪蜀王承检筑防蕃城，至上邽山下，获一瓦棺，内无尸骨，止有二蝇振然飞去，中存一舌，肉色红润，坚如铁石，有小石刻篆曰：大隋开皇二年（583年），渭州刺史张崇妻王氏，年二十五适崇。三年而妊，为盗所陷，持节而逝。铭曰：车道之北，邽山之阳；深深莽玉，郁郁埋香；刻斯坚石，焕乎遗芳；地变陵谷，险裂城隍；乾德丙年，坏者合郎。此时蜀王乾德丙子年。合郎乃承检。因迁其墓于车道沟之北。"这是一桩怪事。173年的一座古墓，竟有一肉色红润，坚如铁石的舌头，且有记述死者经历的文字，可见其女子死得冤屈而悲壮。王承检也是有心之人，他是怜香惜玉的。他把这块似舌似玉、似石似铁的奇物深深埋葬，并以饱含深情的铭文略有自责地超度了这位烈女的不朽之魂。诚可谓一段千古佳话。

明清及民国，白沙镇出了个富商，清水人称之为白沙杨家。前些年，小镇一进一进的四合院，兽脊飞檐，雕梁画栋，不同寻常的工艺还可见当年景象。大约在清朝，杨氏家族富得可以在朝廷捐官。慈禧太后六十大寿赏赐给杨家在朝任主考官的古董，有宫廷画师毛奇龄的四扇屏、景泰蓝玉斗、红笔点状元之雕龙朱砂墨等。杨氏家族以财富上通朝廷，下通川陕，相传甘、陕、川一路各地均有其商号。时至同治年间，杨氏家族仅在三岔之难前后死亡12人，据说丧事办得很隆重，宰了好多猪，猪毛埋了杀死的猪，直到打扫院子时才发现。一番厚葬，即着手给这些掌柜立碑。但不知何故，碑的石材已做成，却未刻字，这些硕大的碑坯至今东倒西歪地湮没于荒草之中。

就是这个杨家，相传把一个伙计培养成了朝廷大将。清朝嘉庆年间，杨老爷每晚都在同一时间梦见一只白额虎两爪搭在大门之上，把他从梦中惊醒。杨老爷很奇怪，便随意问住在大门两厢房的伙计，谁在这个时候回家。伙计说某人每晚在这时回家。原来，这是同村姓郭的长工放羊娃。这个长工力气很大，能把驮柴的骡子托起，能把碗口粗的桦树拧转。又传说他夜间行走，双目如纱灯，闪闪发红光。杨老爷是个相信天命的人，心中思想这娃不是等闲之人，日后必成大器。他于是不再让这个放羊娃干活，并给他请了老师，教他习文练武。这个人就是郭相忠，今天的白沙人叫他郭提督。

郭相忠，字荩臣，生于清朝嘉庆三年（1798年）。嘉庆二十一年（1816年）丙子科武举，二十二年（1817年）丁丑科武进士，被授予绿营守备。1825年，郭相忠随杨遇春、杨芳赴南疆平定张格尔叛乱，克复新疆各城，任喀什等营守备，戍守边疆 18 年之久。后调任秦州、榆林等处守备，升陕甘督标中营都司、固原游击，并被督师琦善保举为参将，代理永昌营副将，后因军功升凉州总兵、甘州提督。道光二十五年（1845 年），郭相忠在任陕甘督标中营都司时，朝廷颁旨诰封他的祖父郭生祥、祖母程氏以及父亲郭永清、母亲陈氏。诰封圣旨及所赐凤冠霞帔今存县博物馆。咸丰十年（1860 年），郭相忠奉命靖边云南，改授四川提督，次年病故军中，寿 63 岁。咸丰皇帝谥赠振威将军，封太子太保，赐"功达汾阳"金匾，把他比作唐朝汾阳王郭子仪。

郭相忠不仅武功高超，而且文采甚好。著有《醒世八箴》和《柳营蝉噪》二集。他在《柳营蝉噪集》中有几首诗表现其失去慈母之后的悲痛之情，孝道之心溢于言表，发自内心：

> 游子思故乡，王事鞅掌日夜忙。背萱堂，云水苍茫。娘想儿，辗转靡已；儿想娘，寤寐难忘。定省疏，缺酒浆，终身抱恨泪千行。

> 游子转回乡，高堂无侍情可伤。泪汪汪，椿帐生凉。□椿犹在音容杳，口泽若存声不扬。哭声娘，在何方，叫儿能不断肝肠。

> 游子赋归来，每忆慈颜泪满腮。哭哀哀，懒上瑶台。儿的乳名儿，谁唤；儿的腮庞儿，谁挨。无依靠，好伤怀，含愁欲语徒徘徊。

> 游子已归还，实想锦衣庆椿萱。泪涟涟，愁绪万千。眼观慈帏空帐望，手捧凤诰何人穿。恩莫报，心痛酸，一声娘罢一声天。

这组诗题名为《署中思亲》。将军离开故土，征战一生，不仅慈母离世，难以返乡扶柩吊丧，留下终生遗憾，就连自己也客死异乡，丧身疆场。这是何等的悲壮，又是何等的气节啊！

郭提督在白沙镇所修的练武厅比常人的宅子高大了许多，只是无人收拾，破败萧条，但却依然挺立，似乎承载着将军的八字箴言。将军的大刀，今早已荡然无存。

（原文刊于 2008 年 8 月《天水日报》）

清水三古镇之红堡

红堡，是清水县城的西大门，与白沙东西遥相呼应，拱卫着清水古城。

红堡，地处牛头河、后川河、白驼河三水汇流之地，北有红土堡，南对牛头山，是清水川区西边缘。

牛头山，古人因山形酷似牛头而命名，今人称为小华山，是说山势高峻而险要如西岳华山。小华山山底由密度较高，十分坚硬的辉绿岩体构成。这些辉绿岩，清水人过去叫太皇石，石体含有白、黄、红、紫等五颜六色的瑕翠，美观而奇特，被冠以庞公玉之名。人们采集石料，加工雕琢成形态各异的摆件或工艺品，作为旅游产品出售，作为礼品馈赠亲朋好友。

辉绿岩石以庞公玉之名而代之，是因为牛头山上有庞公庵的缘故。明朝武宗正德十一年（1516 年），承德郎巩昌府通判山东潍阳人孙磷刻立《牛头山重修庞居士庵记碑》，碑文由巩昌府秦州清水县儒学教谕蜀东射洪人李崇仁撰写，碑阴额刻有庞公庵地形建筑布局图。碑文记述：庞公居士，名德，字道玄，襄阳人。家赀万贯，"利人厚物之心盛，轻财重义之心切"，好施于人。云游天下，至清水县，见"小泉河之上有牛头之阿，前后崇岗峻岭，左右溪回峰转，森耸清洁，风气攸聚"，便将此地为栖身之所，"诛茅结庵于斯，久居于斯，施惠于斯"。"斯地赖以起家者甚众，一旦谢世"，"众人追思德惠不忘"，"乃于所居之处建造栖神之祠""岁时报祀"。于是，庞公庵一带便被称为"庞公仙境"。《清水县志·隐逸传》说："庞居士，名蕴，字道玄，湖广襄阳人。脱略俗情，深造禅理，尝参马祖。问曰：何由得道？祖曰：待汝一口吸尽西江水即得道。居士大悟，西游陇上，至牛头山阿，爱其风景，结茅居焉。"牛头河水，宋时名为西江。所谓一口吸尽西江水当指牛头山下小泉峡口之流水。这里，山上古树龙蟠，山下惊浪雷鸣，水流入口，又在仙境，人与自然融为一体，表达一种意象，似隐语，或是佛家所说的缘吧！

红堡，也是个是非之地。秦灭赵国，命赵嘉的儿子管理西戎。西戎人仍然把他称为赵王。赵王在今牛头山下修筑赵王城，这座赵王城的遗址在今红堡西城村。西汉末年，群雄割据，天水成纪人隗嚣纠集陇右一带"三十一将、十有六姓"地方势力在秦州起事，建立割据政权，自称西州上将军。隗嚣还在今天水市北山建皇城，在麦积山附近建立避暑行宫。当年杜甫寄居天水也留下了"秦州城北寺，胜迹隗嚣宫。苔藓山门古，丹青野殿空"的诗句。

　　隗嚣以反王莽，拥刘玄而起事。汉光武刘秀称帝，隗嚣曾劝更始帝刘玄归政刘秀，并企图劫持刘玄东归未遂。刘秀也在极力笼络争取隗嚣。割据四川的公孙述曾任清水长，人既年轻，又很能干，"政事修理，奸盗不发"，很有政绩，被朝廷委以兼摄五县之政事，可谓破格重用。公孙述后在四川称帝，刘秀下诏让隗嚣从天水出兵伐蜀。他借口"白水险阻，栈道绝败"，不仅没有发兵，反而公开背汉。刘秀各路汉军东撤之时，隗嚣乘机追袭，使汉军遭受重创，幸亏马武等将力战，才得以摆脱。公元31年正月，隗嚣称臣于公孙述，被封为朔宁王。次年二月，刘秀派兵攻打隗嚣，双方鏖战，从春至秋，相持不下。33年闰四月，刘秀亲征隗嚣，在实施军事合围的过程中，离间隗嚣党羽，说服大将王遵、牛邯等降汉，使其失去了防守陇山的大军。陇山孔道既开，刘秀大军疾驰略阳，隗嚣携妻子逃奔清水西城。当时，西城守将为清水人杨广。秋九月，刘秀派大将吴汉、岑彭围攻西城。激战中，杨广战死，"葬于西城之北山"。汉军"以缣缦盛沙壅谷水灌西城"，城被毁坏。西城一战，隗嚣"病且饿"，只身逃往甘谷，不久贫病交加，忧愤而死。一个乱世崛起的地方割据势力就此终结。成语"得陇望蜀"正是说的这个事件。西城之战，陇右尽归刘秀。刘秀下令给岑彭："人苦不知足，既平陇，复望蜀"，叫他继续领兵南下，夺取西蜀，剿灭公孙述。"得陇望蜀"在此时似乎还有乘势而下，继续前进的意思，但后来不知怎的与贪得无厌拉在了一起。今小泉峡绝壁有"刘秀洞"，相传为刘秀避战蜗居之地。

　　时至1227年，即南宋宝庆三年，金正大四年，亦即元太祖二十二年，成吉思汗亲征西夏。《元史》记载："丁亥春……六月……帝次清水县西江。秋七月壬午不豫，己丑崩于萨里川哈老徒之行宫。"成吉思汗是六月达到清水的，七月初四（8月19日）病情加重，十三日（8月25日）病逝于萨里川。一代天骄溘然长逝，由于"秘不发丧"，致使这一重要事件成为谜团。"萨里川"，蒙语为"平川"；"哈老徒"，蒙语为"有山坡的地方"。从《元史》记载来看，成吉思汗是来到了清水县西江，即红堡西城。但在一个既有平川，又有山坡的地方，很难断定行宫的具体位置。姑且说一代天骄成吉思汗殒命西江之畔的红堡西城，也是一个大有忌讳的事。因而，更多的是莫衷一是，或避而不谈。

人事有更替，往来成古今。红堡，庞公成仙之处，刘秀避难之所，隗嚣兵败之城，天骄殒身之地，留下了无尽的遗憾。然而，红堡人对美好生活总是充满信心的。刘家沟人说他们祖坟里长着的龙果树，树上每年结多少个果子，村里就出多少个大学生。果子大的是大学生，果子小的是中专生，我们宁可信其真，因为总是一个好兆头。安家坪人养蜂，蜜丰收了，大缸小缸，大罐小罐全满了，连锅带碗全盛了蜜，饭碗要从邻村借，我们宁可信其有，因为总是一种新希望。今天，红堡这座古镇正在崛起。天平铁路建成运行，庄天二级公路全线贯通，跨越式发展的快车道，将古镇红堡载入一个全新的发展时代。相信用不了多久，这个清水的西大门将是一个工交商贸的繁荣之地。

（原文刊于 2008 年 8 月《天水日报》）

甘肃清水秦文化三题

清水县位于甘肃省东南、天水市东北部，总面积 2012 平方公里。宋元十七称之为西江的牛头河，自东向西，南折入渭，在清水县境干流全长 84.6 公里，流域面积 1836 平方公里。清水县历史上是水草丰茂之地，现有林地 64 万亩、森林 32 万亩、草坡 46 万亩。清水县东越关山与陕西省陇县相邻，南跨渭河与麦积区相望，西接秦安县，北接张家川县，是古代关陇驿路必经之地。清水县历史悠久，是轩辕黄帝故里、西汉名将赵充国的家乡。曾经辉煌灿烂的秦文化在甘肃省清水县也有着一些不可忽视的元素，兹举古秦亭、古上邽、秦遗址三题，以作探解。

一、古秦亭

清水县东部关山西麓今有秦亭镇，秦亭镇有一村自古称秦子铺。《清水县志》记载："初，周孝王十三年，封非子为附庸，而邑之秦，秦即秦亭如。唐李吉甫所称，为周孝王邑非子与秦亭者是也。"清代《古今图书集成》卷五五八说："亭乐山在县东三十里，有秦亭遗址，即非子始封处。"卷五六三说："秦亭，在县东三十里亭乐山，今为白沙铺。"明《巩昌府志》说："秦亭，在清水县东北亭乐山"，"清水县，郡之东界，古秦仲所封地"。《路史》说："（邢马）山在秦州伯阳水出之。秦州东南五十里亦有秦乐山，而非子所封之秦亭则在清水县东四十里，俗名秦乐山。"《秦州直隶新志·地域》说："清水县东……四十里曰秦亭铺，疑即非子始封地。"《清水县志》（康熙版）记载："亭乐山，邑东四十里，即古秦亭山。"《清水县志》（乾隆版）记载："周孝王因非子善蓄马，稗居汧渭之间，后里秦亭于陇上，秦之名自此始"，"秦亭山，东四十里，俗名亭乐山"。《中国历史地图集》元代行省图在秦州清水县东绘有"秦亭站"。在清水县个别碑文中也发现"秦亭"二字。从上述史料可以看出，秦乐山是清水县东四十里处的一座山，此地有秦亭。也就是说，今清水县秦亭镇秦子铺村有一座山，叫秦乐山，或秦亭山，这座山，今天称为游脉岭。这里当是秦非子牧马封邑的古秦亭。如果按周孝王十三年（前872年）封秦非子为附庸而邑之秦，至今当有2886年的历史。1984年，我在西北大学读书时，后来担任陕西省历史博物馆馆长的史学家周天游先生在讲先秦历史时，明确地讲甘肃省清水县一带是秦人的发祥地。

二、古上邽

《清水县志》记载："至桓王十四年（前706年），非子之后秦武公伐邽戎，取其人，置邽县。时，秦人拓地渐广，部曲渐多，封宇广大，即改秦亭为邽县。至高皇定三秦，收上陇，于京兆弘农置下邽，改邽县为上邽，以区别之，属陇西郡。"县志所记周桓王十四年，当为秦宁公十年。宁公之后是出公，宁公在位十二年，出公在位七年，之后才是秦武公。据《史记·秦本纪》记载：秦武公十年（前688年），伐邽、冀戎，初县之。其时所置，当为邽县。可见，秦亭成为邽县已有2700多年的历史。何以称邽县？《甘肃通志》说："邽山，在东南三十里，亦陇山支流"，"清水县东南三十里亦有邽山。唐武德四年（621年）立邽州于清水，盖因此山名"。《旧唐书·地理志》卷四十记载："武德四年，置邽州于清水，辖清水、秦岭二县，六年废邽州。"有关邽山、上邽，清水方志多载其名，清水县存留历代碑文也屡见不鲜。西汉永光二年（前42年）《赵壮侯墓表》说："（赵充国）年八十有六，葬邽山之阳"，今清水县城北山有赵充国墓。北周天和六年（571年）《赵佺墓志铭》记载："本姓赵，讳佺，字元昌，天水上邽人也。"隋开皇三年（583年）《王氏墓志铭》说五代渭州刺史张崇妻王氏葬"车道之北，邽山之阳"，墓在今清水县白沙村。唐贞观六年（632年）《姜安公墓志铭》有："公讳暮，字孝忠，秦州上邽人也。"元至正元年（1341年）《清水县创建宣德堂记碑》有："清水□□□上邽之郡也"。明崇祯五年（1632年）《永清堡记》有"负险关陇，上邽实当敌冲"，"城险足峙，上邽自是免抄戮之惨"，"岂惟上邽，天水、皋兰，迄张掖、酒泉，以形势相维，当亦秋净绝尘，数千里之长城，永赖在兹欤。"明崇祯八年（1635年）《邑侯萧公生祠碑》有"上邽得人，自天水迄玉门，龙麓数千里，可安枕而卧也。"清乾隆十二年（1747年）《上邽张公创修书院落成碑》不仅碑名直书"上邽"两字，而且文中也有"郁兮葱兮，邽山之灵，秀萃于是也。"清嘉庆十三年（1808年）《邽山书院记》中有"邑旧有邽山书院"。清道光十六年（1836年）《原泉书院碑记》有"清水自乾隆十二年张令创建上邽书院……，杨观察翼武令此，又作新之，易院名为邦山书院。"同年的《原泉书院捐助膏火记》开篇写道："清水，古上邽地，崇岗叠峨，盘行而硗瘠，民依山而耕，纯朴而多贫"，"前宰张君衍创上邽书院于县城西偏"，"嘉庆间，杨君翼武移至县治南偏，易其名邦山书院"，"陈君……又改邦山书院之名曰原泉"。从这些历史文化的化石，可以看出清水县有座名气颇大的山，叫邦山。这座山是大陇山向西的延伸，其东为秦乐山，西至县城北山，是一个东西走向的山系。大而言之，牛头河北岸的山梁当属古邦山的范围。上邽，或邽县就在清水县。关于"邽"与"上邽"，《辞海》等书说在今甘肃省天水市，并将秦武公伐邦戎置邽县说在天水市。徐日辉教授有《上邽何处寻》一文，早年发表于《文史知识》上。徐以为，郦道元《水经注》渭水条注，没有将上邽沿革考辨清楚，误以今天水市秦州区为秦武公伐邦戎所置之邽县，李贤注《后汉书》沿此致误，乃至《中国历史地图集》及《辞海》相沿不改。上列有关史料旨在说明秦武公伐邦戎，改秦亭为邽县，清水县因之又称古上邽，这是清水县秦文化的又一重要课题。

三、秦遗址

2004 年开始，由甘肃省文物考古研究所等五家单位组成联合课题组，启动早期秦文化调查、发掘与研究。在 2005 年、2008 年，早期秦文化联合考古队两次重点调查了清水县牛头河及支流，发现各类遗址 117 处。其中，位于县城附近的李崖遗址，不仅面积大，而且以商周文化为主的堆积丰富，遗址总面积在 100 万平方米以上。2010 年 7—10 月份，发掘李崖遗址 2000 平方米，发现一座古城，被称为白土崖古城，确定为北魏清水郡城。现存于秦子铺村的北魏太和二十年（496 年）的碑刻，是天水市发现最早的碑刻，碑文有"秦州清水郡南和县"字样。在秦亭还发现明代碑刻，上有"大明国陕西等处承宣布政使司巩昌府秦州清水县百家镇南阳铺"刻文。说明北魏时在秦亭一带曾设立南和县，属清水郡所辖，到明朝变为南阳铺了。秦亭遗址似乎没有进行发掘探究。2011 年 8—10 月份，对李崖遗址继续发掘。其中，发掘的 10 多座竖穴土坑墓均为东西方向，头向西、直肢葬、带腰坑殉狗。这与 2005 年发掘的礼县西山西周晚期铜礼器墓，以及出土的春秋战国时期铜礼器的秦国高等贵族墓葬俗一致。因而，这批墓葬很可能是早期秦人嬴姓宗族的遗存，也是迄今所见年代最早的一批秦族墓葬。随葬品中有相当一部分陶器具有显明的商式风格，如方唇分档鬲、带三角纹的陶簋等，加上腰坑殉狗的葬俗，表明早期秦文化与商文化的渊源关系。发掘的 40 多座灰坑及文化层中出土较多的西周陶片，其年代与墓葬大体一致。陶片种类与甘谷毛家坪遗址、礼县西山遗址西周时期秦文化既有相同之处，也有不同的地方。发现的几座寺洼文化墓葬，与早期秦族墓邻近，大量的陶器是秦式的。说明早期秦人与寺洼文化人长期和睦相处，或可能通婚，这对于了解早期秦人与西戎的关系提供了实物资料。李崖遗址周代墓葬和灰坑的年代集中在西周时期，很少见春秋时代的遗址单位或标本，表明遗址的繁荣期在西周时期，进入东周则很快废弃。这与非子至秦仲四代居秦邑，至庄公迁往西犬丘的文献记载大致吻合。《史记正义》引《括地志》说："秦州清水县，本名秦，嬴姓邑。《十三州志》云，秦亭，秦谷是也。"因而，李崖遗址为非子封邑地是有可能的。遗憾的是李崖遗址一级台地西南部为村庄所压，这部分最接近牛头河与樊河的交汇处，可能有尚未发现的夯土居址及较大型的铜器墓。但北魏清水郡城的确定为探索早期清水秦文化提供了线索。

（原文收入《秦文化研究论文集》）

白沙乡贤郭杨家族事略

《大学》说:"古之欲明德于天下者,先治其国;欲治国者,先齐其家;欲齐其家者,先修其身;欲修其身者,先正其心;欲正其心者,先诚其意;欲诚其意者,先致其知。致知在格物,格物而后知至,知至而后意诚,意诚而后心正,心正而后身修,身修而后家齐,家齐而后国治,国治而后天下平。"

中国社会根植于乡村社区。中国传统乡村社区,社会结构上讲究自上而下,乡贤带动;经济方式上自然合理,自给自足;生活方式上讲究天人合一,道法自然;文化传统上讲究自治自生,自然自律,这些构成了中国农耕文明社会,乡贤文化一直在引领乡村社区的发展。所谓乡贤文化是中华优秀传统文化的重要组成部分,是扎根于中国乡村的母土文化。在漫长的中国历史进程中,乡村社会建设,风习教化,乡里公共事务中贡献力量的乡绅都被称为乡贤。由此而形成了乡贤文化。可以说,乡贤文化是凝聚乡村社区的文化纽带,是一个地域的精神文化标记,是连接故土,维系乡情的精神纽带,是治国齐家,修身立德的精神标尺,是探寻文化血脉,张扬固有文化传统的精神原动力。甘肃省清水县白沙镇不仅历史悠久,在清朝及民国乡贤文化积淀丰厚。

一、郭相忠事略

郭相忠,字荩臣,生于清朝嘉庆三年(1798年)。嘉庆二十一年(1816年)丙子科武举,二十二年(1817年)丁丑科武进士,被授予绿营守备。道光五年(1825年),郭相忠随杨遇春、杨芳赴南疆平定张格尔叛乱,克复新疆各城,任喀什等营守备,戍守边疆18年之久。后调任秦州、榆林等处守备,升陕甘督标中营都司、固原游击,并被督师琦善保举为参将,代理永昌营副将,后因军功升凉州总兵、甘州提督。道光二十五年(1845年),郭相忠在任陕甘督标中营都司时,朝廷颁旨诰封他的祖父郭生祥、祖母程氏以及父亲郭永清、母亲陈氏。诰封圣旨及所赐凤冠霞帔今存县博物馆。咸丰十年(1860年),郭相忠奉命靖边云南,改授四川提督,次年病故军中,寿63岁。咸丰皇帝谥赠振威将军，从一品衔，封太子太保，赐"功达汾阳"金匾，把他比作唐朝汾阳王郭子仪。郭相忠丈人家在今秦亭镇吴家门，妻吴氏。

郭相忠不仅武功高超，而且文采甚好。著有《醒世八箴》和《柳营蝉噪》二集。

《醒世八箴》自序全文如下：

客有为余推勘八者曰：子命逢六合，运值三奇，阴木既遇子宫，阳水叠见辰位，财官绶印，四柱相生，此大富大贵之格局也。余笑曰：其然，岂其然乎？南阳贵人，未必具当六合；长平坑卒，未闻共犯三刑。且殷以甲子日亡，周以甲子日兴。据此而论，则支干之不足恃也，明矣！虽然，余自有八字，在命于天，率于性，准于理之当然，发于情之自然，可以动天地，可以格鬼神，可以贯金石，可以裂竹帛，可以争日月，可以泣风雷。天非此无以覆地，非此无以载四时，非此无以行百物，非此无以生尧舜禹汤、文武周孔，非此不能圣颜曾思、孟周程张朱，非此不能贤，关王张岳、文铁方杨，非此不能神，至哉。此八字，真令余名之而无可名，象之而无可象，拟之而无可拟，赞之而无可赞者矣。吾侪果能悚其神，摄其气，强其力，坚其心，判理欲于俄顷，分邪正于当途，辨人禽于几希，一刻不可离，一丝不容苟，一字敢废，则虽行止坐卧之间，往来周旋之地，造次颠沛之时，自能认得真，守得定，把得稳，豁得开，放得下，则尧舜禹汤、文武周孔之圣可以继，颜曾思孟、周程张朱之贤可以追，关王张岳、文铁方杨之神可以立。此岂不足以动天地，格鬼神，贯金石，裂竹帛，争日月，泣风雷，浩然长存者与？虽然，又有说焉，慈乌之反哺也，狳然之掖行也，元驹之从王也，翁鸡之应时也，獬胡之拜饵也，莫耶之护群也，金线之忍饥也，谢豹之覆面也。禽兽昆虫，犹各具其八字之一端，以顺造物生成之性。人而忘此八字，真禽兽昆虫之不若矣！禽兽昆虫之不若，而乃拘拘于星家敷衍之说，以为某干也，而财官旺，某支也，而印绶隆，正所谓弃其源而溯其流，舍其本而逐其末者矣。无惑乎！福未应而祸已临，吉未臻而凶先至也。前人云理不胜数，余则为数不胜理。盖理至而数随之耳，岂星学家生克衰旺，破害刑冲所能窥测其厓涯耶！故自理中有此八字，而彼数中之八字似觉渺然而不足信矣。然自理中有此八字，而彼数中之八字更觉茫然而无所施矣。至哉！此八字真令余名之而无可名，象之而无可象，拟之而无可拟，赞之而无可赞者矣！八字云何？即孝，悌，忠，信，礼，义，廉，耻。是客闻之，不觉悄然动容，赧然抱惭，嘿然卷舌而退。是为序。

郭相忠的诗，《清水县志》题"邑人郭相忠"，录11首，于诗集《柳营蝉噪集》中摘录。

库车老龙泉有感

昼夜风霜未得眠，萧萧战马咽飞泉。
年来几点英雄泪，忠孝堪嗟两不全。

赴利桥营再过秦岭口占

紫竹林中翠鸟啼，奇峰还绕对青溪。
我今复过秦关道，世路崎岖总不齐。

潼关道中

征车辚辚出京都，烟水苍茫入画图。
游子已归秦关内，慈母每日计归途。

望日归里

一别几经年，归来月正圆。
人情全更改，犹是旧山川。

雍沙随征有作

兵刃两相交，匈奴势欲逃。
引弓发白羽，落马填沟濠。

奏凯

捷报哄传日未晞，三通画角拥旌旗。

壮士腰悬三尺剑，临阵回来血染衣。

贵德约诸友看黄河赋此

一出昆仑万里长，河声咽断水云黄。

呼童共酌沽来酒，斜倚栏杆看西阳。

和雷一峰约上南海，旬遇雨有碍，原韵

无缘见佛雨偏多，南海迢迢恨若何。

待到明朝天霁后，跨龙随意绕黄河。

入觐思亲，欲归未得，有感而作。时五月望日也。

匆匆入都斜阳暮，笛声吹落梅花树。

纵使欲归不得归，白云遮断游子路。

便道未能返故乡，母心更比子心伤。

明月一鞭空怅望，梦魂夜夜绕萱堂。

悲先慈

慈容杳杳赴黄泉，五夜愁思泪黯然。

今日乘风归去也，教人把恨在终天。

蜀中思亲

游子思故乡

王事鞅掌日夜忙

背萱堂

云水苍茫

娘想儿

辗转靡已

儿想娘

寤寐难忘

定省疏

缺酒浆

终身把恨泪千行

游子转回乡

高堂无恃情可伤

泪汪汪

椿帐生凉

栖槹犹在音容杳

口泽若存声不扬

哭声娘

在何方

教儿能不断肝肠

游子赋归来

每忆慈颜泪满腮

哭哀哀

懒上瑶台

儿的乳名儿谁唤

儿的脸庞儿谁挨

无依靠

好伤怀

含愁语

徒徘徊

游子已归还

实想锦衣庆椿萱

泪涟涟

愁绪万千

眼观慈帏空怅望

手捧凤诰何人穿

恩莫报

心痛酸

一声娘罢一声天

郭相忠在《柳营蝉噪集》中有几首诗表现其失去慈母之后的悲痛之情，孝道之心溢于言表，发自内心。特别是题名《蜀中思亲》的组诗，尤为感人。将军离开故土，征战一生，不仅慈母离世，难以返乡扶柩吊丧，留下终生遗憾，就连自己也客死异乡，丧身疆场。这是何等的悲壮，又是何等的气节啊！

郭提督在白沙村所修的练武厅比常人的宅子高大了许多，只是无人收拾，破败萧条，但却依然挺立，似乎承载着将军的八字箴言。

郭相忠家族可谓一门武将。其弟郭相贤为嘉庆乙卯科（1819 年）武举人。郭相勋为道光癸卯科（1843 年）武举人，任固原提标把总。与郭相忠同村的蒋特升为嘉庆乙卯科（1819 年）武举人。

二、杨氏家族事略

白沙村杨氏家族是清水县的名门望族。据《白沙杨氏家谱》记载，传系东汉杨震后裔。故为纪念远祖，白沙杨氏后世子孙有一代的名字均有一个震字。

杨震（？—124 年），字伯起，弘农华阴（今陕西省华阴县东）人。东汉名臣，另称四知先生、关西孔子。历任荆州刺史、东莱太守、太仆、司徒、太尉。延光三年（124 年），罢免被遣，返乡途中，饮鸩而卒。

杨氏家族近祖为明朝洪武年间官河南道监察御史杨裕。

杨裕，字裕川，为明朝己卯科（1399 年）举人。据《清水县志》（乾隆版）记载："杨裕为诸生时，积学有声，名著陇右。明洪武己卯科举于乡，授河津知县。下车即问民疾苦。所不便者除之，人不敢干以私。以清廉擢监察御史，正色立朝，风裁凛凛，望之若秋霜烈日。"

大约明朝，杨氏从陕西岐山县迁居清水县新城乡杨家大湾。

白沙杨氏家族自清康熙十六年（1677 年）杨裕耳孙杨喜才在白沙开荒治产。杨喜才长子杨文定居之后人丁兴旺，衣冠屡代相继，家风世为清门。定居白沙的大房杨万秉，四房杨万秀兄弟俩艰苦创业，家事日兴。大房分为两个支系。一个支系中的长孙后裔，传至同治初年（1863 年）以后分为 7 个房份。一支系中的三孙后裔，为后人所称的中院里。二支系的七世孙抱娃外出谋生，下落不明。四房杨万秀的后代为族人俗称的上河湾老辈子家。故其坟地先后有新城杨家大湾，白沙车道河，白沙桑园子，白沙河南里，白沙马家坪，永清温家坪等处。

杨氏家族自第一代杨文，迄今十四五六代，已有三百四十多年，七大房头一百多户六百多口人的家族体系。大多数后代仍居白沙村。另，桑园子、汤浴川、暖和湾、马家沟及县城有居住。兹将前十代人名开列于后。

第一代，杨文（其弟杨绪仍居杨家大湾）。

第二代万字辈，杨万秉、杨万春、杨万朝、杨万秀、杨万象、杨万成、杨万积7人。

第三代功字辈，杨大功、杨安功、杨德功、杨伟功、杨立功、杨丰功、杨世功7人。

第四代贵字辈，杨孟贵、杨仲贵、杨季贵、杨永贵、杨富贵、杨廷贵、杨良贵、杨显贵8人。

第五代震字辈，杨祖震、杨志震、杨学震、杨慕震、杨似震、杨武震、杨绳震、杨效震、杨绍震、杨继震、杨法震11人。

第六代兆字辈，杨兆麟、杨兆龙、杨兆熊、杨兆瑞、杨兆江、杨徐儿、杨兆基、杨兆泰8人。

第七代竖心字辈，杨恃、杨忻、杨悦、杨煦、杨恺、杨慧、杨惇、杨映禄、杨随禄、王家娃、杨芬11人。

第八代天字辈，杨天培、杨天泽、杨天德、杨天翼、杨天秩、杨天禄、杨天荣、杨天章、杨天叙、杨天成、杨天佑、杨天相、杨天恩、杨天衢、杨天赐、杨已巳、杨午午。

第九代草字头辈，杨英、杨藩、杨茚、杨茂、杨苞、杨荫、杨茋、杨葆、杨萃、杨蘷、杨萼、杨荃、杨莜、杨标、杨葳、杨芳、杨霭、杨如岳、杨四世、杨存世、杨跟世。

第十代曾字辈，杨联曾、杨绥曾、杨维曾、杨应曾、杨景曾、杨顺曾、杨善曾、杨元曾、杨承曾、杨穆曾、杨汇曾、杨宪曾、杨钦曾、杨瑞曾、杨宣曾、杨捕曾、杨崇曾、杨缉曾、杨念曾、杨爱曾、杨耀曾、杨学范、杨德润、杨铭曾、杨启曾、杨敏曾、杨灵曾、杨慎曾、杨迈曾、杨聚曾、杨述曾、杨寄曾、杨嗣曾、杨敬曾、杨效曾、杨学曾、杨育曾、杨润身、杨省身、杨修身、杨俊曾、杨尚曾、杨象曾、杨广曾、杨复曾、杨守曾、杨膺祺、杨晋祺、杨寿祺、杨维祺、杨祉祺。

杨氏家族代表人物事略。

杨万秉，杨氏第二代，字金环。好学乐善，乡里有佛爷之称，全邑有善人之名。知县罗奇英题其像曰："不是名利客，不是田舍翁，栽花种竹，结庐山中，有子明经，有孙亢宗。乐矣不知老，须眉任蓬松，仿佛平生事，类石隐之高风。"

杨大功，杨氏第三代。字定远，生于康熙三十八年（1699年）六月二十三日。杨大功资性敏捷，勤学好问。12岁就傅，16岁入庠，壬申恩贡。设教一生，为地方文宗。当时赖以有成者不少，后世咸称老师爷。卒于乾隆五十一年（1786年）正月初九日，年88岁。七世孙评其一生说：

"吾于定远公一生所历之境，窃意天之报，施善人有不可解者。以公硕学厚德，一乡师表，宜乎积厚流光，及身食报以为将来修德者劝而后快，乃不意其始也。抱鼓盆之感其继也。遭西河之惨，卒至元孙，履霜芦花，再见芳兰丛桂，重折重栽。衰祖弱孙，撑持门户，岂非命途之多舛，家门之不幸，于斯已极者也。然究其将来，菀枯之情形，有非子孙宗族所忍闻。然骄情自甘不龟作劳，本源情淡者，其亦可以鉴矣。"

杨孟贵，字荣春，杨氏第四代。生于雍正六年（1728年）三月初一，卒于乾隆三十六年（1771年）七月十八日。为人恭恕勤快，德才兼备，由增广生员援例入贡。生平喜劝人息争讼，不吝齿牙。又精岐黄，闻病家请，无分雨夜，刻即往视，舍药活人，不胜指数。

杨祖震，字汉卿，号玉屏。杨氏第五代。生于乾隆二十年（1761年）十一月三十日。为人纯正有法，温文恭俭，8岁失恃，9岁失怙，时祖年七十有四，两弟未及成童，家计迫身，操理有条，仰事抚恤，克协无闻。性嗜读，理家务外即读经史，手不释卷。年弱冠，由国子生援例输授布政司理问衔。严正之气，儒雅之概，君子爱之，小人畏之。生平于孝之睦渊，任恤皆以身体之，而有以尽乎其大。卒于嘉庆二十五年（1820年）六月十一日。《清水县志》记载："杨祖震，家素封仁厚。嘉庆十七年，岁大饥。在白沙设粥场，以救难民，全活者甚矣。"

杨兆麟，字素亭，杨氏第六代。生于乾隆四十三年（1778年）三月二十三日，卒于咸丰六年（1835年）正月二十八日。性孝友效行，实由附生援例入贡，平生急人所急，里党有善人之目。晚岁受弟亳州州同衔，云骑尉公驰封，故与亳州州同衔。《清水县志》记载："（杨祖震）长子兆麟，附贡生，事继母孝，生平急公好义，道光四年及十四年荒旱大饥，散粟赈济饥民，受惠者无算。邑书院向无膏火，捐制钱六佰串，以瞻寒士。邑令陈公勒碑记之。"

杨兆龙，字云亭，生于乾隆四十五年（1780年）正月二十日。卒于道光二十年（1840年）六月二十一日。杨兆龙"生而俊伟，贞英姿。及长，在家饬纪，敦伦恂恂惟谨，习举子，业试不售。道光八年，由禀生援例入贡，输授安徽亳州州同。在州治沟洫以备旱涝，设义学以格犷俗，警猾吏以除积弊。十四年，亳饥，子女有上市鬻者，公劝善藏赢家，施银捐粟，设粥厂以济饥民，种种善规，州民爱之。当道具语保荐，诚非虚证也。"《清水县志》记载："幼而颖异，成年后丰姿俊伟，好读经书，持己以敬，接物以恕。习举业不售。道光八年（1829年）由禀生援例授亳州州同，在任十余年，立义学，兴水利，除吏弊，设粥厂，政绩丕彰。大宪以卓翼保荐之。"

杨兆麟生子五人，即杨恃、杨忻、杨恺、杨慧、杨惇。其弟杨兆龙生子二人，即杨悦、杨煦。这七人后裔即白沙杨氏家族七房份。

杨恃，字立山，生于乾隆五十八年（1794年）九月二十五日，卒于同治三年（1865年）六月十九日，年七十三岁。诰封朝议大夫，原卫千总。杨恃性英爽，善骑射，与甘州提督郭相忠为孩提交。习骑射与公为同窗友。每操演矢石，郭自逊弗及。后郭以武科联捷显，而公终以起趄为耻。故虽抱绝技，未曾一试。郭任四川提督，以武略保荐，授予千总之职，召公为幕辅。公以亲老辞不就，居家理商，课务农业，家道之盛，公与力焉。公状魁梧，言笑不苟，御下严而有恩，以故家僮仆婢幼，畏威怀德，弗致欺罔。晚年受子庄浪县乡学训导植柏公（杨天培）请封，授朝议大夫衔。杨恃严正之气，激烈之性，至死不衰。同治二年（1864年）冬十月初六日闻三岔家难事，感伤成疾，于同治三年（1865年）卒。

杨忻，字子云，生于嘉庆九年（1850年）五月十九日，卒于道光十八年（1828年）正月十八日，弱冠入庠，不事举业，寄情诗酒，善饮无对，里党有伯伦之目，然终以损寿。死后受次子内江知县请封，诰赠奉政大夫。妻阳氏封五品宜人。

杨悦，字怡园，生于嘉庆十八年（1803）年八月二十日，卒于同治元年（1862年）十一月二十七日。杨悦性和蔼，有心计。入庠后即理家务，无志进取，门庭之内，兄弟雍穆，外有立山悌恺之贤，内有智庵纯一之助，同心协力，家道由此日盛。晚年受弟米脂知县春圃公貤封，故授米脂知县衔。

杨煦，字春圃，生于嘉庆十三年（1798年）正月二十四日。卒于咸丰二年（1852年）九月初四日。杨煦幼颖悟，乃长，善属文，书法率更，精谨绝伦，为时所赏。学使见而异之，拔置第一，遂以冠入庠，旋食廪饩，习举子业不售。道光壬寅，旋遵新例，以秀贡入册。道光壬寅选广西灵川县知事。因亲老告近，改陕西神木县。丙午年，调米脂县。咸丰壬子春，代理绥德州兼署吴堡县事。杨煦历有政声，为政不事智察，每以抑豪强，佑良懦，兴学校，正风俗为首务，故所在称治。以积劳卒于治所。《清水县志》记载："杨煦，咸丰时以文林郎授陕西米脂县，历任神木县，绥德州，在官不畏强暴。米脂为陕北边境，人不知学，风俗犷悍，兴学设教以代之。"

杨恺，字悌堂，生于嘉庆十三（?）年（1808年）十二月二十日，卒于光绪八年（1882年）八月十八日。"杨恺性通达，识大体，精松雪，书文章，才为伯仲最。入庠后屡赴秋闱不售，随后家教授子弟，严正有法。同治初，花门之乱起，国库告罄，钞抚军兴，一切军用皆取给民间供应，差役浩繁，不堪其累，稍涉观望，动绳以法，直至皮穿骨尽，终于国用无补。时当三岔家难之后，老成凋谢殆尽，公已年迈，精神顿减，惟统御诸子侄竭力撑持，饷输之供，日不暇给，至终需索无已，家中当事者避匿不出，致遭逮捕，公开谕小侄出首应名认捐，暂支门户，以至事讫，讫无偾事，保全门户，公为力多焉。"

杨恺临终有遗语一纸，嘱子天相及孙茂：

我辈弟兄行众，唯予才庸力弱，无所短长，身生富家，衣服饮食随其自然。金银钱财一生手无分文。以予时念先人且认公字太真之故也。予无福，汝等即无福，不必恕予。唯望尔等立身守定忠信二字，治家守定勤俭二字，处家之道守定一公字。若公字之外，更加一严字，家自治矣。况承先人遗泽，亦何至於饥寒也。子孙虽愚，经书不可不读。惟因其材而事其事，则家无游食者。传曰："生之者众，食之者寡，为之者疾，用之者舒，则财足矣。"易曰："不节若则嗟若无咎。"又曰：其亡其亡，系于包桑。又曰：重门击柝，以待暴客。尔等果能时存乾惕，敦行不怠，或者为守先待后之一道云。至于穷途，自有命耳。"

杨慧，字智庵，生于嘉庆十六年（1811年）八月初二日。杨慧赋性坚贞，忠烈自处。同治元年（1862年），回人猖乱，公赴三岔。二年（1863年），发逆南来，三岔失守，举家赴难。朝廷嘉其忠贞，准入本邑忠义祠，旌表忠义，敕封云骑尉原庠生。妻王氏，旌表节义，封安人。夫妻同卒于同治二年（1863年）十月初六日。

杨惇，字纯一，生于嘉庆十九年（1814年）四月初四日，卒于同治八年（1869年）十月二十六日。杨惇性浑深和平，天真烂漫。业儒未就而书法、文学亦可有法，故其兄杨恺有时外出，恒以公代理。家塾子弟皆畏之，平甫书法即公亲授。晚年无子，取两妾不育，殁后无人继承，族中往来公议，遂以杨慧三子天叙嗣焉。故殁后逾七而敛，七七后而葬。

杨天培，字植柏，杨忻长子，出嗣杨恃。杨氏第八代。生于道光元年（1821年）六月二十三日，卒于同治二年（1863年）十月初六日。杨天培由附生援例入贡，授庄浪县乡学训导，笃性好学，敦于孝友，以亲老不官。同治元年（1862年），陕西回民起义，杨天培奉母徐氏，同叔杨慧等赴三岔避乱。州判闻天培至，即以城防之事委之。天培亦不辞其劳，办团练，缮守备，修城垣，制军械。不数月，规模粗具。同治二年（1863年）九月，太平天国遵王赖云光由略阳入两当，会久踞眉县。糟灿章大股由凤县而来，与赖云光会合，仍分趋西北二路。西自永宁河进犯徽县，北自太阳寺向东岔。十月朔至利桥。督司袁学德邀击之秦岭。次日，抵三岔，围攻厅城甚急。杨天培急募集壮丁团勇二百余救援，率众登埤守御。太平军围城十余日，攻之愈急。十月初六日，城东南隅为太平军地雷冲陷。杨天培知事不可为，遂命杨慧长子杨天禄同幼子杨蒂微服遁去。他与杨慧竭力御守。自辰至午，刃敌数十人，力竭被抵。太平军欲生擒之，杨氏侄叔大骂不屈，遂遇害。其母徐氏，杨慧之妻王氏，杨天禄之妻蔡氏，杨天叙之妻赵氏均被执，大骂敌，越城墙而死。杨天禄与杨蒂被太平军掳去数月。巡道林之望督率秦州劲勇，偕西宁镇守使张华追剿太平军，杨天禄与杨蒂得以生还。后督师左宗棠以杨天培殉难事奏于朝廷，奉旨忠烈堪嘉，着照例优恤，给予云骑尉世袭罔替，入本县忠义祠。徐氏等人亦诰封，入节义祠。

杨家三岔家难，据当地民众传闻死难12人。《秦州直隶州新志》载："天培被执，与慧皆骂贼死。天培弟天禄、天叙，侄英咸及妇女死者十二口。"

杨天泽，字丽川，杨忻长子。生于道光八年（1828年）二月二十八日，卒于光绪二年（1876年）九月初七日，年未五十卒，邻里共惜之。杨天泽性坦直果决，胸无宿物。同治元年（1862年），陕回起义，杨天泽出资首倡修白沙堡寨，制器械，为守御计。嗣因回人气氛炽盛，居民争逃匿，堡空力单。家人亦议出外暂避。杨天泽毅力坚守。回民至，则亲督家中丁壮及佣保登陴抵御，日夜勤劳，讫无废事。继因兵灾年荒，在逃者失所，相率依归。杨天泽又出粟周恤，招集流亡，使还故居。由此，居人鲜困绥而堡亦赖以获全。后受胞弟内江知县杨天德貤封，授奉政大夫，五品蓝翎。《清水县志》有载。

杨天德，字育占，杨忻次子。生于道光十二年（1832年）九月二十九日，卒于同治十二年（1873年）七月十四日。杨天德性敏捷，识时务，有志。当时世乱停科，由附生援例报捐，授内江知县。甫下车，裁陋规，减差徭，体恤良懦，加惠士林。内江民俗跷薄，结亲后因贫富憎慊而兴讼毁亲者，杨公一律严禁，判归初主不少宽贷，往往陪嫁衣，立拜华堂。民间歌谣当道，以政声卓异，考绩上报，奉旨钦加州同衔。继因江水暴涨，沉溺居民，杨公亲自督兵民编筏自救，身屡泥涂，旬有余日。因冒暑得疾，遂终于任。《清水县志》有载。

杨天荣，字衮甫，杨悦长子。生于道光十九年（1839年），卒于光绪二十六年（1900年）三月二十八日。杨天荣生而秀异，家中有玉儿之称。及长，性和易协俗，遇物无忤，而胸中泾渭坪然，不少浮沉，有君子之风。弱冠游堂兄内江知县公署，补偏就弊，赞助为多。公之政声，与有力焉。后受堂弟山西州判杨天佑陈情，例授儒林郎候补州同。不就职，终于家。

杨天衢，字步青，杨悦次子。生于咸丰七年（1857年）六月二十四日，卒于光绪三十三年（1907年）八月二十五日，杨天衢业儒未就，以资助湖南赈捐，授例贡生。

杨天成，字平甫，杨煦庶长子。生于道光二十年（1842年）十一月二十一日，卒于光绪二十六年（1900年）十一月二十一日。杨天成为人厚重，举止舒迟，善书法。同治乱平入陕西凤翔府陇州籍，入庠食饩，领岁荐，旋以岁贡入州候铨儒学训导。未之官，卒于家。敕授修职郎候选儒学训导原贡生。

杨天佑，字默斋，官印逢春，杨煦嫡长子。生于道光二十三年（1843年）八月二十日，卒于光绪二十三年（1897年）七月二十六日。诰授奉直大夫，山西和林格尔抚民通判。杨天佑生而颖异，幼业儒，花门乱平，入陕西凤翔府陇州籍，遂入庠。旋以钞抚军兴，家中输饷。承爵宪左宗棠题奏，一切输饷人员均请准以在事出力人员一律给出身，分班试用，授山西州判，历任托克托城抚民府汾州直隶州判和林格尔抚民府忻州直隶州州判。所在称治。闲居则医术济人，即此已见其志趣矣。光绪二十三年（1897年）卒于林格尔府署。

杨天翼，字舜臣，杨恺长子。生于道光十三年（1833年）九月十七日，卒于同治三年（1864 年）十月十六日。杨天翼业儒有声。同治元年（1862 年）县试列首选，后因乱世停科，识者皆以为命所限耳。例授修职佐郎。

杨天秩，字礼臣，杨恺次子。生于道光十五年（1835 年）闰六月十五日，卒于同治二年（1863 年）七月初九日。处士。

杨天相，字辅臣，杨恺三子。生于道光二十九年（1849 年）十月二十四日，卒于光绪二十五年（1899 年）九月初七。杨天相入庠后，因父年老，不事举业，惟家居奉养。性勤俭，尤善宅经，故家中修建营造，多出其手，有悌堂公（恺）之风。

杨天禄，字受之，杨慧长子，世袭云骑尉。生于道光十六年（1836 年）二月初十日，卒于光绪二十四年（1898 年）七月二十九日。杨天禄为同治年间白沙分家后，定居暖和湾六房始祖。

杨天恩，字子培，杨慧次子。生于咸丰五年（1855 年）二月初八日，卒于宣统二年（1910 年）十一月十七日。自遭三岔丧乱，杨天恩寄乳母家，九岁怙恃俱失，育于兄嫂，每相对饮食，兄辄弟泣，悲痛不能自已。故虽年及就傅，常养先于教，讫无成立。晚年受陕甘提督军门枭晋崇额八图鲁赏给军功牌，授武德骑尉。

杨天叙，字典卿，生于道光二十二年（1842 年）八月初六日，卒于光绪二十七年（1901 年）五月二十日。杨天叙为人浑厚和平，不亲时务，业儒未就。因回民起义，钞抚军兴，家中输饷。承爵宪左宗棠题奏请一切输饷人员请准以在事出力人员一律给出身，分班试用。授河南县丞，候补有年，困顿以终。

杨天赐，字子纯，杨芬之子。生于道光十一年（1831 年）五月初五日，卒于光绪二十二年（1896 年）七月十三日。《清水县志》有载："文章书法，俱名当时，中拔萃科，游学关中，才名甚著。后中同治庚午副榜，铨授华亭县教谕，未就任而卒。"

白沙杨氏家族第九代二三十人中，略有代表着如下：

杨英，字子发，杨天培长子，世袭云骑尉。生于道光二十五年（1846 年）二月十八日，卒于光绪二十三年（1897 年）三月初二日。

杨苃，字仲棠，杨天培次子。生于咸丰元年（1851 年）三月二十日，卒于宣统三年（1911 年）七月初一日，例授修职佐郎例贡生。杨苃为人忠厚朴诚，孝悌和睦。同治二年（1863 年）九月间在三岔城遭太平军掳去。数月后得还，在家事母及兄，恪慎克孝。

杨藩，字介候，杨天泽长子。生于道光二十九年（1850年）九月初二日，卒于宣统元年（1909年）七月二十九日。儒业未就，后由胞弟杨苞在京，授例纳贡入册，授儒林郎候铨州同。

杨苞，字竹坞，杨天泽次子。生于咸丰四年（1854年）三月十一日。杨苞少敏有才气器，年28入庠。食饩本年由廪生考选癸酉科拔贡生，朝考授山西州判。以自负才地，不趋流俗，候补有年，未尝握篆。间居惟教授诸子读书。《民国清水县志》有载。

杨蔼，字吉人，杨天祥三子。生于同治五年（1866年）腊月二十三日，卒于民国元年（1912年）三月初八日。太学生。

杨萃，字子亨，杨天德嫡长子。生于咸丰十一年（1861年）二月初二日，卒于光绪二十四年（1908年）二月十二日。杨萃性沉默，寡言笑，与人交接淡然，有不可及之态，盖有古君子遗风。年24入庠，旋食廪饩。精岐黄，善堪舆，接人利物，不慕荣利。与异母弟异室同家，不较资值。晚年蔬菜敝衣，恬淡自甘。光绪未领岁荐，未奉召而卒。邻里咸追念之。例授修职郎原岁贡生。

杨棱，字康庄，处士。杨天德次子。同治初年，白沙分家时将县城西关及李崖附近产业分给杨棱。杨棱于光绪年间移居李崖，后代定居县城。

杨㠑，字稷生，杨天荣次子。因杨天衢无子遂嗣。处士。生于咸丰十一年（1861年）二月十九日，卒于民国二年（1913年）四月二十五日。杨㠑赋性笃厚，自应童子试不就。后因伯父在处读书。三叔父年幼，家务纷纭，遂弃儒而助祖父修筑新院房屋前后五十余间，皆杨㠑勤劳所成。又亲往山西托克托城衙署探望杨天佑之起居，住宿一年，往来将近两载。光绪二十三年（1897年）奉父命移居马家坪务农，自设私塾，延请师傅，专教弟兄等。杨㠑常说："汝等若能读书，则一生无患矣。"杨㠑淡泊名利，足不至城市十余年。暇则治园植树，诗酒自娱，以乐天年。

杨荫，字越圃，杨天荣长子。生于咸丰八年（1858年）九月二十四日，卒于民国七年（1918年）。生十岁而母殁，事继母以孝闻。德配常氏亦感公化，能先意承志，博其欢心。及长，端方正直，率履不越。虽处私室，如对宾友，寡言笑，不二色。光绪甲申与堂弟杨苠、杨葆、杨尊同榜入庠，旋食廪饩，三赴秋闱不售，遂家居奉养，教训子侄，以昭后世。任耕任读，各因其才，自奉廉，接人恭，忠信勤俭，皆以身教，不善言辞，光绪末领岁荐，以岁贡入册，候选儒学训导。《清水县志》有载。

杨辑荃，字香圃，杨天佑长子。例援修职佐郎。生于同治五年（1866年），卒于民国十一年，无子。

杨茂，字松山，杨天翼长子。生于咸丰三年（1853年）九月初三日，卒于民国二年（1913年）十月二十一日。杨茂八岁失怙，母守志鞠养，教训读书，赖祖有成，书法文学堪为杨天翼继。年二十一入庠食饩，两赴秋闱不售，遂家居奉养。光绪十八年领岁荐，以岁贡入册候选儒学训导。杨茂性友善，待两弟甚笃，教耕教读，至于成立。及家众析居后，一切所有，任凭取舍，无计较，无滞怀。晚年家道衰困，友于之性，老而弥笃。族间凡有急难，无不尽力维持，或启提指导，亲疏无间。暇辄读经史，手不释卷，安贫乐道，以终其身。

杨苰，字念祖，杨天秩子。生于咸丰九年（1859年）九月十三日，卒于民国十一年（1922年）三月二十九日。杨苰五岁而父母俱殁，为祖母鞠养，辛苦备至，饮食衣服亲自料理。及长就傅，不肯远离，盖不肯一日去膝下也。光绪甲申如邑庠，时当杨恺谢世之后，家运渐次分崩，遂弃儒业农，奉养祖母，教训子孙，课耕课读，以终其身。

杨葆，字子贞，杨天翼次子。生于咸丰九年（1859年），卒于光绪三十一年，处士。

杨萼，字子珊，杨天翼三子。生于同治二年（1863年）九月二十五日，卒于民国二年（1913年）二月二十四日。杨萼二岁失怙，母守志鞠养，衣食教训，赖祖有成。幼聪颖，有才思，年二十以小试冠军入庠食饩。赴天水师院肄业，主讲苏少卿见而爱之，许以有道。本族子纯三叔学识精纯，品题甚高，见人少所许可，亦以才器目之，许为子侄冠。光绪戊子科初试，秋闱不售，比归而母殁，悔恨不已，遂阳狂自恣，废弃终身。盖埋怨兄杨茂之不早函达。光绪二十年（1894年）领岁荐入册，例授修职郎候选儒学训导，原岁贡生，未铨选卒于家。

杨芳，字兰亭，杨天相子。生于同治十二年（1873年），卒于民国三年（1914年）。杨芳业儒未就，性端方，不妄取与，治家勤俭，忠厚待人，教子有方。

杨标，字锦堂，杨天禄长子，处士。生于同治元年（1869年），卒于光绪二年（1894年）。杨标无子，由诚斋公长子承嗣。

杨著，杨天禄次子。生于同治十二年（1873年），卒于1953年。杨著系清增生，一生勤学好问，家中藏书颇丰。杨著博览群书，于堪舆有研究，但很少替别人看风水，择茔地。青年时期家运多舛，淡泊名利。在家中专教子侄及个别亲友子弟，治学严谨，教孙尤严。特别注重自身仪表，处处以礼规范言行，热情好客，诚信待人，多与文人雅士相聚，以谈书饮酒相娱。民国十七年（1928年）县长王重揆提议修县志，聘安子明为总纂，杨成斋、张临川分任编辑加采访，旋因兵事终止。继而县长周顺吉奉充省志局采访，会集邑人囊助其事。当时闫简丞，安黎樵复议籍此完成县志。于是，集萃从前同事诸人，开始编修。河匪忽至，事又不得不停。延至民国二十三年（1934年）县长黄炘莅位，极力提倡续修县志，分聘编纂、校阅、采访诸人，尅期完成。这次杨著仍任编辑，是役稍有编叙，卷轶略具雏形，旋以抗战开始，时局动荡，事又终止。杨著担此事三起三落，终未完成。民国三十五年（1946年），县长刘福祥又重新主持修志，聘杨著任总校。这次修志终于脱稿付印，是为民国版《清水县志》。

杨蔚，杨天禄三子。生年不详，卒于1956年5月，杨蔚业儒未就，终身务农，袭云骑尉世职。治圃植树，在自己土地附近渠旁遍植杨柳。院座周围有果树十多亩。在村前沿河多栽白杨，柳树次之。

杨葳，杨天叙长子，处士，字灵仙。生于同治十三年（1874年）九月初四日，卒于光绪二十九年（1903年）。无子。

杨氏家族第十代略述。

杨联曾，字星斋，生于光绪二年（1876年），卒于民国十一年（1922年），杨茚长子，过继杨英为嗣。杨联曾为人秉性刚直，严正聪明，至公无私，谦恭处己，忠厚待人，言必信实，善事父母，友爱昆弟。治家以勤俭为先，身体力行，好学能文。袭云骑尉世职。

杨师曾，字范之，杨蕤次子。毕业于天水中学。开明人士，人称杨好人。

杨育曾，杨苞长子，为清儒学庠生。清末民初在家塾教授子侄及亲友子弟，治学严谨，学习多有成就，乡里称"大师傅"。

杨守素，字朴山，原名守曾，杨著长子，出继杨标为嗣。生于光绪十九年（1893年），卒于1950年。杨守素幼年读私塾，终身务农，热心公益。民国三十一年（1942年），因筑修县城西北角牛头河堤并捐献自家木料，首获县府"热心公益"匾一副，曾任联保主任，龙山乡乡长等。

杨守愚，字鲁山，原名复曾。生于光绪三十三年（1907年），卒于1960年。杨守愚幼年就读私塾，聪明好学。后在家塾执教多年，书法绘画皆佳，尤精工笔山水花鸟，并能刻石治印。收藏名家书画较多。

杨守谦，字退之，原名尚曾。生于民国六年（1917年），卒于1960年3月。生前任教多年，后在隆德县政府任职，解放后回家务农。

杨守直，字简丞，原名广曾。生于光绪二十四年（1898年），卒于1961年。杨守直幼读家塾，记忆力强，善于讲述旧章回小说。

杨氏家族第十一代部分事迹。

杨澍，字雨新，生于光绪十六年（1891年），卒于1969年。杨澍一生教书务农，勤谨严肃，待人亲善和睦。

杨洪，毕业于清水师范讲习所，先任校，1964年辞职务农。

杨渭，初中毕业，投笔从戎，在胡宗南部任尉官。1940年黄埔军校第七分校第十六期学员。毕业后分配国防部任职，后晋为上校，曾多次随团出使美国、印度等国，从事抗战外交工作。重庆解放起义，申请回乡耕种，1977年卒。

杨演，字进之，生于民国三年（1914年），卒于1958年。杨演毕业于清水师范讲习所。先在本县任教，后在清水、天水、武山县政府任职，解放后回乡务农。

杨滋，字泽生，曾任清水县龙山乡、白沙镇等处乡镇长，武山县政府任职。解放后，回乡务农。

杨淑，字叙宾，民国二十五年（1926年）兰州师范学校毕业从教，1958年下放回家务农。

杨濂，私塾文化，从教多年，卒于1956年。

杨健夫，生于民国十七年（1928年），大学毕业，西安七十八中语文教师。

杨健禧，生于民国二十五年（1926年），大学毕业，曾任三秦出版社总编审。

杨朴，生于民国二年（1913年），卒于民国三十五年（1936年），初师毕业，自幼受良好的家风熏陶，为人正直，沉静寡言。从教多年，后在县政府任职。民国三十二年（1933年）任天水县民政科长。抗战胜利不久，不幸染疾，英年早逝。

杨元青，原名崇古，生于民国九年（1920年），卒于1967年。高小毕业，但聪颖好学，书画皆佳，尤善花鸟。每逢冬闲，从事狩猎，因不良嗜好，坐吃山空，解放时生活已相当困难。1956年在金川公司，因有文化被提干，后病卒。

杨崇德，生于民国十七年（1928年），卒于1967年3月。七房人丁不旺，自白沙分家，移居暖和湾，家道遂渐衰败。传至崇德后于民国二十七年（1948年）又搬迁到温家沟，新建房屋两院。杨崇德经常漂泊在外，无固定职业。至此，七房再无继嗣。

纵观杨氏家族事略，艰苦努力，兴家立业；道德立身，耕读传家；在家尽孝，兄弟和睦；勤学好问，教书育人；科举应试，求取功名；为国尽忠，保境安民；为官一任，造福一方；乐善好施，热心公益；这些中华民族的传统美德，随处可见，世代传承。在整个家族史上，始终是一条主线。这也是传统社会乡贤文化的核心所在。

（一）艰苦努力，兴家立业。新城杨家大湾杨喜才在白沙村开荒治产。其子杨文，其孙杨万秉、杨万秀兄弟俩艰苦创业，家事日兴，杨祖震"八岁失恃，九岁失怙，时祖年七十有四，两弟未及成童，家计迫身，操理有条。"杨天相"尤善宅经，故家中修建营造，多出其手。"杨蕤在家中困难之际，助祖父修筑新院房屋前后五十余间，皆勤劳所成。他还利用闲暇治园植树。杨蔚终身务农，治圃植树，有果园十多亩，并广种杨柳。就是在家道衰败之际，杨崇德还搬迁到温家沟修房建院。

（二）道德立身，耕读传家。追求良好的德行，是杨氏家族数代人的共同理想。杨孟贵为人恭恕勤快，德才兼备；杨祖震为人纯正有法，温文恭俭，素封仁厚；杨天叙为人浑厚和平；杨芾为人忠厚，孝悌和睦；杨著注重自身仪表，处处以礼规范言行，热情好言，诚信待人；杨联曾为人秉性刚直，严正聪明，至公无私，谦恭处正，忠厚待人，言必信实，善事父母，友爱昆弟，等等。立身守定忠信二字，治家多以勤劳为先，是杨氏家族立身治家的准则。农业文明的一大特征是耕读传家。耕，使他们有物质食粮；读，使他们有精神食粮。杨大功资性敏捷，勤学好问；杨祖震性嗜读，理家务外即读经史，手不释卷；杨兆麟好读经书；杨天培笃性好学；杨天翼业儒有声；杨著一生勤学好问，博览群书；等等。

（三）在家尽孝，兄弟和睦。孝悌观念在杨氏家族中根深蒂固，感人至深。杨兆麟事继母孝。杨恃被郭提督授以千总，召为幕僚。他以亲老，辞而不就。杨天恩"九岁怙恃俱失，育于兄嫂，每相对饮食，兄辄弟泣，悲痛不能自己。"杨芾在家事母及兄，恪慎恪孝。杨荫生十岁而母殁，事继母以孝闻。杨荩五岁，父母俱殁，为祖母鞠养，及长就傅，不肯远离祖母。杨联曾善事父母，友爱昆弟。特别是为避战乱，杨天培将母亲徐氏从白沙迁至三岔最终造成杨氏三岔家难，则更为感人。事父母极孝顺，是杨家优良品行之一，

（四）勤学好问，教书育人。杨家辈辈有读书人，不管在地方为官者，还是课耕课读者，都十分重视文化。他们设私塾，或亲自任教，或延请师傅，对子孙的教育抓得很紧。杨恺精雪松，书文章，才为伯仲最。屡赴秋闱不售，随家教授子孙，严正有法。他说："子孙虽愚，经书不可不读。"杨惇"业儒未就而书法，文学亦可有法。""平甫（杨天成）书法即公亲授""家塾子弟皆畏之"。杨天赐"文章书法，俱名当时。中拔萃科，游学关中，才名甚著。"杨苞在候补职位期间教授诸子读书。杨巍光绪二十三年（1898年）奉父命移民马家坪务农，自设私塾，延请师傅专教弟兄等。他常说："汝等若能读书，则一生无患矣。"杨茂八岁失怙，母守志鞠养，教训读书，赖祖有成，书法文学堪为杨天翼继。晚年家道衰困，暇辄读经史，手不释卷。杨荩也是这样，"家运渐次分崩，遂弃儒业农，教训子孙，课耕课读，以终其身。"杨著博览群书，家中藏书颇丰。于堪舆有研究，但很少替别人看风水。在家专教子侄及个别亲友子弟。至少第十代以后，当教师终身者更多。由于世代把读书视为终身事业，故其家风纯正，教子有方。杨万秉乡里有佛爷之称，全城有善人之名。杨大功设教一生，当时赖以有成者不少，后世咸称"老师爷"。杨联曾人称"杨好人"。杨育曾乡里称"大师傅"。

（五）科举应试，求取功名。中国古代社会，乡贤的地位是通过取得功名和官职、爵位而获取的。传统时代的身份等级制度是赋予他们拥有独特地位的制度性基础。科举制度下，乡土绅士的身份具有双重性质。即，读书求功名者曰士，为官或准备为官者曰仕。科举制度以其具有外显标志和社会文化内容的功名身份，把社会力量的绅士同政治力量的官僚紧密结合在一起。杨氏家族成员中，或通过科举求得功名，或通过例捐取得出身，几乎辈辈有功名，人人有出身。杨大功是贡生。杨孟贵由增广生员入贡。杨祖震由国子生援例输授布政司理问衔。杨兆麟由附生入贡。杨兆龙由廪生授亳州州同。杨恃授朝议大夫衔。杨悦赠奉政大夫。杨煦任神木知县，米脂知县，代理绥德州兼吴堡县事。

杨慧敕封云骑尉。杨天培授庄浪乡学训导，云骑尉世袭罔替。杨天泽受弟貤封授奉政大夫，五品蓝翎。杨天德授内江知县，钦加州同衔。杨天荣例授儒林郎候补州同。杨天衢例授贡生。杨天成敕授修职郎候选儒学训导。杨天佑诰授奉直大夫，山西和林格尔抚民通判。杨天恩授武德骑尉。杨天叙授河南县丞。杨天赐授华亭县教谕。杨芾授修职佐郎，杨藩授儒林郎候铨州同。杨苞朝考授山西州判。杨萃授修职郎。杨荫候选儒学训导。杨辑荃候选儒学训导。杨蕚例授修职郎候选儒学训导。至于在民国地方政府任职者，亦不在少数。

（六）为国尽忠，保境安民。同治二年（1863 年），杨天培不辞劳苦，办团练，缮守备，修城垣，制军械，阵亡于三岔城。虽急招募壮丁团勇二百余名，但城终被破。仅此一战，杨家死亡十二口人。杨氏叔侄遇害。其母徐氏，杨慧之妻王氏，杨天禄之妻蔡氏，杨天叙之妻赵氏，均越城墙而死。诚可谓一门忠烈节义之人！杨天泽在同治年间首倡修白沙堡，制器械，亲督家中壮丁及佣保登城抵御，毅力坚守，日夜勤劳。不仅如此，他还召集流民，给予米粟，使他们都归还故里。从杨天培写给其父杨恃的书信中可以看出，白沙村乡贤郭相忠，蒋特升及杨氏父子统军在外，辗转州县，与蓝朝鼎交战的情形。

敬禀父母亲大人金安！儿自家起程，一路平顺，身子爽快！十月二十六日至汉州，离省九十里，店内有言，新都县有兵驻扎。是儿郭伯父大人在彼，于二十七日早使苏翼武先往探问是否。及儿至新都关外，大孙少爷领人来接，行至关内。大人又来名帖，接进城内。悲欢交集，言伊想父亲大人来川一见其面。熟知今竟不来。言他自八月十四日出省走双流县，闻贼已走新津县，离省九十里。至彼，贼又走眉州，离省一百九十里。贼败走丹凌县。离眉州九十里。追至丹凌，贼又走新繁县。及汉州赵家渡金堂县，离新都三十里等处。于十月初一日领兵九百，至新都县，前后打仗十数回，杀贼数百名。但贼到处纠合土匪为声援，分我兵力。是以一到俾县，则灌县土匪皆起。贼到新繁，则绵竹土匪即起。贼到汉州，则安县、德阳县土匪即起。总之，贼匪数目大约五六万之众，兵勇三万有余。二十六日来报，探得蓝逆于二十五六将乐至县围困三日。乐至县用炮打死百余贼。蒋大人（贵州提督领湖南兵一万）带兵勇于二十六日由五凤溪过河，至三星场。贼闻蒋大爷及郑直隶州、庆广元县的少爷领兵勇追贼乐至县，又探得贼在乐至逃出数千余人。系彭县温郫二县。百姓口称，贼在乐至无粮，每日食粥一饨，食红苕一饨。故尔被贼邀去，百姓逃出数千。是实以儿郭伯父大人之意，要与蒋大人同力攻贼。但制台崇大人以护省城为重，不着远离。是以住新都不能动耳。

恭请父母亲大人金安。三叔大人之病今想已大愈矣！

儿天培禀，十月二十九日灯下草。

（七）为官一任，造福一方。杨氏近祖杨裕"下车即问民苦。所不便者，除之。人不敢干以私。"杨裕以清廉擢升监察御史，"正色立朝，风裁凛凛，望之若秋霜烈日。"贡生杨孟贵"生平喜劝人息争讼，不齿齿牙。"杨兆龙在任亳州州同，"治沟洫以备旱涝，设义学以格流俗，警猾吏以除积弊。亳州饥馑，有卖儿卖女者，杨兆龙施银捐粟，设粥厂以济饥民。"杨煦代理绥德州兼吴堡知事期间，"以抑豪强，佑良儒，兴学校，正风俗为首务。因积劳卒于任上。"杨天德任内江知县，裁陋规，减差徭，惠士林，政声卓异。内江暴发洪水，沉溺居民。杨天德亲督兵民，开展自救，身陷泥途十几日，因冒暑得病，促于任上。

（八）乐善好施，热心公益。杨孟贵"精岐黄，闻病家请，无分雨夜，刻即往视，舍药活人，不胜指数"。杨祖震在嘉庆十七年大饥之时，在白沙设粥厂，以救难民，全活者甚。杨兆麟生平急公好义，道光四年、十四年荒旱大饥，散粟赈济饥民，受惠者无算。邽山书院经费不足，杨兆麟捐制钱六佰串，以资助学童。杨守素虽终身务农，但热心公益。民国三十一年，因修筑县城西北牛头河堤捐献自家木料，首获县府"热心公益"匾一面。

综上所述，白沙村郭杨家族生生不息，世代繁衍，为我们研究轩辕故里乡贤文化，不断拓展轩辕故里清水文化的内涵都具有一定的现实意义。尤其是深入挖掘郭相忠家谱、杨氏族谱，将是未来邽山书院的题中之义。

清水城隍略考

清水城隍庙重建于 2006 年农历三月十五，2007 年农历四月二十八告竣。据《重修清水城隍庙记》记载："本县城隍庙，创于明初。"清康熙二十八年（1674 年）、乾隆四十七年（1782 年）、道光十八年（1838 年）、光绪二十一年（1895 年）、民国二十六年（1927 年）屡次重修。1950 年后被毁。2006 年重修。仅清朝以后七次重修，其中三次有碑记。

康熙二十八年（1674 年）《重修城隍庙记》，清水举人韩遇春撰文。文林郎、知清水县事、知县尧都刘俊声，原任清水县知县沈允昌，清水县儒学训导尚士秀，清水县典史、后升广东平甫巡检应大任，秦徽营左哨把总王天爵主持重修。碑文说："清邑城隍庙，创以有明之初。国朝仍之制，弘丽诸郡最。"这篇碑文记载，清水城隍庙始建于明朝初年。清朝沿明制，宏大壮丽，诸郡县为最。碑文说到明朝末年频发战事，所过之城土崩瓦解，而清水城屹立不倒，为陇右屏障。碑文还说，康熙十三年（1659 年），吴三桂叛乱。十五年（1661 年），图海为抚远大将军"提兵西讨，天水一带，积骸为城，唯独清水城安然无恙，全凭城隍神的庇护之力。"

道光十八年（1838 年）《重修清水县城隍庙碑》，进士、清水县事钱塘陈墉撰文，进士、知清水县事、前内阁中书、南通冯曦书丹，参与主持重修者有前翰林院庶吉士、知清水县、中州马方钰，举人、教谕、借补清水县训导何芩韵，蓝翎、清水县营把总娄尔贵，清水县典史张承烈，并有督工、会首、协办、募化、三班巡役、五里千约，铁匠、瓦匠、木匠、塑匠、画师等人名录。也有纪姓后人纪新德、纪克协、纪来泰的名字。该碑除记载颂神，重修经过外，着重记述了春秋祭祀城隍神礼制。并有乐神之章。

> 玉□兮雕宫，明珰兮飘风。云旆兮溶溶，吹竽兮击鼓。灵裔裔兮来下，虎执鞭兮螭为马。纷□颜兮满野，封封豕兮□羊。盛有醴兮鼎

有香，神逗逗兮降康。夏雨兮冬雪，禾麻麻檬檬兮葭艾揭揭。□狂踜
兮□绁，女婵娟兮士娱以悦。皇乐胥兮消遥，哀芸生兮常淹留。

2006 年《重修清水城隍庙记》记述，本次重修恢复了 1950 年后被毁原
貌，新建寝宫、卷棚、大殿、东西配殿、钟鼓楼、垂花门、牌楼等，各殿彩塑
神像 22 尊，建筑面积 634 平方米，为仿明清建筑群。城隍庙临大街，坐南朝
北，格局规整，形神俱备。碑文说："清水县城隍神，相传所祀系乡贤纪信，汉
义勇将军。公元前 204 年 5 月，汉王刘邦为楚兵所困。纪公因其貌似刘邦，替
身捐躯，解荥阳之围，拯汉王之难，后与萧何、樊哙诸开国勋臣同葬城固，立
祠顺庆。汉室祚兴，加封忠烈侯，敕封秦王。纪公舍身报国之精神为后人推
崇。纪公因之被历代视为城隍，世受膜拜。"

康熙二十八年（1674 年）《重修城隍庙记》说："城隍之神，虽经传无明
文，□岳渎义推之郡，则其守邑，则其令庙，则其署也。"按道教的说法，城
隍是守护城邑的神。由于城隍庙多建在府、州、郡、县之城，因而城隍神被视
为阴间的城池长官。明朝皇帝深知城隍神在民间很有影响，就规定天下所有的
府州县城都要建造城隍庙，且规格与当地的官府一样。城隍神不是特定的神，
它不像玉皇大帝等通敬之神，而是各地有各地的。往往是为纪念历史上对该城
有贡献，或有影响的名臣名将。有的是经过朝廷或官府加封，将其立为本地的
城隍神，希望他们的英灵能像生前那样庇佑当地民众。例如文天祥抗元有功，
南宋京都杭州就立文天祥为当地城隍神。

天水的城隍神据说是汉将纪信。他是全国级别最高的城隍神，因而被封
为"天下都城隍"。粗略统计，全国奉纪信为城隍的城隍庙有三十多处。天水、
南充、户县还把纪信视为当地人，以桑梓故土的身份，建城隍庙以供奉。清
顺治十六年（1659 年）刻立的天水《重建城隍庙碑记》说："有城隍庙土主尊
神，乃汉代义勇将军纪公也。解荥阳之围，捐躯退楚，泣血勤王，以拯高帝之
难也。"今天水城隍庙"汉忠烈纪将军祠"为于右任题写。楹联系清代董平撰，
邓宝珊将军摹书。"楚逼荥阳时凭烈志激昂四百年基开赤帝，神生成纪地作故
乡保障千万载祐笃黎民。"值得注意的是，纪信是今四川南充人，而该联却说
"神生成纪地"，大概因为纪信是赵人，赵姓是天水始姓的缘故。

清水《重修城隍庙记》也有"清水县城隍神，相传所祀系乡贤纪信。"清

水县城有大户纪氏。相传家谱有载，是纪信后裔。城隍神纪信长什么模样，史书未载。但《史记·高祖本纪》说："高祖为人，隆准而龙颜，美须髯，左股有七十二黑子。"隆准，即鼻子高挺，两颊端正。龙颜，文颖在《集解》中诠释为"高祖感龙而生，故其貌似龙，长颈而高鼻。"今清水县纪氏后裔多宽额隆准，硕耳细目。清水城隍庙会延续古例，每年农历四月二十八开始，五月初七结束。据民间口碑相传，四月二十八为纪信城隍诞辰日，而五月初七则为纪夫人隍娘娘诞辰日。故而，足见庙会历史悠久，城隍影响很大。

（原文刊于 2019 年 7 月 13 日《天水日报》）

张载隐居清水吉山

张载（1020—1077年），字子厚，世称横渠先生。陕西省宝鸡市眉县横渠镇人。北宋著名的思想家、教育家，关学创始人。他的"为天地立心，为生民立命，为往圣继绝学，为万世开太平"横渠四句，为历代文人所推崇。

据升允、安维峻《光绪甘肃新通志》记载："张横渠隐居处，在清水县西四十里张吉山"，即今清水县王河镇吉山村张吉山自然村。县志及地方史书也多有转载。

吉山村位于清水县西北，地处清水、秦安、张家川三县交会处。这里自古为丝绸之路通道，战略防御要地。大地湾遗址、女娲故里、街亭古战场、关陇驿站陇城镇，均在此处。吉山村在陇城镇南十里。这里是陇城川的一个南出口，又是一个隐蔽所在。响水河自南向北流入陇城。响水河两岸俱为悬崖石山，且多古堡。吉山村便如一个世外桃源隐于沟壑之上。

吉山村现辖峡口、风茔、窠埫、张吉山四个自然村。自女娲故里陇城镇沿响水河而上，张吉山下是风茔。风茔相传为女娲葬地。自风茔再向南，山口之间突兀一巨石，石上建有鹦鸽寺。鹦鸽寺西北峻岭之上建有太平堡，堡下石山十分陡峭。而通往吉山的路就隐在堡下偏北。攀上张吉山，放眼望去，宽阔的陇右要塞陇城川尽收眼底。张吉山潜伏于大马梁半腰，具备避风向阳、视野开阔、藏风聚气的特点，使人不禁对古人的择居智慧所倾服。

据张吉山的先人言传，吉山原名鸡山，说某知府行来此地，月明星稀，忽见一只金鸡鸣叫，周边一片彤红。知府顿觉此乃吉祥福地，遂命名吉山。又传闻张吉山因宋朝秦州知府张佶，曾于此处积粮屯兵，故而又叫张佶山。张佶曾任陕州通判、转运副使等职，是真宗一朝颇具盛名的粮草转运官，而吉山又是陇城的门户，张佶到吉山村是极有可能的。

张吉山现有128户520多人。居住在大马山下，其南坡有两个开阔的簸箕形阶地，当地人叫横渠湾。从地势看，从宋墓痕迹、宋人粮仓、已废官道、寨堡遗痕、千年古柳分析，应是北宋张吉山的居民点。张载当年隐居之地，应在此无疑。

北宋时期，西夏经常侵扰宋朝西部边境，宋廷向西夏"赐"绢、银和茶叶等大量物资，以换得边境和平。这些国家大事对"少喜谈兵"的张载刺激极大。宋仁宗庆历元年（1041 年），张载 21 岁时，写成《边议九条》，向当时任陕西经略安抚副使、主持西北防务的范仲淹上书，陈述自己的见解，打算联合焦寅组织民团去夺回被西夏侵占的洮西失地，为国家建功立业。

康定元年至庆历二年（1040—1042 年），范仲淹知永兴军、陕西经略安抚招讨副使、兼知延州，在延州军府召见了这位志向远大的儒生。范仲淹劝他作为儒生一定可成大器，勉励他去读《中庸》，在儒学上下功夫。张载听从了范仲淹的劝告，遍读佛学、道家之书，觉得这些书籍都不能实现自己的宏伟抱负，又回到儒家学说上来。经过十多年的攻读，终于悟出了儒、佛、道互补，互相联系的道理，逐渐建立起自己的学说体系。

庆历二年（1042 年），范仲淹为防御西夏南侵，在庆阳府城西北修筑大顺城竣工，特请张载到庆阳，撰写了《庆州大顺城记》以资纪念。嘉祐二年（1057 年），张载进士登第，先后任祁州（今河北安国）司法参军、云岩县令（今陕西宜川境内）著作佐郎、签书渭州（今甘肃平凉）军事判官等职。在渭州，他与环庆路经略使蔡挺的关系很好，军府大小之事，都要向他咨询。他曾说服蔡挺在大灾之年取军资数万救济灾民，并创"兵将法"，推广边防军民联合训练作战。他还撰写了《经原路经略司论边事状》和《经略司边事划一》等，展现了军事政治才能。

张载隐居清水吉山，大体应在这一时期。

熙宁十年（1077 年），秦凤路（今甘肃天水）守帅吕大防认为张载的学术承继古代圣贤的思想，可以用来复兴古礼，矫正风化，上奏神宗召张载回京任职。此时张载正患肺病，但他不愿错过施行政治理想和主张的机会，便带病入京。宋神宗任用张载担任同知太常职务。当时有人向朝廷建议实行婚冠丧祭之礼，下诏礼官执行，但礼官认为古今习俗不同，无法实行过去的礼制。唯张载认为可行，并指出反对者作为"非儒生博士所宜"，因而十分孤立，加之病重，不久便辞职西归。同年十一月十七日行至临潼，翌日晨与世长辞。

秦安县今有张载后裔。据秦安人张泉林说，现存"横渠流芳"牌匾为秦安上关"张家祠"故物。大明永乐年间，张载第十四世孙张统、张纪兄弟自陕西扶风迁至甘肃秦安，为秦安"仁厚堂"张氏始祖，张载后裔迁至秦安后凡六百余年间衍至张泉林为二十三代。

张吉山以张姓为主，与清水县松树镇、白驼镇张氏同出一门，为清水县大户旺族。在吉山曾经有"义学梁"这个地名，办过义学堂，办过佶山书院，据说挂像主要是孔子和张载。张氏一门，从面相上看隆鼻厚颧，容貌清秀。从家风上看，普遍聪颖过人，和善敦厚，多为书香门第。据《清水县志·名士传》记载："张彭龄，号莲泉，邑增生，屡荐不售，以善书能文著名当时。敦厚伦，常栽培后进，宛有横渠遗风。庭训最严，其孙（张）澍浴俱入邑庠，年近九旬手不释卷，士林重之。"又据《人物志》："张慎行，字子余，道光甲辰举于乡，授河州学正。同治之乱，枭桀之徒骎骎蠢动，慎行择教民之在庠者开诚劝导，令其安抚各乡，毋使妄动。河州城赖以保全者。二载迄变作，慎行具衣冠自经于明伦堂，合门皆仰药死。时同治二年十月也。事闻赠奉直大夫授云骑尉世职。"

新中国成立前，吉山村人给小孩起名字除了按照家谱字号外，多以"金木水火土"等取象命名。如清水教育科长、武山县县长张鉴等，如张镇，取"金"；清水第一中学第一任校长张作模家族，张作相，张作桐等取"木"，其后代张炯、张烛等取"火"。说明深受张载"易学"传承的影响。

（原文刊于 2020 年 9 月 23 日《天水晚报》）

关学精神在清水

今年是关学宗师张子诞辰千年。结合地方史料，研究张载事迹，弘扬关学精神，对于营造时代新风尚具有十分重要的现实意义。

一、关学在清水的影响

张载关学主张学以致用，把学术思想与现实社会政治、经济、军事等联系起来，力图为现实服务。特别是倡导"为天地立心，为生民立命，为往圣继绝学，为万世开太平"的四句教，为后世学者为学提供了最高标杆。

周蕙，明代陇右颇有声名的理学家。冯从吾《关学编》说："先生名蕙，字廷芳，号小泉，山丹卫人，后徙居秦州，因家焉。"周蕙大约生于明朝宣德五年（1430年）。黄宗羲《明儒学案》说周蕙"隐居秦州之小泉。"《甘肃新通志》《清水县志》（康熙版）说："小泉峡在县西南三十里，地暖禾早熟。"小泉，即今甘肃省清水县红堡镇小泉村，在小泉峡谷中。距清水县城三十里，距秦州城六十里。该村今以周姓人居多。

周蕙先后师从两位理学家。一位是兰州的段坚，二人亦师亦友。段坚，号容思，明代陇右重要的理学大家。其人自称"百载程朱真绝学，高深私淑后人思。"时称段坚"文清之统，惟公是廓。"何景明说："先生（周蕙）于容思先生，其始若张横渠之于范仲淹，其后若蔡元定之于朱紫阳也。"《关学编》载，成化四年（1468年），段坚赴小泉探访周蕙不遇，留诗二首，其一：

> 白云封锁万山林，卜筑幽居深更深。
>
> 养志不干轩冕贵，读书求取圣贤心。
>
> 何为有大如天地，须信无穷自古今。
>
> 欲鼓遗音弦绝后，濂洛关闽待君寻。

另一位是薛瑄门人李昶。《明儒言行录》说："李昶，山西安邑人，景泰丙子举人，授清水县学教谕，恭勤博览，尝从学薛文清公而德行粹白，时人多以理学师之。"

周蕙开馆授业多门人。《关学编》说："先生门人甚众，最著名者渭南薛敬之，秦州王爵。"薛敬之曾从学于周蕙，是明代关中地区极具影响力的一位理学家。周蕙的学问人品对薛敬之影响非常大。《明儒学案》说："（薛）从周先生学，常鸡鸣而起，候门开，洒扫设坐，及至，则跪以请教。"学成后对弟子说："周先生躬行孝弟，其学近于伊洛，吾以为师。"王爵，秦州人。《关学编》说："爵字锡之，自少潜心力学，及长从游（周）先生门而知操存。"另有李锦。李锦，陕西咸宁人，因听周蕙讲学而大悟，"学于周小泉，得闻先儒要旨，遂弃记诵辞章之习，以穷理主敬之学，知行并进。（《明儒言行录》）"终成为关中一位名儒。

张载重视自然科学成就，研究过天文、地理、历算、生物等各方面的学问，并且运用这些知识认识宇宙，解说自然现象。这一点，不仅对后世理学家们产生过很大影响，使他们大都不讲鬼神，不喜迷信方术。而且，也影响着一些仁人志士。

郭相忠，字荩臣，甘肃清水县白沙镇下店子人，生于清朝嘉庆三年（1798年）。嘉庆二十一年（1816年）丙子科武举人，二十二年（1817年）丁丑科武进士，被授予绿营守备。道光五年（1825年），郭相忠随杨遇春、杨芳赴南疆平定张格尔叛乱，克复新疆各城，任喀什等营守备，戍守边疆十八年之久。后调任秦州、榆林等处守备，升陕甘督标中营都司、固原游击，并被督师琦善保举为参将，代理永昌营副将，后因军功升凉州总兵、甘州提督。道光二十五年（1845年），郭相忠在任陕甘督标中营都司时，朝廷颁旨诰封他的祖父郭生祥、祖母程氏以及父亲郭永清、母亲陈氏。诰封圣旨及所赐凤冠霞帔今存县博物馆。咸丰十年（1860年），郭相忠奉命靖边云南，改授四川提督。他与其弟武举郭相贤（嘉庆乙卯科武举）、郭相勋（道光癸卯科武举，曾任固原提标把总），同村人蒋特升（嘉庆乙卯科武举，曾任巴里坤千总），及千总杨恃并其子杨天培等组成的郭家军辗转州县，与蓝朝鼎交战。次年病故军中，寿63岁。咸丰皇帝谥赠振威将军，从一品衔，封太子太保，赐"功达汾阳"金匾，把他比作唐朝汾阳王郭子仪。

郭相忠文武兼备，风裁凛凛，乡人称郭菩萨。著有《柳营蝉噪集》和《醒世八箴》。他在《醒世八箴自序》中说，客有为余推勘八字者曰：子命逢六合，运值三奇，阴木既遇子宫，阳水叠见辰位，财官绶印，四柱相生，此大富大贵之格局也。余笑曰：其然，岂其然乎？南阳贵人，未必具当六合；长平坑卒，未闻共犯三刑。且殷以甲子日亡，周以甲子日兴，据此而论，则支干之不足恃也。明矣！虽然，余自有八字在，命于天，率于性，准于理之当然，发于情之自然，可以动天地，可以格鬼神，可以贯金石，可以裂竹帛，可以争日月，可以泣风雷。非此，无以覆天地；非此，无以载四时；非此，无以行百物；非此，无以生尧舜禹汤，文武周孔；非此，不能圣颜曾思孟，周程张朱；非此，不能贤关王张岳、文铁方杨；非此，不能神。至哉！此八字，真令余名之而无可名，象之而无可象，拟之而无可拟，赞之而无可赞者矣！吾侪果能悚其神，摄其气，强其力，坚其心，判理欲于俄顷，分邪正于当途，辨人禽于几希，一刻不可离，一丝不容苟，一字敢废，则虽行止坐卧之间，往来周旋之地，造次颠沛之时，自能认得真，守得定，把得稳，豁得开，放得下，则尧舜禹汤、文武周孔之圣可以继，颜曾思孟、周程张朱之贤可以追，关王张岳、文铁方杨之神可以立。此岂不足以动天地，格鬼神，贯金石，裂竹帛，争日月，泣风雷，浩然长存者与？虽然，又有说焉，慈乌之反哺也，猱然之掖行也，元驹之从王也，翁鸡之应时也，獬胡之拜饵也，莫耶之护群也，金線之忍饥也，谢豹之覆面也。禽兽昆虫，犹各具其八字之一端，以顺造物生成之性。人而忘此八字，真禽兽昆虫之不若矣！禽兽昆虫之不若，而乃拘拘于星家敷衍之说，以为某干也，而财官旺；某支也，而印绶隆。正所谓弃其源而溯其流，舍其本而逐其末者矣。无惑乎！富未应而祸已临，吉未臻而凶先至也。前人云，理不胜数，余则为数不胜理。盖理至而数随之耳，岂星学家生克衰旺，破害刑冲，所能窥测其厓涯耶！故自理中有此八字，而彼数中之八字似觉渺然而不足信矣。然自理中有此八字，而彼数中之八字更觉茫然而无所施矣。至哉！此八字真令余名之而无可名，象之而无可象，拟之而无可拟，赞之而无可赞者矣！八字云何？即孝，悌，忠，信，礼，义，廉，耻。

郭相忠的《醒世八箴》八卷通篇贯穿着崇尚先贤，珍惜名节，不信迷信，笃行践履的关学精神。他的诗作感情真挚。如《入觐思亲》：

> 匆匆入都斜阳暮，笛声吹落梅花树。
> 纵使欲归不得归，白云遮断游子路。
> 便道未能返故乡，母心更比子心伤。
> 明月一鞭空怅望，梦魂夜夜绕萱堂。

又如《蜀中思亲》：

> 游子思故乡，王事鞅掌日夜忙。游子已归还，实想锦衣庆椿萱，泪涟涟，愁绪万千，眼观慈帏空怅望，手捧凤诰何人穿？恩莫报，心痛酸，一声娘罢一声天。

诗中表现出其失去慈母之后的悲痛之情，孝道之心溢于言表，发自内心。将军离开故土，征战一生，不仅慈母离世，难以返乡扶柩吊丧，留下终生遗憾，就连自己也客死异乡，丧身疆场。这是何等的悲壮，又是何等的气节啊！

二、弘扬关学精神

张载是我国历史上著名的思想家、教育家，是中华优秀文化的杰出代表之一，所创立的关学是儒家一个重要的学派。张载关学，博大精深。其基本特征有以下几个方面。

一是躬行礼教，以礼治国，以礼化俗，以礼成德，以礼为教。但不完全泥守旧礼不变，也注意到了礼随着时代的变化而变化。正所谓"时措之宜便是礼，礼即时措时中见之事业者。"所说的时中，即是《周易》所说的合乎时宜，把握中道，不走极端。

二是笃行践履，不空谈理论，主张"学贵于有用"，"学古道以待今。"反对空知不行，学而不用。本着务实的精神，以"致用"为目的来实践自己的理想。

三是崇尚气节。关学重视礼仪教化，主张身体力行，使关陇文化涌动着鲜活的生命力。那种敦善行而不怠，坚持真理，不畏权贵的政治节操，"无求生以害仁，有杀身以成仁"的精神信仰，和"富贵不能淫，贫贱不能移，威武不能屈"的大丈夫人格，充满并光耀着儒家的优秀道德传统。

四是求自然之实的科学精神。先秦儒学探讨天人关系，其最终落脚到社会政治与人生。张载重视天文学的成就，以此丰富自己的哲学理论，观察物理、气象、生物等自然现象，并做出客观合理的解释，重视对生理现象、医药知识的考察，提出的一些具有科学价值的理论及其体现出的科学精神，对关学学人的思想产生过广泛的影响。

关学精神的核心莫过于"横渠四句"，集中体现了张载的理想情怀和精神气象。

为天地立心——天地本无心，但人有良心，人的心就是天地之心。张载说："大抵言天地之心者，天地之大德曰生，则以生物为本者，乃天地之心也。地雷见天地之心者，天地之心惟是生物，天地之大德曰生也。"天地最大的德性就是生养了万物。天地生万物，体现了天地的仁爱之德。从而把天道与人道、宇宙论与价值论相贯通，这就为人的道德本心确立了本体论的根据。

为生民立命——立命，即确立人生的精神方向和生活原则。也就是为民众选择并确立正确的人生方向和基本的生活原则，以便实现生命的价值与意义。

为往圣继绝学——往圣，指历史上的圣人。绝学，指中断了的学术传统。这里所说的绝学，其实是指韩愈所说的由尧、舜、禹、汤、文、武、周公而至孔孟所一贯倡导的仁义之道的传统。张载要承继的是包括伏羲以至孟子以来的道统，其承继的方式是"勇于造道"，言"《六经》之所未载，圣人之所不言"，反映了张载强烈的历史使命意识。

为万世开太平——太平、大同是周公、孔子以来圣人的社会政治理想。所谓"大道之行也，天下为公"的太平盛世。张载面对宋代社会的种种矛盾和人民生活的艰难困苦，以儒家仁爱精神为基石，以更深远的视野展望万世太平的理想目标，旨在努力为人类开创万世不灭的太平基业，展示了他博爱的情怀和远大的志向。

总之，横渠四句通过立心、立道、继学，最后达到开太平的目标，涉及人类的价值取向、生命意义、道统传承、社会理想等多个方面，它不仅是张载对自己一生抱负和理想的概括，而且对关学学派和历代有识之士产生着极大的精神激励作用。

党的十九大报告中指出，要提高人民思想觉悟、道德水准、文明素养，提高全社会文明程度。广泛开展理想信念教育，弘扬民族精神和时代精神，引导人们树立正确的历史观、民族观、国家观、文化观，推进社会公德、职业道德、家庭美德、个人品德建设，激励人们向上向善、孝老爱亲，忠于祖国、忠于人民，使我们人民有信仰，国家有力量，民族有希望。

清水宋有西江书院，清有上邽书院、原泉书院，关学文脉，延绵不绝。为了薪火相传，弘扬关学精神，传承千年文化，我们于 2021 年 8 月创办了邽山书院。邦山书院以"省身、明德、知行、睦邻、报国、济天下"为宗旨，以传承弘扬中华民族传统优秀文化为己任，旨在通过自我学习、自我教育，修身明德、身体力行，做对人民、民族和国家有用的人。我们还将举办纪念张载华诞千年活动，为张载隐居地立碑，开展学术报告，其目的是为宣传张载事迹，弘扬关学精神，匡正社会风气，引领时代风尚，尽绵薄之力。

参考文献

[1] 刘学智.《关学思想史》. 西北大学出版社 2015 年版。

[2] 张岂之主编.《中国思想史》. 西北大学出版社 2016 年版。

[3] 余泽春等修.《秦州直隶州新志》. 光绪十五年版。

[4] 冯从吾.《关学编》. 中华书局 1987 年版。

[5] 黄宗羲.《明儒学案》. 中华书局 1985 年版。

[6] 许容监修.《甘肃通志》. 乾隆元年版。

[7]《清水县志》. 民国版。

[8] 郭延坡等.《明代秦州理学家周蕙生平丛考》. 2016 年《天水行政学院学报》. 2016 年第 6 期。

[9] 温小牛著.《清水碑文研究》. 中国文史出版社 2008 年版。

（本文收入宝鸡市社科联筹办纪念张载诞辰一千周年高端论坛论文集，有删节）

◎ 札记

尹子故里在清水县

尹子，姓尹名喜，字文公，号文始真人、文始先生。先秦天下十豪，周朝大夫、大将军、哲学家、教育家。自幼究览古籍，精通历法，善观天文，习占星之术。《庄子·天下》将尹喜和老子并列，称为"古博大真人"。尹喜任宝鸡大散关令时遇老子，老子授其《老子五千言》，即今之《道德经》。后随老子教化众生，晚年居武当山。尹子是百家之一，也是道家学派的重要代表，著有《关尹子》九章。后世配祀老子。对于这样一位重要人物，他的故乡究竟在哪里？说法较为集中者，认为在今清水县。

清水县位于甘肃省东部，与陕西省宝鸡市相邻。县境内渭河北山有教化村，尹家台子村，牛涧里村，尹道寺村，有回龙武当山等。这些地方有许多与尹喜、老子相关的民间传说。

尹道寺村位于清水县南陇东镇，是县境边缘村。全村二十五户一百多人，居住在山梁之上。这里脚下是蜿蜒向东的渭河水，面对横亘东西的西秦岭，可以观石门夜月，可以听渭河涛声，而陇海铁路、312国道，以及东西穿梭的高铁川流而过。尹道寺村有村门，门上有庙。从"天上六星经万古，人间七曲寿千秋"的对联看，应是文昌阁。在如此偏僻的地方供奉文昌帝君，至少说明此地有着文化渊源。尹道寺建在庄头一块坡地。寺门有护法神，联曰："金砖有眼观世界，铁鞭无情镇乾坤。"院中有一小龛，供奉土地神，贴联"一炷香风调雨顺，三叩首国泰民安。"正殿尹道寺有对联"道从无极生有极，气炼先天补后天"，横批"道德通天"，说的是老子学说中的道和气。由学者李自宏撰，书法家郭治川书的木刻对联"华章九篇入百子，经文五千诵道德"悬挂于门侧。寺里供奉太上老君，右侧侍奉关尹子。左右两山墙绘有"老子降生图"和"老子出关图"。又有尹子后裔尹裕德、尹裕厚、尹裕仁等敬献的"明德维馨"匾。附近有尹家台子村。村民以尹姓居多，当是尹子后代。尹道寺附近还有牛涧里自然村，民间相传为老子隐居牧牛的地方。据村人说，尹道寺以前在原址，刘姓之人挪到半山腰重建，不料，山体滑坡，寺庙被毁。今悬崖边尚有残砖碎瓦，兽脊猫头。现寺建于 20 世纪 80 年代后期。据文物考证，尹道寺村曾发现万枚贝币，说明此地早有人类居住。至于尹子是如何从这荒凉之地走出，尚有诸多谜团。正如葛洪评《关尹子》："方士不能到，先儒未尝言，可仰而不可攀，可玩而不可执，可鉴而不可思，可符而不可言。"

《史记》载："老子修道德，以自隐无名为务。居周久之，见周之衰，乃遂去。至关（大散关），关令尹喜曰：'子将隐矣，强为我著书。'于是老子乃著书上下篇，言道德之意五千余言而去，莫知其所终。"

由尹道寺向南不远是麦积区伯阳镇兴仁村。该村地处渭河边上。渭水流经这里划了一个巨大的 S 圈，山川交汇，成太极图状。山脊伸向河水中央，山上建有柏林观。相传老子收尹喜为弟子，师徒翻山，在清水县陇东镇教化沟村传道布众，教化百姓。后到尹喜故乡尹道寺村暂居。一日，老子观其南方，紫气升腾，烟霞缭绕，便顺山而下至今兴仁村，见此处山形地貌非凡，便结草为庐，修炼讲经。当时，渭河积深为潭，久为水患。老子尹喜师徒率民凿开通道，导水东流。后来，老子与尹喜在此炼丹修行，著书立说，传授他炼气吐纳之法和《道德经》五千言。人们为怀念老子，便取地名为伯阳渠。渠名以老子字而命名。在 S 形中央险要之地建老子庵。至今讲经台，炼丹炉残址犹存。后来，老子庵更名柏林观，疑作伯灵观。

据现有资料，南北朝时伯阳渠曾设伯阳县。而柏林观至少在唐代就有规模。唐太宗李世民所修《氏族志》称："李氏凡十三望，以陇西为第一。"后世天下李氏都称老子为李姓"太上始祖"。唐太宗还追封老子为太上玄元皇帝。于是，全国各地大兴土木，建造道观。柏林观尚有万斤铁钟一口，上铸天、地、水、火、风、雷、山、泽八卦。据记载，柏林观四周筑城墙，建戏台、钟楼、鼓楼、城门、山门。清乾隆五十九年（1794 年），秦州府督修寺观。道光十年（1830 年）重建老君殿。民谚云：柏林观，八柏三石九座殿。民国九年（1920 年），天水大地震，庙宇多倒塌，当地民众坚持修复保护。后遭浩劫，千年古柏被砍伐，尤其一株春秋古柏，相传为老子亲植，也未免斧砍。古树古物荡然无存。现仅存康熙时匾额三块。近年来，在旧址上建起三清观，塑像壁画，初具规模。目前，柏林观正在兴建。总投资、总设计、总规划、撰文《柏林观序》的刘芳锋写道，柏林观有碑记载修缮于唐代，系老子授伯阳上吉贤人尹喜《道德经》的地方，2016 年重建城墙、城垛、山门、城洞，2018 年竣工。刘芳锋是否与尹道寺村刘姓人有关尚不知，柏林观有原中国道教协会会长任法融所书"柏林观""泰清宫"牌匾，有大理石刻群《太上元玄道德经》照碑，有刘芳锋捐资刻立的《讲经台遗址》碑，也有刊刻精致的老子骑牛图。柏林观2022 年将全面竣工，一座崭新的道观将呈现于渭水之阳。柏林观，作为中国道教的发祥地之一，作为中华传统文化的承载地之一，为地方旅游、历史和文化增添了不可或缺的分量。而这一切，追根寻源，当于尹子功不可没，更与清水县是尹子故里密切相关。

（原文刊于 2022 年 3 月 3 日《天水日报》）

秦亭访古

清水县秦亭，是秦非子牧马封邑之地，是秦人的发祥地。这里有汉武帝命名的大震关，有北魏设过南和县的百家站，有记述建制沿革的明代碑，有康熙帝住过的盘龙铺，有《盐法分界碑》，有于右任存留的《麻鞋歌》，有革命先辈留下的战斗足迹。文化根脉纵不断线，源远流长。

秦亭镇，地处清水县东北、关山西麓，东与宝鸡陇县毗邻，北与张家川相接，自古为陇右门户、商旅通道。此处有秦乐山，并有祭祀秦先祖非子的秦乐寺，亦称非子庙。《清水县志》记述："周孝王因非子善蓄马，稗居汗渭之间，后里秦亭于陇上，秦亭之名自此始。"

当山东东夷人在东海之滨被贬斥，被逐放，剥夺姓氏，流放西隅之时，是非子在秦亭为周室牧马，马肥大繁息。公元前 889 年，周孝王给了非子方圆不过五十里的封土，并允许这支东夷人恢复其嬴姓氏。在宗法社会，得姓是件极为荣耀的事。从此，在秦亭有了嬴姓一族。"燕子殒卵""双手供奉"和"燕麦嘉禾"三部分组成的复合图腾——大秦旗帜高高飘扬在今清水县秦亭镇的上空。

秦亭，盛产燕麦。燕麦为禾本科植物，《本草纲目》中称之为雀麦。称燕雀之麦，原是秦人在秦亭的发明。燕麦是一种低糖、高营养、高能食品，属高寒作物之一，产于高寒地区。燕麦是壮阳之物，秦人将它的谷粒磨成面后食用。秦人也用燕麦充作养马饲料。营养价值很高的燕麦养育了生性彪悍的秦人，饲养了膘肥体壮的战马，这是秦人体质强健的原因之一。

秦亭，还盛产汉麻。汉麻，又称为山丝苗、火麻、线麻，直立草本，高可三米，枝具纵沟槽，密生灰白色贴伏毛，叶掌状全裂，裂片披针形，或线状披针形，有雌雄之分，雄株叫枲，雌株称苴。秋天，一地一地的汉麻极像列阵的士兵，受阅的部队，迎风而立，密不透风，英姿飒爽。秦人用坚韧的麻皮合成的缰绳驾驭着剽悍的烈马，足穿耐磨的麻鞋，一路朝东，问鼎关中，横扫六

◎ 札记

合，终于统一天下。

秦亭，更是秦人放飞梦想的地方。从周孝王封邑秦亭，到秦武公伐邽戎而置邽县，秦人有了得以发展的根据地。由秦亭而到恭门镇的邽县，由邽县再到李崖村上邽。"百代都承秦政体"，以秦亭为发祥之地，邽县开创了延续至今的郡县政体之先河。秦，这个远古的图腾，由秦乐山这块乐土宝地，西向而散，甘谷的朱圉山，礼县的鸾亭山。再一路朝东，翻越关山，至平阳、雍城、栎阳、咸阳，马踏关中，荡平天下，抒写了一部秦人不屈的奋进史。秦，这个远古的图腾，在中国历史上雁过留声，踏石有痕，秦安、秦州、秦川、秦国、秦人、秦腔、秦之声、三秦大地、人文地理、行政区划、地域概念，追根溯源，无不源自秦亭之秦。

秦亭，是秦人的发祥地。但它的脚步一刻也从未停息。秦亭，文化根脉从不断线，源远流长。

大震关，位于秦亭镇盘龙铺梁。四周山峦屏蔽，唯有一条峡谷可达关隘，有"一夫当关，万夫莫开"之势。据史料记载，汉元鼎五年（公元前112年），因汉武帝刘彻登山至此遇雷震而得名大震关。大震关设于关山顶峰盘龙梁，山势挺拔，蔚为壮观，是陕甘门户，自古就有"其坂九回，不知高几许"之说。在大震关，留下了众多历史典故。唐代著名高僧玄奘过大震关去天竺取经、文成公主出大震关远嫁吐蕃。杜甫、岑参、卢照邻、王勃、皮日休等许多文人学士过大震关，沿途留下了脍炙人口、千古流芳的壮美诗篇。

在秦亭镇秦子铺村保留着一块石碑。十多年前，市政协征集全市碑碣石刻，笔者研究此碑，以其出土地命名秦亭碑，公之于世。碑刻于北魏太和二十年，即公元496年。此碑文字可辨者六十四字，是清水郡司马都统功德碑。碑文"秦州清水郡南和县"，说明北魏于秦亭镇曾设南和县。县址在今秦亭镇百家村。据当地人口口相传，北魏时打了一仗，迁来百户人家，设县以卫关山。该碑书法极有价值，虽呈魏风，却有商鼎、秦简、汉碣之内涵。笔法圆润端庄，结体舒张宽博，大有《石门颂》奇逸古雅之遗风，超凡脱俗之意韵。在秦亭镇莜麦岭龙头观还存有明代碑一通。碑文有"大明国陕西布政使司巩昌府秦州清水县南阳铺"字样，清晰地保存了秦亭镇在明代的隶属关系，是研究地方历史的活化石。

秦亭镇盘龙铺村，相传清康熙帝西巡微服私访曾住宿民间小院，老百姓因此为该村命名。康熙是否来过秦亭镇，无从考究。权权铺，秦亭镇全庄村的一个自然村，是陕甘交界的第一村。前年关山驿路考察，却有重大发现。路旁有石碑，刻有许多小字，字迹模糊，隐约可见为修庙捐款碑。碑有重复刊文，字大而清晰，楷书。碑上正中有"盐法分界"四字。左为"迤东行河东官盐不许越"，右为"迤西行花马池盐不许越。"由此始知，这是一块古代盐务管理法规碑。碑文规定，从权权铺以东，不允许销运河东官盐；从权权铺以西，不允许销运花马池盐。否则，以贩运私盐论处。权权铺，明代以前属陕西布政使司凤翔府辖，在清代则为陕甘交界。这通碑刻立于关陇要道秦亭镇，表明关山东西，盐务管理有严格的规定。《盐法分界碑》对于研究古代甘陕地区盐务管理，探讨丝绸之路关山段商贸流通，具有十分重要的文物价值。

吴家门，地处秦亭镇百家村，是关陇驿路旁一个颇有名气的地方。不仅有树龄近三百年的紫荆树，还因出过山中凤凰诰命夫人而闻名遐迩。吴家门吴氏出嫁白沙镇郭提督。郭提督，名相忠，字荩臣，清水县白沙镇白沙村下店子人，清朝从一品振威将军、太子太保，被咸丰皇帝誉为"功达汾阳"。据当地民间传说，这棵树是郭提督为其岳父祝寿时从京城带来的。当时，老百姓不认识这个树种，也叫不上名字。既然是从紫禁城带来的，就索性叫它紫荆树吧！

时至民国，于右任越大震关，经秦亭，看到莜麦岭下一川的汉麻，诗兴大发，写下了《麻鞋歌》，其中盛赞秦亭汉麻："麻油油，被四野。老农自矜产麻好，并谓麻鞋制作巧。"

往事越千年，秦亭换新颜。今天的非子封邑大美秦亭，正以全新的风貌书写着崭新的时代新篇章。

（本文刊于 2021 年 12 月 13 日《天水日报》

◎
札
记

315

清水武林漫记

清水县位于关山西麓，渭河北岸，东接陕西陇县，西达甘肃秦州，是关陇屏障、丝路要冲。县东有茂密的山林，古代民多居板屋，性情剽悍、性格耿直，且多力大，有尚武之风。

清水是轩辕黄帝诞生地。轩辕黄帝带领部落在阪泉与蚩尤决战，是中国历史所载第一次战争。故事出自中国上古奇书《山海经》《史记》等典籍。在中国神话传说及东方神话之父袁珂所著《中国神话传说》中非常精彩。

五千年前，以轩辕为首领的部落居住在西北方，靠发展畜牧和种植庄稼为生。与轩辕同时的部落首领炎帝，住在今陕西宝鸡市附近。这两支部落是近亲。后来，炎帝族渐渐衰落，而黄帝族逐渐兴盛起来。

同时期，有一个九黎族的部落首领蚩尤，十分强悍。传说蚩尤常常带领他的部落，侵略其他部落。其他部落无力抵抗，叫苦连天。蚩尤侵占炎帝的地盘时，炎帝起兵抵抗，但他不是蚩尤的对手，被蚩尤杀得一败涂地。炎帝请求轩辕帮助。轩辕早就想除去这个各部落的共同敌人，就联合各部落，在涿鹿的田野上和蚩尤展开一场决战。

关于这次大战，有许多神话式的传说。据说轩辕平时驯养了熊、罴、貔、貅、貙、虎六种猛兽，在打仗的时候，就把这些猛兽放出来助战。蚩尤的兵士虽然凶猛，但遇到轩辕的精兵强将，加上这一群猛虎凶兽，再也抵抗不住，纷纷败逃。在追杀中，忽然天色昏暗，浓雾弥漫，狂风大作，雷电交加，使得轩辕的士兵无法追赶。但是，轩辕听从了军师风后的建议，将图腾"天鼋"军旗之天鼋龟头指西北，尾向东南，四足定四方来指引和带领迷失了方向的兵士，依着蚩尤逃跑的方向追击，结果把蚩尤捉住杀了。神话虽然荒诞离奇，但反映出这场战争是非常激烈的。各部落看到轩辕打败了蚩尤，都非常高兴，轩辕更加受到了大家的拥护。从此，轩辕黄帝成了部落联盟首领。

《史记》这样记载，"轩辕之时，神农氏世衰。诸侯相侵伐，暴虐百姓，而神农氏弗能征。于是轩辕乃习用干戈，以征不享，诸侯咸来宾从。而蚩尤最为暴，莫能伐。炎帝欲侵陵诸侯，诸侯咸归轩辕。轩辕乃修德振兵，治五气，蓺五种，抚万民，度四方，教熊罴貔貅貙虎，以与炎帝战于阪泉之野。三战，然后得其志。蚩尤作乱，不用帝命。于是黄帝乃征师诸侯，与蚩尤战于涿鹿之野，遂禽杀蚩尤。而诸侯咸尊轩辕为天子，代神农氏，是为黄帝。天下有不顺者，黄帝从而征之，平者去之，披山通道，未尝宁居"。

经过战争，黄帝所辖疆域也在扩大。东至于海，西至于崆峒，南至于江，北逐荤山，而邑于之阿。迁徙往来无处，以师兵为营卫。官名皆以云命，为云师。举风后、力牧、常先、大鸿以治民。顺天地之纪，有土德之瑞，故号黄帝。轩辕黄帝武功盖世。因此，孙中山说："中华五千年，神州轩辕自古传。创造指南车，平定蚩尤乱。世界文明，唯有我先。"

两千多年后，秦人先祖非子因为周王室牧马有功，被封邑清水秦亭。《史记》记载："非子好马及畜，善养息之。孝王召使主马于汧渭之间，马大蕃息。邑之秦，使复续嬴氏祀，号曰秦嬴。"

秦武公，秦国第三位君王秦宪公的长子，第四位君王秦出子的大哥。曾被权臣玩弄于股掌，先是废黜太子之位，扶植其弟秦出子即位，又杀害秦出子，复立武公。秦武公即位时仅十四岁，这一年是公元前697年。人之命运无常，秦武公经历政局动荡，血雨腥风，自然成长不少。少年武公威风凛凛，作战勇猛，即显得少年老成。

秦武公十年（公元前688年），攻伐邽戎、冀戎。邽戎在今清水县，冀戎在今甘谷县。秦武公确实勇武，拿下了邽戎、冀戎之地，分别设置邽县、冀县。因之，清水也有了华夏第一县的美称。这也是秦国设立县制的开端，打破了西周以来的分封制，此后商鞅变法在整个秦国推行郡县制。

楚汉相争，一个不起眼的清水人纪信，改写了中国历史。纪信，春秋时纪侯之后裔，相传系清水人。秦末随刘邦进军咸阳，灭嬴秦，定关中。项羽在鸿门设宴，准备在宴会上杀死刘邦。刘邦得讯逃出，有纪信与樊哙、夏侯婴、靳强四人奋力保护，始得安全回营。

公元前204年四月，楚军全力攻荥阳，将刘邦困于城中。危机间，纪信向刘邦建议说："事已至此，别无他法可以脱险，请允许我扮作汉王，出城诓骗楚军，时我王可以趁间从别门出走。"刘邦遂与谋士陈平计议，让纪信扮王先从东门出，而刘邦等人再从攻围不太急的西门出。当夜趁着暮色，汉军打开东门，先使两千女子出城，以引楚军放松戒备，既而由纪信扮装的汉王乘王车而出。因纪信面似刘邦，加之坐着黄色车篷、上挂羽幢的王车，楚军一时莫辨，四面围将而至，又见随王车者高声说："粮食已尽，汉王愿意投降"，楚将士皆深信不疑，齐集东门，高呼万岁而围观。就在此时，刘邦率数十骑亲随出西门而去。及纪信乘车来到项羽营中，项羽出，厉声问："汉王在哪里？"纪信答道："汉王已离开了荥阳。"项羽见刘邦逃脱，大怒，下令部下将纪信烧杀。

刘邦称帝后，念纪信为救己而舍身，追封纪信，并赐黄袍加身，兴建大型庙堂祭祀。刘邦的后代又封其为城隍神。至明太祖朱元璋，大封天下城隍，纪信封忠烈侯，天下都城隍，享正三品。其后关陇间城邑所建城隍庙大都祀纪信。清水城隍庙亦祀乡贤纪信。秦州区城隍庙牌坊上有近代书法家于右任所书"汉忠烈纪将军祠"匾额，正门砖刻清秦州知州董平章撰联，邓宝珊所书联语："楚逼荥阳时，凭烈志激昂，四百年基开赤帝；神生成纪地，作故乡保障，千万载祜笃黎民。"

赵充国，字翁孙，清水人，是西汉著名的将领。他戎马一生，对汉王朝内建筹措、外定边疆立下汗马功劳。他首创军队屯田制，用和平的方式来解决边疆问题，对中原王朝经营西域起到了居功至伟的作用。据史书记载，赵充国虽然长得比较威武雄壮，但是，有着一个谨慎且善于思考的灵魂。少年时的赵充国就以"六郡良家子"的身份，被选拔为汉武帝的羽林亲军。在羽林军历练时期，他一边苦练骑射技艺，一边研习兵法，同时，注重收集大汉周边各少数民族部落的信息，通晓四夷事务。

天汉二年（前99年），38岁的赵充国以假司马的身份跟随将军李广利攻打匈奴，被匈奴大军重重包围。赵充国不顾自身安危，带着100名壮士冲锋陷阵，救出主帅李广利，扭转了汉军全军覆没的局面。在这场战役中，赵充国全身有二十多处受伤，李广利把情况上奏给汉武帝，汉武帝亲自接见并探视他的伤情，感叹称赞。汉昭帝时，武都郡的氏族人反叛，赵充国带兵平定此次叛乱，升任中郎将。在这之后，匈奴势力仍存，赵充国又带兵攻打匈奴，俘获西祁王，因功升任后将军。汉宣帝本始年间（前73年—前70年），匈奴大举发动十多万铁骑向汉塞开来，打算侵扰汉朝边区。赵充国统领四万骑兵驻守边境，匈奴单于听到这个消息，领兵退去。汉宣帝神爵元年（前61年），以湟水中下游先零羌为首的诸羌侵扰汉朝边塞。为尽快稳定局势，汉宣帝选用通晓羌事的赵充国进兵湟中。此时他已七十多岁。汉宣帝以为他老了，就咨询他看派谁出战合适，赵充国很自信地回答："没有比老臣更好的人选了。"赵充国统兵深入羌人进占的河湟地区，他针对羌人各部落采取了比较怀柔的政策，区别对待，宽严相济。赵充国认为，只靠武力永远也收服不了羌人，即向朝廷提出了罢兵屯田，让军队一边开荒屯田，一边守土安民、招降西羌各部落。士兵且耕且战，威德并行。征得批准后，赵充国以七十六岁的高龄在河湟地区屯田。他率领众人耕种原有的土地外，还在河湟两岸开垦了大量的荒地。并且大力兴修交通水利，包括修葺金城郡到河湟各地的驿站、邮亭，在湟水各流段和支流上架设七十余座桥梁等工程。赵充国首创屯田戍边在历史上产生了极为深远的影响。赵充国晚年离任，返回家中。不过在讨论"四夷"问题时，汉宣帝仍时常征询赵充国的意见。甘露二年（前52年）赵充国去世，终年八十六岁，获赐谥号为"壮"，葬于清水城西北李崖村。

杨广，清水籍大将。东汉建武八年（32年），赤眉义军攻入清水县境，被地方军隗嚣派遣将领杨广击退。其后"得陇望蜀"的隗嚣割据天水。史料记载，光武帝亲征隗嚣时在陇山曾派大将来歙伐木开道，隗嚣大将伐木塞道，双方争夺道路甚为激烈。隗嚣被汉军击败，自秦州退至清水。杨广战死，葬于白驼镇刘坪村。

南北朝十分重视关山清水段地利，清水县志书碑刻记下了印痕。北魏为拒刘宋，在关山脚下移民百户，称百家站。又设清水郡南和县，与今清水县城不足百里。

李虎（505—577年），字威猛，北朝陇西成纪人，与唐高宗李渊的爷爷同名同姓，死后葬于清水。据墓志铭记载，李虎祖父为北魏陇西行台李爵，父亲为北周陇东太守李宝。李虎少年时，聪慧过人，被朝廷任命为仪通三司兼秦州清水太守。不久升任开府，被封为慎政县开国公，兼上州诸军事、上州刺史，治理有道，深受群众拥护。北周建德六年（577年）十月八日去世，享年七十二岁。后以隋朝大业二年（606年）迁葬于清水白沙鲁湾村。李虎墓志铭碑于清道光五年（1825年），在清水县白沙镇鲁湾村北李虎墓出土，现藏于清水县博物馆。

唐代清水是军队商旅必经之地。大中六年（852年）于关山置安戎关，并在陇山设分水驿，用以传递军事情报和邮路通信。这情形岑参在《初过陇山途中呈宇文判官》诗有"一驿过一驿，驿骑如星流。平明发咸阳，暮及陇山头"的描写。清朝刘琠的《陇民》则表现的是战争给人民带来的灾难，诗中描写"十载经兵后，穷愁不忍看。河山还气象，庐舍已凋残。独火云中出，孤村岭上寒。疮痍今尚痛，抚恤望恩宽。"

宋明时期，一度轻武重文，造成了两个朝代在少数民族武力征服下的改朝换代。在清水有两位人物值得一提：一位是北宋张载听从范仲淹规劝弃武从文，成为关学宗师。他曾隐居清水县王河镇吉山村陇城驻军草料场研习经典。后来，他的后裔张统、张继兄弟念及祖先隐居之地，迁来吉山及陇城一带定居。另一位是山丹人周蕙，他曾是军户出身，少年从军，戍守兰州、秦州等地。后受《易经》影响，迁居清水县小泉周家旧庄，研习儒家，开馆设学，成为陇右颇有声望的儒林大师。

1227年，对清水县来说，是一个十分重要的年份。这一年，成吉思汗西征归来，为了实现先灭西夏、再灭金国、后灭南宋、平定中原的战略目标，西夏投降后，作为战略家的成吉思汗已开始部署攻伐南宋之事，便到六盘山最南边的清水县建立秘密前沿指挥部观察和督战。不幸的是征战一生，足迹踏遍欧亚的一代天骄在清水县度过了他生命的月余时间。他在生命旅程的最后八天，四子拖雷、四斡尔朵也遂夫人，及近臣侍奉左右，发布了涉及国事的六条遗嘱。成吉思汗病逝多年后，他的臣子在清水这个"虽非朝使往来冲要之驿，其钦承王命公务之使，潺潺相继"的神秘小县兴建公立驿馆。参与树碑立传的官员有管理随军家属的"承务郎秦州成纪县尹兼管诸军奥鲁"，有"前秦州清水县主簿兼尉靖也力不花""前秦州清水县主簿兼尉靖帖力不花""税务同监杨也先不花"等蒙古人，可以看出元朝对清水县的重视程度。

清朝的清水县白沙镇白沙村却因将星出世，屡建功勋而名播天下。郭相忠，字荩臣，白沙村人，乡间称其为郭提督、郭菩萨。他生于清嘉庆三年（1798年），民间传说他的发迹得益于明清白沙村富户杨家鼎力资助。郭相忠，嘉庆二十一年（1816年）丙子科武举人，二十二年（1817年）武进士，历任绿营守备，喀什等营守备，戍边十八年。后任秦州、榆林等处守备、陕甘督标中营都司、固原游击、贵德游击，被琦善保举为参将，代理永昌营副将。因功升任凉州总兵、甘州提督。咸丰十年（1860年），郭相忠奉命靖边云南，改授四川提督，次年病故军中，享年六十三岁。道光二十五年（1845年），郭相忠在任陕甘督标中营都司时，朝廷颁旨诰封他的祖父郭生祥、祖母程氏以及父亲郭永清、母亲陈氏。诰封圣旨及所赐凤冠霞帔今存县博物馆。咸丰皇帝谥赠振威将军，从一品衔，封太子太保，赐"功达汾阳"金匾，把他比作唐朝汾阳王郭子仪。郭相忠丈人家在今清水县秦亭镇吴家门，妻吴氏。

白沙杨家，兴于明朝，盛于清民。前些年，村中一进一进的四合院，兽脊飞檐、雕梁画栋，不同寻常的工艺还可见当年景象。据老百姓口口相传，杨氏家族富得可以在朝廷捐官。慈禧太后六十大寿赏赐给杨家的古董，有宫廷画师毛延龄的四扇屏、景泰蓝玉斗、红笔点状元之雕龙朱砂墨等。杨氏家族上通朝廷，下通川陕。相传甘、陕、川一路各地均有其商号。三岔祸乱，当日死者十二人，据说丧事办得很隆重，宰了好多猪，猪毛埋了杀死的猪，直到打扫院子时才发现。一番厚葬，即着手给这些掌柜立碑。但不知何故，碑的石材已做成，却未刻字，这些硕大的碑坯至今东倒西歪地湮没于荒草之中。

又传说这杨家，把一个伙计培养成了朝廷大将。清朝嘉庆年间，杨老爷每晚都在同一时间梦见一只白额虎两爪搭在大门之上，把他从梦中惊醒。杨老爷很奇怪，便问住在大门两厢房的伙计，谁在这个时候回家。伙计说某人每晚在这时回家。原来，这是同村姓郭的长工放羊娃。这个长工力气很大，能把驮柴的骡子托起，能把碗口粗的桦树拧转。又传说他夜间行走，双目如纱灯，闪闪发红光。杨老爷心中思量这娃不是等闲之人，日后必成大器。他于是不再让这个放羊娃干活，并给他请了老师，教他习文练武。这个人就是郭相忠。提督府是清水现存最为阔绰的古代建筑。院中有石锁一件，两边凿有抓手，是用来练功的。正面凿刻"天口"，阴面凿刻"头号三百五十斤"。想来另应有四个，是否以天地君亲师命名，尚不得而知。郭提督的大刀重一百二十斤，故石锁重量超常。

郭相忠家族可谓一门武将。其弟郭相贤为嘉庆乙卯科（1819 年）武举人；郭相勋为道光癸卯科（1843 年）武举人，任固原提标把总。与郭相忠同村的蒋特升为嘉庆乙卯科（1819 年）武举人。从杨天培写给其父杨恃的书信中可以看出，郭相忠统领的白沙郭家军，与蒋特升及杨恃、杨天培辗转州县，与蓝朝鼎交战的情形。

敬禀父母亲大人金安！儿自家起程，一路平顺，身子爽快！十月二十六日至汉州，离省九十里，店内有言，新都县有兵住扎。是儿郭伯父（相忠）大人在彼，于二十七日早使苏翼武先往探问是否。及儿至新都关外，大孙少爷领人来接，行至关内。大人又来名帖，接进城内。悲欢交集，言伊想父亲大人来川一见其面。熟知今竟不来。言他自八月十四日出省走双流县，闻贼已走新津县，离省九十里。至彼，贼又走眉州，离省一百九十里。贼败走丹凌县。离眉州九十里。追至丹凌，贼又走新繁县。及汉州赵家渡金堂县，离新都三十里等处。于十月初一日领兵九百，至新都县，前后打仗十数回，杀贼数百名。但贼到处纠合土匪为声援，分我兵力。是以一到俾县，则灌县土匪皆起。贼到新繁，则绵竹土匪即起。贼到汉州，则安县、德阳县土匪即起。总之，贼匪数目大约五六万之众，兵勇三万有余。二十六日来报，探得蓝逆于二十五六将乐至县围困三日。乐至县用炮打死百余贼。蒋大人（蒋特升，贵州提督领湖南兵一万）带兵勇于二十六日由五凤溪过河，至三星场。贼闻蒋大爷及郑直隶州、庆广元县的少爷领兵勇追贼乐至县，又探得贼在乐至逃出数千余人。系彭县温郫二县。百姓口称，贼在乐至无粮，每日食粥一饨，食红苕一饨。故尔被贼邀去，百姓逃出数千。是实以儿郭伯父大人之意，要与蒋大人同力攻贼。但制台崇大人以护省城为重，不着远离。是以住新都不能动耳。

恭请父母亲大人金安。三叔大人之病今想已大愈矣！

儿天培禀，十月二十九日灯下草。

杨恃，字立山，白沙人，生于乾隆五十八年（1794年）九月二十五日，卒于同治三年（1865年）六月十九日，年七十三岁。诰封朝议大夫，原卫千总。杨恃性英爽，善骑射，与甘州提督郭相忠为孩提交。习骑射与公为同窗友。每操演矢石，郭自逊弗及。后郭以武科联捷显，而公终以赳赳为耻。故虽抱绝技，未曾一试。郭任四川提督，以武略保荐，授予千总之职，召公为幕辅。公以亲老辞不就，居家理商。公状魁梧，言笑不苟，御下严而有恩，以故家僮仆婢幼，畏威怀德，弗致欺罔。晚年受子庄浪县乡学训导植柏公（杨天培）请封，授朝议大夫衔。杨恃严正之气，激烈之性，至死不衰。同治二年（1864年）冬十月初六日闻三岔家难事，感伤成疾，于同治三年卒。

杨天培，字植柏，杨忻长子，出嗣杨恃。杨氏第八代。生于道光元年（1821年）六月二十三日，卒于同治二年（1863年）十月初六日。杨天培由附生援例入贡，授庄浪县乡学训导，笃性好学，敦于孝友，以亲老不官。同治元年（1862年），陕西回民起义，杨天培奉母徐氏，同叔杨慧等赴三岔避乱。州判闻天培至，即以城防之事委之。天培亦不辞其劳，办团练，缮守备，修城垣，制军械。不数月，规模粗具。同治二年（1863年）九月，太平天国遵王赖云光由略阳入两当，会久踞眉县糟灿章。大股由凤县而来，与赖云光会合，仍分趋西北二路。西自永宁河进犯徽县，北自太阳寺向东岔。十月朔至利桥。督司袁学德邀击之秦岭。次日，抵三岔，围攻厅城甚急。杨天培急募集壮丁团勇二百余救援，摔众登埠守御。太平军围城十余日，攻之愈急。十月初六日，城东南隅为太平军地雷冲陷。杨天培知事不可为，遂命杨慧长子杨天禄同幼子杨苇微服遁去。他与杨慧竭力御守。自辰至午，刃敌数十人，力竭被抵。太平军欲生擒之，杨氏侄叔大骂不屈，遂遇害。其母徐氏，杨慧之妻王氏，杨天禄之妻蔡氏，杨天叙之妻赵氏均被执，大骂敌，越城墙而死。杨天禄与杨苇被太平军掳去数月。巡道林之望督率秦州劲勇，偕西宁镇守使张华追剿太平军，杨天禄与杨苇得以生还。后督师左宗棠以杨天培殉难事奏于朝廷，奉旨忠烈堪嘉，着照例优恤，给予云骑尉世袭罔替，入本县忠义祠。徐氏等人亦诰封，入节义祠。

郭相忠不仅武功盖世，他的文采也很好。将军踏着关山驿路，离开故土，征战一生，不仅自身客死异乡，就连自己的父母亲离世，也难以返回扶柩吊丧，留下了终身遗憾。他的《悲先慈》诗中只有如关山重重，婉转凄凄的感慨和"陇头心欲绝，陇水不堪闻"的无奈；有"延望戎狄乡，巡回复悲咤"的叹息；也有"陇头流水，鸣声幽咽""念吾行役，飘然旷野""遥望秦川，心肝断绝""登高望远涕零双坠""实想锦衣庆椿萱，泪涟涟，愁绪万千。眼观慈帷空帐望，手捧凤诰何人穿。恩莫报，心痛酸，一声娘罢一声天"的征夫泪。

明清时期，西出东进，攻守陇关的战斗在清水多次发生。明清曾在关山设长宁驿，令驿承负责事务，受陇州管辖，成为秦陇要道在关山的重要站卡。同时，明代又在今清水城东七十里的盘龙镇设盘龙巡检司，在县城也设驿厩以接济长宁驿，形成了较为严密的要塞防务系统。由于地理位置特殊，甚至在明末出现明、清及大顺三家同时委派知县的奇葩现象。及至民国，凡越关山者，东必攻陇县，西必攻清水。因而，这座坐落在关山西麓的古城则成为跨越关陇的门槛。

纵观古代清水，由于地理特殊，位置重要，所以多出武将，也来帝王。这些人物的出现，极大地丰富了轩辕故里清水的人文内涵，形成了独具特色的清水文化，铸就了吃苦耐劳的清水精神，提升了清水的知名度和影响力。这些弥足珍贵的文史资料，值得我们深入挖掘，认真研究，传诸后世。

清水县城营造记

上邽故郡，清水新县，依关山而控陇右，临渭水而通秦州，素有关陇钥锁，甘秦屏障之称。

邽山巍峨，清泉四注；西江滔滔，水草丰茂。初祖长成，存五千年仰韶文化；文脉无绝，传数千载清水故事。轩辕谷降诞黄帝，乃为人文初祖；秦子铺非子牧马，因是首封邽县。关尹子师老聃，传道德经五千言；赵充国安河湟，上屯田表十二策。张横渠隐身吉山，立言关学四为句；周廷芳蛰居小泉，读书探取圣贤心。铁木真遗策萨里川，拓土开疆，奠基版图；郭相忠一门三将军，保境安民，功达汾阳。八年苦抗战，国立十中三千学子麻鞋踏坚冰；四九建新国，热土一方数万人民翻身得解放。

县城营建，始秦亭，而邽城；因邽城，而上邽；因上邽，而永清；历朝历代，数次迁址。今城始于宋，兴于明。宋太平兴国二年（977年），秦州经略使曹玮勘察兴修。明洪武四年（1371年），知县刘德重筑，周长四里，城靠南塬，北临河水，城中正街一条，南北商铺民宅，东为安居门，西为乐业门。弘治增建东西关城，嘉靖修两郭门楼，万历建东西并四角重楼，开护城河。崇祯五年（1632年），知县萧嵘芳筑永清堡，与城呼应。清康熙二十六年（1687年），知县刘俊升维修。乾隆、同治、光绪年间，屡坏屡修。1920年大地震，城墙塌毁，雉堞俱损，县长傅金荣兴工督修，历时三年，修葺一新。1941年，牛头河水泛滥，县城毁坏。县长杨文泉、刘福祥委托绅士陆友泉历时六年，修整一新。其貌维持至20世纪70年代。

改革开放，古上邽再展宏图；小康路上，美清水跨越腾飞。观往昔，光耀史册；看今朝，开启新篇。

古语云，郡牧之职，得一人则一方被福。2004年以来，党政同心，干群同力，擘清水发展之蓝图，开清水城建之先河。改道牛头河，修筑翻板坝；争出滩地千亩，兴建住宅小区；以堤带路，修轩辕大道；东扩西延，城市面积翻倍；南北治理，生态建设突飞，道路五横四纵，城市格局形成；树文化旗帜，打轩辕品牌；题轩辕故里，塑轩辕黄帝像，修轩辕大道，建轩辕广场、轩辕桥、轩辕湖；建轩辕大剧院、轩辕小学，并体育中心、博物馆、县医院、县一五六八中、幼儿园多所。充国广场，独树一帜；工业园区，已具规模。千年古老县址，焕然一新；一座崭新城市，赫然在目。

今清水人民不忘初心，牢记使命，继往开来，步履铿锵。一地两区，蓝图周详。六大板块，百业兴旺。花舞北山，欢歌邦城；香怡南塬，沁人心扉。丁香盛开，彩溢四方；康养福地，魅力未央。文明城市，幸福康庄。合和以臻大同，创新铸就茁壮。是为记。

公元 2023 年春

重修轩辕黄帝像记

上邽古县，人杰地灵，因诞轩辕而驰名；轩辕故里，钟灵毓秀，盖出黄帝而远扬。《史记》载："黄帝居轩辕之丘。"《易林》记："黄帝所生，伏羲之宇。"《水经》说："黄帝生于上邽轩辕谷。"《水经注》："上邽城东七十里，轩辕生处。"即今山门镇白河村。

二〇〇五年，中共清水县委、县人民政府依据史实，成立轩辕文化研究会，确立轩辕黄帝生于清水、建都新郑、葬于黄陵之学术观点。同年，兴建轩辕广场，聘请中华伏羲文化研究会副会长、湖南省炎黄文化研究所所长何光岳指导，广州大学教授、雕塑系主任潘少棠设计，于轩辕广场以钢筋混凝土恭修轩辕黄帝雕像一尊，并隆重举办首届轩辕文化旅游节，举行公祭轩辕黄帝大典。至此，县委、县政府确定弘扬轩辕文化精神，树立轩辕故里品牌，建设轩辕文化大县，推动清水科学发展工作思路，先后兴建了轩辕大道、轩辕桥、轩辕湖、轩辕殿等一大批市政设施。

二〇二三年，提升改造轩辕城市文化广场，为体现清水轩辕儿女慎重追远，不忘初心，崇敬轩辕之情，由清水浙江商会捐赠，社会各界共襄盛举，精选优质汉白玉材质，与原像保持一致，重修轩辕黄帝玉像一尊。

承前以启后，继往而开来。今像落成，必将激励清水人民高擎轩辕文化，以农为基，以康为根，以文为魂，以旅为媒，全力推动"轩辕故里·康养福地"清水经济社会高质量、大发展。因颂曰：

> 轩辕黄帝，诞生清水；人文初祖，华夏开基；
> 黄帝精神，世代不息；轩辕之光，永照故里；
> 物阜人康，民乐县泰；千秋万年，福泽同被。

是为记。

中共清水县委清水县人民政府
公元二〇〇三年（癸卯）十二月

蒙元大本营六盘山

六盘山是我国最年轻的山脉之一，位于陕甘宁交界地带，逶迤两百多公里，总面积七百八十一平方公里，最高海拔三千米左右，涉及宁夏固原、海原、吉西、隆德、泾源，甘肃静宁、庄浪、华亭、张家川、清水，以及陕西陇县等地。

六盘山以磅礴的雄姿，横亘三省区，既是关中平原的天然屏障，又是北方重要的分水岭，黄河水系的泾河、清水河、葫芦河的发源地。

六盘山呈西北向东南走势。北接屈吴山，南连大陇山，东坡陡峭，西坡缓和，素有"山高太华三千丈，险居秦关百二重"的美誉，自古是丝绸之路东段北道必经之地，也是历代兵家屯兵用武要塞，还是北方游牧文化与中原农耕文化的结合地。

六盘山素有"春去秋来无盛夏"之说。这里气候属中温带半湿润向半干旱过渡带，具有大陆性和海洋季风边缘气候特点，春低温多雨，夏短暂多雹，秋阴涝霜早，冬寒冷绵长，年降雨量677毫米，是黄土高原中的湿岛，繁茂的天然次生阔叶林，加上草地，使六盘山又称为清凉胜地、绿色岛屿。

六盘山一带，曾是成吉思汗及其子孙蒙哥、忽必烈等率领蒙元大军西征中亚，北攻西夏，东征金国，南伐赵宋的重要根据地和指挥中心。在六盘山，固原开城镇、凉殿峡，海原海都喇，清水县西江等都是很有文化底蕴的地方。

《元史》记载："二十二年丁亥春，帝留兵攻夏王城，自率师渡河，攻积石州。二月，破临洮府。三月，破洮河、西宁二州。夏四月，帝次龙德，拔德顺州，德顺节度使爱申、进士马肩龙死焉。五月，遣唐庆等使金。闰月，避暑六盘山。六月，金遣完颜合周、奥屯阿虎来请和。是月，夏主李晛降，帝次清水县西江。秋七月，壬午不豫，己丑崩于萨里川哈老徒之行宫。"

1227年，成吉思汗西征归来，为了实现先灭西夏、再灭金国、后灭南宋、平定中原的战略目标，在相继攻占西夏河西走廊，围困西夏都城中兴府的过程中，不幸病重，屯兵六盘山。成吉思汗一边避暑养伤，一边派养子察罕谕降西夏。六月，在大帐带病接见了金国使臣，隔帘接受了西夏皇帝李睍的归降。期间，定下了借宋道先灭金、后灭宋的遗嘱。西夏投降后，成吉思汗可能已开始部署攻伐南宋之事，便到六盘山最南边的清水县视察和督战。成吉思汗从开城到清水的路线是到甘肃华亭、陕西陇县，取道清水，或者经庄浪、张家川，直接清水县。但不幸的是，七月，成吉思汗驾崩清水县西江，或在清水县病重北返开城时，死于中途。成吉思汗去世后，三子窝阔台继位，四子拖雷监国，借宋道灭了金国，完成了成吉思汗的遗愿。从此，六盘山地区被作为蒙元经略中原的特殊军事指挥中心。

1251 年，拖雷长子蒙哥继位，曾"屯六盘山，控制秦陇，为伐蜀计。"1258 年，蒙哥征南宋进攻四川时，"由东胜渡河。夏四月，驻跸六盘山，诸郡县守令来觐。秋七月，留出卑可敦及辎重于六盘山，率兵由宝鸡攻重贵山。"同时，让浑都海率两万精骑驻守六盘山。不久，出卑可敦死六盘山。史载："先帝征蜀，尝留大将军浑都海以骑兵四万屯驻六盘，及征南诸军尚散处秦蜀。"蒙哥分三路攻宋。东路军由塔察儿率领，从河南攻鄂州（今武汉）；南路军由兀良合台率领，自云南出广西攻潭州（今长沙），意在与东路军会师鄂州；西路军主力由蒙哥亲率十万大军，以纽璘为先锋。东南两路进军与阻缓慢，纽璘自陕西攻四川，一路顺利，占领了成都。在六盘山大营观察动向的蒙哥接到战报，当即留辎重于六盘山，轻装前进，由陇州入大散关，一路斩关夺城，但却被阻于南宋经过二十多年精心构建，且有十万军民坚守的巴蜀屏壁重庆钓鱼城。主攻大将陇西汪德臣、弟汪良臣及子汪惟正奋力攻城，汪德臣被飞石击中而亡。蒙哥大怒，一马当先率兵猛攻，被火炮所伤，不久死于军中。蒙哥战死，蒙军受阻，入川主力在大将哈剌不花带领下退回六盘山，与浑都海会合，成为蒙元最为精锐的部队。早在 1253 年，忽必烈奉皇兄蒙哥之命征讨云南时，驻屯六盘山。次年五月又回师六盘山。期间，曾在六盘山召见过天文学家、数学家王恂，迎请过藏传佛教高僧一呈，会见过后被尊为帝师的八思巴。忽必烈建立元朝后，为了更好地控制关陇与西夏故地，封三子忙哥剌为安西王，赐螭纽金印，以京兆路为封地，驻守六盘山。次年，又加封忙哥剌为秦王，再赐兽纽金印一枚，并下诏分别修建京兆府和开城府两处安西王宫邸。京兆府在西安为冬宫，开城府在六盘山为夏宫。忙哥剌成为"一藩二印，两府并开"，雄踞西北的特殊亲王，统辖陕、蜀、青、藏、甘、宁，以及山西、内蒙古、云南大部地区的军政大权。

1277 年春，忙哥剌奉命西征中亚西亚途中，适逢妻子生下一男孩，便以当时斩杀敌将阿难达的名字命名，并将阿难达托付给一名穆斯林抚养。忙哥剌去世后，阿难达继承安西王位，由于自幼受伊斯兰教的熏陶，他让他的十五万蒙古大军大多皈依了伊斯兰教。这对于蒙元时期伊斯兰教在六盘山地区的传播，对中国回族的早期形成，起到了十分重要的作用。1296 年，为纪念忽必烈及皇后，阿难达动用大量人力物力，历时八年修建了开城延厘寺。但 1306 年的大地震，使开城毁于一旦，王府贵族、王妃人等被压死者五千余人。次年，阿难达争帝失败被杀，开城安西王府失去了政治经济支撑。虽然十六年后，元英宗又封阿难达之子月鲁帖木儿为安西王，但很快被流放到云南，数年后月鲁帖木儿又被杀。随着安西王封爵的终结，开城王府趋于衰落，但六盘山地区的战略地位并未降低。六盘山地区不仅是蒙元时期平云南、下四川、收西藏、灭南宋，结束夏、金、宋三国鼎立，统一全国的西北军事重镇和指挥中心，也是屯田戍军、开发建设的管理中心。

　　随着六盘山军事战略地位和指挥中心的确立，各地蒙古兵等源源不断地被调往宜农宜牧的六盘山地区屯田。据有关资料记载，元代曾在开城设屯田总管府。1278—1292 年，朝廷相继遣发到六盘山地区的军士达 1.5 万人。元成宗即位头两年"赐安西王甲胄、枪挝、弓矢、藁鞯等十五万八千二百余事"，"自六盘山至黄河立屯田，置军万人"。至元二十五年（1288 年），调巩昌兵 5000 人屯田六盘山，后又将延安、凤翔、京兆兵 3000 调至六盘山屯田。这种情况在至正元年（1341 年）《清水县创建宣德堂记碑》中亦可略见一斑。碑文说："清水县……虽非朝使往来要冲之驿，其钦承王命公务之使潺潺相继，无驿馆以待之，诚为不可"，"慨然谋为驿亭之置"。参与树碑立传的官员有许多蒙古人，而且有管理随军家属的"奥鲁"之职，说明六盘山的战略地位依然保持着。六盘山南麓清水县、张家川县，以及陕西陇县自古就有许多如百家站、长宁驿、张棉驿、马涧驿、大震关、咸宜关等，是关陇驿路的军旅商路因子。

　　蒙元时期的军事行动和屯田戍军在六盘山地区搭建了丝绸文化交流和民族融合的平台，使之成为中国再次架通西亚丝绸之路的重要桥梁。大规模的西征把大量的中亚西亚人带到了六盘山地区，使他们逐渐融合到我国的汉族和其他少数民族中，又把大量的中国蒙古人、契丹人、女真人、党项人、汉人带到中西亚地区，使他们信奉了伊斯兰教，融入到中西亚的民族中。同时，六盘山地区也成了伊斯兰教传播与中国回族形成的集散地。随着屯田战线的延伸，为多

◎札记

329

民族融合、形成与发展提供了条件，为元代回族的初步形成奠定了基础。阿难达曾捣毁六盘山地区喇嘛庙，大力兴建清真寺，皈依信众。阿难达被杀后，大部分伊斯兰教徒流散于陕、甘、宁、青，其中一部分人西迁甘肃东乡地区，与当地藏汉人士通婚，后来发展成为以信仰伊斯兰教蒙古人为主体的东乡族人。

（原文刊于 2000 年 3 月《天水日报》）

天水补天石

　　天水，是一方神奇热土。在这块陇上江南，有着天造地就的美丽风光，有着无比美妙的人间神话，更有着人文内涵与自然风景合而为一、完美结合的大地仙境。

　　卦台山，高耸于渭水乾坤湾中央，存留着伏羲作卦，一画开天的上古神话。女娲洞，深藏在八千年大地湾的厚土之间，炼石补天、抟土造人的远古传说不绝于耳，世代流传。

　　与伏羲传说一样，在天水一带关于女娲的传说也颇为广泛。相传女娲生于天水风沟，长于风台，葬于风茔。风沟至今有一深不见底的洞穴，人称"女娲洞"。据明《秦安志》记载："陇城镇之北山，有建于汉代以前的女娲祠。"清《甘肃新通志》也有详细记载，镇之北街，曾建有一座构造精美的"娲皇故里"牌坊。城之北门外，有一口水势旺盛的大泉，世称"龙泉"，传说是女娲抟土造人的用水之泉。

　　女娲抟土造人的故事出自东汉应劭的《风俗通》："天地开辟，未有人民，女娲抟黄土做人，剧劳，力不暇供，乃引于絙泥中，举以为人，故富贵者黄土人也，贫贱凡庸者，引絙人也。"这就是说，女娲用黄土造人，大地上出现了成群聪明、有智慧的少男少女们。但这工作毕竟太辛苦了，时间一久女娲精疲力尽，于是她用藤条做了一条粗壮的绳子，将它放在泥水里一搅，试着用力一甩，那些溅落在地上的小泥点变成了很普通的小人物。抟土造人神话故事是祖先对于人类起源的一种解释。女娲是我国古代神话中伟大的造人女神。

　　近年来，天水境内的秦安大地湾、寺嘴、甘谷西坪等地发现了制作精美的彩陶女娲人形瓶，这些精美的人形艺术品是处于母系氏族社会的女首领带领氏族成员精心制作的。也许正是制作出来以后又把它看作与真人一样有灵性的神物以作特殊用途，后来才演化出女娲抟土造人的故事。

　　关于女娲的远古记忆除抟土造人外，尚有炼石补天。《山海经·大荒西经》："有神十人，名曰女娲之肠，化为神，处栗广之野，横道而处。"东晋郭璞注："女娲，古神女而帝者，人面蛇身，一日中七十变，其腹化为此神。"《竹书纪年》："东海外有山曰天台，有登天之梯，有登仙之台，羽人所居。天台者，神鳌背负之山也，浮游海内，不纪经年。惟女娲斩鳌足而立四极，见仙山无着，乃移于琅琊之滨。"《淮南子·览冥训》："往古之时，四极废，九州裂，天不兼覆，地不周载，火爁焱而不灭，水浩洋而不息，猛兽食颛民，鸷鸟攫老弱。于是，女娲炼五色石以补苍天，断鳌足以立四极，杀黑龙以济冀州，积芦灰以止淫水。苍天补，四极正；淫水涸，冀州平；狡虫死，颛民生。"司马贞《补三皇本纪》："女娲氏亦风姓，蛇身人首，有神圣之德，代宓牺立，号曰女希氏，无革造，惟作笙簧，故《易》不载，不承五运（金、木、水、火、土）。一曰，女娲亦木德王，盖宓牺之后，已经数世，金木轮环，周而复始，特举女娲，以其功高，而充三皇，故频木王也。当其末年也，诸侯有共工氏，任智刑以强，霸而不王，以水承木，乃与祝融战。不胜而怒，乃头触不周山，崩，天柱折，地维缺。女娲乃炼五色石以补天。断鼇足以立四极，聚芦灰以止滔水，以济冀州。天是地平天成，不改旧物。"

女娲补天是一个很著名的传说。《红楼梦》的第一回即引用这个传说，女娲为了补天，炼了三万六千五百零一块石头，用了三万六千五百块，但剩下了一块未用。这块未用之石二百多年前被演化为一部《石头记》。《石头记》第一回有一首偈子："无材可去补苍天，枉入红尘若许年。此系身前身后事，倩谁记去作奇传？"这首偈子，从表面上看，写的是女娲补天被弃置不用的那块顽石。这块石头，原以为自己被女娲采来炼成补天石，也会像其他石头一样发挥作用，补住天空，可没想到却被弃置不用，而且是唯一没有使用的一块。这让顽石心里感觉，因为自己无才，所以才被女娲放弃使用，丢弃在大荒山青埂峰下，终日承受风吹雨淋，寂寞孤独，"遂自怨自叹，日夜悲号惭愧"。

在经历了"几世几劫"之后，顽石由一僧一道携入红尘，"历尽一番离合悲欢、炎凉世态。"这块顽石在人间富贵繁华里走了一遭后，本以为自己托身为人，就能够把握住自己的命运了，但事与愿违，相爱的人不能厮守，富贵的家支离破碎；爱人香消玉殒，亲人魂断天涯，朋友凄惨，知音飘零。顽石这才意识到，他并没有能力改变这一切，还是"无才补天"。顽石的悲剧不是无才补天，只是命运不济而已，只差一步，它便可以成功，可偏偏就是无法跨过这一步，只能说是天意弄人。

二百多年后，这块大荒山中青埂峰下的石头在天水被人发现，再次被人演义。位于渭河北岸的天水市清水县陇东乡花石崖，距娲皇故里秦安县陇城镇不足百里之遥。这一带有地名风台，相传为女娲娘娘故居地。花石崖山势险峻，奇石突兀，林木茂盛，风景秀美。花石之花者，石之五颜六色也，故又名万紫山。花石崖自唐代时即为佛道圣地，所谓半山释老半山道。山涧有一巨石耸立，面南背北。它的脚下是昼夜不舍的渭河之水，它的对面是连绵不绝的秦岭山脉。巨石之上建有磨针殿，是教化众生铁棒磨成针、功到自然成的殿宇。而上殿朝拜，需乘天梯，地形十分险峻，它也预示着无限风光在险峰的深刻哲理。20世纪90年代，巨石被清水县命名为补天石，又请麦积区毛惠民先生题"补天石"三字，毛惠民先生也因在天地之间书写三字而成为清水县荣誉公民。于是，花石崖景区平添了一个景点，天水市也增添了又一个关于女娲补天的佳话。

（原文刊于 2021 年 5 月 18 日《天水晚报》）

◎ 札记

重兴邦山书院倡议

古者郡邑设学，育人才也；学先师，重本源也。知孝悌，读春秋，习礼乐，致知修身，为人之本，力行之本，家国之本。

清水，古上邦地，轩辕故里。因邦山，而有秦武公伐邦戎置卦县；又因别于陕西渭南下邦而有上邦。汉名将赵充国上屯田十二策，年八十六卒，葬邦山之阳；清提督郭相忠作醒世八箴，忠武比邠阳。

清水，地接关陇，重岗叠岘，盘行而硗瘠，民淳朴而多贫，依山而耕。有志之士，带经而农，不坠其志。

于山房书院，有史可考者，于宋即有西江书院，文行忠信之教，诗书六艺之学。大明嘉靖二十一年（1542年），燕山邓镗知县学宫；二十四年（1545年），姜潮续之；二十五年（1546年），河南朱文绣成。大清乾隆十二年（1747年），永安张衍知县事，与众举人捐俸创修上邦书院，邦山之灵，秀萃于是；十九年（1754年），大兴高廷元重修集孔庙与书院为一体之习礼讲经学宫；六十年（1795年），知县朱超重修。嘉庆十二年（1807年），华阴杨翼武知县修葺，更名邦山书院；道光十六年（1836年），钱塘陈爔更名原泉书院，并与邑商好义之士三十八家，岁更首领一人，捐助膏火，使聚硕师哲友、生徒精进学业，研诗书孔颜曾孟之文，行仁义礼智信五常之本。民国有绅士闫同丰出资修葺，书院薪火相传，焕然不绝！

今国学之风蔚然而起，然于古之五经四书、诸子百家、宋明理学、关学等国粹经典，时人多知皮毛。至若五常伦理，更是不得要旨，无论知行合一。且振兴乡村，必以文化振兴。故不揣孤陋以位卑人微，欲与有识之士拾柴添火，倡导大师乡耆及有识之士合力共谋，以期重兴邦山书院，延续邦山文脉。

邦山温氏谨识。

关中考察简记

为了探索新时代书院发展途径，2023 年 8 月 11 日至 13 日，邽山书院同仁一行赴关中地区进行了为期三天的书院考察交流活动。

近两年来，邽山书院潜心研究关学在清水的影响，相继在王河镇吉山村、红堡镇旧庄村树立了张载隐居地、周蕙故居、段坚诗刻等关学文化标识，在全社会产生了良好反响。在此过程中，受张载四为两铭的感召，一直酝酿去关中地区感受关学的文化氛围。此次行程，先后考察了眉县横渠镇张载祠及横渠书院，拜祭了北宋关学宗师张载墓，与陕西高校青年教师济济一堂，聆听了陕西省关学文化促进会专家讲座；考察了蓝田县白鹿原芸阁书院，详细了解了清民时代最后一位关学传人牛兆濂的学说事迹。与牛兆濂曾孙、白鹿原芸阁书院院长牛锐先生就书院建设与发展作了深入交流，参观了陈忠实文学馆和白鹿原影视城，观看了大型情景剧《二虎守长安》；寻访了为生民立命、为真理殉身的户县农民思想家杨伟名事迹精神。在长安县皇甫村，拜访了深入生活、扎根人民的典范作家柳青故居。在宝鸡，访问了金台书院，与宝鸡市老子文化学会作了对接交流，为深入挖掘清水尹喜文化，拓展黄老养生文化做了准备。

此次关中之行，邽山书院同仁开阔了眼界，增长了见识，启迪颇深，是一次思想文化之旅、一次重要游学活动。

（本文写于 2023 年 8 月）

创修温氏家谱序

家有谱，如国有史。国有史，所以记治乱而鉴古今。家有谱，所以明宗法而知本源。故国不可无史，家不可无谱。

温氏家族，传为陕西乾州人氏，徙居清水县温家沟。庶祖父满江公一族，先人虽勤于农耕，然仅果腹衣遮，世居窑庄，无力为家谱之事。公每思祖宗生儿育女，艰辛创业，终其一生而无名存后世。又，子孙后代亦不知根脉所在，常扼腕叹息。今公秉然有志，访诸亲眷，慨然创修窑庄一族家谱。其谱高祖以上已无考，故上迄其高祖，下至其子孙，计六代百余名，诚为家族之盛事。观公一门，有干部，有教师，有研究生，有当兵人，有工人，有商人，有匠人，可谓青出于蓝，人才辈出，谨表恭贺。

公与我同乡同宗，交谊甚笃。公幼家贫，无力进学，识字不多。及长，奋发图强，兴家立业，门庭焕然全新。公虽一介农民，然于学问求之不辍，且智识过人，疏财济众，结交甚广。其兴家不忘乡亲，致富不忘全庄，曾主事村务三十余年，兴农建厂，扶贫助困，口碑尤佳，人共景仰，为一乡贤。公被树为全国劳动模范，进京受奖，晋见党和国家领导人，实为农村亘古少闻。

今其家谱修成，大功告竣，嘱我为序。我于德于识，实愧难当，仅就陋见列诸一二，忝为之记。是为序。

庶孙小牛恭识
公元二〇一六年丙申秋月

《红楼梦》的春夏秋冬

——谈谈《红楼梦》的结构

一部《红楼梦》描写了一园二府四大家族四百多人前后八年的盛衰史。尽管内容博大，情节细小，但其结构可谓类若天成。

曹雪芹借鉴《金瓶梅》"蝉蜕于秽"，创造出一种彩线穿梭、缜密严整的织锦式网状结构。小说故事齐头并进，情节繁而有章。宝、黛、钗爱情婚姻发展是主线、经线；四大家族衰亡历史是副线、纬线。

主副运行、经纬交织，形成诸多结构网眼，曹雪芹以此作为透析社会生活的窗口，通过一个个前伏后应、金针暗度，一波挂号、万波摇曳，浓淡相间、疏密映衬的网眼，把社会生活各个方面的情景，人物丰富多元的性格特征凸显出来，把众多的人物和纷繁的事件组织在一起，构成了一个复杂的艺术生活巨网，形成了一个有机的艺术机体。

前五回的结构——是整部书的"凤头"，也是全书的结构提纲。主要勾勒轮廓，点染背景，概说贾府全貌，交代人物及其关系，对全书的艺术思想，有着十分重要的意义。

第一回以神话开头，构置了一个青埂峰的特殊环境，并且交代贾宝玉的两个前身，即千年顽石和神瑛侍者，也作了评价。"补天"他是一块无用之石；爱情他是一块通灵宝玉。

宝玉、黛玉是木石前盟，二玉合传写爱情悲剧；宝玉、宝钗是金玉良缘，二宝合传写婚姻悲剧。这代表了作者对书中基本情节的总构思和对人物的总看法。

甄士隐、贾雨村两个次要人物的首先出场，一个看破红尘，一个热衷名利，两相对比，有暗示主题的作用，同时也是故事发展的两条引线。第二回通过冷子兴的谈话，简要介绍四百多人物生活的环境荣、宁二府。第三、四回，钗、黛出场，二、三号人物继第一回暗示式的介绍后，正式亮相。这两人，一个热出场，一个冷出场；一个是叛逆者，一个是卫道士。介绍黛玉身世从简，宝钗从繁。二人进府方式不同，林黛玉无依无靠，寄居贾府；薛宝钗入宫待

札记

选，投靠贾府。林黛玉进贾府主要介绍贾府的内眷，写贾府的富贵；薛宝钗进贾府旨在介绍贾府的外戚，写贾府的霸道。

第五回通过谶语式的悲剧抒情诗——判词、曲词，提供主要人物命运的总体蓝图，对书中主题及十几个贵族女子、上等丫环的性格、身世、归宿作了提纲挈领的隐括，对人生的看法也作了概括。同时，也从纵横两个方面加强了全书结构的整体性。横向看，它扩展了前几回介绍的主要人物范围，补充了其他人物的基本情况，形成了一张人物表；纵向看，它提动着宝、黛、钗悲剧和贾府衰亡两条基本线索，作为整部作品的基本旋律，揭开了悲剧的序幕。

有人认为，曹雪芹写了一百一十回，前八十回基本写成，八十回后仅写了三十回的回目和初稿。清朝有学者把书中叙述的人物命运、社会变迁与自然季节演进相对应来读这部书，说它写了春、夏、秋、冬四种意象。

春

第六回至第三十四回，这是宝、黛爱情和四大家族的春天。

第六回由"头"过渡到"身"。小说从刘姥姥入贾府写起，与钗、黛进府相互映衬。通过她和其他人物的接触，一方面抽出贾府外部联系（贵族之府与下层人民之间）中的情节线索；另一方面通过追叙王府历史，埋下贾府内部当权人物王氏婆媳与邢、赦之间重要矛盾线索的根源。尤其是她经历了贾家的盛衰过程（曹雪芹写她后来从妓院救出巧姐，并使之与板儿结婚后，过上了纺织耕作、自食其力的贫民生活）。此后，各种人物关系及矛盾情节便以贾宝玉、贾政为轴心，以王熙凤为支柱向前推进。

七至十八回，故事在行进中继续介绍环境。通过秦可卿出丧和元妃省亲交代贾府与公侯、皇室的联系。十九至二十回，着力描写贾宝玉、林黛玉从初恋到热恋的发展。二十三至二十四回，女孩子们包括贾宝玉进大观园，缩小环境，集中笔墨表现以"金陵十二钗"为重点、以贾宝玉为中心的典型生活。这一部分尽管"微露悲音"，但总是以欢乐之调来写，有一种春天般的温馨。

夏

第三十五回至第五十五回，这是贾府"烈火烹油，鲜花着锦"的鼎盛期，宝、黛爱情也到了火红的夏日。宝、黛以帕定情之后，再也没有发生口角，二人进入了两心默契的阶段。日则同行同坐，夜则同息同止，互相关心，无话找话，"沥血滴髓"的语言表现出已经冲破两性隔膜。这期间写了十多次宴会，没有一回以悲音命目，全以欢乐调子来写，但却是按伤音的变调来构思。

秋

第五十六回至约第八十二回，这部分以三姑娘探春理家始，远嫁终。鲁迅说，"大放迸起，破败死亡相继"，"中流砥柱"难以挽救"忽喇喇似大厦倾"的颓局。坐吃山空，家族破败，女儿相继出亡，贾府死亡的日子为时不远了。这种形势对宝、黛越来越不利。随着宝玉、宝钗婚姻悲剧的剧演，宝、黛爱情也进入了萧条的秋天。

冬

约第八十三回至第一百一十回，依前情节透露及脂批推测：元春死于宫廷倾轧，贾府失去靠山被抄后一败涂地。史、薛、王受牵连一损俱损，树倒猢狲散。"三春过后诸芳尽，各自去投各自门。"宝玉入狱，黛玉日夜悲泣，夏末而亡；宝玉出狱，宝钗与之结婚，曾经有过一段举案齐眉的夫妻生活，但终因没有共同感情，宝玉离家出走，宝钗孤寂冷落，雪中寻夫，悲惨死去；迎春被虐，死于非命；惜春缁衣乞食，封建的血盆大口吞噬了女儿们的青春和生命，"黄金似的斧头，砍去了她们一个个高贵的头颅"。严酷的现实，使死去的成为冤鬼，活下的成了怨鬼。曹雪芹给女主人公们设置了地狱之门、天国之门、人间之门，但在他看来，最理想的恐怕唯有天国之门了。

末回"青埂峰下证前缘，警幻仙姑揭情榜"，宝玉梦看情榜，他是榜主，情不清；黛玉情清；其余之人，不得而知。全书结构完整，天衣无缝，首尾呼应，气魄宏伟。以大悲剧形式结尾，"擦掉了鬼脸上的雪花膏，给人肉酱缸上撕去了金印"，使封建社会显示了本来面目。程高本写贾府在经历了一个"冬天"之后，又呈现出"家道复出"的好兆头，实为曲解其中味。

但曹雪芹原作的结构安排也有很大的局限性。

把宝黛爱情悲剧和四大家族衰亡等量齐观，将美与丑同置于艺术祭坛，一样的表现出惋惜之情，给他们同唱挽歌；处处流露出悲观情绪和宿命论思想。这些都是时代特征，阶级本质给作家创作带来的局限。

（刊于 2019 年 5 月《天水日报》）

一枝三花看可卿

　　《红楼梦》中，有关秦可卿的直接描写不多，包括场面宏大的可卿出殡，在全书的前十五回就已经完成了这一人物形象的塑造。秦可卿的艺术形象扑朔迷离，但从人物的情节价值、结构意义、主题思想等方面来看，秦可卿无疑是举足轻重的人物之一。

　　概而言之，《红楼梦》中的秦可卿形象有三个：梦中秦可卿，词中秦可卿，园中秦可卿。这三个秦可卿在小说中是一枝三花，也是三位一体。

一、梦中秦可卿

　　《红楼梦》写了许许多多的梦，最主要的有三个，这三个梦中竟有两个与秦可卿密切相关，这是其他十一钗所没有的现象。第一个梦是甄士隐的白日梦。这个梦交代了小说的主题情节、主要人物关系和基本创作方法。第二个梦是贾宝玉的午眠梦。在参加完以尤氏名义举行的游园午宴后，"宝玉倦怠，欲睡中觉"，秦可卿说："我们这里有给宝叔收拾下的屋子，老祖宗放心，只管交与我就是了。"宝玉"恍恍惚惚的睡去，犹似秦氏在前，遂悠悠荡荡，随了秦氏，至一所在。"梦中的贾宝玉走进了太虚幻境，遇见了警幻仙姑，看到了对联册页，听到了《红楼梦曲》。小说在这里交代了金陵十二钗的个性与命运。书中描写梦中的贾宝玉又有酒醉之困，于是"警幻便命撤去残席，送宝玉至一香闺绣阁之中，其间铺陈之盛，乃素所未见之物。更可骇者，早有一位仙姑在内，其鲜艳妖媚，大似宝钗；风流袅娜，又如黛玉"，警幻并说："再将吾妹一人，乳名兼美表字可卿者，许配于汝。"这女子无姓氏，且系警幻之妹，显然不是生活中的薛宝钗、林黛玉，也不是园中的秦可卿，但明显有她们的影子，可以看作是这三个少女少妇的叠合。而这个"名兼美表字可卿"的女子也体现了作家的"兼美"理想。第三个梦是王熙凤的三更梦。死后的秦可卿托梦王熙凤，借梦中之口说了所谓"月满则亏，水满则溢""登高必跌重""乐极生悲""树倒猢狲散"等警世名言，暗示了贾氏家族必败的命运。不仅如此，梦中还就府中祭祀钱粮和家塾供给做了交代，还特别预言贾府不日即是"烈火烹油，鲜花着锦之盛"，但也只是"瞬息的繁华""一时的快乐"，终将"盛筵必散"。

二、词中秦可卿

在判词中，作者曹雪芹把秦可卿列在后面。"情天情海幻情深，情既相逢必主淫；漫言不肖皆荣出，造衅开端实在宁"，并"画一座高楼，上有一美人悬梁自尽。"同样，《好事终》也列在后面："画梁春尽落香尘，擅风情，秉月貌，便是败家的根本。箕裘颓堕皆从敬，家事消亡首罪宁。宿孽总因情！"在给王熙凤托梦时，秦可卿又有"三春去后诸芳尽，各自须寻各自门"的提示。这是曹雪芹在词中最初设计的秦可卿。她的结局是"淫丧天香楼"，悬梁自尽。可见，词中的秦可卿是个"红颜祸水"，是仗着自己的美貌，卖弄风情，勾引男人的妇人。其把秦可卿的"淫"与贾家特别是宁国府的败亡，直接联系起来，批评之重是显而易见的。

三、园中秦可卿

在大观园中，"擅风情""必主淫"的词中秦可卿彻底消失了，我们看不出一丝一毫有关秦可卿"淫"的描写。曹雪芹受到畸笏叟"赦"的干预，对最初的构思作了大的变动。从脂批看，不仅把回目由"秦可卿淫丧天香楼"改为"秦可卿死封龙禁尉"，而且在写作中删去了包括"遗簪""更衣"等天香楼上秦可卿与贾珍的淫事情节，少了大约三分之一。同时，也把秦可卿的死因有意隐去。有了这样大的删节和修改，加上写作技术上的一些处理，使得园中秦可卿的人物形象发生了重大改变。因此，我们看到的这个园中秦可卿，则是一个性格温和、善解人意、很有教养、人见人爱的贾府标准媳妇，是兼美宝黛、花容月貌、风情独钟，生前把贾宝玉带入太虚幻境，死后给王熙凤托付贾府大事的绝代佳人。

这样一位人物，本来是有"要强的心"的，突然间一病不起，要强的心没了，不要强了，而且，精神负担极为沉重。她确信张有士的诊断"治得了病，治不了命"。显然，秦可卿有了大心病，而这心病竟然要了她年轻的生命。这其中一定是发生了极不正常的突然变故。秦可卿为何要结束自己的性命？从小说描写来看，粉碎她的理想之梦，结束她的宝贵生命的关键人物，不是别人，而是她的公公贾珍。一段时间，贾珍死缠硬磨，无所顾忌地强奸她。她在万般无奈的情况下，被迫屈从了贾珍的淫威。从心态上分析，秦可卿不可能勾引贾珍，也不可能自觉自愿。她苦苦哀求，或警告贾珍。但贾珍依然故我，没有放过她。公媳的这种行为，瑞珠和宝珠这两个贴身丫鬟，在秦可卿死后，一个自杀，一个离园，说明她们是清楚内幕的。婆婆尤氏直到最后也知道了情况。秦可卿清楚，长此以往，早晚会暴露，一旦事发，不但家族蒙羞，自己肯定身败名裂。在这样的处境里，秦可卿只有死路一条，别无选择。小说中，秦可卿是金陵十二钗中第一个去世的女子。她的死是故事主体部分正式展开之后的第一个重大事件，也是表现贾氏家族、封建社会没落的一个重大事件。

秦可卿的这三个形象，在《红楼梦》中各自扮演了不同的角色，完成了不同的艺术使命。梦中秦可卿显然是贾宝玉的诱惑者；词中秦可卿更是"家事消亡首罪宁"的罪魁祸首，这两个形象的极致是"淫丧天香楼"。但是，到了园中秦可卿，淫美人"悬梁自尽"的不正当死亡，由公媳之间不正常关系演绎为非正常的死亡。秦可卿也由一个被否定、被批判的人物，成为一个被肯定、受同情的艺术形象。人们不禁要问，秦可卿为何有补天之材，却无补天之命？是谁之过？一枝三花、三位一体的绝妙构思，耐人寻味的艺术之笔，极大地丰富了读者的想象空间，传达了深刻的思想内涵，给人以无尽的审美享受。

春节拜教授

乙巳新春，宁申之行，动念以久，当是一次所喜欢的历史与所喜爱的文学游学之旅。

南京是六朝故都，有着丰厚的历史积淀。南京又曾是民国首都。同时，南京是明初之都，朱元璋反元，与民国反清一样，都是针对游牧文化的。只不过，前者是大一统的专制复制，而后者是大一统的民主重生。所以，此生必往南京走一走，看一看。

在钟山，在总统府，在明故宫，在秦淮河，在乌衣巷，钟山风雨起苍黄，百万雄师过大江。烟笼寒水月笼沙，夜泊秦淮近酒家。风吹柳花满店香，吴姬压酒劝客尝。金陵子弟来相送，欲行不行各尽觞。优美的诗句无不勾起思古之幽梦。在四明邨，轻轻的我走了，正如我轻轻的来；我轻轻地招手，作别西天的云彩。徐志摩的诗句，常常在耳际回环。张老师讲现代文学的情景和语调，不时在脑海浮现。

于师情谊，南京大学是中国元史研究会发起地，又有陈得芝、刘迎胜、特木勒等先生，已有十年之交，只是未曾谋面。特木勒先生，南京大学教授，博士生导师。中国元史研究会副会长，中国蒙古史学会副会长。十二年前介绍我加入中国蒙古史学会。上海交大有恩师大学老师张中良先生，印象深刻。张中良先生，曾任日本东京大学东洋文化研究所外国人研究员，中国社会科学院文学研究所研究员、现代文学研究室主任。现任上海交通大学人文学院特聘教授，而见面已是四十年前的事了。

初二日夜，乘火车自北京出发，次日晨即到南京，住玄武湖畔，与明故宫一步临近。当日即赴明孝陵，拜洪武帝陵。当夜，给特木勒教授发了短信。次日晨打开手机，教授回信说他在车上，约了十时于南京大学历史学院会面。八时乘公交至南京大学，九时四十分到东门，给教授致电。教授说他还在车上，短信说好了明天见。这时，才恍然发现记错了时间，看错了短信。好在有教授的介绍，得以进校参观。

南京大学有几个校区。这里是仙林校区。校园面积大，每个学院都有一个相对独立的区域。校园寂静，干净优美，有池亭桥廊，几树梅花，有红有黄，花蕾已在枝头绽放。现代高楼设计仿古中式门庭，几乎每个门口都有楹联。万卷楼楹联是：曹仓业架万卷藏书宜子孙，青士苍官十年种木长风烟。门前梅花墙书：乘长风破万里浪，面奥壁攻十年书。这些风格不同的联语，给人一种传统文化的品位。

初五日，如约至南大南门。教授即主动打电话说他稍晚一点到。十时，教授开车接进历史学院。步入二楼，刘迎胜、陈波、华涛、特木勒，一个个似曾相识，神交已久，心向往之的蒙元史大家名字挂在一个接一个的教授办公室的门侧，让人肃然起敬。听教授说自接近黑龙江的内蒙古扎赉特旗家乡乘车而返，又是春节年假，如此烦劳教授，心里实在过意不去。而教授却十分热情，不厌其烦，沏了红茶。说明此次拜访的目的，一是简要禀告近十多年在市县弘扬成吉思汗文化方面所做的努力；二是请教授为今年即将出版的《成吉思汗之谜》作序；三是请教授择时莅临县境考察。在谈到陈得芝教授曾写过回信时，教授说陈先生已过九旬，年事已高，不认识人了。他是陈老先生的学生，并指着书柜上的一幅字说是陈老先生写的。海纳百川，有容乃大；壁立千仞，无欲则刚。落款特木勒教授雅嘱。教授说乐雅斋是陈老先生的书房名。透过先生刚劲有力，略带瘦金的行书，寓意深长，饱含寄托的题词，博学而谦逊的大师风范跃然字里行间。

教授说，研究会的活动都是通过邮件发布联络的。因为不熟悉邮箱，所以联系少。说到作序，教授谦和地说有老前辈健在，自己才五十多岁，实不敢当。教授谦和，为人低调，治学之严，略见一斑。会见一个多小时，自知教授长途返宁，不便多有打扰。告辞时，教授见赠南大元史研究室主编《元史及民族与边疆研究》集刊两册，并前往研究室参观。应邀与教授在楼门前合了影。

乘车返回途中，教授致电，约请中午吃饭，并与同事、弟子小坐。因不便打扰，便婉言谢绝。

在上海，有缘住延安中路九一三弄16号民宿。四明村占地近20亩，共有房屋118幢，三层高，大多为砖木结构，部分砖混结构，机制红砖墙清水勾缝。其形式属新式里弄排联式住宅。四明村建成于二十世纪二三十年代，先后有著名文学家、思想家章太炎，著名文学家周建人，著名书画篆刻家高振霄、来楚生、著名书法篆刻家朱积诚、王福庵、高式熊，著名诗人徐志摩、著名画家陆小曼、吴青霞、吴待秋，电影皇后胡蝶等陆续入住。印度著名诗人泰戈尔也曾住过，是名副其实的文化邨。

正月初六，给张教授发短信，表达了前去探望的请求。张教授说："看到您在学术与创作等方面的成就，很为您高兴！"并说明这次不能相见的原因。十分理解教授的安排，衷心祝福老师一切都好！

在上海，离开上海的时光，从时间的缝隙中挤出时间，去了一次四明村923号徐志摩先前的住所。热爱诗人，钟情文学，热爱徐志摩，向往诗意生活的岂止一人。

假如我是一朵雪花，翩翩地在半空里潇洒。我一定认清我的方向——飞扬，飞扬，飞扬，这地面上有我的方向。

文　论

清水悠悠，人文昭昭

——写在第二十五届中国天水伏羲文化旅游节之际

五千年的清水沐浴开花的土壤，

轩辕谷的松柏呵护我家的安康；

鸟语花香亲吻着河边的杨柳，

青山绿水住在我家的四周。

这里是丝绸古道，

这里是轩辕故里。

这是著名词作家车行，曲作家戚建波为清水县倾心创作的歌曲。

清水县位于甘肃省东南、天水市东北，东越六盘山南之余脉关山与陕西省宝鸡市相邻，南跨渭河至古秦州天水，西经秦安县到定西、兰州，北经张家川回族自治县通宁夏、河套，是丝绸之路要道。

清水县总面积 2012 平方公里，森林覆盖率 30% 以上，东南部达 70%。清水人民的母亲河——牛头河，宋金元时称为西江，干流全长 84.6 公里，流域面积 1836 平方公里。山清水秀的环境，冬暖夏凉的气候，使清水成为最佳宜居之地，成了天水的后花园。清水温泉自古即是沐浴洗涤，消夏避暑的胜地。万紫山、轩辕谷不仅景色迷人，更是香客不绝。

清水县古称邽县，又称上邽，是轩辕黄帝故里，秦人先祖发祥之地，西汉名将赵充国家乡。黄帝诞生于甘肃清水，建都于河南新郑，逝葬于陕西黄陵，是诸多专家学者的共识，是海内外华夏儿女的认同。轩辕像、轩辕殿、轩辕湖、轩辕鼓、轩辕桥在清水，甘肃省轩辕文化研究会发起于清水，一批批热衷于研究轩辕文化的专家学者，一大批华夏的黄帝子孙不断来到轩辕故里清水寻根祭祖。秦人先祖非子，在今清水县东北水草丰茂之地古秦亭为周王室牧马有功，其地被封为附属国。秦人在为周王室提供军事供给的同时，也壮大了秦的实力，开辟了东进关中，统一六合的根据地。公元前706年，秦武公伐邽戎，置邽县于清水，迄今已有2720年的建县史，堪称先秦第一县。汉高祖刘邦平定三秦，在今陕西渭南设下邽，改邽县为上邽。汉武帝元鼎二年（公元前115年），分上邽，增置清水县，始有今县名，迄今亦有2129年的历史。

清水县地处关山西麓，渭河北岸，素有"关中屏障，陇右门户"之称，是古代商旅驿站、军事关口，也诞生过一些将军，存留下战事的遗痕。首创屯田戍边的西汉名将赵充国，不仅谋略深邃，而且敢于坚持真理。赵充国晚年告老还乡，86岁卒，"葬于邽山之阳"。墓在今清水县城北，有墓碑及汉扬雄撰文、元书法家赵孟頫的《汉后将军赵充国颂》拓片碑。一代天骄成吉思汗1227年丁亥六月征战驻跸清水县西江，七月初五壬午日（8月18日）病重，七月十二日己丑日（8月25日）溘然长逝。这位人类纪元第二个千年史上最为著名的人物，在他弥留人世之际，作出了颁布不杀掠诏、明确灭金方略、托国耶律楚材、确立窝阔台继位等六大遗嘱，对元朝的建立乃至当今世界格局的形成都有重大影响。郭相忠，清嘉庆朝武进士，因军功升凉州总兵、甘州提督等职，人称郭提督。郭提督不仅武功高超，且人品高尚，文采甚佳。道光皇帝诰封他祖、父辈圣旨及所赐凤冠霞帔依然保存完好。咸丰皇帝授四川等处提督，委以重任，病故军旅，谥赠振威将军、封太子太保，赐"功达汾阳"金匾，把他比作唐朝名将郭子仪。郭相忠的诗作《蜀中思亲》，荡气回肠的语句表达出失去慈母的悲伤之情，孝道之心溢于言表。将军远离故土，戎马一生，为国尽忠，不仅亲人去世难以返乡扶柩，留下终生遗事，自己也捐躯杀场，客死异乡。

清水悠久的历史，积淀着深厚的地域文化，孕育着独有的人文精神。

中华民族的人文初祖轩辕黄帝诞生于清水、成长于清水，在这块古老的土地上留下了可歌可颂的历史足迹，抒写过古代文明辉煌的艰苦创业史。纵观轩辕黄帝造福人类的一生，充分体现了中华民族勤劳勇敢、创新包容的优秀品质。秦人先祖披荆斩棘、自强不息的历史，实质上就是一段面对艰难、玉汝于成的国家精神史。而赵充国敢于披龙鳞，坚持正确主张的倔强性格，更是清水人坚持理想信念、追求真理正义的精神核心。这种精神薪火相传，世代相因，在历史文化的积沉中愈来愈厚重，并不断赋予鲜明的时代特征。

近年来，33万清水人民无不以轩辕故里的儿女而自豪。面对艰难困苦的生活环境和日益激烈的发展竞争，清水人民在脱贫奔小康的新征程，培育形成了以"宁在苦中干，不在苦中熬"的清水精神，开创了跨越发展的新局面。站

◎ 文
论

在崭新的起点，面对全面建成小康社会的新任务，清水人民与时俱进，奋力作为，在审视历史和现实的坐标上，提炼弘扬着"淳朴诚信、尚德务实、创新超越"的清水新精神。清水正在迈着铿锵的步伐，奏响着和谐的乐章，装裱着锦绣的家乡，建设着梦想的天堂！

来吧，天南地北的好朋友！清水，山给你俊秀，水给你温柔！

来吧，五湖四海的好朋友！清水，心为你保佑，爱把你挽留！

（刊于《天水在线》）

在渭河文化视野中创造轩辕文化新价值

轩辕黄帝祭祖自 2005 年在甘肃省清水县举办以来，已有 17 个年头，在省内外产生了巨大的影响。今天如何在渭河文化的视野中创造轩辕文化的新价值，需要认真思考。

转变观念重新认识轩辕文化。轩辕黄帝是中华民族的人文始祖。轩辕文化既有历时性，也有共时性。创造轩辕文化价值，最重要的是转变观念。

一是从轩辕文化向渭河文化转变。渭河文化的源头是伏羲女娲文化，而轩辕文化上承伏羲女娲文化，下开国家文明与渭河华夏文化。轩辕文化与渭河文化是血肉一体的关系，讲渭河文化不能不讲轩辕文化。渭河流域生态保护和高质量发展不仅是渭河文化的关键词，也是轩辕文化的关键词。

二是从区域文化向流域文明转变。轩辕文化不仅是清水的，还是整个甘肃的、渭河的。清水县位于渭河中上游，历史上是中国政治经济文化的一个重要交汇点。邽山巍峨，西江长流，文涌永清古堡。存五千年仰韶文化，传数千载清水故事。轩辕谷降诞黄帝，乃为人文初祖；秦子铺非子牧马，因是首封邽县。关尹子师老聃，传道德经五千言；赵充国安河湟，上屯田表十二策。张横渠隐身吉山，立言关学四为句；周廷芳蛰居小泉，读书探取圣贤心。铁木真遗策萨里川，拓土开疆，奠基大元；郭相忠一门三将军，保境安民，功达汾阳。因此，清水在整个渭河流域文明中曾经有着承前启后的作用。

三是从小格局向大格局转变。在清水有轩辕文化的历史遗迹、文字遗存、民俗遗孑，其影响力遍及全国。轩辕文化精神包括生生不息的创造精神、多元统一的包容精神、不怕困难的奋斗精神和奔流入海的开放精神。特别是在挖掘轩辕文化，实现社会跨越初期所形成的"宁在苦中干，不在苦中熬"的清水精神，是轩辕精神的一脉传承，是甘肃精神的生动体现。这些都需要我们继续传承。

四是从文化的反向关系向正向关系转变。文化资源与文化发展的反向关系是资源厚重但没有变成文化产业。正向关系是文化资源实现有效利用，变成了

◎ 文论

351

文化产业。轩辕文化资源非常丰富，但还没有真正实现创造性转化，开发和利用的空间非常大。比如与当今经济发展相适应的康养产业。

五是从文化符号向日常生活转变。文化不是高高在上的，而是要与日常生活发生关系，文化离不开人伦日用、民风民俗。传承轩辕文化，就要让老百姓认识感受轩辕文化，让轩辕文化成为老百姓日常生活的精神信仰。

挖掘轩辕文化的新价值。弘扬轩辕文化、挖掘轩辕文化的新价值要做好四个方面。

一是民。轩辕文化是中华文化的重要内容，要积极推动轩辕传说和轩辕故里拜祖大典申报国家非物质文化遗产项目，让轩辕文化深入民心。

二是融。轩辕文化代表了黄色文化，生态文化代表了绿色，渭河流域生态保护和高质量发展就是黄与绿的融合和交响。要建好轩辕文化产业园，让游客感受和体验农耕文明，促进农耕文明与现代文明融合发展。

三是活。发挥文化的想象力和创造力，推出更多以轩辕文化为主题的影视剧、动漫、游戏、短视频、实景演出、歌舞剧、非遗体验和研学活动，让轩辕文化"活起来"。

四是带。目前有关轩辕文化的文创产品的开发还没有形成规模和市场。要在做好轩辕文化创意产品上下功夫，让人们"把文化带回家"。

（本文刊于 2022 年第 2 期《轩辕文化》）

简论黄帝、老子及尹子养生文化

清水是轩辕黄帝故里，又是老子学生尹喜故地。老子有在麦积区伯阳镇活动的传说。黄帝时代和老子时期先后创造的养生文化，被后世称为黄老养生之道，或黄老养生学说。

作为养生文化的滥觞地，县委、县政府适时提出弘扬轩辕文化，打造康养福地，发展养生产业，是适应新时代、新使命的智慧之举，是十分英明的最佳抉择。

一、黄帝养生文化

湖南长沙马王堆三号汉墓出土了一批包括不少已经失传的先秦古书在内的帛书。这批帛书为研究我国古代历史和文化思想以及天文、地理、军事，特别是医学等，提供了很有价值的新资料。帛书中除发现有早于《黄帝内经》的多种重要医学佚书外，还有《老子》两种写本，即甲本和乙本。乙本除少数几篇文字略有残缺外，其余均保存甚为完整。卷前有四篇佚书，这四篇佚书就是《汉书·艺文志》的《黄帝四经》。其中《经法》讲法为主，《十大经》讲用兵和争夺，《称》讲权衡与轻重，《道原》为推究道之本原。《十大经》篇的文体格式和用语又都和《黄帝内经》很相似，不少是讲养生之道的。

研究黄帝养生文化，不能不涉及黄老道学。"黄老文化"一词虽史籍未曾提及，但作为我国先秦以来，以黄学和老学为主的思想文化的存在，却有着广泛的影响和作用。成书于两千多年前的《黄帝内经》，除系统总结秦汉以前的医学理论和经验之外，也大量融入了黄老文化的合理内涵。尤其养生之道，如"治未病"概念的提出首见于《黄帝内经》。"圣人不治已病治未病，不治已乱治未乱，此之谓也。夫病已成而后药之，乱已成而后治之，譬犹渴而穿井，斗而铸锥，不亦晚乎！"《黄帝内经》比任何先秦诸子百家都讲得最具体、最明确和最实际。

黄学和老学就其实质而言，原本是两种不同的思想概念。这个问题，在马王堆帛书《老子》乙本未出土前是比较含混的，当时的黄老并称和所言黄老学术，实为重老轻黄。虽然《左传》《国语》和《逸周书》等众多先秦古籍，均首载黄帝之名，司马迁作《史记》更云"百家言黄帝"。但均属托黄帝之名，崇老子之术。帛书《老子》乙本的出现才为我们提供了真正认识黄帝文化的重要条件。如《十大经》中就十分赞扬黄帝那种"唯其一人，兼有天下"作用以及"出其锵钺，奋其戎兵，身提鼓枹"擒拿蚩尤的雄壮英姿。这些都是和帛书《老子》书中的"夫唯不争"以及"专气致柔"观点形成了鲜明的对照。

因此，从总的情况来看，以《黄帝内经》为主的黄帝养生文化在整个医学上的体现，是以"动"与"静"观点为核心。即老学主"静"，重在养生防病；黄学主"动"，重在治疗康复。也就是老学是首先要人们效法自然，顺应自然，回归自然，尽量保持机体内环境在外环境作用下的平衡统一，从而稳定与控制思想意识的紧张和避免精神上的不良刺激。如"以恬愉不务""以自得为功""外不劳用于事，内无思想之患"，等等。而黄学则是需要在同疾病作斗争中力争主动，先发制胜和调动一切积极因素，充分发挥可促进机体功能的抗争能力，去战胜疾病，恢复健康。如"损有余，补不足""和其运，调其化"，等等。但无论是老学还是黄学，也无论是养生防病，还是治疗康复，它们都是互相渗透、紧密联系，而不能截然分割的。所以《黄帝内经》作为中医学的重要典籍，它除了首重无病养生，防患于未然，阻止灾害发生，还要面对病人，处理疾患，实际解决治疗问题。因此，如果说运用老学主"静"来养生抗衰，是预防医学必不可少的前提，那么运用黄学主"动"，以治病疗疾，又是临床医学十分重要的环节。

"动"和"静"本身就是自然界的两种矛盾现象对立的属性。但它们又是统一的，相互依存、相互制约和相互转化，因而也是辩证的。所以才有"动静相召，上下相临，阴阳相错，而变由生"，也才有"物生谓之化，物极谓之变"，以及"气相得则和，不相得则病"的由来。这一情况，不仅在《黄帝内经》中体现，在帛书《老子》乙本中也同样有着鲜明的反映。如《十大经》："静作相养，德虐相成，两若有名，相与则成，阴阳备物，化变乃生。""夫天地之道，寒热燥湿，不能并立。刚柔阴阳，固不两行。两相养，时相成。"《经法》也说："不天天则失其神，不重地则失其根，不顺四时之度而民疾。不处外内之位，不应动静之化，则事窘于内而举窘于外。"。由上可见，《黄帝内经》的"动""静"观都是与黄老哲学文化有着直接的同源关系，实属中医学与中国哲学的伟大著作。

二、老子养生文化

"养生"在古代又称"道生""摄生""养性""养神""养气"和"长生"等。它的目的就是为了揭示长寿的秘密，寻求延年的规律和提供抗老防衰的好方法。

"苟欲全身养性为贤乎？是则老聃之徒也。"生活在公元前500多年的老子，作为我国古代养生学的先行者之一，在他所具有的朴素唯物主义思想体系和辩证法观点中，就始终贯穿了这一信念：认为生命是可以延长的，死亡现象也是可以使之缓慢发生的。他曾经努力试图利用他的学说来说明人类和其他生物的最终不幸死亡尽量不能早日到来。老子不仅第一个提出了"道"这一哲学的最高范畴和准则，而且还系统地观察和揭示出某些生物生长变化的规律和相互联系的根源，包括生命活动与大自然的统一。但老子这种思想的建立，并不是从头脑中臆想出来的。据《史记》所载，老子曾经做过周王朝的史官，有较高的文化水平和历史知识。他晚年看到周王朝的日趋衰落而回到他的故乡，过了一段时间的隐居生活。因此，他不仅广泛接触到当时的社会情景，也了解了不少大自然的客观实体，或许还实践了农业生产。他尤其看到了各种事物都每时每刻在向着它的相反方向发展，朝着对立面转化的这一基本规律。从而提出了有名的"反者道之动"和"祸兮福所倚，福兮祸所伏"的辩证法观点。老子就是从这种观点出发去认识世界和对待人事、生活与寿命的。老子亲眼看到植物的幼苗从柔弱开始发展到壮大之后，就向着它的相反道路走去，叫做"生也柔脆，其死也枯槁。"当然，人也不能例外，叫做"人之生也柔弱，其死也坚强。"所以，才要人"治人事天，莫若啬"，要像种庄稼那样去顺应事物自然生长变化的法则，决不能拔苗助长，去加速它的死亡。也只有如此，方能符合"深根固柢，长生久视之道。"老子对待养生防衰正是这样认为："物壮则老，是谓不道，不道早已。"就是说，人们不要有意去造成事物过分的生长壮大，因为大了就要向衰老和死亡走去。壮大越快，衰老死亡就越快，这是违反道的原则的。老子还说："强梁者不得其死""兵强则灭，木强则折。"所以，他竭力主张"骨弱筋柔而握固"，认为人若能经常保持清静无为和处于柔弱松弛而不争的地位，就不会转化为刚强，就可以避免死亡的很快到来，这就叫做"柔弱胜刚强"。老子还十分形象地叫人们学习水那样柔弱的品质。他说"天下莫柔弱于水，而攻坚强者莫之能胜。"但老子是不是只知道柔弱就够了，或只要求处于柔弱的地位就可以延缓死亡呢？也不是。他说："知其雄，守其雌；知其白，守其黑；知其荣，守其辱。"老子是在深知什么是雄强之下，然后安于柔弱的。是在深知什么是明亮，然后安于暗昧的。也就是必须首先深刻了解人为什么会衰老、死亡，掌握其固有规律，然后才能研究总结延长寿命的经验和方法。

老子为了有效地促进养生、养气与"专气致柔"的实现，特意提出了一个"致虚极，守静笃"的养生具体方法。要求人们"少私寡欲"和尽量"虚其心"。尤其不能经常为死亡而担忧，指出"以其不自生，故能长生"。甚至虚静到那种"善摄生者，陆行不避兕虎，入军不被甲兵"皆无所畏惧的地步，并由此再进一步达到忘身消忧的更高境界，时刻想到"吾所以有大患者，为吾有身。及吾无身，吾有何患？"也就是要把整个形体都忘得一干二净。老子清楚地知道人总是要死的，他始终把人和自然联系在一起，认为"飘风不终朝，骤雨不终日。孰为此者？天地也。天地尚不能久，而况于人乎？"所以，人们只能通过养生防衰抗老方法去延缓衰老过程，而不是长生不死。按老子学说，要延缓衰老，就得经常处于"静"的境地和"柔"的状态。这里的"静"也是为了"柔"，"柔"的另一含义就是松弛而不是紧张，松弛不紧张便能延缓衰老过程，寿命随之自然增长。这是老子养生学中最重要、最实际，也是最合理的部分。

三、尹子养生文化

尹喜，字文公，号文始先生，又称文始真人。元顺帝至元三年（1266 年）加封"文始尹真人无上太初博文文始真君"。尹喜，是清水县陇东镇尹道寺人，自幼究览古籍，精通历法，善天文秘纬。仰观俯察，莫不洞彻。大度恢杰，不修俗礼，损身济物，不求闻达，是先秦天下十豪，周朝大夫、天文学家、哲学家、教育家、道教文始派祖师。《庄子·天下》把他和老子并列，称为"古之博大真人"。

尹喜官至周代大夫。周敬王二十三年（公元前 497 年），眼见天下将乱，便辞去大夫之职，请任函谷关令（一说为散关令），遇老子，得授《道德经》。以藏身下僚，寄迹微职，静心修道，因称"关尹子"。尹子在道教中地位崇高，常配祀于老子侧。《文始真经》记载：关令尹喜，周大夫也。老子西游，喜望见有紫气浮关，知真人当过，候物色而迹之，果得老子。老子亦知其奇，为著书。喜既得老子书，亦自著书九篇，名《关尹子》。老子授经后，西出大散关，复会于成都青羊肆，赐号文始先生。

《太上混元真录》记载：关令姓尹名喜，母氏尝昼寝，梦天下绛绡，流绕其身。见长人语，令咽之。既觉，口有盈味。及真人生时，有双光若日，飞游其侧，室内皆明。良久，不知所在。其家陆地自生莲华，光色鲜盛。眼有日精，姿形长雅，垂臂下膝，堂堂有天人之貌。少好学坟索易，善于天文秘纬，仰观俯察莫不洞彻，虽鬼神无以匿其情状。大度瑰然，不修俗礼，荣戚不形于色。怀道逍遥，有远游之志。其后果历涉山水，考详川谷。卷言此地，知必成真，乃结草为楼，精思至道。康王闻之，拜为大夫。后复招为东宫宾友。时关令务行阴，不求闻达。而逸响遐宣，京师美，乃入侍东宫宾友。至昭王时，瞻见东方紫气西迈，知有圣人当度，乃求出为函谷关令。以物色而遮之曰：夫阳数尽，九星宿值，今岁月并王复九十日之外，法应有圣人经过京。至期乃斋戒念真，使扫路四十里，夹道烧香，以俟天真入境。老子驾青牛薄板车至函谷关，迎入官舍，北面师事之。居百日，尹喜以疾辞官，复迎老子归楼观本宅，斋戒问道，并请老子著书，以惠后世。于是，老子乃著道德五千言以授之，老子遂去，不知所终。之后，尹喜乃弃绝人事，按老子所授经法，精修至道。三年后，悉臻其妙。乃著《关尹子》九篇，发挥道德二经。此文以后成了道家经典之一，收录于《百子全书》。

《关尹子》，又称《关令子》《文始真经》。今见之《关尹子》，乃是唐宋间人托名之作。此书充分反映了当时社会的状况以及思想认识水平，批评了修道人中的种种邪迷丑恶，指出了一条超越自我而进入精神绝对自由王国的光明大道。作者采用《道德经》的笔法，言简意赅地阐明了宇宙和自然、社会和人生的根本规律，针砭时弊，表扬大道；揭示真理，拨迷正误，有益于众生多矣。英国著名科学思想家李约瑟先生曾经在他的《中国科技思想史》中大量地引用了《关尹子》一书中的观点和论断，评价甚高。全书共分九篇，各有所侧重。书之所以分九篇，乃是因为道家重视阳数，而九正是阳数之极。老子《道德经》便分成八十一章，正是重九之数，所以《关尹子》则取法为九篇。《关尹子》之所以为道教的代表经典，是因为它不仅有理论的突破，更有实践的总结，既有宏观的论述，又有微观的把握，加上牛道淳的注解，更能让人们明白宇宙和人生的根本规律，并且依法修行，从而合乎大道，顺其自然，得其自由。

尹子在日常生活中清虚自守，要求自己像射箭一样保持"心平体正"。《吕氏春秋》说："非独射也，国之存也，国之亡也，身之贤也，身之不肖也，亦皆有以。圣人不察存亡贤不肖，而察其所以也。"说明这种心平体正的修持方法，是一种很好的养生方法，不仅能够治身治国，而且能够养生延年。《庄子》中记载有尹子的一段话："在己无居，形物自著。其动若水，其静若镜，其应若响。芴乎若亡，寂乎若清。同焉者和，得焉者失。未尝先人，而常随人。"就是说要在贵本重神，澹然无为，清静自守，独任虚无，随物因应。

今天，我们发展康养产业，要从前人先贤为我们遗留下来的光辉思想和养生文化中汲取合理的东西，以指导我们正在做的事业。

（本文刊于 2022 年第 2 期《轩辕文化》，获甘肃省轩辕文化研究会学术论文二等奖）

弘扬乞巧文化　筑牢家庭根基

——2016 年在甘肃省乞巧文化研究会年会上的大会发言

农历七月初七乞巧节在中华民族传统节日中，是一个很有意义、十分重要的节日。发源于甘肃西和、礼县，流行于关陇地区天水、庆阳、宝鸡等地，远传于东南亚国家的乞巧文化，是中华民族优秀的传统文化，是周秦文化交融的反映，是中华农耕文明的缩影，更是人们追求心灵手巧、渴望爱情自由、期望婚姻自主、建立美满家庭的文化根基。

一、七夕乞巧——周秦文化的融合

著名学者赵逵夫先生在深入研究甘肃西和、礼县七月七日乞巧风俗后认为，乞巧文化与牛郎织女的传说孕育于西和、礼县。牛郎与周人发祥有关，织女与秦人发祥有关。赵逵夫教授明确指出，周秦文化的相互交融，形成了中国民间文学史上产生最早、流传最广、影响最大的四大爱情故事之一牛郎织女的传说。

《诗经·小雅·大东》说："维天有汉，监亦有光。跂彼织女，终日七襄。虽则七襄，不成报章。睆彼牵牛，不以服箱。"早在西周时期，作为牛郎与织女的两个星名已经被人格化，写入了诗中，有了故事的雏形，而且与天汉有关，与天河有关，与汉水有关。

赵逵夫先生研究认为，织女从地上到天上，她的原型是秦人先祖女修。《史记·秦本纪》说："秦之先，帝颛顼之苗，裔孙曰女修。女修织，玄鸟陨卵，女修吞之，生子大业。"女修的突出贡献在于织布，秦人因此而称她为织女，并把她与上天星座联系起来。织女是在银河西侧，大体与秦人最早发祥地汉水上游相对应。牛郎的原型是周人先祖叔均。《山海经·海内经》说："后稷始播百谷。稷之孙曰叔均，始作牛耕。"《史记·周本纪》说："魃不得复上，所居不雨，叔均言之帝，后置之赤水之北。叔均乃为田祖。"叔均在农耕方面贡献很大。他发明了牛耕，赶走了旱魃，人们故而称他为田祖。牵牛星在银河东侧，与周人处于汉水上游东北方向大体相当。

牛郎织女隔河相望，渴望相亲。民间女子七月乞巧，期待智慧能力的提升，盼望心中如意的郎君，这是女子成人、追求爱情、建立家庭的心理准备和文化潜质。

二、七夕乞巧——农耕文明的缩影

乞巧文化从七夕乞巧节的表象看，是人们对智慧、对技能的向往与追求，但其实质则是对美满婚姻与幸福家庭的向往与追求。赵逵夫教授说："牛郎、织女是中国男女农民的象征。"男耕女织是农耕社会最为典型的生活生产方式。

人类社会进入农耕文明，作为社会细胞的家庭，最显著的特征是"男耕女织"。在牛郎织女的故事里，我们可以看到有勤劳善良的牛郎，有贤惠能干的织女，还有忠实勤恳的黄牛。通过男耕女织，辛勤劳动，有粮吃、有衣穿，解决基本的温饱问题，再生育子女、传宗接代，是最幸福不过的事了。农耕文明是建立在乡土社会之上的。这种乡土社会，最为理想的境界，是风调雨顺、丰衣足食。陶渊明"复行数十步，豁然开朗。土地平旷，屋舍俨然，有良田美池桑竹之属。阡陌交通，鸡犬相闻。"正是这种农耕乡土社会的大写意。我曾在传统村落写作《梅江峪》一书中说："传统村落，作为一种独特的记忆，坚守着中华民族传统的生存状态，承载着更多更直接的历史因子。可以说，民族的根、民族的生态、民族的记忆，因传统村落的存在而存在。"乞巧文化同样是民族的根、民族的生态、民族的记忆，其中蕴含了许多我们民族优良传统与人伦哲理，是农耕文明的典型缩影。

当今时代，农耕文明受现代文明急剧冲击，广大农民离土离乡，广阔农村日新月异。人们以一种全新的方式，去往城市寻找新的生活。在这种情况下，研究乞巧文化，研究牛郎织女，弘扬优秀的传统文化，通过七夕乞巧节弘扬中华民族勤劳善良、向往聪明智慧、追求美满婚姻、建立和谐夫妻关系、建设幸福美好家庭的道德品质与理想社会关系，具有现实意义。

三、七夕乞巧——建立家庭的基础

爱情是婚姻的基石，婚姻是家庭的纽带。家庭的根基是夫妻。夫妻关系融洽，家庭幸福，则社会和谐。社会和谐，则国家太平。夫妻关系紊乱，子女分崩离析，则家无宁日，社会不安。早在先秦时代，我们的祖先就已把美好的爱情，用朴素的诗句予以歌唱和颂扬。

蒹葭苍苍，白露为霜。

所谓伊人，在水一方。

溯洄从之，道阻且长。

溯游从之，宛在水中央。

蒹葭萋萋，白露未晞。

所谓伊人，在水之湄。

溯洄从之，道阻且跻。

溯游从之，宛在水中坻。

蒹葭采采，白露未已。

所谓伊人，在水之涘。

溯洄从之，道阻且右。

溯游从之，宛在水中沚。

七夕乞巧正是这种男女依恋，相念相爱的表现形式。

作为轩辕黄帝故里，先秦发祥之地，汉将充国家乡，乞巧曾经盛行的甘肃清水县，不仅大力宣传抵制高价彩礼，积极倡导移风易俗，而且连续几年七夕节由县委、县政府在美丽的轩辕桥上，为新人举行集体婚礼，这一行动实质上已经率先把七夕作为夫妻节来过了。

乞巧文化如何传承

——写在第十二届陇南乞巧女儿节召开之际

在传统社会，乞巧节作为中国女儿们独有的一个节日，作为农耕文明独特的一种文化现象，无疑是中华传统文化的一块瑰宝。

乞巧，作为一项传承千年的民俗活动，千百年来，陶冶了广大女性尊老爱幼、心灵手巧、勤俭持家、相夫教子的美好品德，促进了家庭和美、邻里和睦、社会和谐，让真、善、美的动人故事生生不息、世代相传。七天八夜的主体活动，加上近一个月的准备工作，曾经给封建礼教压迫下的少女们以学习各种知识，锻炼自身能力，特别是抒发女性情感、表达生活愿望等方面，提供了宽松自如的文化环境。

这一文化现象从产生之日起，直到20世纪60年代，影响了一代又一代农村女性。进入80年代，随着社会的发展，生活的改善，尤其是传统文化的复归，在一些参与过这一活动的中老年妇女们带动下，一些地方相继恢复了乞巧节，如广西藤县。乞巧节的内容更丰富、活动更新颖。特别是它的发祥地陇南市西和礼县，在赵逵夫教授的深入研究、极力推动下，在杨克栋老人等一批热衷者的积极鼓动下，断代三十多年的乞巧节得以重新兴起。西和县被授予中国乞巧之乡，西和乞巧节成功申报为国家非物质文化遗产。特别是由市政府出面，西和礼县两县联合，连续举办十多次乞巧文化艺术节会和专家学者乞巧文化论坛等一系列活动，使乞巧节不仅在西和得以传承光大，而且在国内产生了深远的影响。

但是，在其他地方，在曾经延续乞巧传统的地区，乞巧活动已经销声匿迹，不复存在。究其原因，我以为主要有以下几点：第一，时代的变化。封建社会消亡，封建礼教崩溃，妇女的社会地位提高了。第二，妇女的解放。随着妇女的彻底解放，并走向社会，通过乞巧活动，释放妇女不再是唯一出路。第三，生活的变迁。农耕文明的消解，男耕女织的生活逐渐退出了历史舞台，乞巧文化赖以生存的土壤没有了。第四，科技的发展。科技对传统文化的冲击是致命的。比如祈雨活动，已被天气预报彻底击垮。电视、手机、歌舞、社交等这些新的娱乐方式，充斥于人们的生活，乞巧已远远不能满足当代少女们的娱乐消费。

那么，如何传承乞巧这一具有一定文化价值、艺术价值和经济价值，曾经丰富过民间文化生活，传递着民族精神的传统文化？我以为，一是以节推节。乞巧节曾经是传统社会女性的启蒙节。目前的三八节大多仅局限于开表彰会、拔河、演讲等层面，可以号召各级妇联组织在三八节期间渗入乞巧文化元素，以节推节，弘扬乞巧文化。二是以师带徒。培养乞巧文化传承人，在有条件的地方，如社区等，通过宣讲示范、言传身教，推广乞巧文化。三是以新承旧。日新月异的科技在不断瓦解着传统文化。可以借助快手、抖音、小视频、微电影这些传播速度快、社会影响大的新传媒工具，推广传播乞巧文化。四是深入研究。传统文化的传承光大，离不开专家学者的深入挖掘，离不开有心之人的潜心传播，离不开有分量的专著文章的不断支撑。乞巧文化的发扬光大，也是如此。

让我们共同努力，使乞巧文化这一秦人遗风动态传承的活化石，成为传承中国女性智慧、技艺、美德的载体而存在，更因其源远流长、规模宏大，集崇拜信仰、诗词歌赋、音乐舞蹈、工艺美术、劳动技能等为一体的非物质文化遗产，迸发出强大的时代活力，成为现代女性展现自尊、自信、自立、自强的宽广舞台。

宣传人文胜地　建设康养福地

——在 2022 年甘肃省轩辕文化研究会年会上的发言

县委党代会报告提出把轩辕故里打造成人文胜地、康养福地、幸福家园，切合实际，高瞻远瞩，很有眼光，也做成了许多大事好事，发展成就，有目共睹。

我们常说，清水历史悠久，人文厚重，拿什么来支撑？就是凭得天独厚的轩辕文化，靠从不断线的历史遗存。近两年来，邽山书院按照县委主要领导同志的明确指示，在挖掘清水历史、提升人文内涵方面做了大量工作。包括对轩辕黄帝、秦非子、尹子、赵充国、张载、周蕙、成吉思汗、郭相忠历史的挖掘，对古秦亭、古上邽的宣传。今天只讲一句话，人文胜地，康养福地，建议加大力度宣传"一乡一品"建设。

一是对张载隐居地的宣传与建设。关学宗师张载的横渠四句被誉为精神绝句。习近平总书记曾在不同场合多次提及"四为句"，充分肯定并高度评价。可见其影响之大。2020 年，适逢张载诞辰一千周年，陕西举行多种形式的纪念活动。我们邽山书院召开纪念张载诞辰千年座谈会，研讨交流论文五篇。张载在清水有活动痕迹。清代升允、长庚修，安维峻纂《甘肃新通志·卷十三·古迹》记载，"张横渠隐居处在县西七十里张吉山"。我们几次去王河镇吉山村现场考察，从地理位置，从宋墓痕迹、宋人粮仓、已废官道，寨堡遗痕，千年古柳研判，当时的张吉山，应该是陇城的一个军事粮草基地。从时代背景、从人物关系、从史料记载方面来看，张载曾任渭州（今平凉）军事判官。他与环庆路经略使蔡挺的关系很好，军府大小之事，都要向他咨询。同时，张载还与秦凤路（今天水）守帅吕大防关系要好。吕曾上奏宋神宗召张载回京任职。据我们研究，所谓张载隐居，实际上是驻在张吉山军事管理区出谋划策，参赞军务。吉山村有地名横渠湾，以张载号而得名。又有义学梁，办过吉山书院，书院挂孔子和张载两位先生的画像。吉山村有张姓，是张载后裔。据陇城人张泉林说，现存"横渠流芳"牌匾为张家祠故物。明朝永乐年间，张载第十四世孙张统、张纪兄弟自陕西扶风迁至陇城，为仁厚堂张氏始祖。张载后裔迁至陇城周边，凡六百余年间衍至张泉林为二十三代。综上所述，我们撰写了张载隐居清水县王河镇吉山一文，在文化周刊刊发。文章发表，引起陕西关学界的关注。我受邀参加由陕西省社科联合会主办的张载关学思想当代价值高端论坛，发表《弘扬张载精神，倡导时代新风——关学精神在清水》论文，不仅获奖，还收入《关学思想的当代价值论文集》。首次将张载隐居清水吉山，及明朝乡贤，著名理学家周蕙周小泉、李昶，清代儒将郭相忠对关学在清水的传承发扬公之于学院派讲坛之上。作为甘肃参会唯一代表，能够将这样一个历史文化底蕴丰厚，而鲜为人知的小县大事，在文化大省陕西关学界予以介绍，也不失为一种宣传推介。我曾给镇上建议立碑标识，动员吉山村在杭州的老板张居生捐助，吉山村的村干部，村上在外人员也很热心。希望早日促成。

另一个是为建设康养福地，或者说养生福地，提供理论依据。我发了《简论黄帝、老子，及尹子的养生文化》。这里，只说说尹子，尹喜故里在清水的问题。中国养生文化源于黄老。我们有资源，有理论依据，有轩辕黄帝，有老子高徒，可以说没有尹喜，就没有《道德经》。尹喜故里在清水，是又一个重要的人文元素。在陇东、草川铺一带，关于尹喜的流传颇多。尹道寺、教化沟、牛涧里、尹家台子、回龙武当山等，都有关于尹子的故事。我曾从民间传说、地名印痕的角度三次现场考察，在报上撰文宣传。也曾与天水老子研究会会长，师院教授郭昭第联系，搞个研讨活动，搞个命名活动，但因经费问题，未得实现。尹道寺也烂烂敞敞。乡村振兴要抓文化振兴。美丽乡村建设要突出文化特色。这方面，秦亭镇做得比较好。建议乡镇，文旅、乡村振兴等部门重视一下。

擦亮县域历史品牌　赓续优秀传统文化

——在天水地域文化研究与利用专家座谈会上的发言

习近平总书记今年 5 月 27 日主持十九届中央政治局就深化中华文明探源工程进行第三十九次集体学习时指出："中华文明源远流长、博大精深，是中华民族独特的精神标识，是当代中国文化的根基，是维系全世界华人的精神纽带，也是中国文化创新的宝藏。"

清水历史悠久厚重，文化从不断线，经久不衰。可惜湮没在历史的尘埃里，没有引起世人的足够注目，也很少发出其蕴含的光亮。出于对家乡的无比眷恋，出于对历史的无限敬畏，在工作之余，长期坚持研究地域文史，寻找文化灵魂，赢得了学界的充分肯定，得到了地方党政的热情支持。

一、从民间断石残碑中寻找文化热度

碑碣石刻，是历史脚步的化石，是地域文化的名片，是时代精神的升华。清水碑文传世 2000 多年，纵不跨代，种类繁多。现已发现 200 多通，上溯西汉永光二年（公元前 42 年），存文跨幅达 2060 多年之久。现存北魏太和二十年（496 年）之《秦亭碑》迄今已有 1526 年。早在 14 年前，我独自一人寻碑访石、捶拓拓片、披沙淘金、研究方志，精选 60 通，进行抄文、标点、断句、注释，并做了粗浅的信息探讨，出版《清水碑文研究》一书，全书 23 万字。后来，县上在赵充国陵园集中了部分碑刻，建立了碑廊，保护了弃之荒野，行将消亡的古史遗存，包括宋代《仪制令碑》，元代《宣德堂记碑》，明代《凿池守城碑》《萧公生祠碑》，清代《重修关山驿路碑》，以及《盐法分界碑》等等。透过这些碑文的字里行间，我们看到的是一幕幕的历史再现，是清水人文精神的光芒。此所谓千年的石头会说话。

二、从史书只言片语中挖掘人文内涵

《水经注》说："南安姚瞻以为黄帝生于天水，在上邽城东七十里轩辕

谷。" 2004 年，顺藤摸瓜，撰写了《轩辕黄帝略考》，作为干部职工普及轩辕文化的乡土教材，奠定了清水弘扬轩辕文化的基础。其后，在县委、县政府和专家学者的努力下，形成了"轩辕黄帝诞生于清水，建都于新郑，逝葬于黄陵"的基本观点。由此，清水作为轩辕故里的文化品牌，得以提名叫响。轩辕文化推动县城和县域经济的发展是不言而喻的。

《元史》记载："七月，帝驻跸清水县西江，壬午帝疾甚，己丑崩。"为了研究这一课题，我曾翻阅 40 多种典籍，与国内几十位元史学者取得联系，一个人背了行囊，三进六盘山及宁夏开城、海原、灵武等地区，三赴鄂尔多斯成陵考察，完成了 20 万字的专著《成吉思汗与甘肃清水》。这本书是成吉思汗诞辰 860 年来，国内首次系统研究成吉思汗与清水的学术专著，引起了国内蒙元史学界的关注，受到了中国元史研究会原会长陈得芝、会长王晓欣，中国蒙古史学会会长特木勒等教授的充分肯定。清水也因此而竖起了成吉思汗雕像。

近两年，围绕安维峻纂《光绪甘肃新通志》记载："张横渠隐居处，在县西七十里张吉山。"一句话，深入吉山实地考察，研究相关资料，撰写了《关学精神在清水》。应邀参加了陕西省社科联为张载诞辰一千周年而举办的关学思想当代价值高端论坛，使张载在清水的史实，于关学论坛发声，为国内学界知晓。为此，王河镇在吉山村立碑纪念，县宣传部长到会讲了话。在王河，不仅召开座谈会，还举办吉山乡村大讲堂，为镇村组三级干部、村民代表进行了张载事迹与关学"四为句"等常识讲座。受此影响，民营企业家还在小泉峡为明代理学家周蕙刊石立字"周蕙故居"。这一行动引起了原甘肃省社科院院长范鹏、省委党校哲学部主任成兆文、北京作家周步等学者的高度关注。

三、从民俗历史遗存中探寻文化灵魂

对秦亭文化的研究，是从秦乐寺入手的。曾写过《清水秦文化三题》一文，对古秦亭、古上邽及清水先秦历史作了探讨，参加甘肃省秦文化研究会年会，作了交流。在秦亭镇召开秦亭文化座谈会，也为秦亭镇撰写了碑文。

进而搜集七月初七乞巧歌，以失传的乞巧习俗为背景，出版了传统民歌集《邽山秦风》一书，受到了赵逵夫先生的特别重视。受邀参加陇南乞巧节，并在百名专家年会上作学术发言，也被选为甘肃省乞巧文化研究会常务理事。

对中国传统村落保护名录贾川乡梅江村，从传统村落、梅江风情、庭院景致、房中物语方面，对该村明清古居六大院所蕴含的传统文化进行了解析，对将消逝的农耕文化进行了研判，出版了《梅江峪》一书。这本书是国内第一本专为一个传统村落名录村写的书，受到了中国传统村落保护中心主任胡彬彬教授的良好评价。梅江村也由中央财政拨款 500 万元予以维修保护。

对白沙镇从一品将军郭相忠及明清大户杨家家族的研究，是从族谱学的视角进入的，撰文两万多字，引起县上重视，重修了郭提督故居。

也曾数次考察陇东镇尹道寺村、尹家台子，草川铺镇教化村等地，发表了关于尹喜的文章，以及黄老尹子养生文化在建设康养福地中的作用研究。但要做的事，还期待镇村的支持和村民的觉醒。还有对赵充国故里、清水赵充国祠的研究，需要加大力度。

另外，以乡土情结为原型，进行文学创作，出版了小说散文集《回望老庄》。该书是对农民故乡的回眸与反思，是对黄土高坡古老乡土的抒情性描写。

多年来，在清水 2012 平方公里的土地上生活，对该区域的文化坚持不懈地探望，写了几百万字的东西，出版发行了近两万册书籍，其目的只有一个，那就是弘扬地方历史，传承文化，以文化人，提升地方知名度，助力乡村文化振兴。也有些为往世继精神，为现实续文脉的意思。下一步，将继续努力，在"一镇历史一品牌"上下功夫，赓续血脉，擦亮品牌，使之为乡村文化振兴增光添彩。诚如习近平总书记所说："优秀传统文化是一个国家、一个民族传承和发展的根本，如果丢掉了，就割断了精神命脉。"

好在区域文化的挖掘，有地方党政的全力支持。我坚信弘扬优秀传统文化，一定是和发展现实文化紧密结合的，也一定会在继承中发展、在发展中继承。

（本文写于 2022 年 8 月 19 日）

关于清水县"十四五"期间文化旅游战略布局的几点建议

今年3月，习近平总书记在福建考察时强调："我们走中国特色社会主义道路，一定要推进马克思主义中国化。如果没有中华五千年文明，哪里有什么中国特色？如果不是中国特色，哪有我们今天这么成功的中国特色社会主义道路？我们要特别重视挖掘中华五千年文明中的精华，弘扬优秀传统文化，把其中的精华同马克思主义立场观点方法结合起来，坚定不移走中国特色社会主义道路。"中华优秀传统文化是中华民族的精神命脉，是凝聚人汇聚民力的强大精神力量，为中华民族克服困难、生生不息提供了强大精神支撑。挖掘中华五千年文明中的精华，以时代精神激活中华优秀传统文化的生命力，需要深入研究和科学审视中华文明史，深入理解和准确把握中华文化血脉。

"十四五"是实施乡村振兴战略的重要机遇期。文化振兴是乡村振兴的重要组成部分。

实施乡村文化振兴，要充分挖掘我县历史文化元素，大力推进"一镇一品"，带动旅游产业。

一、优势

（一）轩辕故里文化：清水传统优秀文化的龙头。主要是永清镇轩辕文化产业园，山门镇轩辕祭祀园。

（二）尹喜故里文化：道家祖师老子高徒尹喜是清水人。在陇东镇尹道寺村、尹家台子村、草川铺镇教化村、牛涧里村等有关道家文化的传说颇多。

（三）邽秦历史文化：以邽山、上邽、邽县、邽州和秦先祖发祥地为主的邽秦文化。包括永清镇邽山、上邽，秦亭镇秦子铺非子牧地，新城乡新城村邽县遗址等。

（四）本土乡贤文化：以西汉名将赵充国故里为主的永清镇赵充国陵园，

红堡镇赵充国祠堂，白沙镇赵磨村赵充国故乡；以从一品将军郭相忠故乡文化为主的白沙镇白沙村郭相忠故居，秦亭镇吴家门村郭相忠岳丈家居，及白沙村杨天培、蒋特升等郭家军事略；白沙镇鲁湾村李虎墓等。

（五）儒家关学文化：以王河镇吉山村关学宗师、横渠四句提出者张载隐居地，红堡镇小泉村明代陇右大儒周蕙故居地，县城儒学教谕李昶为主的清水关学文化。

（六）清水蒙元文化：红堡镇、黄门镇、新城乡、白驼镇成吉思汗养病、遗嘱事略、遗迹等蒙元文化。

（七）传统村落文化：以贾川乡梅江村传统保护村落为主的农耕村落文化。

（八）清水精神文化：以清水发展原动力为支撑，以清水精神展馆、抗战纪念馆、清水红色文化为主的当代文化。

二、布局

（一）中东部轩辕故里文旅圈，结合温泉景区洗浴康体，轩辕山庄农家食宿等旅游实体，做深做强文化内核。

（二）南部尹喜故里文旅圈，结合花石崖风光旅游，与麦积区伯阳镇柏林观相接。

（三）中东南部邽秦文旅圈，与陇县、宝鸡秦文化，与甘谷、礼县秦文化旅游相接。

（四）中部三镇乡贤文旅圈，与天水赵氏文旅相接。

（五）西部关学文旅圈，与秦安大地湾、女娲祠相连。

（六）中北部蒙元文旅圈，与平凉、宁夏、内蒙相连。

（七）西部传统村落文旅圈，与麦积区传统村落街子村、胡大村相连接。

（八）全县清水精神文旅圈，与红色文旅相渗透、与党史教育基地相融合。

三、措施

（一）成立咨询团。聘请专家学者、有关部门组成咨询团，研究论证，规划布局，确定重点。

（二）列入项目库。将人文旅游纳入"十四五"规划、乡村振兴战略规划、全县文旅规划之中，列出项目清单，分步实施。

（三）县乡村联动。充分借力国家政策红利，寻求项目支撑。运用向上争取一点、县上投资一点、乡镇出一点、村上挤一点、社会助一点的路子，逐步启动立碑、建亭，建博物馆、展览馆、展示区，及旅游路、基础设施、解说团队等等各个项目。广泛招商引资，谋求发展突破口。

（四）加大宣传力。充分利用多种途径、加大宣传力度，吸引各方游客，来县观光旅游、养生康体。

（本文写于 2022 年 5 月）

◎
文
论

轩辕谷散记

——兼谈我所了解的轩辕文化发展

清水县何以为轩辕故里，轩辕黄帝何以生轩辕谷？轩辕谷何以在三皇沟？

20世纪90年代末，李自宏、胡思九等依据县志记载，传说附会，开始了初步研究。但尚不为县人认识。许多人不解轩辕为何？甚至认为，穷乡僻壤，不会出这么有影响的人物。

起初的研究是从县志记载与民间传说开始的。

《清水县志》（乾隆版）卷之十六补遗中，收录曹植《黄帝赞》一篇。另有明朝胡缵宗《轩辕帝生天水辩》，全文如下。

> 黄帝生于天水，不可得而知也；生于寿丘，亦不可知也。夫谓在鸟鼠西，何以缘帝而名谷？而名溪？陇西有轩辕国，有轩辕丘，何以去有熊而娶西陵女？传云：诸侯皆尊轩辕氏，代神农为天子，是为黄帝。邑于涿鹿之阿，迁徙往来，未尝宁居，理或然耳。然圣远而古，无多文字，亦不可得而知也。（《水经》云：黄帝生于上邽轩辕谷。）仅此而已。

郭璞《水经》说："黄帝生于上邽轩辕谷……今城东南七十里有谷与溪焉。"郦道元《水经注》卷十七渭水中一段话：南安姚瞻以为黄帝生于天水，在上邽城东七十里轩辕谷。

清水，古县也。曾为邽县、上邽县、邽州，今属天水市所辖。民国之际，清水县有轩辕镇，镇有轩口窑，传为轩辕母携轩辕栖居处。又有三皇庙。当年，笔者在写《轩辕黄帝略考》时，误以为自三皇沟搬迁而来。后在研究成吉思汗与清水时从《元史》中得知，蒙元入主中原，作为少数民族第一次一统华夏，为有利于统治，听从汉儒蒙汉同宗的建议，下令全国各县修建三皇庙。清水县城三皇庙大约也是在那个时期兴建的。并有胡缵宗亲书"轩辕故里"碑刻，城东门尚有"古上邽"题匾。上邽城东七十里今无轩辕谷，但有三皇沟，在清水县山门镇白河村。三皇沟有一山兀立，形似圆锥，或为寿丘，或谓轩辕丘。山下有溪，向西北入长谷河，又东南进宝鸡陇县入渭河。郦道元说："清水东南注渭。……又西北，轩辕谷水注之。水出南山轩辕溪。"

三皇沟在关山腹地，越关山与炎帝出生地姜水相连。这也印证了炎黄二帝早期在渭河中上游活动的传说。但更为关键的是在三皇沟早就有三皇庙，这不仅在清水，就是在外地乡村也是绝无而仅有的现象。三皇庙所敬为上古三皇。因轩辕皇居三，故改敬轩辕黄帝一皇。

据此，18 年前，李自宏与笔者为作清水政协《清水揽胜》与《清水史话》两本书，几次去三皇沟实地考察。这期间，三皇庙已毁，唯有残砖破瓦而已，且不在现址，而是在去往今轩辕庙的路边。当时，据村民讲庙与农村通常山神庙大小无几。他们说早年供奉的是三皇爷，也叫轩王爷。

应该说，笔者与三皇沟是有缘分的。1998 年，笔者在县委组织部工作，与时任副部长通宵达旦，起草"三讲"活动实施方案。方案中按要求干部要下基层，进农村，与群众同吃同住同劳动。后来，笔者调到政协文史委工作，"三讲"开始，随时任政协主席下乡，在白河村调研四天，住了三个晚上。笔者在调查"三农"现状的同时，对轩辕黄帝在这里的民间传说等做了些采访。时任政协领导协调筹措 6 万元资金，在原三皇庙址附近建了一所小学。

王北宁主席当过副县长、县委副书记、常务副县长。前段时间，正是他逝世三周年纪念。大家都很怀念他。他是一位德高望重的政协主席。

2002 年，笔者按照王北宁主席的安排在县政协全委会上作了重视轩辕文化研究，发展旅游产业的大会发言。笔者在发言中直言不讳地指出，各地都在抢占文化高地，甚至无中生有，添景造景。而我们却对丰富的历史文化资源熟视无睹，还没有引起重视。笔者在台上发言，就听到身后有领导议论。但发言毕竟引起了县委、县政府主要领导的重视。其后，县上成立了旅游局，旅游工作开始起步。其间，县委书记白志家听取李自宏建议亲题"轩辕谷"三字，并刻碑立于今轩辕庙后山麓。

2005 年，笔者对轩辕黄帝与清水做了些初步研究，以《轩辕黄帝略考》为题，写了一篇文史资料。第一，关于伏羲女娲；第二，关于黄帝；第三，关于轩辕生清水的九条依据，并收录李自宏、吴正中、胡思九的论文，以及时任县委书记、副书记关于轩辕鼓的文章，以《轩辕黄帝略考》为书名拟个人出本小册子。时任政协主席得知很高兴，说以政协名义出，并给县委书记做了汇报。这样，这本小册子便成了由政协主席任主编，副主席任副主编，笔者与副主任任编辑的第一本给全县干部群众了解轩辕文化与轩辕故里的资料。这个意思，时任县长在序中写得很明确。后来，笔者还应县委党校副校长之邀给科级干部培训班讲过轩辕故里文化的专题。

当年，县委主要领导亲任总策划，由温湘江编导了大型广场舞《清水轩辕鼓》。县上在牛头河南岸兴建占地36亩的轩辕广场，并请著名雕塑艺术家潘少棠先生设计，雕轩辕黄帝像行像一尊，例定每年6月29日举行公祭轩辕黄帝大典。2008年，改政府招待所为轩辕宾馆。2011年，在县城东部建轩辕大剧院。同年，请陕西易俗社原社长、著名戏曲表演艺术家冀福记编写了秦腔剧本《轩辕黄帝》。后又请甘肃京剧院院长主导，编创了大型西秦腔歌舞剧《轩辕大帝》。2012年，在牛头河上建仿汉风格轩辕桥。后修建轩辕湖。2016年，修轩辕祠，在三皇沟重建轩辕庙、轩辕亭、戏楼等，对周边民居也一并修葺，并例定民间祭祀。

2006年，成立轩辕文化研究会。每年节会期间召开学术研讨年会。在县城，也出现了轩辕纸业、轩辕大道、轩辕大酒店、轩辕火锅店等以轩辕冠名的街道、企业。至此，一座不断充实丰富轩辕文化内涵的轩辕城在清水县城逐步形成。

轩辕文化研究会在靳来福会长的领导下，升格为省级专业学会，援请团结了何光岳、杨东晨、李清凌、雍际春等一大批著名学者、专家教授，组织撰写出版了一些专著，把轩辕文化的研究由地方爱好者的文史挖掘提升到了学者专家的专业研究水平。

汉朝焦赣在《焦氏易林》中说："黄帝所生，伏羲之宇，兵刃不至，利以居止。"就轩辕故里在天水的多元化，很早以前我看过秦州区王仲满先生写的《轩辕故里齐寿山》一书，上有清水人的序。后来，也去实地考察过。大前年，笔者拜谒了陕西黄陵。前年，笔者以轩辕文化研究会副秘书长身份拜谒了新郑黄帝庙，拜访了河南省黄帝文化联谊会荆勇杰秘书长，参观了新郑黄帝文化相关设施。

回想我们研究轩辕文化，正确处理了黄帝"迁徙往来无常处"的黄帝故里之争，始终围绕轩辕黄帝诞生于清水，建都于新郑，逝葬于黄陵这一主线，找资料，做研究。因而，逐步得到了学术界许多专家的认同。另外，不断通过挖掘清水地方文化，以期丰富轩辕故里文化。这方面，清水县的王建兴做了大量工作，也取得了丰硕成果。2014 年，笔者就清水轩辕故里文化的发展以《清水悠悠，人文昭昭——写在第二十五届中国天水伏羲文化旅游节之际》为题，比较系统地予以小结，旨在引起社会各界更广泛地关注，以期使轩辕黄帝公祭活动升格，这也是 2006 年以来，我们一直通过多种渠道向上级表达升格的愿望，最终达到了市级规格。

温氏文化的传承与发展

——我的一点认识

文化是一个家族、一个民族的名片。没有了文化，家族也好、民族也好，就没有了根，就失去了魂。

习近平总书记三年前在会见世界华侨华人社团联谊大会代表时讲过这样一段话。他说："团结统一的中华民族是海内外中华儿女共同的根，博大精深的中华文化是海内外中华儿女共同的魂，实现中华民族伟大复兴是海内外中华儿女共同的梦。共同的根让我们情深意长，共同的魂让我们心心相印，共同的梦让我们同心同德，我们一定能够共同书写中华民族发展的时代新篇章。"这是一个同心同德的民族梦。

在新时代传承发展温氏文化，就是要让温氏子孙，乃至国内外知道温氏之根，认识温门之魂；使海内外温氏子孙繁荣兴旺，这是所有温氏子孙共同的梦。

一、新时代传承温氏文化，要继承温氏先祖的光荣历史

历史是一面镜子。对照这面镜子，我们才能认清自己，判别自我；才能知道你是谁，你从哪里来。

一是认识温氏文化源流，即所谓知根问祖，知本晓源。

温氏文化的根是什么？就是一个温字。这是温氏文化存在、传承、发展的根，是温氏子孙团结一致、凝心聚力的基础。

读好一本书——彦国宗亲《温姓本原》讲得很清楚。所以，要先读好这一本书。温氏有姓，始于夏代少康中兴之时，迄今已有四千多年的历史。

共认一个祖——温氏始祖是谁？是辅佐夏王少康，实现夏朝中兴的温平。他是轩辕黄帝之孙颛顼后裔。《左传》记，韦昭注："己姓昆吾，苏、顾、温、董……五国皆昆吾之后别封者"共寻一个根——根在哪里？在今河南省温县，古温国所在，封温平而有温姓。

这是记载最早的历史，是温姓之源，温氏文化之源。

温氏文化源远流长。宗脉如何？流在哪里？

西周苏国苏忿生，西周唐叔虞，晋大夫却至，乃至刘氏改姓温，赵氏改姓温，温盆氏改姓温，温孤氏改姓温，则天女皇赐巴婆钵提为温姓，菲律宾国王苏鲁东王次子温哈剌改姓温，等等。

二是研究温氏文化内涵。

温氏文化博大精深，需要深入研究。

温氏——始于有夏。温平辅佐夏启之子太康，平定寒浞，襄夏有功，受封于温，建国于温，得姓于温。

温氏——兴于宗周。始祖温平二十六代温义别封于郄，发于山西，太原堂兴。

温氏——盛于汉唐。温序、温峤，三彦是也，不一而足。温邈先祖妣乃为李勣徐茂功之玄孙女。唐太宗叹，大唐李家天下，全凭温家将相辅相助。孙中山也对温氏先祖称道有嘉。

温氏——荣于当世。京津是也，广东是也，神州是也。士农兵工商艺学，亦不一而足也。这是两百万温氏子孙当世之荣耀。

三是提振温氏文化精神。

温氏文化精神，传扬四千年，内融于心，外化于形，已成为温氏家族之文化基因，已成为温氏形象之表征。

> 六龙世泽，三彦家风，
> 书香风气，外秀慧中，
> 崇文修德，自强不息，
> 不事张扬，甘于奉献。

温氏晋即有谱。唐温大雅亦编修。历代如颜真卿、沈括、欧阳修、汪应辰、文天祥、吴敬梓辈题序颂德者，不在少数。

温氏唐即有碑。迄今尚存，如《温府君佶神道碑》《温先生邈墓志铭》等。宰相牛僧孺撰文，非同寻常。

温氏世交甚众。如韩愈《送温处士赴河阳军序》、白居易《过温尚书旧庄》，等等。

温氏诗文高远。如本次会上有人所书温庭筠之《赠少年》：

江海相逢客恨多，秋风叶下洞庭波。

酒酣夜别淮阴市，月照高楼一曲歌。

这些温氏文化的精髓所在，也是温氏精神的崇高体现。

二、新时代发展温氏文化，要集聚温氏子孙的能量

文化的发展，靠自信，靠自强。自信自强是文化发展的动力。

一是以温氏文化凝聚宗亲。寻根问祖，文化认同，盛世修家谱、立家训、修祠堂、建宗庙，从广义上讲，均属温氏文化范畴。从长远看，是积阴德的善事义举。如彦国宗亲《温姓本原》，如袁义达、王大良、少强、克仁宗亲《温氏简史》，如荣欣宗亲《粤海风云——粤官办军工企业创始人温子绍》《顺德温氏传奇》等，我尽管初读，或尚未见到这些为温氏文化立言立功之作，而均是功德无量之事。

但因修谱寻根，观点相左，互相攻击，针锋相对伤和气，大可不必。因为研究要重记载、重实物、讲证据，还要有史识、善甄别。实事求是，去伪存真。但不管怎样，天下温氏一家亲，一笔难写两个温。求同存异，和而不同，以和为贵，是不会错的，除非你不想姓温。我对温氏文化史几无涉猎，只续修了一部草根家谱。力求上溯，旨在给我的后代留下真实可信的，我所知道的世系脉络。

二是以温氏文化凝聚力量。法治社会，做事守法合规是最基本的。这次由中华炎黄文化研究会姓氏委员会主持筹备温氏委员会。中华炎黄文化研究会是国家级文化研究社团，一直以来均由专家学者型国家领导人担任会长，是传承中华传统文化的权威机构。赢得该会支持，是温氏之荣幸，也是温氏文化之荣幸。来自京、沪、渝、鲁、晋、冀、豫、苏、皖、浙、粤、川、甘、陕、宁、蒙等地三十四名热心温氏文化的宗亲代表，在中华炎黄文化研究会王大良等十多位领导专家的指导下，汇聚北京河南大厦，依法行事，座谈讨论，共商族事，共谋发展，标志着温氏文化传承发展进入了一个崭新的时代，是天下温姓之大事，更是温氏文化之盛事。国胜、少强、长生等宗亲矢志不移，十多年奔波，历尽艰辛，为温氏文化辛劳付出，是为当代温氏文化之先驱，人所景仰！

大会反复酝酿讨论产生的以永明宗亲为会长的筹委会，是一个具有代表性、务实性的干事班子。历史需要有担当的人，需要有使命的人。本人倡议，在筹委会的坚强领导下，开展一些温氏宗亲联谊会，温氏文化研讨会，工作年会，温氏商贸促进会等活动，以凝聚温氏力量，谱写新的篇章。

三是以温氏文化彰显风采。彦国宗亲的设想，振奋人心。

树立一尊始祖像——在温县雕塑温平像，供世人瞻仰祭拜。拍摄一部电视剧——《少康复国》，反映先祖温平兴复夏朝故事。据说由《芈月传》导演执导。

建设一个文化园——以夏代古温国遗址保护为依托，建设温氏文化产业博览园。

这"三个一"必将在温氏文化发展史上，留下浓墨重彩的一笔。同时，笔者也建议各地温氏相对集中的地方，可通过建温氏名人纪念馆、温氏博物馆、望郡地会馆等形式，彰显温氏厚重而悠久的历史文化。时代在发展，历史在前进。

发展温氏文化，更要立足当前，面向未来。因此，更希望有条件、有实力的温氏企业，可通过举办论坛、创办期刊、开办网站、出版书籍等方式，不断推出当代海内外各行各业温姓成功人士、精英人士的业绩与故事，以彰显新时代温氏人物的风采，为温姓宗亲树立新楷模，鼓舞激励所有宗亲发奋有为，奋发图强。文化要发展，经济是基础。

希望温氏宗亲不懈努力，众人添柴火焰高！大海航行靠舵手。也希望有实力，有担当，愿为温氏文化发展无私奉献的宗亲们，勇敢地肩起历史重任，当好领头人，带好支持者，引导观望者，唤醒沉默者，共同步入温氏宗亲发展的新时代！

（本文写于 2017 年 11 月）

序 评

邽山脚下　秦风遗韵

——《邽山秦风》序

甘肃省社会科学院文化研究所

研究员、博士后　戚晓萍

我与温小牛老师相识于 2016 年 8 月在西和举办的"乞巧民俗文化论坛"。当时，温老师所作的《弘扬乞巧文化，共筑民族之梦》的大会发言令我印象深刻。

2016 年 12 月初，温老师的《邽山秦风》一书完稿，嘱我作序。以我在这方面的研究基础而言，实在是难当此任。巧的是，其时正值我在着手完成西北师范大学语言文学博士后流动站的出站报告，报告内容刚好涉及陇南陇中的民歌，故而对于温老师的这部力作——先秦文化背景下的清水民歌研究，十分感兴趣，很想一睹为快。于是本着虚心学习的态度，我认真通读了《邽山秦风》。可以说这的确是一本令我一翻开，便不忍释卷的佳作。

从内容结构上看《邽山秦风》一书共分为上、中、下三卷，上卷是《清水秦地名》，中卷是《清水古民俗》，下卷是《清水古民歌》。三卷相较而言，下卷是本专著的书写主体，所占篇幅较大；上、中两卷所占篇幅较小，更像是对下卷的文化背景介绍。

就上卷和中卷而言，作者主要以史料记载、古代碑文、考古发现等为论据，论证了清水县邽山一带早期就有秦人先祖在此活动，故而清水地域的风俗深受早期秦文化的影响。在这一部分作者采用的文献史料，既有史书、地方志，如《史记》《汉书》《隋书》《唐书》《宋史》《十三州志》《巩昌府志》《清水县志》《秦州直隶新志》《甘肃通志》等；也有专著，如陈直的《汉书新证》，王仲德的《古县下邽》；还有论文，如王国维的《秦都邑考》，顾颉刚的《从古籍中探索我国的西部民族——羌族》，徐日辉的《上邽何处寻》《秦亭考》等。在这一部分作者采用的古代碑文，主要是铭记本地历史上书院创建的碑文，以《上邽张公创修书院落成碑》《原泉书院碑记》为代表。在这一部分作者采用的考古发现资料，包括马家塬戎人贵族墓葬，清水县赵充国墓，清水县李崖遗址墓葬等。

就下卷而言，作者共收录清水民歌140首，划分为六个类别，其中有四个是侧重于从歌唱内容上作归类，有两个是侧重于从典型场域上作归类。它们分别是：生产劳动歌，10首；生活爱情歌，54首；颂神典故歌，15首；民间童谣歌，17首；元宵社火歌，22首；七夕乞巧歌，22首。显而易见，就《邽山秦风》这部著作所收集的词例数据来看，在清水民歌中人们唱得最多的是生活爱情类内容。在整个民歌研究部分，作者对其所采集到专著中的清水民歌，采用述、评、溯相结合的办法，进行综合分析，反映了作者在从事清水民歌研究方面所具有的良好的艺术修为。

就地方性民歌的搜集整理而言，《邽山秦风》是一部较有代表性的著作。第一，作者在从事地方民歌搜集、整理时采用了整体性的研究视角，把清水民歌放在先秦文化、清水民俗这样一个大的人文语境下，从而更便于读者去感知这些民歌。同时，在涉及一些具体民歌时，作者还会对一首民歌的来源信息及其文化生态环境进行具体介绍。比如对它的演唱者、收集者，它的流传区域、演唱场域等都加以记录。这些背景要素的在场，对于读者理解、鉴赏这首民歌都极有裨益。而且也为后来者从事清水民歌研究，留下了宝贵的史料依据。第二，作者在从事地方民歌搜集、整理时采用了比较的研究方法，对某些民歌进行了异文列举。其比较角度主要有以下两种：一种是对文中所举歌例在邻近区域的异文内容进行列举比较，比如关于《南桥担水》这首歌，作者在文后又列出了其在武山的异文《兰桥担水》，在张家川的异文《南坡担水》；比如关于《扬燕麦》这首歌，作者列出了其在天水麦积区的异文唱本；再比如关于《织手巾》这首歌，作者也列出了天水麦积区的异文唱本；另外关于《采茶歌》这首歌，作者列出了其在清水的异文唱本《正月里倒采茶》。另一种是对文中所举歌例的其他民间文艺形式进行列举比较。比如在分析《李三娘推磨》这首歌时，作者针对歌中所唱的后汉高祖刘知远及其皇后李三娘的故事，列举了它在不同历史时期的多种艺术形式转变。上述比较方法的熟练运用、精当分析，反映了作者在清水民歌研究上已经拥有了较高的艺术造诣。第三，作者在进行民歌搜集、整理的基础上，还从歌唱内容、艺术创作手法、民歌曲调、地方知识等方面，对词例唱本进行了细致入微的探讨。比如以作者搜集的"数月"艺术手法类民歌为例。这类民歌以年度月份为序，进行歌唱内容建构。在《邽山秦风》的六大类民歌中，作者收录了很多这样的唱本，有《闹生产》《扬燕麦》《姐儿怀胎》《十月点兵》《正月十五玩红灯》《进状元》《接状元》《正月里冻冰立春消》《采茶歌》等。《邽山秦风》中搜集的类似这种以"时""数"为艺术手法的民歌，除了数月份，还有数锦，像《什锦里叶叶》；数更，像《十更里燕》；数盒，像《十盒镜儿》；数里，像《十里墩》；数灯，像《十盏灯》；数船，像《十渡船》。上述民歌有一个突出特点，就是以"十"为单位来组歌的现象很普遍。其中除了歌名冠之以"十"的，还有在内文中以"十"为歌唱内容的。比如《闹生产》便是以十个月为一年，描写了农业社里全年的生产劳动环节；再比如在《正月十五玩红灯》这首社火歌里，也是以十个月为一年，描写了四季里的风物变换。除此之外，全书数"十"的歌还有《十炷香》《十姐成家》《十道黑》《十满堂》《十开花》《十想》等。

　　凡此种种，是我在读过《邽山秦风》这部著作后所形成的管窥之见。现在，我不怕丢丑把它们"晒"在这里，以报温小牛老师委我作序的真诚信任。同时也预祝温小牛老师在以后的民歌、民俗研究中取得更辉煌的成就。以上，权以为序，不当之处敬请诸同好斧正。

（本文写于 2018 年 8 月）

清水文脉　薪火相传

——温小牛编著《邽山秦风》序（节选）

高　澍

温小牛清水文史研究概评

最近 20 多年来，以县域为单元的文化旅游产业方兴未艾，人们不约而同的都想从地方文史中为其寻找文化灵魂。最近 10 年间，天水市清水籍学者温小牛先生在繁忙的工作之余，相继编著出版了多部作品，如：

1.《清水碑文研究》，23 万字，中国文史出版社，2008 年 5 月；

2.《成吉思汗与甘肃清水》，20 万字，陕西出版传媒集团、三秦出版社，2012 年 6 月；

3.《梅江峪》，8 万字，甘肃人民美术出版社，2015 年 10 月；

4.《回望老庄》，19 万字，花山文艺出版社，2017 年 1 月；

5.《邽山秦风》，20 万字，待刊行。

温小牛先生在工作之余，长期致力于清水县地方文史的发掘研究，可谓焚膏继晷，硕果累累，在当地同龄人中尚未见能出其右者。《清水碑文研究》一书，精选清水县境内古今碑刻有代表性者六十通，对其给予编年介绍、注释解读，对于考研清水历史，挖掘清水文化，培育清水精神，启迪清水后人具有深远的社会意义和重要的人文学术价值。《成吉思汗与甘肃清水》一书，记述了一代天骄成吉思汗及其子孙的生动故事，汇集了有关古今中外蒙元史研究者各家之观点，深入探究了成吉思汗逝地、逝因、葬地、祭祀及其临终遗嘱之谜。为了研究这一课题，温小牛先后三进六盘山及宁夏地区，三赴鄂尔多斯成陵。该书是自成吉思汗逝世 780 多年以来，国内首次系统研究成吉思汗与清水的学术专著，也是一本集蒙元历史常识与学术探究为一体的读物，获得了国内蒙元史学术界的关注和有关学者专家的好评。《梅江峪》一书包括传统村落、梅江风情、庭院景致和房中物语四个章节，全书以散文的形式和笔法对该村明清古居六大院落所蕴含的传统文化作了介绍和解析；同时配以影像和照片，存留了行将消逝的精神世界，折射出西北黄土高原农耕文明的前世今生。《回望老庄》一书则是以乡土情结为原型的文学创作，是作为年过半百的作者对于故乡的回视和反思，是对于清水县域黄土高坡古老村庄乡土文学的抒情性描绘。

而这本《邽山秦风》，从书名不难看出，这是以上邽县主山——邽山为主体为核心，来介绍秦文化子遗和风俗的专著。全书分为上、中、下三卷，上卷《清水秦地名》，是从古今地名角度考察秦文化之子遗与影响；中卷《清水古民俗》，是从古今民俗角度考察秦文化之子遗与传播；下卷《清水古民歌》，是从古今民歌山歌角度考察秦文化之子遗与融合。尤其是"秦风"，继承了《诗经·秦风》的传统，搜集了清水县秦汉以降历朝各代流传下来的民歌山歌112首，这是《诗经·秦风》十首的十多倍，无疑是对"秦风"采诗于民间优良传统的一次弘扬，也是本书的重头戏。无论从书名来分析，还是从全书构体例来看，都是著者为清水县秦文化研究所提供的独特材料和视角，对于推动学术界和清水县从秦文化角度加强县域历史文化研究，促进文化旅游产业全面深度融合，无疑具有积极的现实意义。同时，这些具有清水地域特色的代表性民俗文化素材，对于学术界深化清水境内发现的秦早期历史文化遗址和遗物的研究，同样具有难得的认识价值和解释学的参考。

……

记得早在数年前甘肃轩辕文化研究会的学术年会上，我提交了《关于深度研究轩辕文化的思考与建议》一文，就提出了"立即组织力量，着手挖掘清水县'轩辕故里民俗文化和非物质文化遗产'资料，为深度研究和广泛普及提供现实活态材料"的建议。（详见雍际春主编《轩辕文化研究论文集》，甘肃科学技术出版社，第248—250页）其中列举了十五种民俗学范畴的农耕文化民俗事象，我认为面对当今信息社会的千年巨变，这些传承了数千年的生产生活方式与经验技术，在我们这一代学者手里如果不予重视和抢救性挖掘整理，恐怕就会面临失传和绝迹的危险，而这正是我们的祖先数千年来所创造的农耕文化的活态积淀与传承，是对古代文献记载与考古文物的补充和佐证。

五年过去了，确实没有看到有任何进展和成果展现，正当我在失望之余意欲将来亲自着手去做之际，看到了这本《邽山秦风》清样，使人眼前一亮，心头一热。虽然这不是按照民俗学的方法严格采集的田野资料，但从各种方志、文史资料和史学著作中搜集了有关清水秦文化的地名、节令、风俗、山歌、民歌，以及社火小曲歌词和部分学者的学术观点等，无疑为研究者提供了资料翻检之便，而这正是此书的学术参考价值所在。特别是对于一些同类题材、同名材料，作者以自己所见和思考做出了初步分析和梳理，无疑为研究者提供了深入鉴借之资。有鉴于此，故乐而为之叙说如此，权且作为抛砖引玉的发言而已。

2018 年 3 月 21 日于武都东江寓所

高澍，本名高天佑，清水县白沙镇温泉村人，陇文化学者。现为甘肃省陇南市人大常委会副主任，民盟陇南市委主委，陇学研究院院长。

（本文写于 2018 年 3 月）

读温小牛《回望老庄》

上海交通大学　张中良

　　《回望老庄》在"日暮乡关何处是"的乡愁中展开了一幅陇东乡土画卷。著者进城多年，尤其是来到高楼林立的大都市，但总觉得"高处太玄，低处压抑，不似老庄平和地躺着"那般自然，面对灯火璀璨，却更加怀想西北塬上的明净星空。于是，回望老庄，在记忆中回到本已越来越遥远的老庄。

　　老庄是写实，也是一个陇东乡村的典型，一个远方故土的共名。老泉清澈见底，深邃老道，滋养着菜蔬烟草、杨柳榆楸桃杏、庄上的人们，还有牛羊骡马鸡鸭猪狗众多生灵。老泉是庄户人信息的交换台，连接起一条心灵纽带；老泉是庄户人生活的一面镜子，照见了庄户人的热络、辛苦与疲倦。"老泉的水是甘甜可口的，是清爽醇美的，更如一坛好酒，飘着香味。这香味，天马可以在九霄云外闻到，神驹可以在飘渺的仙境听到，老庄人更可以在梦境里梦到。"老槐挺立在老庄的中央，那罩着几个院落的巨大树冠，那三四个人手拉手也难以相牵的树干，纵裂纹与浮雕般凸起交织的树皮，藏得住顽童的树洞，蟠龙般弯曲穿插而牢牢抓住大地的树根，该给人以多么悠久的怀想，它是山西洪洞大槐树的延伸，还是轩辕留下的种子？老槐下，发布过庄严的政令，也连绵不断地上演着根深蒂固的民俗祭祀。"老槐是老庄人取之不尽、用之不竭的宝树。"槐叶用来泻火，祛湿杀虫；槐枝熬了，用来散瘀止血，治妇人崩漏；槐籽角清肝明目；槐花用作染料，浆染褐布，鲜亮光景；槐花香气，氤氲满庄；老槐搭救过行将饿殍的生灵，老槐心里记着一本历史的账目。老槐无比倔强坚韧，抗风耐寒，不惧旱魃，即使雷劈过，依旧会抽出新枝条，"老槐寄宿了老庄人的魂"，难怪著者千里万里魂牵梦绕。

　　老院、老坟、老堡、老窑、老场、老庙、老戏、老碾、老磨、油坊、老娘、二爷、七婆、狗娃、球夅、二姐、竹子客、旋黄雀、老裘、芝麻、火炕、绳匠、铁匠、瓦匠、毡匠、呼郎、蛋贩、赶场、贩木、炭客、骟匠、脚户、五道、七巧、上粮、老师，乡长、户口、菜根、古今、学园、祈雨、剃发……一篇篇"老字号"的散文，写出了一个家族、一个村庄的历史，写出了社会变迁的起伏跌宕、乡间文化的缤纷色彩、人间的喜怒哀乐。乡土的亲情与温馨令人神往，生活中的幽默让人忍俊不禁，曾经的悲剧也着实刻骨铭心。《脚户》主人公的悲剧年代模糊，但分明透露出浓重的时代色彩。贤惠勤劳的妻子为了生计，不得不认可第二个"丈夫"，不独自身不被饿死，也可接济原本的丈夫与几个孩子糊口。她与收留她的男人也生了几个娃，愈发走不得，一女二夫，两边都有亲生骨肉，哪一个不牵肠挂肚？读到此篇，很容易想到柔石的《为奴隶的母亲》。

著者叙事质朴，娓娓道来，个中浸透了无限深情，也寄寓着深沉的思索。老堡曾经给先辈跑贼躲匪避虎狼之师提供了保障，也曾作为浩劫时两派抢占的目标而经受过炸药包的轰轰爆炸。"一场场暴雨的冲刷，一次次地震的动摇，老堡依然故我。只是堡墙堡头上生出了不知名的野花和杂草，也长出了不大不小的榕树和刺槐。老堡的淡出，是一个混乱世事的终结，更是一个太平盛世的永生。"几千年来，农民第一次不用再缴纳"公粮"，或可看作盛世的表征。

回望老庄，如在眼前，活灵活现，无限神往，而一旦回到老庄，却是儿童相见不相识，诸多物是人非，平添沧桑之感。山月依旧，然而"斗转星移，世事在变"，剪不断的乡愁，或许可以给我们在高速发展的时代里带来些许慰藉，那清澈的老泉将永远滋润着我们的心田。

《回望老庄》文体形式，有的像散文诗，有的似小说，散文本来就是文无定格，体随意走，自然天成。文笔如陇东山风质朴而清新，有诗性的简洁灵动而富于蕴藉，也有民间文学的俗白与野趣，读来让人回味无穷。

著者温小牛，故都一别，三十年竟未重逢。见赠大作，展读不胜欣喜，遂写下读后感，惟望老泉汩汩，槐花常香。

（本文写于 2017 年 7 月 6 日）

张中良，中国社会科学院文学研究所研究员，笔名秦弓，男，1955 年 2 月生于黑龙江省哈尔滨市。先后毕业于吉林大学、武汉大学、中国社会科学院研究生院，1991 年获文学博士学位。曾任日本东京大学东洋文化研究所外国人研究员，中国社会科学院文学研究所研究员、现代文学研究室主任、中国现代文学研究会副会长、《中国现代文学研究丛刊》，二十世纪文学六十家编委。现为上海交通大学文学院特聘院长。张中良教授专业研究方向为中国现代文学、比较文学。主要著作有《艺术与性》《觉醒与挣扎——20世纪初中日人的文学比较》《中国人的德行》《荆棘上的生命——20世纪三四十年代中国小说叙事》《瞧，那丑陋的人》等。

深刻的思考　彻骨的眷恋

——读温小牛《回望老庄》有感

张　兰

　　《回望老庄》是温小牛先生所著的一部散文集，洋洋洒洒 19 万多字，包括《老庄》《老泉》《老槐》等 51 篇文章。虽说是散文集，它却打破了散文与小说、诗歌的界限，用事物、故事、人物、歌谣，讲述了一个小村庄千百年来的历史和文化。

　　《回望老庄》中这个黄土高原陇东南普通村庄的历史，其实是所有村庄的经历和过往，是乡土大地上万千个村庄的背影和断代史。回首而望，我们的曾经和曾经的故人在这里都能够找到。文章不只是独立地去写人写事，而是通过这些事物和人物折射出一个时代的特征，或者一个个发人深思的道理。在这个寂寂无闻的山村里，有喜有悲，有爱有憎，有因时代变迁和天灾带来的苦难，也有舒缓温馨的日常生活。文中处处流露着作者无尽的乡愁和哀思，这是作者为这些朴素而卑微的村民立的传，为这个平凡而寂寞的村庄立的志。

　　《回望老庄》看似在写一个个独立的事物和人物，其实，这些事物和人物都是相互交织在一起的，有着必然联系的。它有着散文的架构，也有着小说的气象；有着事物和人物的独立性，也有着他们庞大的体系性。文章中故事独特，人物形象饱满，再点缀上气韵丰富的民歌，使整部作品如雨打梧桐，发出强烈的声音，有着扣人心弦的感染力。

　　《回望老庄》不是单纯的写景、抒情，也不是单纯的记人、叙事，它是一种写实与意象相结合的写法，就是把主、客观融为一体。作者首先立足于老庄的客观事物——家、槐、院、坟、堡、窑、场等，以及有代表性的人物，而后对这些事物和人物表达出自己的感受和体验，给了他们生命和灵魂。这是一部事和人的传记，也是一场心灵的历程。

　　《回望老庄》既有对历史的再现，也有对现实的揭示。在历史的风尘中，老庄每个事物的消失，都会有新事物的诞生。斗转星移，世事变换，这是大自

序
评

391

然的规律，是不可逆转的。这既体现了作者对乡村文化的深度思考，也体现了作者对老去村庄的彻骨眷恋。

《回望老庄》中的事和人都是主、客观的融合，都是一个个历史现象的整合。在这样一个村庄里，千百年来，一辈辈村民面朝黄土背朝天，在这贫瘠的土地和恶劣的环境中生存着，面临着无尽的贫困和灾难，他们顽强地生活着，用瘦弱的身躯和坚强的精神书写着老庄的历史，传承着老庄的古老文化。

时代在推进，老庄的人、事、物都已经渐渐远去，可他们创造的历史和文化永远在那里，在《回望老庄》中被记载，被讲述，被追忆……

在城市化进程中，老庄不再是原来的模样，在逼仄的城乡夹缝中，老庄是回不去的乡愁；老泉是一庄生灵的根，是一庄老小离不开的生命之源，是世世代代不间断的传承之根；老槐牵绊着游子的梦幻，是老庄人的魂；老家可以歇息倦鸟，也可以放飞鸿鹄；老坟向来都是一个神圣的所在。它歇息着先人的灵魂，寄托着后人的思念。它在历史的浩劫中，被伤害得千疮百孔，幸存的只能是后人心目中烙着的意象；老堡是黄土夯成的骨肉，是混乱世事的产物，是一段历史的铁证；老窑是孕育生命的暖巢，是历史长河中的乡土文化，是温馨和凄楚的同在；老场是为生命酿造源泉的场所，是用碌碡碾轧过的一段岁月；老庙是神文化和人类文化的结合体，有一种渗透在人骨子里的气息，看似一种迷信，实则是一种精神，一种行为规范，它使人向善、向真、向美；老戏是一波三折的文化艺术，它是一种沉淀，也是一种新生；碾、磨、油坊、场房，看似是对实体的描述，实则是一种古老文化的折射。在这里有活生生的人物形象，有跌宕起伏的故事，是一段真实的历史，是整个农耕文化的缩影。纵观历史，这些农耕文化不断变化，推进，直到最后画上了句号。但这不是消亡，而是被更先进的文化取代。是一种进步，是农耕文化发展的必然结果。

在老庄，有一群在贫困与灾难中挣扎的人，他们赢弱而坚强，他们呆板而殷实。在这些形形色色的人身上，虽然只是一些普通的日常生活，却体现了历史的演变，他们在时代大变迁与逼仄的小环境中生存着，有痛苦，也有温情。老娘是爱的象征，是血脉的延伸；竹子客、绳匠、铁匠、瓦匠、毡匠，这是农耕经济的产物，在老庄单调而苍白的文化中，这些乡土艺人，曾经给这方人带来过温暖，带来过欢乐，最终淹没在历史的洪流中；呼郎、蛋贩等是最原始的、最朴素的商业化产物，在那个时代，以物物交换的方式推动着商业的发展。这些人在经济、文化、历史各个方面，都有着不可磨灭的推进作用。

历史是进步的，和其他村庄一样，老庄也在不断变化，有的事物由繁荣到枯萎、再到零落；有的事物被新事物取代；有的事物被时光重塑。总之在历史的变迁中，那些乡情、村韵和民俗，都将不再复活，它们走的是单程，我们只能把它们深深地记忆，并作为振兴老庄的参照。

优美的作品千篇一律，而真正有灵魂的作品必须要有独特的语言，这就像一群美女中，唯一能让她脱颖而出的必须是一颗朱砂痣或者两个小酒窝。《回望老庄》中让人能感到温度的除了那些似曾见过的人外，主要是一些有着地方特色的语言，这就让这里的人和事有了立体感，有了地域性，有了灵性，总之，让这里的一切活了。

"爸"叫"大"，"蚯蚓"叫"曲鳝"，"太阳"叫"热头爷"，磨面付的费用叫"磨课"，磨师傅叫"磨老鼠"，阴阳做法叫"查冲气"，田鼠叫"瞎瞎"，难过叫"难肠"，说大话叫"胡吹冒撂"，玉米叫"先麦"，蝉叫"麦蝉"，等等，这些感觉就是我们的爸爸妈妈在说话，爸爸妈妈的爸爸妈妈在说话，感觉还亲切，很温暖，很真实。

《回望老庄》是一部值得好好去读的书，读的不只是故事、风景，更是一方风土人情，一部浓缩着万千村庄的断代史，一部古政治、经济、文化合集。

（本文写于 2017 年 4 月）

漫漫回家路　悠悠思乡情

——读温小牛《回望老庄》有感

靳爱军

　　我们的世界，既然有人生活在城里，就有人生活在城外，城外的人想进来，城里的人想出去，钱锺书在《围城》里就这样写过。我虽然没有出生在城里，但也有属于自己的小村庄。村里的人想出去，这是过去的经验；出去的人想回来，这是温小牛先生的《回望老庄》给我的感受。

　　老庄里自然有老人，当我们还小的时候，他们就已经很老。甚至还有我们没有见过的，自是从见过他们的人们说出，又或者是虽未谋面，但听别人说过，也不是没有可能。就这样，代代口口相传，就有了老庄的故事，把这些故事记录下来，就成了老庄的历史。老庄里除了老人，自然还有年轻人，曾经和自己一样幼小的，现在看上去也已经很是沧桑，而年幼的，不是我们不认识他们，就是他们不认识我们，又很难与老庄联系起来。

　　一户人家，普普通通，平平凡凡，但经过几百年的风风雨雨，数十代人的艰难传承，就变成了一个村庄。我们每个人为什么对故乡充满深情，也许那是我们出生和长大的地方。就像每个人都无法改变过去的历史一样，我们也无法忘记曾经养育我们的那些水土。温老师的老庄在清水县永清镇温沟村，在他的深情回望中，他看见了曾经养育一庄人的老泉，看见了帮助一庄人度过饥荒的老槐，看见了兴盛过又慢慢衰落的老院，看见了寄托着几代人美好愿望的老坟，看见了给老庄人们带来安全的老堡，看见了为人们遮风挡雨的老窑，还看见了展示一年劳动成果的老场。虽然这些没有一样是我目睹过的，但透过《回望老庄》这本书，一切历历在目，好像就在眼前。

　　美不美，泉中水；亲不亲，故乡人。不仅思念亲人，老伴、老娘、二爷、七婆，总撇不开血浓于水的亲情。回忆邻里，狗娃、球爹、二姐、五尴、菜根，饱含着浓郁的乡情。大老爷、老人都是某一段历史的产物，特殊的使命让他们显示出不一样的光彩。竹子客、贩木人、炭客、骟匠、脚户多为乡党，他们相信，只要勤劳，总会过上好日子。绳匠、铁匠、瓦匠、毡匠、呼郎、蛋贩、剃头匠中也不乏外地人，但有一技之长，日子就会过得更好点。在这个小小的村庄里，既有常来老庄的老裴、小裴，还有从老庄走出去的老师、乡长，他们或者为了生计，或者为了前途，总是不停奔波，其中的烟火味，家常事，总让人倍感亲切，这一切让老庄活了过来。

我们农村的孩子，在火炕上出生，在火炕上长大。过去的土炕虽然简陋，但给我们带来无尽的温暖。老碾、榨油的老油坊我是没见过的，但我家有一块地在磨门上，按照地名猜测，哪儿应该有过一座磨坊。在我的记忆深处，离我家最近的水磨，在刘峡村附近，那是外婆所在的地方，我应该是去过的，当然记忆比较模糊，不如温老师知道得那么详细，但那长长的水渠，大大的磨轮，还是给我留下了深刻的印象。学校又名私塾或者学堂，我是知道的，但叫学园我却是第一次听说，就像作者对他的学园充满感情一样，我对我的学校也是非常感恩。

老庙、老戏、老年总是不经意地连在一起，每到年底，农事稍歇，人们就忙于祭祀，老庙的香火也会格外旺盛，曾经给无助的人们，带来很多慰藉。老年刚过，又要唱戏，为神还原，不过短暂的闲暇，总给老百姓枯燥乏味的生活带来少有的欢乐。

生在农村，长在农村，对农事的描述是必不可少的。割麦、芟麻，那是乡里人的日常工作，每年赶在自家收麦一两月前，祖辈和父辈中，绝大多数都有去陕西赶场的经历，这种形同乞讨的艰紧日子，在那段特殊的时期，有着非同寻常的意义。不过从这群可爱的父老乡亲那里听到的，爬火车、蹭汽车，睡在屋檐下，温饱得不到解决，差点病死都不是什么大事，而有的，似乎只是一场说走就走的旅行。

上粮我是赶上了的，虽然不像生产队时期的那般队伍庞大，但家家户户天不亮就出发，用架子车拉几袋粮食去三十里外的地方上粮，没有本质上的区别。当天验粮通过还好，至少天黑前还能赶回，一天的饥渴劳累总算有了交代。如若没有通过，那一车粮食还得拉回来，有时运气不好，跑两三趟都是常事，那种郁闷的心情是旁人无法体会的。

无论何时，人们对美好生活的向往，从来都不曾停下脚步。每年七月七日，喜鹊搭桥，牛郎织女相会的故事就讲了起来，家乡的女孩子们似乎也会做些什么，但至于叫不叫乞巧，我就不知道了。小时候村中还有人转成居民户口，大家很是羡慕，但在当下，能踏踏实实地做一名农民，也是一件非常光荣的事情。

时过境迁，《回望老庄》带领我们畅游了清水一带的自然风光和风土人情，尤其对活跃于20世纪的老庄人物，进行了形象的刻画和生动地描写，让他们获得超越时空的力量，来到了我们面前。只是老庄变成了新村，旧容貌也换上了新颜。作者所熟悉的那个老庄，是怎么也回不去了，这正是作者的忧伤所在。不过他将这份记忆写了下来，乡音里流露出浓浓的思乡情结，一字一句饱含着对老庄的深切怀念，平淡的叙事中表达出对人们的深厚感情，戏谑的笔调里显示出各色人等的悲欢离合，而这一切的一切，都将成为了那个时代的独特记忆，在乡村历史的天空中熠熠生辉。

每个人都能听懂他的意思。

（本文写于 2017 年 11 月）

透过《梅江峪》看温小牛先生的传统村落保护思想

苏 军

温小牛先生的《梅江峪》以我国西北古秦州地区的传统村落——梅江峪为研究对象，运用了民族学、社会学研究的田野调查方法，梳理了梅江峪与大地湾遗址的历史渊源，探讨了梅江峪作为传统村落历史以来被地方人们所赋予的多元性文化特征和特殊性文化内涵，反映了黄土高原上农耕文化和生计方式的历史演进，形成了以"物质文化变迁的历史性、社会文化发展的实践性、精神文化传承的可持续性"为逻辑的传统村落保护思想。

一、前言

在我的认知当中，有关村庄的研究，有费孝通先生的《江村经济：中国农民的生活》、杨懋春先生的《一个中国的村庄：山东台头》、许烺光先生的《祖荫下》、阎云翔先生的《流动的礼物——一个中国村庄中的互惠原则与社会变迁》等。而关于传统村落的研究，仅有温小牛先生的《梅江峪》，这可谓是开创了我国传统村落研究的里程碑。《梅江峪》全书共四章十一节，第一章通过历时性的分析，梳理了传统村落的发展历程与文化特征，并结合传统村落中共时性的问题，提出研究的意义所在。第二章通过村韵、村事、村趣三部分，将梅江峪的自然风貌、人文建筑、生命脉搏整体呈现。第三章通过门外景物、庭院古迹分析了梅江峪的庭院格局。第四章通过精神世界、物质影像的描述，展现了梅江峪的双重文化内涵。

拜读之余，感触颇多。首先，笔者认为温小牛先生在传统村落的研究方法上，运用了直接观察、具体访问、居住体验、拍摄记录等的田野调查方法，极具跨学科视野；其次，温小牛先生在传统村落的研究内容上，由点及线再到面，从微观叙述到宏观描写，从部分个案到整体表现，极具科学研究的整体观；最后，温小牛先生在全书中呈现出了以物质文化变迁的历史观、社会文化发展的实践论、精神文化传承的发展观为逻辑的传统村落保护思想。笔者将结合自身的专业背景与阅读体会，深切领会温小牛先生基于《梅江峪》的传统村落保护思想。

二、温小牛先生与《梅江峪》

温小牛，甘肃天水人，西北大学中文系毕业，蒙元史学者、作家，一芥走万里路、读千卷书的陇坂行者，现为中国元史研究会会员，中国蒙古史学会会员，路遥文学奖研究中心副秘书长，甘肃省轩辕文化研究会常务理事、副秘书长，甘肃省乞巧文化研究会常务理事，甘肃省秦文化研究会会员，天水市老年书画研究会副秘书长，清水县作家协会主席。长期致力于清水县、秦州区（今天水市）、六盘山区等地方历史文化、民族文化、民俗文化等方面的研究。在《人民政协报》《甘肃日报》《民主协商报》《飞天》《陇南日报》《天水日报》发表小说、诗歌、散文和地方文史多篇，有专著《轩辕黄帝略考》《清水碑文研究》《成吉思汗与甘肃清水》《梅江峪》《钟灵寺》《新修温氏家谱》《邽山秦风》《回望老庄》等。

从温小牛先生的研究方向与学术成果而言，《梅江峪》的诞生，存在着历史的偶然性与必然性。关于梅江峪研究的偶然性，体现在以下三个方面：温小牛先生首先是听朋友偶尔言及，才有所知；其次是温小牛先生作为 2011 年清水县政协委员提交了《关于保护贾川乡梅江峪古民居的提案》，才有所想；最后是温小牛先生作为"联村联户·为民富民"行动的负责人在梅江峪长期驻村服务，才有所为。关于梅江峪研究的必然性，温小牛先生始于读千卷书、行万里路的学者初心，和为官一任造福一方的工作使命，终于生于斯长于斯的乡土情怀。

梅江峪，位于甘肃省天水市清水县贾川乡。2013 年 8 月成功入选国家住房和建设部、文化部、财政部公布的第二批中国传统村落名录。清水县贾川乡梅江峪村落形成于元代以前，村域面积 1.6 平方公里，村庄占地 240 亩。古民居属清中期古建筑，位于贾川乡梅江峪三组，距贾川乡政府 5 公里，该建筑是清代中期朱姓进士的故居，目前长期居住人家有 107 户，村民共 530 人，由朱、王、李、缑四大姓氏组成。六处古建筑面积 300 多平方米，坐北朝南，整体形制与建筑是典型的四合院组合，村落中至今保存有 6 棵明中期的古槐树。古建筑为清中期建筑风格，共 23 间，悬梁土木结构，唯一古朴、粗柱宽廊，直棂隔窗，雕刻精美，有书房、客厅所在，花石铺地，花木葱郁，端庄大方，气息不凡。

梅江峪作为传统村落，拥有物质形态和非物质形态文化遗产，具有较高的历史、文化、科学、艺术、社会、经济价值。加强梅江峪物质文化的发展与精神文化的传承，对于中华优秀传统文化体系建设和民族传统文化精神的弘扬具有重要意义。

三、温小牛先生的传统村落保护思想

温小牛先生关于《梅江峪》的研究，既有以衣食住行为基础的物质文化，又有以国家制度、社会规则为基础的社会文化，也有以风俗习惯、教育、道德为基础的精神文化。而每一种文化都具有其特殊的内涵和功能，包括村边的一座山、一条河，村头的一汪泉、一棵树……，村中的一门一窗、一柱一梁、一砖一瓦、一木一石……都是村庄历史、文化、自然遗产的活化石。在社会快速转型的特殊时期，从个人与社会的视角出发，如何面对物质文化的变迁、社会文化的发展、精神文化的传承？这是一个时代的难题，温小牛先生在《梅江峪》的纵向与横向、静态与动态、整体与个案的研究中给了我们答案。

（一）物质文化变迁的历史性

温小牛先生所描述的《梅江峪》，其物质文化既包括远古时期的庭院格局与门外景物，比如庭院中的三多堂、五福堂、百忍堂、佛堂院等院落，以及院落的大门、门环门槛、墙、水眼等门外景物；又包括历史进程中不断衍生而来的物质影像，比如桌椅、火炕、炕桌、门箱、灯掌和农具等；也包括新时代中国特色社会主义视域下的村小学、卫生所、小卖部、村委会等现代风格的建筑物。关于物质文化的形成与发展，马克思、恩格斯在"两种生产理论"里提出了具有共性的历史唯物主义视角的理解，即人类自身的生产与物资资料的生产是相辅相成的，在不同的历史时期、区域内会受到社会制度及其发展规律的影响。从古典进化论的角度来理解，这是人类在不同的时间与空间背景下，通过经验与知识的日月积累，逐渐从蒙昧社会过渡到文明社会的物质基础。通过这些特定时间和空间的物质文化遗产，可以追溯到8700多年前大地湾原始民聚居村落遗址，以及后来的仰韶文化，也可以追溯到黄土高原上农耕文明的起源。

"历史的潮流浩浩荡荡，时代的步伐不可阻挡。"基于城镇化、危房改造、灾后重建以及人们对美好生活的不断向往等因素，传统村落在现代化建设的转型期逐渐消逝，梅江峪的古树老屋、乡土建筑和历史景观，一部分会留存下

来，见证乡土社会的发展史，而绝大部分将会在人类发展的历程中与我们渐行渐远。而温小牛先生站在乡土社会急速变迁的历史节点上，面对传统村落中这种物质文化的变迁，像我国著名民族学家吴泽霖先生一样，通过文字撰述、影像采集、文物收集等方式，将其如实的记录了下来。这样举措，不仅给后续研究传统村落历史的学者们利用王国维先生"二重证据法"提供了基础，更重要的是，温小牛先生将这些文化记忆、社会记忆、历史记忆作为遗产留给了梅江峪乃至千千万万个在梅江峪中生活或曾经生活过的人们及其子孙后代们。

（二）社会文化发展的实践性

关于传统村落的保护政策与措施，从国际上来看，有 1931 年颁布的《威尼斯宪章》、1933 年颁布的《雅典宪章》、1981 年颁布的《佛罗伦萨宪章》、1987 年颁布的《保护历史城镇与城区宪章》、1999 年颁布《关于乡土建筑遗产的宪章》、2003 年颁布的《保护非物质文化遗产公约》；而国内，1999 年颁布了《北京宪章》、2004 年发布了《关于实施中国民族民间文化保护工程的通知》、2005 年发布了《国务院办公厅关于加强我国非物质文化遗产保护工作的意见》、2012 年公布了《中国传统村落名录》、2013 年发布了《关于加强传统村落保护发展工作的指导意见》，这一系列政策的颁布，对于传统村落的保护实现了由理论性保护逐渐向实践性保护的高效过渡。

自 2012 年起，住房和城乡建设部会同文化和旅游部、文物局、财政部、自然资源部、农业农村部六部门共同启动全国传统村落保护工作，先后分 5 批将 6799 个有重要保护价值的村落列入了中国传统村落名录。梅江峪，2013 年因其独特的历史建筑和村落景观具有较高的历史、文化、科学、艺术、社会、经济价值而入围第二批国家级传统村落保护名录，从此被更多的人所知晓和关注。2014 年 4 月 28 日，国家住房和城乡建设部下发《关于成立传统民居保护专家委员会的通知》，由专家委员会负责传统民居保护政策咨询，提出传统民居保护政策建议。2018 年 9 月中共中央、国务院印发了《乡村振兴战略规划（2018—2022 年）》，2018 年 10 月 18 日，党的十九大报告中提出了乡村振兴战略，开始了乡村物质文明和精神文明的高投入高效率建设，传统村落也不例外。

关于传统村落的保护，世界在行动，我们的国家在行动，国家在政策和制度方面在不断完善的同时，加大了人力物力财力的投入，并将传统村落保护发展工作纳入各级政府经济社会发展规划当中，确立了"保护优先，合理利用；规划先行，有序修复；政府主导，村民主体"的保护与发展的基本原则。制度的逐步完善、实践行动的有序开展，对于保护类似于梅江峪的一些较能完整地反映一些历史时期传统风貌和地方民族特色的村落，可以说是"功在当代，利在千秋"。

（三）精神文化传承的可持续性

温小牛先生认为："传统村落，作为一种独特的记忆，传守着中华民族传统的生存状态，承载着更多直接的历史因子。可以说，民族的根、民族的生态、民族的记忆，因为传统村落的存在而存在。"承载民众精神特质的生计方式、民间文化、风俗习惯、俚语方言等，通过传统村落能够体现和彰显。

毛主席说过："一定的文化是一定社会的政治和经济在观念形态上的反映。"这也就是说，每个时代，一定的阶级、阶层上的人们的思想意识总是在精神文化的各个领域中表现出来的。以梅江峪为例，温小牛先生在这里有许多的个案，梅江峪中的传统建筑五福堂，其寓意为：第一福，命不夭折而且寿数绵长是长寿。第二福，钱财富足而且地位尊贵是富贵。第三福，身体健康而且内心安宁是康宁。第四福，心性仁善而且顺应自然是好德。第五福，安详离世而且寿终以礼是善终。这便是人间的"五福"，可见"五福临门"是地方人们所期盼的美好生活。朱氏家族中，挂有"一粥一饭，当思来之不易；半丝半缕，恒念物力维艰"的《朱子家训》，教育子孙后代要勤俭节约。朱氏家族成员在岁时节庆、人生礼仪当中，在神主阁的神牌前叩首跪拜是必行之礼，首先是在敬天、敬地、敬人王、敬父母、敬师长，其次体现了梅江峪世代相传的敬天法地、孝亲顺长、忠君爱国、尊师重教的人生价值取向。

"求木之长，必先固其本；欲流之远，必先浚其源。"梅江峪的精神文明，是我们的生存之本、生命之源。"历史潮流向前，精神终可传承。"梅江峪所呈现出来的精神文明，代表着中华民族经久不衰、代代传承的优秀传统文化，这种文化在神州大地上，将会被华夏儿女永远传承下去。

四、结语

梅江峪只是神州大地上千千万万个古老而富有文化内涵的传统村落之一。传统村落是我国优秀传统文化的载体，它既承载着庭院格局、物质影像、门外景物等的物质文化内涵，又展现着乡土社会天人合一的思想、人与自然和谐相处的生态文明观；既承载着国家政策、社会规则、家族制度等的社会文化内涵，又展现着人类文明的进程、历史发展的规律；既承载着房中无语、民族智慧、农耕文明等的精神文化内涵，又展现着灿烂辉煌的华夏文明、勤劳自强的民族精神。

每一个时代都有现实性的惊喜，更有历时性的遗憾。在社会转型的特殊时期，面对传统村落中物质文化的变迁，我们不能做旁观者，而是要在物质文明逐渐消逝的历史结点上，做见证者、记录者；在传统村落保护、乡村振兴的大背景下，面对传统村落社会文化的发展，我们要以时不我待只争朝夕的状态投入到传统村落保护的每一项实践活动中；在社会主义核心价值观的引导下，面对传统村落精神文化的传承，我们要饮水思源，一往而深。正如温小牛先生以《梅江峪》为个案指出："不管我们身在何处，都应该有一个生存发展的家园，这家园应该永远是绿色的。不管我们将走多远，都应该秉承民族文明的传统，使我们的文化永远呈现一片绿色。"

（本文写于 2017 年 5 月）

参考文献

[1] 高澎 . 清水文脉·薪火相传——温小牛编著《邽山秦风》序 . 载于温小牛 . 邽山秦风 [M]. 兰州：敦煌文艺出版社，2018.

[2] 温小牛 . 梅江峪 [M]. 兰州：甘肃人民美术出版社，2015.

[3] 马克思，恩格斯 . 马克思恩格斯选集·第一卷 [M]. 北京：人民出版社，1972.

[4] 恩格斯 . 家庭、私有制和国家起源 [M]. 北京：人民出版社，1972.

[5] 林耀华 . 民族学通论 [M]. 北京：中央民族大学出版社，1997.

[6] 费孝通 . 中华民族多元一体格局 [M]. 北京：中央民族大学出版社，1999.

[7] 哈正利，张福强 . 吴泽霖年谱 [M]. 上海：上海文艺出版社，2018.

[8] 冯天瑜 . 中华元典精神 [M]. 上海：上海人民出版社，2014.

[9] 顾军，苑丽 . 文化遗产报告——世界文化遗产保护运动的理论与实践 [M]. 北京：社会科学文献出版社，2005.

[10] 毛泽东 . 毛泽东选集·第二卷 [M]. 北京：人民出版社，1991.

苏军，回族，中南民族大学民族学与社会学学院硕士研究生。研究方向：民族文化与文化遗产保护。

凛冽的风和温暖的琴棋诗画

——评《燕京的风》《琴棋诗画吟》

敖 华

赏读《燕京的风》，让我联想到张养浩的散曲《山坡羊·潼关怀古》，因为二者有异曲同工之妙，都回顾了沧桑的历史，在浩瀚的宇宙中强烈共鸣——兴，百姓苦；亡，百姓苦！诗人的高明在于借"风"的意象来见证历史，将历史的细节彻底还原，战争、血腥，百姓的冤魂，宫廷之争，宫女之苦，君王的糜烂美梦，朝代的更迭，整个封建时代的丑态都被诗歌高度浓缩，从而给读者营造更广阔的审美空间。读者在感叹历史悲凉的同时，当然也会被流水线似的排比结构深深吸引，句式整齐划一，好似风飘过燕京的当儿，也飘过诗歌的全身，还飘过读者仁爱的心灵河床！整首诗就是一场凛冽的风，吹走了凄清的历史尘埃，唤醒了人间的人文、人性和大爱之梦。

组诗《琴棋诗画吟》也不亚于燕京吹来的风，将唯美的艺术在读者心中掀起万丈狂澜。

《琴》借用古雅的气氛和高山流水的意境，忘怀名利，追寻人间知己，暗含伯牙与钟子期的知音之交，表达一种肯定和效仿，更有对真挚友谊的执着、呼唤与期待。《棋》以小见大，小入口，大出口，将黑白棋子的对决引向人生、社会，甚至国家，展现人与人、国与国、群体与群体之间残酷竞争的一面。如果仅仅如此，注定平庸，它的可贵在于"黑白无凭，兴衰有证"，肯定了正义的力量。《诗》明确了骚客的价值，在岁月的长河里，经典的诗句将与美名千古流芳，"诗言志"突显了诗歌的本质和意义。用《诗》来写诗的题材，充满无限妙趣。《画》的确很美，"泼洒去，万里江山图"，画家的高超技艺立竿见影。然而《画》中有话，前边似乎只是一个烟幕弹，请看"亦黄亦红，谁主浮沉"，180度的转折，似乎令读者有点眩晕感，再镇定一想，这幅画就是祖国的大好河山啊，诗人在这里怀揣的是范仲淹的忧国心啊！谁不震撼？谁不感动？谁不温暖？

两首诗作，诗人都撷取古典意象，燕京的遗迹也好，琴棋诗画也罢，都有着厚重的历史感。从古典的意境中挖掘新意，从而带来无限的艺术震撼。行文方面，诗人多采用短句，字字玑珠，可谓惜墨如金，短小的篇幅却呈现浓缩的精华，读起来朗朗上口，节奏分明。篇幅的局限并没有囚住诗人的思想，绝美诗行里蕴含的宏大主题，又有大开大合之感，小与大竟然统一得如此完美。诗歌的美在于发现和领悟，很难说，我只道出了冰山之一角。

（本文写于 2017 年 1 月）

【按】去年以来，除坚持以往仿古诗外，陆续也写了一些所谓的新体诗。比如《叫一声妈》《诗歌在飞翔》《草原上骑马的姑娘》《行走人生》《拨亮生命之灯》，等等。古风《谒白云观》，清泉老师写了诗评，东明老师反复朗诵了几遍，感觉不错。《燕京的风》和《琴棋书画》，花仙子总编发在《芳菲文艺》上，并配发了敖华老师的评析。其实，我眼中的琴棋书画也并不温暖。因为我始终以冷峻的目光和理性的态度看待人生，看待历史，看待事物。

就诗歌而言，我不赞成按严格的格律写古体诗。因为古人与今人对字音的读法有差异，平仄不好把握。我也不太欣赏所谓的朦胧诗，印象派等现代主义的新诗。我所理解的诗歌，首先要有意境，有哲理，要朗朗上口，回味无穷。这恐怕是诗歌与别的文体最大的不同。传统的东西，如汉魏乐府、唐宋诗、元曲，大致如此。古人把有韵的东西叫诗词，把写诗叫吟、叫诵，甚至一唱三叹，几近于曲，这大概就是后来把诗叫诗歌的缘故吧！

所以，有人说有的诗，只适合于看，不适合于诵。我说那就不是诗，至少不是好诗。好诗既要有意象、有意思，讲修辞美，又要有韵味、讲旋律，力求用简洁的文字和句式表达深厚的激情，让情绪感染人。

古风今用意非凡

——简评《谒白云观》

清 泉

众所周知，相对于格律严谨的近体诗来说，古风是比较自由、洒脱的，无论是从格式、内容、还是表达方式来说，都更有"用武之地"。

这首古风韵味十足，诵之朗朗上口；而且优雅玄幻，使读者身临其境，仿佛回到了飘飘欲仙的古代……

在押韵方面，通常可以平仄混押，但这不是杂乱无章的，是有章可循的。在这首诗里我们不难看出也是平仄混押，自然转换的。比如诗句"神仙本无踪，奈何灵猴三。/ 老树遮庭台，银杏抚圣殿 /"等。

我们说，在修辞手法上，古风通常使用对偶，以及"赋、比、兴"等，这些修辞手法在《诗经》中俯拾皆是。本诗尤以对偶居多，比如"汤汤击深涧，洋洋荡高山"等，对偶句式的运用更能体现古风的大气、豪放。而修辞手法"赋、比、兴"也都能在诗中找到相应的归宿，比如首句"腊月天微寒，三九碧空蓝。平素喜探幽，追古景前贤。"就用了赋的修辞手法。而诗句"淑女容落雁"就巧妙地运用了比的修辞手法。诗句"道士调古琴，淑女容落雁。一入洞仙府，三界绝尘念。芸芸萍水路，难逢知音弦。"则是运用了兴的修辞手法，写出了诗人忆古思今后，面对现实，发出知音难觅的感叹……

无论是近体诗还是现代诗，它们都遵循"起承转合"的结构安排，那么同样，古风也不是随随便便成文的，同样也遵循这种章法。这首古风"起承转合"的结构明显易懂，而且诗文所言多与道家有关，与历史人物有关，与人生真谛有关……这一切更是增添了本诗的奇幻色彩和可读性。我想每位读者都可以从中找到自己想要的答案。

在此，我想说的是，当我们的诗人拿着"旧瓶"装"新药"时，我看到了一种对古典文化的继承与创新。看到了一种希望……

（本文写于 2017 年 2 月）

温小牛文史文学作品座谈会在清水举行

天水日报记者　何慧娟

2015 年 11 月 20 日，温小牛文史文学作品座谈会在清水县顺利召开，市文化学者、市政协副主席安志红，天水市民俗学者李子伟，天水师院教授王元中、刘雁翔，张川县委常委、宣传部部长薛林荣，市政协办公室副主任宋桂文，市人大办公室老干科科长苏敏，甘工校党办主任毕明明，天水日报文学编辑胡晓宜，及相关新闻媒体工作者出席了座谈会。清水县委常委、宣传部部长张秀丽，县人大常委会副主任毕德祥出席了座谈会。

会议围绕温小牛的文学作品创作展开，回顾了温小牛的写作情况，梳理文史资料和文学作品，通过交流，促其提高，为推动清水文化大发展，文学有进步，作批评、出点子、给加力。温小牛多年默默耕耘于文坛，致力于对我县文史资料的整理研究，乡土文学的潜心抒写。先后创作出《轩辕黄帝略考》《清水碑文研究》《成吉思汗与甘肃清水》《回望老庄》《梅江峪》等系列作品，这些作品分为政治史料研究、文史研究及以乡土情结为原型的文学创作三大板块。

会上，市县专家学者从这三大板块入手，对温小牛的系列作品进行鞭辟入里的解读。天水师院教授、师院学报编辑部主任王元中更是以温小牛同志的文学创作为由头，对清水县文学界普遍存在的问题从专业角度加以分析，让与会人员受益匪浅，也为该县文学界发展注入新动力。

安志红在讲话中高度评价了温小牛在对轩辕文化的挖掘传承和弘扬方面所作的独特贡献，充分肯定了他对清水县文化大繁荣大发展中所做的成绩，并殷切希望温小牛能够一如既往地对清水轩辕文化进行传承和创新，给大家以更多惊喜。

温小牛文史文学作品捐赠仪式
在天水师院举行

天水日报

2017年4月13日，天水师院逸夫图书馆五楼报告厅掌声阵阵，书香浓浓。温小牛先生文史文学作品捐赠仪式隆重举行。

天水师院逸夫图书馆党组织负责人主持捐赠仪式。原省科协副主席、甘肃省轩辕文化研究会会长靳来福，原市政协副主席、甘肃省轩辕文化研究会副会长王钦锡，师院学报编辑部主任王元中，省机电学院党办主任毕明明，天水日报社编辑部主任胡晓宜以及师生二百多人参加仪式。天水师院图书馆馆长吴卫东向温小牛先生颁发了捐赠证书。

温小牛，甘肃清水人，中国元史研究会会员，中国蒙古史学会会员，中国现代诗歌文化传媒北京总社社长，甘肃省乞巧文化研究会会员，甘肃省轩辕文化研究会常务理事、副秘书长，《麦积山文化周刊》特邀作家，《天水日报》专栏作家，在《人民政协报》《甘肃日报》《飞天》等发表小说、散文和地方文史论文，并出版有多部专著。温小牛先生一直利用业余时间走访考察，致力于研究地方历史，宣传地方文化。这次为师院图书馆捐赠有《清水碑文研究》，蒙元史专著《成吉思汗与甘肃清水》，西北传统农耕文化写作《梅江峪》以及散文小说集《回望老庄》四种二十本。这些专著受到国内蒙元史学界，中国传统村落文化研究中心等有关方面的高度评价。

吴卫东馆长表示，此善举必将温暖师院学子。师生们也对温小牛先生坚持不懈，弘扬地方文化的精神所感动，纷纷表示要热爱家乡文化，刻苦勤奋学习。

◎ 序评

温小牛学术报告在京举行

本报讯【新天水·天水晚报记者刘蕾】寒冬十二月，霜风凛冽，却难挡京城一场学术盛事的热烈氛围。近日，我市文化学者温小牛携多年研究硕果，在北大纵横报告厅开启了一场别开生面的学术之旅。报告会由北大纵横创始人、全国劳模、北京大学校友创业联合会首任会长王璞先生主持。厅内群贤毕至，少长咸集，专家学者的深邃目光、作家诗人的灵动才情、央企负责人的沉稳风范、影视工作者的敏锐视角以及媒体记者的探寻笔触交织相融，更有天水在京游子的殷切乡情为这场盛会添彩，座无虚席间尽是对知识的热望与尊崇。

温小牛，身兼中国元史研究会与中国蒙古史学会会员双重身份，以作者面对面的赤诚交流之态，引领听众步入成吉思汗的传奇世界。整整两个小时，他深入历史的幽径，旁征博引，抽丝剥茧，将近年来对成吉思汗的研究新成果一一铺陈，那些被岁月尘封的故事与谜题，在他的讲述中逐渐清晰，鲜活如初。更为可贵的是，他以史为脉，深入挖掘家乡天水的文化富矿，在历史的经纬中展现出天水深厚文化底蕴的独特魅力，宛如一幅宏大的文化长卷徐徐展开，令听者沉醉其中，深感历史文化传承之重责。

当灯光渐亮，报告声歇，余韵却久久不散。这场学术盛宴，不仅是知识的传递，更是智慧的启迪与心灵的共鸣。温小牛用严谨的治学态度和深入浅出的讲述方式，在京城的寒夜中燃起了一把文化之火，温暖并照亮了每一位聆听者的求知之路。

据悉，凝聚温小牛心血的新著《成吉思汗之谜》已整装待发，将于近期付梓刊行，有望为元史研究领域再添新辉，成为学界与大众探索历史奥秘的又一珍贵指南。

（刊于 2025 年 1 月 6 日《天水晚报》）

我县作家、文化学者温小牛出席第十七届东亚实学国际高峰论坛

12月20日—22日，第十七届东亚实学国际高峰论坛在北京中康国际酒店隆重举行。期间，召开了中国实学研究会第六届第三次会员代表大会暨第四次理事会。

来自中、日、韩三国实学界近300名学者围绕"经世致用：现代化进程中的实学及其价值"这一主题展开深入研讨。中国实学研究会会员，我县作家、文化学者温小牛应邀出席，并发表了《实事求是，经世致用，躬身践行是实学落实的必由之路》论文。

东亚实学国际高峰论坛创办于1990年，由中、日、韩三国实学会轮流举办，每两年举行一次。今年是第十七届，由中国实学研究会主办。中共中央党校教授王杰为现任会长。日本东亚实学会副会长、爱知大学教授铃木规夫在致辞中发出了2026年将在日本举办第十八届东亚实学高峰论坛的热情邀约。

（发于2024年12月24日清水融媒体·爱清水）

后 记

    二十多万字的结集是前些年除小说散文，黄帝文化，碑文研究，传统村落写作，古代民歌研究，蒙元历史文化，党史学习与思考，地方寺庙文化，邾山书院研究，以及家谱十本专著出版之外的一个小小总结。取名《清水纪事》，原是一种发自内心的家国情怀的表述。集子囊括散文、诗歌、游记、剧本、札记、碑文、文论等七大类，序评收录的是专家、同事、文友及媒体的鼓励文章，有些文章未收入。按今天的文本界定属文史类，按传统的文本界定属文化类。因以文学为主，所以加了副题文学作品集。

    叔孙豹说，君子太上有立德，其次有立功，其次有立言，虽久不废，此之谓三不朽。孔颖达释曰："立德，谓创制垂法，博施济众；立功，谓拯厄除难，功济于时；立言，谓言得其要，理足可传。"大德大功立不起，但微人一家轻言，总要立的。因为，文字是生命延续的载体，哪怕是一堆文字垃圾，而对自己来说，则敝帚自珍，毕竟是用过心的。

    感谢为此书出版而给予大力支持的领导，同仁和文友！

温小牛

2025 年（乙巳）元宵记于北京